Buffy – Im Bann der Dämonen
HÜTER DER FINSTERNIS

Christopher Golden / Nancy Holder

Buffy
Im Bann der Dämonen

Hüter der Finsternis

Erstes Buch

Aus dem Amerikanischen
von Antje Görnig

vgs

Die Deutsche Bibliothek – CIP-Einheitsaufnahme

Buffy, im Bann der Dämonen. – Köln : vgs
Hüter der Finsternis / Christopher Golden ; Nancy Holder.
Aus dem Amerikan. von Antje Görnig Buch 1. – (2001)
ISBN 3-8025-2789-5

Das Buch »Buffy – Im Bann der Dämonen. Hüter der Finsternis. Buch I«
entstand nach der gleichnamigen Fernsehserie
(Orig.: *Buffy, The Vampire Slayer*) von Joss Whedon,
ausgestrahlt bei ProSieben.

Erstveröffentlichung bei Pocket Books, New York 1999.
Titel der amerikanischen Originalausgabe:
Buffy, The Vampire Slayer. Out of the Madhouse.

Lektorat: Christina Deniz, Köln
Umschlaggestaltung: Sens, Köln
Satz: Kalle Giese, Overath
Titelfoto: © Twentieth Century Fox Film Corporation 2001
Druck: Clausen & Bosse, Leck
Printed in Germany
ISBN 3-8025-2789-5

Besuchen Sie unsere Homepage im WWW:
http://www.vgs.de

Für Lisa und Liz.
Euer Wille geschehe.

Wir, Christopher Golden und Nancy Holder, möchten uns bedanken bei unseren Agenten Lory Perkins und Howard Morhaim sowie Howards Assistentin Lindsay Sagnette, unserer Herausgeberin Lisa Clancy und ihrer Assistentin Elizabeth Shiflett. Unser aufrichtiger Dank gilt Caroline Kallas, Joss Whedon und allen Schauspielern und der Crew der Serie. Dank auch für die Unterstützung durch unsere geduldigen Ehepartner Connie und Wayne, die es noch immer mit uns aushalten.

Christopher möchte sich auch bei Lucy Russo bedanken und Nancy bei ihrem Babysitter-Bataillon Rebekah und Julie Simpson, Ida Khabazian und April Koljonen.

Prolog

Sämtliche Kreaturen, die nach Einbruch der Dunkelheit die Gegend um den Höllenschlund unsicher machen, waren in dieser Nacht unterwegs und hatten sich an einem ganz bestimmten Ort zu einem entsetzlichen Ritual versammelt: Es war wieder einmal Talentprobe für Amateurbands im *Bronze*.

Buffy Summers, die Auserwählte, spähte angestrengt in Richtung Bühne. Eine Band nach der anderen – alles mehr oder minder hoffnungslose Fälle – trat ins Scheinwerferlicht. Noch nie war das *Bronze* so voll gewesen. Jede Gruppe hatte ihre eigene Fangemeinde. Manche zu Recht, während bei anderen der Verdacht des Fanatismus nahelag. Der kleine Club drohte, aus allen Nähten zu platzen.

Mit anderen Worten: Es war der Teufel los, und Buffy und ihre Freunde konnten sich glücklich schätzen, überhaupt einen Tisch bekommen zu haben. Und so schlecht war die Musik auch wieder nicht. Es gab, um es vornehm auszudrücken, durchaus auch faszinierende Ausblicke, und Buffy hatte wie immer die beste Begleitung, die man sich wünschen konnte.

Alles sah also ganz nach einem perfekten Abend aus, wenn man den fröhlichen Mienen ihrer Freunde Glauben schenken durfte. Oz, der wieder einmal eins seiner geliebten Bowling-Hemden trug, hielt zärtlich Willows Hand und ließ sich gerade lang und breit über die bundlose *Rickenbacker* aus, die der Bassist der Band spielte, die gerade auf der Bühne stand.

Willow quittierte seinen Vortrag mit einem begeisterten Nicken. Die beiden waren noch in jener Phase, in der alles, was man sich erzählt, spannend ist. Buffy erinnerte sich noch gut daran, und sie fragte sich, ob sie wohl je eine Beziehung führen würde, die über dieses Stadium hinaus andauern würde. Sie musste sich eingestehen, dass ihr die Vorstellung gefiel, mit jemandem so lange zusammen zu sein, dass sie ihn als selbstverständlichen Teil ihres Lebens betrachten konnte.

Sie wollte sich endlich auch mal wieder für jemand anderen außer für sich selbst hübsch machen und in dieser köstlichen Hölle der Vorfreude schmoren. Sie wollte wieder einmal dieses Gefühl erleben, nicht zu wissen, was als nächstes kam, und die Erregung spüren, die von der Ungewissheit einer neuen Liebesgeschichte ausging. Also genau das erleben, was man gemeinhin tut, wenn man bis über beide Ohren verknallt ist.

Am anderen Ende des Tisches saßen Cordelia und Xander Seite an Seite – dichter, als Cordy es üblicherweise in der Öffentlichkeit gestattete. Sie tranken Kaffee und hörten einfach nur der Band zu. Von Zeit zu Zeit gab Xander einen Kommentar ab. Die beiden wirkten völlig entspannt und genossen es offensichtlich, zusammen zu sein. Cordelias Handy lag auf dem Tisch, und alle paar Minuten fiel ihr Blick auf das Display. Schließlich sagte sie etwas zu Xander, schaltete das Gerät aus und steckte es in ihre Handtasche.

Die Freunde sahen sich von Zeit zu Zeit verstohlen im Club um. Es ging das Gerücht, dass bei diesem monatlichen Event auch der Vertreter einer großen Plattenfirma anwesend sei, und jeder wollte natürlich wissen, wer das sein konnte. Oz war in Gedanken bei seinen Jungs. Die heute anwesenden Bands waren schließlich Konkurrenz für die *Dingoes Ate My Baby.* Keine große zwar, aber immerhin.

Es war ein vergnüglicher Abend. Sie waren in ihrem letzten Highschool-Jahr, und die Welt gehörte ihnen. Für den Augenblick jedenfalls. Warum sollten sie dieses Gefühl nicht genießen?

Vielleicht ist der Abend ja wirklich perfekt, dachte Buffy, als sie ihre Freunde betrachtete. Sie hegte den schmerzlichen Verdacht, dass sie es einfach nicht mehr genießen konnte ... das Leben. Obwohl sie schon häufiger im *Bronze* gewesen war als in ihrem Mathekurs, fühlte sie sich merkwürdig fehl am Platz, fast wie an ihrem ersten Tag in Sunnydale. Ein reichlich verwirrendes Gefühl, und ihr wurde regelrecht schwindelig dabei.

Sie sind alle so unschuldig, dachte sie. Sie sind alle so jung ... Dann lächelte sie grimmig in sich hinein. Ihre eigene Unschuld mochte sie vielleicht vor langer Zeit auf der Straße des Lebens verloren haben, aber jung, das war sie immer noch. Das Dumme war, sie fühlte sich nur nicht so. Für ihre Freunde fing das Leben gerade erst an. Noch wusste niemand von ihnen, was das Schicksal in petto hatte.

Und ich?, dachte Buffy. Mein Schicksal ist bereits besiegelt ...

Xander spürte ihren Blick auf sich ruhen und lächelte sie an. Gleichzeitig runzelte er besorgt die Stirn.

»Okay, Miss Summers«, sagte er. »Woran denkst du gerade?« Er trug sein Haar wieder lang, so ähnlich wie vor drei Jahren, als sie ihn kennengelernt hatte. Sein Gesicht war älter geworden und den Babyspeck war er definitiv los. Nicht so seine Schlabberärmel und die ausgebeulten Hosen. Cordelia hatte ihn trotz ihres gesteigerten Modebewusstseins – heute Abend trug sie ein schwarzes, mit dunkelvioletten Schmetterlingen besticktes chinesisches Kleid und Stäbchen in den Haaren – noch nicht zu Designerkleidung bekehren können.

Buffy zuckte mit den Schultern. »Das willst du nicht wirklich wissen, Xander.«

Er sah sie an und nickte langsam. »Ja«, meinte er, »diese Band zieht mich auch runter. Lediglich die Tatsache, dass ihre Mitglieder ausschließlich Mädchen sind, verleiht ihr einen gewissen versöhnlichen sozialen Wert.« Er drehte sich zu Cordelia um. »Bitte jetzt keine körperliche Gewalt von deiner Seite! Ich hab genau gesehen, wie du den rothaarigen Drummer der vorletzten Band angeschmachtet hast!«

Cordelia rollte mit den Augen. »Ich bitte dich!«

»Hat sie nicht?«, fragte Xander Willow, die ihn verständnislos ansah. Offensichtlich hatte sie ihm gar nicht zugehört. Das kam in diesen Tagen häufiger vor, und er hatte sich leidlich damit abgefunden. Betonung auf leidlich.

Eingeschnappt sah er Buffy an. »Sie *hat* ihn sehr wohl angeschmachtet, nicht wahr?«

Buffy zuckte mit den Schultern.

»Frauen!« Xander seufzte. »Ihr steckt doch alle unter einer Decke und klebt aneinander wie Fusseln auf der Erdnussbutter!« Er grinste verschmitzt. »Da muss ich doch gleich an ein leckeres Sandwich denken.«

»Echt krank«, stöhnte Cordelia. »Du bist ekelhaft.«

»Deiner Meinung nach ist das anscheinend gar nicht so übel.« Er zwinkerte ihr zu.

Cordelia richtete den Blick gen Himmel, als wäre ihre Geduld soeben wie eine Horde Motten Richtung Scheinwerfer entfleucht, und stöhnte.

Buffy lächelte freudlos. Sie fühlte sich traurig und alt in ihren Jeans und dem schwarzen Top mit Spaghettiträgern.

Und die Band spielte weiter.

Fly away, let's run away.
Let's start all over.
Let's kill time.
Let's unwind the threads of destiny …

Oz zuckte mit den Schultern und meinte: »So schlecht sind die eigentlich gar nicht.«

»Für eine ätzende Band nicht«, entgegnete Cordelia. »Wo haben die nur ihre Klamotten her? Diese ganze Siebziger-Nostalgiewelle ist doch schon wieder total out.« Sie sah Buffy schräg an. »Nichts für ungut.«

Buffy legte den Kopf zur Seite. Sie wäre gern in die Offensive gegangen. Sie hätte sich gern provoziert gefühlt und Cordy eine passende Bemerkung zurückgeben. Aber ihr fehlte einfach die Energie dafür. Und so lächelte sie nur müde und nahm einen Schluck von ihrer Eismilch. Das Glas hinterließ einen kreisförmigen Kondenswasserabdruck auf der Tischplatte. Eismilch. Fettreduziert. Mrs. Summers fand, ihre Tochter sei viel zu dünn.

»Du liebe Güte.« Cordelia runzelte die Stirn. »Bist du krank oder was?«

Buffy sah sie fragend an.

»Ich wollte dich gar nicht anmachen, aber normalerweise gehst du doch bei so was hoch wie 'ne Rakete.«

Let's kill time ...

»Was von Giles gehört?«, fragte Willow.

Buffy schüttelte den Kopf. »Ich hab ihm gesagt, er soll nur im Notfall anrufen.« Endlich lächelte sie. »Ihr wisst schon, wenn jemand die Bowle mit einem Extra-Schuss Ginger Ale versetzt oder so.«

Alle kicherten.

Giles weilte auf dem Jahrestreffen des Amerikanischen Bibliothekarenverbandes, ganz sicher eine wilde Party, auf der Buffys Wächter mal wieder so richtig ausflippen konnte.

»Er fehlt mir«, sagte Willow. »Ich habe heute Morgen über die Prüfungen nachgedacht und ... die Zeit danach. Es ist bestimmt merkwürdig, nicht mehr allmorgendlich in die Bibliothek zu gehen, um herauszufinden, was die Monster jetzt wieder vorhaben.«

»Mit dem G-Mann bleiben wir aber doch in Kontakt«, sagte Xander schnell. Zu schnell. Buffy beobachtete sein Mienenspiel, während er diesen Gedanken bis zu seiner logischen Konsequenz zu Ende dachte. Nach der Abschlussprüfung ging jeder seiner eigenen Wege. Freundschaft hin oder her, jeder von ihnen hatte schließlich andere Pläne. Es sollte schwierig werden, weiter Monsterbekämpfung zu betreiben, wenn sie erst einmal in alle vier Winde zerstreut waren.

»Ich treffe mich weiterhin mit ihm«, sagte Buffy ruhig. »Jeden Morgen.«

»Nein, nein, denn du wirst ... oh ...«, sagte Willow. Sie sah Buffy mitfühlend an. »Bestimmt wirst du das.«

»Dann machst du also keine Prüfung und bekommst auch kein Jägerinnen-Diplom?«, fragte Oz. »Du machst einfach damit weiter?«

Du machst einfach damit weiter. Buffy malte einen weiteren Kringel auf das lackierte Holz. »Buffy, der Energizer – das bin ich!«

»Wie langweilig.« Oz nickte verständnisvoll. »In der Band sind wir es manchmal auch leid, immer dieselben alten Songs zu spielen.«

»Und es gibt ein altes Lied, das kommt dir bestimmt sehr bekannt vor«, meinte Buffy. »In jeder Generation gibt es eine Auserwählte. Sie kämpft allein gegen Vampire, Dämonen und andere Mächte der Finsternis. Sie ist die Jägerin.«

»Wo wir gerade von Dämonen reden«, bemerkte Xander. »Hey, hallo, Soul-Man!«

Buffy blickte über ihre Schulter. Ihrer schlechten Stimmung – und ihrer Lebensumstände – zum Trotz setzte ihr Herz einen Schlag lang aus. Angel stand hinter ihr; wie üblich trug er schwarze Jeans und unter der Jacke ein dunkles Seidenhemd. In dem gedämpften Licht wirkte seine ohnehin blasse Haut noch fahler, was die dunklen Augen und die hohen Wangenknochen betonte. Er sah sehr gut aus. Und er wirkte distanziert, ganz im Gegensatz zu früher, wo er zur Begrüßung die Hände auf Buffys Schultern gelegt und sich vorgebeugt hätte, um sie auf die Stirn zu küssen, vielleicht auf die Wange oder sogar auf den Mund.

Er verhielt sich reserviert. Vorsichtig. Unsicher, was seine Position innerhalb des Freundeskreises betraf.

An diesem Abend konnte Buffy dieses Gefühl sehr gut nachvollziehen.

»Angel«, hauchte sie. »Was ist los? Steht was Schlimmes bevor?«

»Nur wenn diese Band eine Zugabe gibt«, entgegnete er und wies ohne eine Miene zu verziehen mit dem Kinn Richtung Bühne.

Buffys Stimmung hellte sich etwas auf. Sie führte ein merkwürdiges Leben voller Gefahren, aber es bot auch Entschädigung. Auch wenn sie kein Paar sein konnten, war sie froh, Angel irgendwie in ihrem Leben zu haben, anstatt ihn wieder an die dunkle Seite zu verlieren. In ein paar Monaten waren ihre Freunde wahrscheinlich nicht mehr bei ihr in Sunnydale. Warum sollte auch jemand bleiben? Und eines Tages verschwand vielleicht sogar Angel. Aber im Augenblick waren sie alle noch vereint.

»Tanzt du mit mir?«, fragte sie ihn kurzerhand und rutschte von ihrem Hocker. Sie reichte ihm die Hand, und er ergriff sie mit seinen kalten Fingern, um sich von ihr auf die Tanzfläche führen zu lassen. Er zog sie in seine Arme und Buffy lehnte ihren Kopf an seine Schulter und schloss die Augen.

»Arme Buffy«, murmelte Willow.

Die anderen schwiegen, denn Willow hatte ausgesprochen, was sie fühlten. Sie alle konnten nachempfinden, wie schwierig die Situation für die Jägerin war. Jedermann bewarb sich fürs College und schmiedete Pläne. Das Leben ging weiter. Sie wurden erwachsen. Doch auf was konnte Buffy sich freuen?

Bei Recherchen für Giles war Willow in einem Jägertagebuch aus dem frühen zwanzigsten Jahrhundert auf einen Kommentar zur durchschnittlichen Lebenserwartung einer Jägerin gestoßen. Sie hatte diese Informationen nicht an Buffy weitergegeben, sondern vielmehr versucht, sie schnell wieder zu vergessen.

Willow war sehr wissbegierig, aber in diesem Fall wäre sie froh gewesen, nie etwas darüber gelesen zu haben.

Xander beugte sich vor, als habe er eine vertrauliche Mitteilung zu machen, und obwohl er ziemlich brüllte, konnte er sich gegen das ohrenbetäubende Gehämmer aus den Boxen nicht durchsetzen. Was er sagen wollte, blieb den anderen ein Geheimnis. Sogar Willow konnte ihn kaum verstehen, und sie stand direkt neben ihm.

»Du hast gesagt, du hättest über die Prüfungen nachgedacht«, meinte Xander und sah Willow an. »Das ist mir auch durch den Kopf gegangen.«

»Wem denn nicht, du Blödian?«, spottete Cordelia und verzog höhnisch das Gesicht. »Ist ja auch das wichtigste Ereignis in unserem Leben. Bis jetzt.«

Xander sah sie ernst an. Willow kannte diesen Gesichtsausdruck. Er bedeutete: Jetzt nicht, Cordy! Faszinierenderweise hatte Cordelia mittlerweile auch gelernt, was er zu bedeuten hatte. Sie unterbrach ihn nicht noch einmal.

»Für Buffy ist es aber nicht das Wichtigste«, fuhr Xander fort. »Für sie ist der Schulabschluss ein Tag wie jeder andere. Manchmal frage ich mich, ob sie überhaupt noch in der Schule wäre, wenn ihre Mutter nicht so viel Druck machen würde und Giles nicht wäre.«

»Und wir«, fügte Willow hinzu.

»Und wir«, wiederholte Xander. »Versteh mich nicht falsch, ich finde es schrecklich, dass sie so … gefangen ist in diesem ganzen Jägerkram. Aber was sie als die Auserwählte tut, ist so wichtig für die Welt, dass ich schon manchmal ins Grübeln gerate. Ich meine, wenn wir die Prüfungen machen, ist dann Knall auf Fall Schluss mit unserer Unterstützung für sie? Ist Buffy dann die einzige von uns, die weiterhin mit ihrem Leben etwas bewirkt?«

Die Freunde sahen ihn einen Augenblick überrascht an. Es hatte eine Zeit gegeben, da wäre allein der Hauch einer Andeutung von Nachdenklichkeit bei Xander Grund für spöttische Bemerkungen gewesen. Manchmal war es auch jetzt noch so. Aber nicht an diesem Abend.

»Haben wir denn je etwas bewirkt?«, fragte Willow. »Ich meine, wir vier hier.« Sie sah Oz an. »Du bist noch nicht so lange dabei. Was denkst du?«

Oz zog eine Augenbraue hoch. »Ich weiß nicht, ob es überhaupt eine korrekte Antwort auf diese Frage gibt«, antwortete er ehrlich.

»Und ich weiß nicht, ob ich es überhaupt wissen will«, warf Cordelia ein. »Ich habe mir so oft gewünscht, von euch allen und dem ganzen merkwürdigen Kram wegzukommen. Irgendwie Schluss zu machen …«

»Oder wegzulaufen«, murmelte Xander.

Sie verdrehte die Augen. »Jedenfalls ist es nicht geschehen. Und nun hänge ich genauso mit drin wie ihr. Was tun wir also? Unsere Vampirjäger-Aktivitäten im Jahrbuch vermerken und uns dann wieder ins reale Leben stürzen?«

»Dann ist das hier wohl das irreale Leben?«, fragte Xander.

Cordelia warf ihr Haar nach hinten und sah ihn durchdringend an. »In der Tat«, sagte sie nachdenklich. Xander zwickte sie in den Arm.

»Aua!«

»Sei kein Baby, ich hab dich doch kaum berührt«, meinte er. »Aber jetzt mal im Ernst, Cor, willst du damit sagen, dass das hier alles nicht wichtig ist?«

»Nein.« Sie zuckte mit den Schultern. »Es ist einfach nur so, dass es nicht ewig dauern wird.« Sie sah die anderen der Reihe nach an. »Ich meine, für uns. Wir haben ja jeder ein Leben.«

Am anderen Ende des Clubs tanzte Buffy mit Angel.

»Arme Buffy«, flüsterte Willow so leise, dass sie es selbst kaum hören konnte. Oz musste es jedoch vernommen haben und legte ihr den Arm um die Schulter.

»Jetzt sind wir erst mal hier«, sagte er. »Sollen wir tanzen?«

Angel hob sanft Buffys Kinn und sah ihr mit zärtlicher Besorgnis in die Augen. »Was ist los?«, fragte er.

Sie legte den Kopf wieder an seine Schulter, denn sie konnte ihm nicht zu lange in die Augen sehen. Eine Schulter zum Anlehnen zu haben, fühlte sich so gut an, auch wenn es nur eine Illusion des Augenblicks war und nichts von Dauer.

»Buffy?«, drängte er sanft.

Sie hob den Kopf und lächelte ihn tapfer an. Aber er spürte, dass sie ihm etwas vorspielte, und erwiderte ihr Lächeln nicht.

»Sie werden mich verlassen«, stieß sie plötzlich hervor.

Er nickte. »Jedoch nicht sofort. Vielleicht nicht einmal bald.«

Sie blinzelte. »Aber irgendwann. Und ich kann es ihnen nicht verdenken. Sie müssen ... weitermachen.«

Schweigend tanzten sie eine ganze Weile, bevor er sagte: »Ich weiß, dass es wehtut. Glaub mir.«

»Woher willst du das wissen, Angel?«, brauste sie auf und musste sich sehr beherrschen, nicht in Tränen auszubrechen. »Du überlebst doch jeden von uns. Du bist doch immer derjenige, der weitermacht.«

Er schüttelte den Kopf. »Das ist dasselbe wie allein gelassen zu werden und tut genauso weh. Für mich ist es sogar noch schlimmer, Buffy. Du bist nicht mal drei Jahre hier. Sieh mal sechzig oder siebzig Jahre dabei zu, wie jemand, der dir wichtig ist, alt wird und stirbt, und dann reden wir weiter!«

»Oh«, stieß Buffy bestürzt hervor.

Als das Lied zu Ende war, kehrten sie an den Tisch zurück. Buffy entgingen die langen Gesichter ihrer Freunde nicht. »Hey! Was ist eigentlich mit euch jungen, fetzigen Leuten los? Ich glaube, ich Stimmungskanone gehe wohl besser nach Hause.«

»Nein, Buffy, geh nicht!«, rief Willow und setzte eine fröhliche Miene auf. »Wir wollen alle noch bleiben.«

»Ja, bis wir umfallen«, fügte Xander hinzu und deutete auf einen freien Stuhl. »Setz dich, Angel! Hol dir ein Glas Blutorangen-Saft und erzähl uns ein paar Vampirwitze! Kommt ein Blutsauger mit einem Papagei auf dem Kopf in die Kneipe und ...?«

»Xander!«, rief Buffy empört. Sie nahm ihre Häkeltasche zur Hand und prüfte, ob ihre Lieblingswaffe darin war: ein sehr spitzer Pflock. »Dann also gute Nacht, Jungs und Mädels!«

Willow stand auf. »Dann gehen wir auch, Oz. Meine Eltern machen immer noch einen Riesenaufstand, wenn ich unter der Woche ausgehe.«

Oz nickte. »Willst du mit uns mitfahren, Buffy?«

Buffy sah Angel an. »Ich bringe dich nach Hause«, sagte er sogleich.

Cordelia tätschelte Xanders Hand. »Wir machen auch die Biege«, meinte sie. »Ich habe in aller Herrgottsfrühe meinen Cheerleader-Kurs.« Sie verdrehte die Augen. »Warum sie diese Kurse immer außerhalb des regulären Stundenplans legen, bleibt mir ein Rätsel. Ich meine, man sollte die Lehrer doch für schlauer halten. Morgens um halb acht ist es schier unmöglich, gut auszusehen *und* vor Begeisterung für das Schulteam auszuflippen.«

»Ach, für dich doch nicht«, bemerkte Xander freundlich.

Cordelia öffnete den Mund und wollte sich schon wieder aufregen, als ihr dämmerte, dass Xander ihr gerade lediglich ein nettes Kompliment gemacht hatte.

Sie brachen gemeinsam auf, vorneweg Buffy mit Angel im Schlepptau. Die armen Irren, die gerade auf der Bühne standen, wurden für das Verbrechen ausgebuht, nicht bemerkt zu haben, dass ihre Musik hoffnungslos out war. Kein Wunder, denn im Publikum waren lauter Kids, die noch in die Windeln gemacht hatten, als Seattle die Hochburg des Alternativ-Rock gewesen war.

Auf dem Weg nach draußen kamen sie an dem neuen Türsteher vorbei, der vor ein paar Monaten Bruno ersetzt hatte. Sie bogen gleich nach rechts in die Straße ein, in der Cordelia und Oz immer einen Parkplatz fanden.

Buffy reckte ihr Gesicht in die frische Nachtluft. Sie konnte das Meer riechen und musste an Los Angeles denken und an das Leben, das sie vor langer Zeit geführt hatte. Die Auserwählte zu sein hatte damals noch bedeutet, ein Rheinkiesel-Diadem und einen Strauß roter Rosen geschenkt zu bekommen – nicht lebenslänglich mit Weihwasser und genug Knoblauch versorgt zu sein, um ein italienisches Restaurant zu eröffnen.

Oz sang leise »Let's kill time« vor sich hin. Das Lied hatte das Zeug zum Ohrwurm, egal wie schlecht die Band gewesen war. Zu einem sehr melancholischen Ohrwurm, wie Buffy fand.

Die Freunde waren schon ein Stück gegangen, als sie irgendetwas über das Dach des Clubs huschen hörten. Sie drehten sich um und erhaschten einen Blick auf etwas, das pfeilschnell vorbeiflog und nur einen dunklen Schatten hinterließ.

In der Ferne fing eine Frau an zu schreien.

Sofort postierten sich Angel und Buffy links und rechts von ihren Freunden. Buffy griff in die Tasche und zog einen Pflock heraus. Sie wollte ihn Angel reichen, aber der hatte, wie sie zufrieden bemerkte, ebenfalls einen gezückt. Ein guter Handwerker bringt immer sein eigenes Werkzeug mit, hatte ihr Giles mehr als einmal gepredigt.

»Hilfe!«, schrie jemand. »O mein Gott!«

Buffy sprintete los; sie lief fast ebenso schnell wie Angel. Gemeinsam bogen sie um die Ecke und rannten auf die schreiende Frau zu. Angel war als erster bei ihr, doch die Frau sah ihn nur erschrocken an und rannte davon. Offensichtlich hatte er bereits sein Vampirgesicht, aber Buffy war beruhigt. Wenn die Frau noch so schnell laufen konnte, konnte sie nicht schwer verletzt sein. Sie mussten sich auf den Angreifer konzentrieren.

Da nahm sie erneut das Kratzgeräusch über sich wahr. Das Monster war wieder auf einem Dach gelandet. Angel trat neben sie, und sie beobachteten, wie es sich über die Dächer entfernte. Seine Fortbewegungsart war eine Mischung aus Fliegen und Springen. Es wirkte wie ein flüchtendes Eichhörnchen, hinter dem ein langer Mantel oder Umhang flatterte.

»Das war Batman«, meinte Angel ironisch.

»Wohl kaum«, entgegnete Buffy mit grimmiger Miene.

Das Wesen nahm Kurs auf Buffys Freunde. Das war auch Angel nicht entgangen, denn als Buffy sich im Eiltempo auf den Weg zurück machte, war er sofort an ihrer Seite. Sie bogen wieder um die Ecke. Die beiden Pärchen standen noch immer an der Stelle, an der sie zuvor das seltsame Wesen auf den Dächern bemerkt hatten, und unterhielten sich.

»Kommt zu mir!«, rief Buffy und rannte so schnell sie konnte auf ihre Freunde zu.

In diesem Moment erhob sich über ihnen die Gestalt in die Lüfte, und der wehende Umhang gab den Blick auf riesige Fledermausflügel frei. Das Wesen legte den Kopf zurück und aus seinem Maul schossen blaue Flammen.

»Wow!«, meinte Xander. »Was für ein Dämon!«

Das Geschöpf landete plump auf einem Haus auf der anderen Straßenseite. Dabei machten seine Krallen ein schreckliches Geräusch. Es klang, als kratzte jemand mit den Fingernägeln über eine Schiefertafel. Buffy hätte es gern genauer betrachtet, aber es war fast unmöglich, in der Dunkelheit etwas zu erkennen. Die Kreatur stand weit hinten auf dem Dach und schien das Treiben auf der Straße zu beobachten. Dann stürzte sie auf die Dachkante zu und flitzte so schnell an einer Reihe Straßenlaternen entlang, dass man den Eindruck haben konnte, da oben zuckten Stroboskop-Blitze.

»Kommt her!«, befahl Buffy den anderen. »Sofort!«

Cordelia hob die Versammlung als erste auf. Mit einem leisen Schrei drehte sie sich um und rannte zurück zum Bronze. Gleich zwei Fehler auf einmal! Denn sie hätte erstens die andere Richtung einschlagen und sich zweitens nicht von der Gruppe entfernen sollen.

Das Wesen stürzte sich vom Dach und nahm die Verfolgung auf. Wieder schossen blaue Flammen aus seinem Maul. Ein greller Schein fiel auf Cordelia, aber auch das Untier selbst war besser zu erkennen. Es hatte eine menschliche Statur, ein grauenhaftes Maul mit Vampirzähnen, schwarze Augen, die wie Löcher in seinem verderbten Gesicht wirkten, und spitze Ohren. Zudem trug es eine Art ölig-schleimige weiße Panzerung auf dem Körper.

Schön war es wirklich nicht.

»Cordy!«, rief Xander und rannte hinter ihr her.

»Nein, Xander!«, schrie Buffy und legte noch einen Zahn zu. Ihre Lungen brannten, als sie Willow und Oz erreichte, die nicht wussten, was sie tun sollten. Buffy löste das Problem für sie. »Nicht bewegen!«, befahl sie.

Cordelia drehte sich nach Xander um, sah im gleichen Moment ihren Verfolger in der Luft und schrie auf.

Buffy traf gleichzeitig mit Xander bei Cordelia ein, packte ihn am Arm, riss ihn zurück und stieß ihn brutal aus dem Weg. Sie war die Jägerin. Sie musste für seine Sicherheit sorgen. Für die Sicherheit aller. Xander geriet ins Straucheln und ging zu Boden. Buffy versuchte noch, über ihn zu springen, aber ihr Fuß verfing sich in seinen Armen und sie stürzte ebenfalls. Sie brauchte einen Moment, um wieder auf die Beine zu kommen, und als sie stand, war das Wesen gerade zwischen ihr und Cordelia auf der Straße gelandet.

Es öffnete sein grausiges Maul, als wollte es brüllen, und eine Flammensalve, die Cordelia am Hinterkopf erfasste, schoss aus seiner Kehle. Sofort begann ihr Haar zu brennen. Cordelia schrie wie wild und fuchtelte panisch mit den Händen. Das Untier griff nach ihr und riss ihr mit seinen messerscharfen Krallen das Kleid auf. Cordelia, die vollauf damit beschäftigt war, ihr loderndes Haar zu löschen, bemerkte nicht, dass sie bereits einen blutenden Kratzer auf dem Rücken hatte.

Da sprang Angel herbei. Er erreichte Cordelia noch vor Buffy und riss sie zu Boden. Rasch erstickte er mit seiner Jacke die Flammen auf ihrem Kopf.

Das Monster drehte sich zu Buffy um und starrte sie aus seinen riesigen toten Augen an. Dann hob es die rechte Hand ans Maul und leckte Cordelias Blut von der Kralle, mit der er sie verletzt hatte. Dann wandte es seine Aufmerksamkeit wieder Cordelia zu.

Buffy erhob den Holzpflock. »Hey, du häßliches Ding!«, rief sie und trat auf den Dämon zu. »*Hier* bin ich! Du willst mich doch wohl nicht beleidigen?«

Da preschte Xander plötzlich vor und stürzte sich zwischen Buffy und das Monster. Er streckte eine Hand aus, bekam den schwarzen Umhang zu fassen und zog daran. Das Untier fuhr böse herum und öffnete das Maul.

»Xander!«, rief Buffy und riss ihn zurück. Heftig.

Im selben Augenblick schoss knisternd eine blaue Flamme aus dem Maul der Höllenkreatur. Sie konnten die unvorstellbare Hitze des Feuers über sich spüren, als sie auf den Gehsteig stürzten. Eine Sekunde später, und Xanders Kopf wäre zu einem undefinierbaren Klumpen verschmort.

»Oh verdammt!«, schric Xander.

Aber Buffy war schon wieder auf den Beinen, um das Monster erneut anzugreifen. Als sich das Maul erneute öffnete, verpasste sie ihm einen kräftigen Roundhouse-Kick mitten ins Gesicht. Wütend heulte es auf und torkelte rückwärts, wobei es wild mit den Händen in der Luft herumfuchtelte, aus denen stahlharte Krallen wuchsen. Flammen stiegen aus seinem Maul.

Buffy ging leicht in die Knie, verlagerte das Gleichgewicht auf das rechte Bein und stieß das linke kräftig nach oben. Sie landete einen Volltreffer in die Magengegend, und die Kreatur klappte zusammen. Angel stürzte von der Seite auf sie zu und schleuderte sie mit aller Kraft gegen die Wellblechwand eines Schuppens. Das Monster stürzte und krachte dabei in eine Kolonne Mülltonnen, deren Inhalt sich über den Gehsteig ergoss.

Rasch und mit sicherem Instinkt bezogen Buffy und Angel Position und nahmen das Untier in die Mitte. Buffy sah Angel an, er nickte ihr zu und sie griffen gleichzeitig von beiden Seiten an. Doch in letzter Sekunde rappelte sich das Monster wieder auf und erhob sich mit einem kleinen Absprung in die Lüfte. Nur zwanzig Meter weiter landete es auf dem Dach eines Toyotas. Das Blech knirschte und knarrte unter seinem Gewicht.

»Oh mein Gott«, stieß Willow hervor und starrte ihm hinterher.

Mit einem Satz war es bereits an der nächsten Hauswand und erklomm sie behende wie eine Echse. Als es die Kante des überhängenden Daches erreichte, zog es sich daran hoch und machte sich davon. Ein paar Sekunden später war es verschwunden.

Das Knirschen des Autodachs hallte Willow noch in den Ohren und vermischte sich mit dem pulsierenden Lärm, der am Ende der Straße aus der offenen Tür des *Bronze* dröhnte.

Noch ein Quietschen, das wie ein schriller Riff auf der Gitarre klang.

Dann nichts mehr.

Keuchend lief Buffy auf Cordelia und Xander zu. »Ist Cor okay?«, rief sie, als sie Willow und Oz überholte.

Xander saß auf dem Boden und hatte Cordelias Kopf in seinen Schoß gebettet. »Ja, aber bei dir muss ich mich wohl nicht bedanken«, entgegnete er und sah sie wütend an. »Mein Gott, Buffy, ich war doch schon so dicht dran. Warum hast du mich aus dem Verkehr gezogen?«

»Ich hatte Angst, dass ...«, setzte sie an. Es war ganz einfach ein Reflex gewesen, Xander in Sicherheit bringen zu wollen. Es war nicht geplant gewesen; sie hatte es einfach getan. Beim zweiten Mal hatte sie ihn tatsächlich vor üblen Verbrennungen bewahrt. Aber beim ersten Mal hatte es einfach daran gelegen ... Nun, sie war eben die Jägerin.

»Ich hab mir die Arme aufgeschürft, dass sie jetzt aussehen wie Hackfleisch! Hättest du mich nicht zu Boden gerissen, würde Cordys Haar jetzt nicht in schwelenden kleinen Klumpen abfallen«, fuhr Xander unbeherrscht fort.

»O nein!«, jammerte Cordelia und hielt ihren Kopf umklammert.

»Moment mal!«, presste Buffy aufgebracht heraus. »Ich musste doch ...« Sie hob hilflos die Hände. »So etwas habe ich noch nie gesehen. Ich wollte nicht, das jemand von euch verletzt wird.«

»Ich hatte doch alles im Griff. Es ist ja nicht so, als könnte ich mich nicht selbst verteidigen!« Xander schob verärgert das Kinn vor. Gleichzeitig wirkte er sehr fürsorglich, als er Cordelias Kopf wiegte. »Gott, Buffy, warum besorgst du dir nicht mal ein eigenes Leben. Ach, stimmt ja, du hast schon eins, das hier nämlich.«

»Xander!«, rief Willow schockiert, als sie atemlos dazustieß.

Xander sah Buffy wütend an.

Sie wendete ihren Blick ab und starrte über die Dächer in den schwarzen Nachthimmel, wo das Monster verschwunden war.

Angel trat neben sie. »Du hast getan, was du tun musstest«, versuchte er sie zu trösten.

Doch Buffy wandte sich wortlos ab und machte sich auf den Heimweg.

Allein.

1.

Körper zuckten im Takt, Musik dröhnte aus Boxen, die einem Leid tun konnten, Drinks wurden ausgeschenkt und in rauen Mengen weggebechert.

Mit einem Gin-Tonic in der Hand, der reichlich mit Wasser verdünnt war, stand Rupert Giles ein wenig verloren am entlegenen Ende des Raumes und beobachtete das Partygeschehen. Er war bemüht, sein Missfallen nicht zu zeigen. Das wäre unverzeihlich unhöflich. Er befand sich zwar in New York, der Hauptstadt der Unhöflichkeit, aber deshalb war er ja nicht verpflichtet, sich ebenfalls ein rüpelhaftes Benehmen zuzulegen. Auch in London gab es schließlich massenhaft Flegel.

Er hatte sich überraschenderweise eingestehen müssen, dass er Kalifornien vermisste. Ein kleines bisschen zumindest. Sicherlich fehlten ihm Buffy und die anderen Schüler, mit denen er so viel Zeit verbrachte. Aber er hatte mit der Zeit auch begonnen, an der lockeren Lebensart der Westküstler Gefallen zu finden – die den Bewohnern der Ostküste definitiv abging – da konnten die Kollegen um ihn herum soviel trinken, wie sie wollten.

In der Tat hatten sich große Mächte verschwören müssen, damit er im tiefsten Winter nach Manhattan gereist war. Nicht gerade unbedeutend war in dieser Angelegenheit die nachdrückliche Bitte seines Arbeitgebers, des High-School-Direktors, gewesen, es wenigstens einmal zu versuchen, sich in moderner Bibliothekswissenschaft fortzubilden. Das gute alte Deweysche Dezimalsystem schien einigen Leuten nicht mehr gut genug zu sein.

Irgendwie geht es heute in der Branche auch gar nicht mehr um Bücher, sondern nur noch um Informationsbeschaffung, dachte er traurig. Und einen Großteil dieser Informationen, wie unvollständig und rudimentär sie auch sein mochten, beschaffte man sich heutzutage mit Hilfe des Computers.

Durch Jenny Calendar, die Frau, die er geliebt hatte, war früher einmal sein Interesse an der modernen Technologie geweckt worden. Aber dieses magere Pflänzchen hatte er mit ihr begraben, als sie ums Leben kam.

Der andere Grund, warum Giles dem Besuch des Jahrestreffens »Bibliotheken 2000«, gesponsert unter anderem von der Amerikanischen Bibliothekarenvereinigung, zugestimmt hatte, war die Tatsache, dass viele Veranstaltungen im *Warwick Hotel* stattfanden, einer großen alten Dame unter den architektonisch interessanten Gebäuden. Die mit Wasserspeiern geschmückte Granitfassade blickte mit dem ganzen Hochmut der stolzesten britischen Bauwerke auf die 57ste Straße hinunter. Giles hatte bei einem seiner ersten Besuche in den Vereinigten Staaten im *Warwick* gewohnt und sich stets gern an das riesengroße Wandgemälde im Speisesaal erinnert, auf dem Sir Francis Drake von Königin Elizabeth zum Ritter geschlagen wird.

Trotz seiner Vorbehalte war es Giles in den vergangenen Tagen gelungen, sich zu amüsieren: sowohl in Gesellschaft anderer Bibliothekare, die er kennengelernt hatte, wie auch auf einsamen Spaziergängen durch New York. Es war schon eine außergewöhnliche Stadt. Und es stimmte tatsächlich, dass man hier wortwörtlich alles bekommen konnte, wenn man nur wusste, wo man suchen musste. So jedenfalls die Bilanz seiner Beobachtungen. Bislang hatte sich die Tagung als gute Gelegenheit für ihn erwiesen, sich von Sunnydale und den Strapazen seiner Rolle als Wächter zu erholen.

Leise Schuldgefühle plagten ihn, weil er Buffy – wenn auch nur für eine Woche – allein gelassen hatte, aber sie hatte ihn fast dazu gezwungen, zu fahren, ihm sogar Tipps gegeben, was er einpacken sollte. Er hatte sie bestimmt enttäuscht, als er sich geweigert hatte, »mal was Lässigeres« anzuziehen und »den ganzen Tweedplunder« in der Bibliothek zu lassen, wo er hingehörte. Buffy hatte sogar arrangiert, dass Cordelia ihn zum Flughafen chauffierte. Eine Erfahrung, die er nicht ein zweites Mal machen wollte, denn sie unterlag dem Zwang, ständig ihr Make-up im Rückspiegel überprüfen zu müssen. Buffy hatte ihn auch mit einem alten, wettergeprüften Stadtführer »New York für fünf Dollar täglich« ausgestattet, in dem sie sorgfältig all die Dinge angekreuzt hatte, die ihn vermutlich interessierten. Die Museen und die zahlreichen Buchläden zum Beispiel. Ja, Buffy war eindeutig dafür gewesen, dass er verreiste.

Konnte man es ihr verdenken? Giles war, zumindest offiziell, eine Autorität in ihrem Leben. Und es war bestimmt schön für sie, ihn mal eine Weile los zu sein. Dennoch freute er sich auf zu Hause und vermutete, auch Buffy wäre froh, ihn wiederzusehen. Aber bislang schien es in

Sunnydale noch keine Notfälle gegeben zu haben, die seine Anwesenheit erforderten.

Widerstrebend musste Giles sich eingestehen, dass der Ausflug ihm tatsächlich Spaß machte.

Gemacht hatte zumindest, bis er diesen Raum betreten hatte. Die Einladung, ein knalliges Faltblatt von stacks.com, offensichtlich ein Internet-Forum für Bibliothekare, hatte einen Cocktailempfang in der *Cary Grant Suite* des *Warwick Hotels* angekündigt. Giles hatte der Versuchung nicht widerstehen können, sich diese Suite anzuschauen, und in der Tat erwies sie sich als äußerst sehenswert.

Zu beiden Seiten des riesigen Salons, der als Empfangsraum diente, öffneten sich große Schlafräume. Die Suite lag im Südwestflügel des Hotels, und es gab zwei Verandatüren, die auf einen wahrhaft außergewöhnlichen Balkon führten. So einen hatte Giles noch nie zuvor gesehen, zumal er siebenundzwanzig Stockwerke über der Stadt thronte. Der riesige mit Mauern eingefasste Vorbau wirkte eher wie eine weiträumige Terrasse, wie man sie bei herrschaftlichen Anwesen in den *Cotswolds* bewundern konnte. Der Balkon war mindestens zehn Meter breit und erstreckte sich über die komplette Front der *Cary Grant Suite*. Von den Granitmauern setzte sich der graue Himmel farblich kaum ab. Offensichtlich war es ziemlich frisch draußen. Der Wetterbericht hatte Schnee angekündigt.

Giles überlegte, ob er trotz der Kälte auf den Balkon flüchten sollte, um sich wenigstens für eine Weile der Party zu entziehen. Die beim Cocktailempfang anwesenden Bibliothekare waren nämlich allesamt jünger als er – und Amerikaner. So trugen die Männer zu ihren Oberhemden Jeans und Turnschuhe, und die Frauen, die offenbar gern die Gelegenheit ergriffen hatten, sich herauszuputzen, spazierten in knappen, schwarzen Fähnchen oder Seidenkostümen umher.

Giles wusste, wie sehr er mit seinem Gabardine-Anzug und der altmodischen weinroten Krawatte aus dem Rahmen fiel. Aber auch, wenn man von den Äußerlichkeiten einmal absah, fühlte er sich absolut fehl am Platze. Er fuhr sich mit der Hand durch das leicht ergraute Haar und rückte wohl zum hundertsten Mal seine Brille zurecht.

»Grundgütiger Gott«, murmelte er. »Das sollen Bibliothekare sein?«

Wäre er ehrlich zu sich selbst gewesen, hätte er zugeben müssen, dass es nicht an der Kleidung oder dem Benehmen dieser Leute lag, weshalb er das dringende Bedürfnis verspürte, sich zurückzuziehen. Ebenso wenig lag es daran, dass er sich mit seiner Leidenschaft für staubige alte

Bücher und endlose Bücherregale, zwischen denen er sich am wohlsten fühlte – tausendmal wohler als auf der stacks.com-Party – auf positive Weise antiquiert vorkam, obwohl er vermutlich nur zehn Jahre älter als der Jüngste im Raum war.

Nein, das Schlimmste war, dass er sich durch die Anwesenden so sehr an Jenny erinnert fühlte. Durch die Art, wie sie gekleidet waren, ihr technisches Know-how und das Selbstbewusstsein, mit dem sie sprachen, sich bewegten, tanzten, ja sogar atmeten, gaben die Leute in der *Cary Grant Suite* Giles allen Grund zur Wehmut.

Es war nicht wirklich Gram oder Trauer. Genug Zeit war inzwischen verstrichen, und die Wunden hatten zu heilen begonnen. Giles hatte sich sogar schon dabei ertappt, wie sein Blick anerkennend dem einen oder anderen weiblichen Wesen gefolgt war. Er war wieder bereit zu *glauben*, dass er zu gegebener Zeit eine Frau kennenlernen würde, mit der er sein Leben teilen wollte. Eine Frau, die er liebte.

Aber noch vermisste er Jenny schrecklich. Noch schmerzte es, dass er all die kleinen Dinge, die er bei seinen Recherchen entdeckt und ihr so gern erzählt hatte, nicht mehr mit ihr teilen konnte. Es gab niemanden mehr, der wirklich ermessen konnte, wie viel ihm diese Kleinigkeiten bedeuteten. Es tat immer noch sehr weh.

Mit einem Seufzen drückte er sich an ein paar Leuten vorbei, die laut darüber sprachen, sich in einem »chat room« mit Frank Herbert, dem Autor des *Wüstenplaneten*, unterhalten zu haben. Giles brachte es nicht übers Herz, ihnen mitzuteilen, dass Herbert bereits seit Jahren tot war. Gleichzeitig war er bestürzt darüber, dass sie es nicht wussten. Bestürzt und doch nicht besonders überrascht. Schließlich spielte sich mittlerweile alles auf Websites und in Internet-Foren ab; was in Büchern stand, interessierte offenbar niemanden mehr. Eine Schande.

Er öffnete eine der Türen und schlüpfte hinaus auf den Granitbalkon, wo sich schon eine große Gruppe versammelt hatte. Der schneidende Wind trug Rauch zu ihm herüber. Und da verstand Giles die Frostunempfindlichkeit seiner Kollegen. Die meisten, die hier draußen herumstanden, waren Raucher, vom Gesetz und den Verfechtern der *Political Correctness* nach draußen verbannt.

Fröstelnd schlug er den Kragen seiner Anzugjacke hoch und schob die Hände tief in die Taschen seiner Gabardine-Hose. Im Hotelzimmer lagen seine warmen Lederhandschuhe, warum hatte er sie nicht mitgebracht? Sein Atem stieg auf wie weißer Rauch, als hätte er sich ebenfalls eine Zigarette angezündet. Er sah von der Skyline hinunter zu den Lichtern tief unter ihm. Auf der *Sixth Avenue* pulsierte das Leben. Alles blinkte und leuchtete, und es wurde alles an Getöse und Spektakel geboten, was die Menschheit sich nur ausdenken konnte. Das war New York.

»Atemberaubend, nicht wahr?«

Die Stimme war weiblich, sanft, bedächtig der Tonfall, und es fehlte die Härte des hiesigen Akzents. Giles blinzelte und schaute verwundert nach links, denn er war nicht sicher, ob die Frau mit *ihm* redete. Aber da war niemand. Er wandte sich nach rechts, und es verschlug ihm für einen Augenblick den Atem.

Sie war göttlich. Groß und schlank, mit den zartesten Gesichtszügen, die man sich vorstellen konnte. Ihr Gesicht schien zu strahlen, was auch an dem vielen Neonlicht der Stadt liegen mochte, aber Giles kam es eher wie ein ätherisches Leuchten vor. So oder so, sie war engelsgleich. Eine Strähne ihres honigblonden Haars fiel ihr in einer sanften Welle ins Gesicht, der Rest war zu einem langen, kunstvollen Zopf geflochten, der ihr bis über die Schultern reichte. Sie trug ihr Haar fast unmodisch lang, aber Giles fand es wunderschön.

Ihr mädchenhafter Körper steckte in einem roten Samtkleid mit engen Ärmeln, das den goldenen Farbton ihrer Haare unterstrich. Es war nicht das gewagteste Kleid, das er je gesehen hatte, aber so wie es ihre Formen umspielte, hätten es nur wenige Frauen tragen können.

Der Wächter fuhr zusammen, als er gewahr wurde, wie er sie anstarrte. »Es … es tut mir leid«, stammelte er. »Haben Sie … ähm, was haben Sie gesagt?«

Die Frau lächelte ihn an, und Giles merkte, wie er mit einem einfältigen schiefen Grinsen reagierte.

»Ihnen scheint der Ausblick zu gefallen«, sagte sie. »Ich habe lediglich bemerkt, er sei atemberaubend.«

Ihrer Aussprache nach war sie Amerikanerin. Aber eine, die im Mündlichen den Konjunktiv verwendete! Giles war drauf und dran, sich zu verlieben.

»Das ist er in der Tat«, sagte er nach einer Pause, die ihm peinlich lang vorkam. »Für eine verderbte Metropole hat New York wirklich Charme.«

Die Frau ließ ein sanftes angenehmes Lachen erklingen. Es klang so fröhlich, dass es unmöglich gekünstelt sein konnte. Es ist echt, stellte Giles fest.

»In der Verderbtheit liegt immer ein gewisser Charme, nicht wahr?«, entgegnete sie dann und lächelte ihn an.

Als seine Wangen rot anliefen, sah sie hinaus auf die Stadt, die er vor einem Augenblick bewundert hatte. »New York ist wunderbar«, sagte sie. »Allerdings vermute ich, die meisten dieser holzköpfigen Technikfreaks da drinnen haben noch nicht oft aus dem Fenster geschaut, wenn überhaupt.«

Giles kicherte und blickte in die Tiefe. Gerade noch rechtzeitig fuhr seine rechte Hand aus, um die Brille vor einem Sturz über siebenundzwanzig Stockwerke zu retten. Verstohlen betrachtete er seine Gesprächspartnerin von der Seite und dachte bei sich: Zum Verlieben!

»Rupert Giles«, sagte er und reichte ihr seine Hand.

Sie hatte einen festen Händedruck. »Micaela Tomasi«, stellte sie sich vor. »Es ist mir ein Vergnügen.«

»Ihnen ist bestimmt kalt.«

Sie hob ihr Gesicht und nickte. »Stimmt.«

Giles legte ihr sogleich sein Jackett um die Schultern. Ihm selbst war so warm wie seit der Landung auf dem JFK-Flughafen nicht mehr.

Der Anfang war gemacht. Fast eine Stunde unterhielten sie sich über New York, das kulturelle Angebot und die Museen, die Verderbtheit der Stadt und über andere Metropolen, die sie bereits besucht hatten oder gerne einmal besuchen würden. Sie redeten über Bücher und Buchläden, und Giles stellte erstaunt fest, dass sie einige wirklich gute kannte, von denen manche so weit ab vom Schuss lagen, dass er sie fast selbst vergessen hatte. Ob es der *Avenue Victor Hugo* in Boston war oder *Cobwebs* auf der Great Russell Road gegenüber dem British Museum in London – Micaela kannte sie alle.

Als die Party sich ihrem Ende näherte, räumten die Gäste nur widerstrebend die Suite. Die Barkeeper in ihren weißen Hemden und schwarzen Westen verließen ihre Posten. Ein Mann kam mit einem lärmenden Industriestaubsauger herein, dessen Brummen noch durch die geschlossene Balkontür zu hören war.

Und Giles und Micaela redeten und redeten. Sie hatten sich so viel zu erzählen. Ein paar Minuten vor Mitternacht sah Giles bedauernd auf seine Uhr.

»Ich erwähne es ja nur ungern, aber ...«

»Ja«, sagte sie sofort. »Es ist schon sehr spät. Vielleicht sollten wir unser Gespräch beim Frühstück fortsetzen?«

Fast hätte der Wächter laut gelacht. Sie hatte es selbst vorgeschlagen! Seiner Erfahrung nach gab es kein besseres Mittel zur Vermeidung des peinlichen Moments, eine Frau um eine Verabredung zu bitten.

»Ich wüsste nichts, was ich lieber täte«, sagte er erfreut. »Sagen wir um neun in der Lobby?«

»Ich werde da sein – mit knurrendem Magen«, entgegnete sie.

Sie gingen zusammen zum Aufzug. Als sie die Kabine betraten und er auf den Knopf für den sechzehnten Stock drückte, kicherte sie amüsiert.

»Hm?«, fragte er. »Ist mir etwas entgangen?«

»Wir wohnen auf derselben Etage«, sagte sie. »Ich musste gerade nur daran denken, was für ein Jux es gewesen wäre, wenn man mich aus Versehen in dasselbe Zimmer wie Sie gesteckt hätte.«

Giles blinzelte, errötete erneut, aber außer einem leicht verlegenen Lächeln erwiderte er nichts. Im Geiste ging er fieberhaft alle Möglichkeiten durch, und als sie im sechzehnten Stock ausstiegen und Micaela sich in die entgegengesetzte Richtung wandte, war er fast ein wenig enttäuscht.

»Gute Nacht, Miss Tomasi«, sagte er. »Schlafen Sie gut!«

»Sie auch, Mister Giles«, entgegnete sie ganz züchtig. Dann sah sie ihn vielsagend an und fügte hinzu: »Angenehme Träume!«

Giles ging fröhlich pfeifend den Korridor zu seinem Zimmer hinunter. Ihm schmerzten schon fast die Mundwinkel von dem Lächeln, das sich auf seinem Gesicht festgesetzt hatte.

Irgendwo fing ein Telefon an zu klingeln. Dann hörte er, wie eine Tür aufging. An der Flurkreuzung bog er um die Ecke und wurde fast von einem breitschultrigen Mann, der eine Baseball-Kappe trug, überrannt.

»Tschuldigung«, grunzte der Mann und sah nicht einmal auf. Sein Gesicht wurde von dem Schirm der Kappe verdeckt.

»Ja nun!«, entgegnete Giles aufgebracht. »Wenn Sie besser aufpassen, wo Sie hingehen ...«

Aber sein Vorwurf verhallte ungehört, denn der Mann war schon längst den Korridor hinuntergeeilt. Leise schimpfend ging Giles weiter. Erst da bemerkte er, dass das Telefon immer noch läutete. Und das Klingeln kam aus der offenstehenden Tür von Zimmer 1622.

Aus seinem Zimmer.

Das Bimmeln brach ab, als Giles auf den offenen Zimmereingang zufegte und sich dann schnell umsah. Vorsichtig schob er die Tür ganz auf und schaltete das Licht ein. Im Zimmer herrschte ein heilloses Durcheinander. All seine Sachen waren zerwühlt, die Kleider lagen auf dem Boden verstreut, Schubladen standen offen, der Spiegel war zerschlagen. Ein Dieb, dachte er sofort. Hier hat jemand nach Wertgegenständen gesucht. Und das Telefon? Vielleicht ein Signal von einem Komplizen, der irgendwo auf der Lauer gelegen hat, um den Einbrecher zu warnen, falls der Bewohner des Zimmers eintraf.

Es musste gerade erst geschehen sein. Das Telefon, das Öffnen der Tür …

Der Mann mit der Baseballkappe!

Im selben Moment stürmte Giles wieder aus dem Zimmer, den Korridor hinunter und um die Ecke. Er sah gerade noch, wie am anderen Ende des Flurs unter dem roten Notausgang-Schild die Tür zum Treppenhaus zuschlug. Es kam zwar nicht allzu oft vor, aber er spürte, wie er unsagbar wütend wurde. Tatsächlich war er ein Mann, der zu großen Zornesausbrüchen fähig war. Dabei spielte es keine Rolle, ob der Dieb wirklich etwas gestohlen hatte, denn er hatte bis auf ein paar Bücher aus dem Antiquariat nicht viel von Wert bei sich.

Nein, es ging um das gewaltsame Eindringen in seine Privatsphäre an sich.

Giles bebte vor Wut, und sein Herz klopfte laut, als er vor der Tür zum Treppenhaus stand. Er packte den Knauf, drehte ihn und schwang die Tür so kräftig auf, dass sie laut gegen die Wand knallte. Dann stürmte er die Treppe hinunter und hielt sich nur flüchtig am Geländer fest, während er in rasantem Tempo gleich mehrere Stufen auf einmal nahm. Am nächsten Absatz verlangsamte er. Er konnte die Schritte des Mannes, den er verfolgte, nicht mehr hören. Im fünfzehnten Stock hielt er an und horchte aufmerksam ins Treppenhaus.

Peng! Hinter ihm flog die Tür auf, und er wollte sich gerade umdrehen, als er einen kräftigen Schlag ins Kreuz spürte. Wild mit den Armen rudernd stürzte er die Steintreppe hinunter, wobei er sich mehrfach den Kopf anschlug.

Er stöhnte laut auf, bevor er sich ein letztes Mal hart den Kopf anstieß und bewusstlos wurde.

»Rupert?« Die Stimme klang weit entfernt, und Giles tauchte einen kurzen Augenblick aus der Schwärze seines Geistes auf. Er versuchte, das Gesicht über sich zu erkennen. Eine Frau … Honigblondes Haar … Er kannte sie, aber ihr Name war ihm entfallen.

»Honig«, flüsterte er und warf wieder einen Blick auf ihr Haar.

»Ich habe Hilfe gerufen, Rupert«, sagte sie. »Der Krankenwagen ist schon unterwegs.«

Dann sank er wieder zurück in die Dunkelheit, die seine Schmerzen ausschaltete.

Buffy war nicht gern ohne Giles in der Bibliothek. Zumal sie sich mitten in der Nacht ohne jedwede Erlaubnis auf dem Schulgelände aufhielt. Wenn Giles sie begleitete, waren solche nächtlichen Besuche zwar auch verdächtig, aber gemeinsam konnte man leichter eine Ausrede für das nächtliche Eindringen finden. Buffy wollte gar nicht daran denken, was geschah, wenn sie einmal erklären musste, dass und warum sie in Besitz eines Schulschlüssels war. Doch im Moment hatte sie keine Angst vor einer möglichen Entdeckung und den Konsequenzen. Ihre Unruhe hatte einen anderen Grund.

Mit schwierigen Situationen kannte sie sich schließlich aus.

Nein, ihre Anspannung hatte eher mit dem flauen Gefühl in ihrer Magengegend zu tun. Die Bibliothek war Giles' Territorium. Er war der Wächter, der Hüter des Wissens, der Herr der Bücher. Wenn Buffy allein in seinem Reich war, musste sie immer daran denken, wie ihr Leben wohl ohne ihn aussähe. Und dieser Gedanke behagte ihr ganz und gar nicht. Sie brauchte Giles: Er war das Rückgrat ihrer Existenz als Jägerin. Nicht nur als ihr Wächter und Freund war er ein sehr wichtiger Bestandteil ihres Lebens, sondern auch, weil sie, solange sie Giles hatte, nie ganz allein sein würde, wie einsam das Leben als Auserwählte auch werden mochte.

Die Bibliothek war einfach nicht dieselbe, wenn er nicht da war und über die Magazine und die verstaubten ledergebundenen Bücher wachte.

Buffy saß an dem Arbeitstisch mit den grünen Leselampen und knallte seufzend ein Buch mit dem Titel »Drachen und Feuerdämonen« zu. Es hatte ihr nicht bei der Identifikation des seltsamen Wesens helfen können, dem sie abends begegnet waren.

»Wir brauchen Giles«, sagte sie nicht zum ersten Mal.

Oz saß ihr gegenüber an dem großen Eichentisch. Er sah von dem Buch auf, das er gerade durchblätterte, zog die Augenbrauen hoch und nickte. »Stimmt. Er ist unser Mann.«

»Hey!«, rief Willow.

Sie hockte auf dem harten Holzstuhl, den Giles ihnen nur sehr widerwillig vor das kleine Pult mit dem Bibliotheksrechner zu stellen erlaubt hatte. Der Computer, den Giles einmal als »das gefürchtete Gerät« bezeichnet hatte. Aber Willow war eine hervorragende Hackerin. Und diese gefürchtete Hackerin sah ihre Freunde nun empört an.

»Das bin ich doch auch«, sagte sie und stockte. »Wenn ich ein Mann wäre ... Ihr wisst schon, was ich meine! Giles hat viel zu viele Monsterdetails in seinem Hirn abgespeichert. Klar könnten wir ihn jetzt gebrauchen. Aber ich bin auch nicht schlecht im Recherchieren!«

Buffy schüttelte lächelnd den Kopf.

»Du bist höchst erstaunlich, Willow«, sagte Oz. »Du hast schon oft geholfen, wo Giles mit seinem Latein am Ende war. Aber er ist nun einmal der Wächter, weißt du?«

»Sie weiß es, Oz«, sagte Buffy und wandte sich an Willow. »Und du weißt auch, dass du ein wichtiger Bestandteil unseres Teams bist.«

Willow grinste. »Ja, das bin ich, nicht wahr?«

»Noch wichtiger allerdings, wenn du herausfinden könntest, was für ein feuerspuckender Schwachkopf das war«, fügte Buffy seufzend hinzu.

»Oh, ist das alles?«, fragte Willow unschuldig. »Das ist leicht.«

Sie schob sich mit dem Stuhl zurück, damit die anderen den Computermonitor sehen konnten, auf dem ein erschreckend genaues Abbild des Wesens war, mit dem sie zuvor gekämpft hatten.

Buffy bekam große Augen. »Das ist er!«

»Der Legende nach heißt er Springheel Jack«, erklärte Willow. »Erste erwähnte Sichtung in London im Jahre 1837. Wie es aussieht, greift er überwiegend Frauen an. Diese Abbildung ist aus der *London Times* vom 22. Februar 1838. Die Angriffe traten über Jahre in sporadischen Abständen auf. 1845 attackierte er am helllichten Tag eine Prostituierte – vor Zeugen.«

»Nicht besonders vorsichtig, unser Monster«, meinte Oz.

»Oder es hat einfach keine Angst, geschnappt zu werden«, warf Buffy ein.

Niemand sagte etwas, bis Willow nach einer Weile wieder das Wort ergriff: »1877 haben ihn fast alle Bewohner eines englischen Dorfes gesehen. Danach gibt es noch einen Eintrag in Liverpool im Jahre 1904. Dann scheint er für fast fünfzehn Jahre verschwunden zu sein. Und dann tauchte er tatsächlich in Houston, Texas, wieder auf. Wann war das nochmal ...« Sie drehte sich kurz zum Monitor um. »Am 18. Juni 1953. Seitdem kein Piep mehr von ihm.«

Buffy dachte eine Weile nach, und Willow und Oz sahen sie erwartungsvoll an. Sie musste entscheiden, wie es nun weiterging.

»Und warum ist er jetzt in Sunnydale?«, fragte sie.

Willow zuckte mit den Schultern. »So ist es eben am Höllenschlund.

Irgendwann kommen alle Abscheulichkeiten der Welt mal hier zu Besuch!«

»Ein wahres Tourismusmekka für Dämonen«, pflichtete Oz ihr bei.

»Aber er ist seit 1953 nirgendwo mehr aufgetaucht«, insistierte Buffy. »Warum also gerade jetzt?«

Ein Geräusch auf der Galerie schreckte sie aus ihren Überlegungen auf. Durch die Hintertür dort oben waren sie hereingekommen, damit sie niemand am Haupteingang der Schule sah. Als drei Augenpaare alarmiert aufsahen, tauchte Xander zwischen den Bücherregalen auf.

»Hey«, rief er, für Buffys Geschmack eine Spur zu gedämpft.

»Hallo, Xander«, sagte sie.

»Wie geht's Cordelia?«, fragte Willow sofort.

Xander nickte langsam. »Wird schon wieder. Die Ärzte wollen sie nur über Nacht im Krankenhaus behalten, um sicher zu gehen, dass sie keinen Schock hat oder so etwas. Niemand konnte allerdings verstehen, warum sie wegen ihrer Frisur so ausgefreakt ist. Hat wohl keiner eine Tochter in diesem Alter. Jedenfalls geht's ihr gut. Wirklich. Es sah viel schlimmer aus als es ist. Und sie hat bereits für morgen früh einen Termin beim Friseur gemacht.«

»Wie beruhigend«, meinte Oz.

Buffy sah ihn fragend an. Hatte er nun eine sarkastische Bemerkung gemacht oder zeigte er ehrliche Anteilnahme an ihrem Wohlergehen? Man wusste bei ihm nie so recht, woran man war; er hatte einen ziemlich trockenen Humor.

Als Xander die Treppe zum Leseraum der Bibliothek hinunter kam, erhob sich Buffy und ging auf ihn zu. Betreten blieb sie vor ihm stehen und sah ihn an. »Hör mal, Xander, was vorhin passiert ist, tut mir Leid«, sagte sie. »Ich habe einfach letzte Zeit zuviel um die Ohren, und ich vermute, ich will dich einfach nicht verlieren. Keinen von euch!«

Xander schwieg und wich ihrem Blick aus. Schließlich sah er sie an, und Buffy wurde klar, dass er immer noch wütend war. »Ich verstehe das, Buffy«, sagte er. »Aber trotzdem habe ich die Nase davon voll. Du weißt doch, warum Giles uns überhaupt erlaubt hat, dich zu begleiten: Weil du immer sehr deutlich gesagt hast, dass wir keine Belastung für dich sind und auf uns selbst aufpassen können. Sieht so aus, als wäre das alles nur Gerede gewesen, oder?«

Buffy sah ihn mit großen Augen an. »Ganz und gar nicht!«, protestierte sie. »Ich habe nur ... Ich kann nicht glauben, dass ich dir das erklären muss.«

»Erklär es dir selbst«, meinte Xander verärgert. »Wir sind ein Team, Buffy! Vielleicht sind wir nicht alle Jäger, aber wir erledigen auch unseren Job. Warum kümmerst du dich nicht um deinen und lässt den Rest für sich selbst Sorge tragen! Wir können das – und das weißt du!«

»Xander«, versuchte Willow ihn zu beschwichtigen. Buffy stand sprachlos da. »Buffy hat uns schon unzählige Male das Leben gerettet.«

»Das weiß ich, Will!«, rief Xander und warf verzweifelt die Arme in die Luft. »Und nur ein Idiot wäre ihr nicht dankbar dafür. Ich *bin* ihr dankbar. Aber ich meine, wenn wir ein Team sind, sollte sich Buffy auch wie ein Team-Mitglied verhalten.«

Er sah Buffy an. Nicht böse, aber mit so viel Wut im Blick, dass es wehtat.

Sie wusste, Xander war ihr Freund; wusste, dass sie ihm sehr wichtig war. Das machte die Sache nur noch schlimmer. Sie seufzte. »Ich werde es in Betracht ziehen«, sagte sie. Es war ein lahmer Versuch, die Stimmung aufzulockern, aber Xander schüttelte nur schweigend den Kopf.

»Wenn ihr beschäftigt seid«, sagte eine Stimme von oben, »komme ich später nochmal wieder.«

Angel stand auf der Galerie. Seine Jacke war zerrissen und hing nur noch in Fetzen an ihm herunter.

»Was ist denn mit dir passiert?«, fragte Xander.

»Bin nochmal mit Rocky, dem fliegenden Eichhörnchen, aneinandergeraten«, erklärte Angel. »Er ist ziemlich schnell, kann ich nur sagen. Es wurden zwei weitere Angriffe gemeldet. Er scheint sich in einer geraden Linie durch die Stadt zu arbeiten. Sollte nicht so schwierig sein, ihn aufzuspüren.«

Buffy schaute zu Xander hinüber. Er wich ihrem Blick zunächst aus; aber als er sie dann doch ansah, schien seine Wut verraucht. Schließlich nickte er ihr aufmunternd zu, und Buffy hoffte, dass nun wieder alles in Ordnung war.

»Worauf warten wir noch?«, fragte sie in die Runde.

»Ohne mich«, sagte Willow, und Buffy sah sie forschend an. »Sorry, Buffy, aber meine Eltern machen mich sowieso schon zur Schnecke. Ich muss unbedingt nach Hause.«

Buffy sah Oz an. »Schafft ihr es allein?«, fragte Oz.

»Wir denken uns was aus«, sagte Xander mit unverhohlenem Sarkasmus.

Oz ignorierte ihn einfach. Willow warf ihm jedoch noch einen bösen Blick zu, bevor sie mit Oz verschwand.

»Also«, meinte Xander. »Wie lautet der Plan?«

Buffy biss sich auf die Lippe. »Nun«, sagte sie. »Die einzige Möglichkeit, den Kerl zu schnappen, ist offensichtlich, sich an ihn ranzupirschen.«

»Pirschen«, sagte Xander grinsend. »Guter Plan.« Er sah zu Angel. »Das kann unser toter Knabe hier doch besonders gut.«

Als sie gemeinsam die Bibliothek durch die Hintertür verließen, zischte Angel Xander wütend zu: »Du sollst das nicht immer sagen!«

»Toter Knabe!«, wiederholte Xander spöttisch.

Robert Hanrahan schlief friedlich an Bord des Fischkutters *Lisa C.*

Mort Pingree stand am Steuer, und so hatte Hanrahan sich dem sanften Schaukeln hingegeben und war eingenickt. Der Geruch des Pazifiks und das Wogen des Wassers gehörten genauso zu seinem Leben wie das Festland. Mehr noch. Der Ozean war der einzige Ort, an dem sich Robert Hanrahan zu Hause fühlte.

Auch Mort Pingree am Steuer rieb sich müde die Augen. Er war schon einmal bei der Wache eingeschlafen, aber Hanrahan hatte es nie herausgefunden. Was nur gut war, denn der Boss hätte ihn schon längst gefeuert, hätte er jemanden gefunden, der seinen Job hätte machen wollen.

Brummelnd schenkte sich Mort eine weitere Tasse der widerlichen schwarzen Brühe ein, die Hanrahan Kaffee nannte. In Kürze musste er den Boss wecken, damit der das Steuer übernahm. In der Morgendämmerung legten sie dann wie immer die Netze für die erste Ausbeute des Tages aus. In diesem Augenblick aber gab es nur Mort und das Meer. Er schaute zur weit entfernten Küste hinüber und sah, dass immer noch einige Lichter in Sunnydale brannten. Straßenlaternen, dachte er. Denn jeder, der einen anständigen Job hatte, schlief um diese Zeit tief und fest.

Mort Pingree hasste seine Arbeit als Fischer. Er hasste das Meer, die See und all das. Aber er bekam einen regelmäßigen Lohn und für eine andere Arbeit fehlte ihm die Qualifikation. Was er am meisten hasste, war der Geruch. Man brauchte Tage, bis man ihn los war, und er konnte sich nicht erinnern, wann er zuletzt mal lang genug frei gehabt hatte, um es zu erleben.

»Verdammter Fisch«, brummte Mort und schlürfte seinen Kaffee.

Dann ergoss sich der Tasseninhalt über das ganze Hemd, als die *Lisa C.* von irgendetwas angerempelt wurde. Mort fluchte, aber nicht sehr laut. Der Kaffee war schon seit Sonnenuntergang nicht mehr warm, und er war neugierig, gegen was der Kutter wohl gestoßen sein mochte. Er stellte die Tasse ab, trocknete sich die Finger an seinem befleckten Hemd, als hätte er eine Serviette in der Hand, und machte ein paar Schritte Richtung Steuerbord, um über die Reling zu schauen. Auf dem schwarzen Meer war nichts zu sehen.

»Mort?«, hörte er Hanrahan von unten rufen, und da kam der alte Fischer auch schon an Deck gestapft. »Was zum Teufel hast du wieder angestellt? Willst wohl, dass wir auf Grund laufen!«

»Wir sind von der Küste und den Felsen meilenweit entfernt«, gab Mort zurück. »Guck doch selbst!«

Was Hanrahan auch tat. Und Mort hatte Recht. Er spähte hinaus in die Dunkelheit und sah nichts. Gar nichts.

Plötzlich krachte wieder etwas an das Boot, und der alte Kahn neigte sich hart Steuerbord. Hanrahan verlor den Boden unter den Füßen und glitt in die Fischinnereien, die Mort wieder einmal nicht weggeräumt hatte. Dann rutschte er vom Deck der *Lisa C.* ins Wasser.

Mort Pingree schrie laut auf, als sich im gleichen Moment riesige Tentakeln mit rasiermesserscharfen Saugnäpfen über Deck und Steuerhaus spannten und den Kutter in die Zange nahmen. Eine der gigantischen Tentakeln peitschte über Morts Leib, und die Saugnäpfe rissen ihm den Bauch auf.

Als die *Lisa C.* gurgelnd unter Wasser gezogen wurde, war Mort Pingree bereits tot.

Meloney Abrams tröstete sich einmal mehr damit, dass es nur noch ein Jahr dauern würde. Noch ein Jahr kellnern im *Fish Tank*, ein Jahr die Grapschattacken, die lüsternen Blicke und die Überredungsversuche ertragen, dann hatte sie genug Geld, um sich aus dem Staub zu machen. Nach L.A. zum Beispiel, vielleicht sogar aufs College oder so. Alles war gut, wenn es sie nur von hier weg brachte. An einen x-beliebigen Ort, an dem sie einen neuen Anfang machen konnte.

Schmusiger Blues drang aus der Tür, als sie die Bar verließ. Es waren nur noch wenige Gäste da, also hatte Dickie sie ein wenig früher in den Feierabend entlassen. Hatte sie sogar bezahlt, so dass sie nicht morgen an ihrem freien Tag noch einmal hereinschauen musste, um ihren Scheck abzuholen. Vielleicht ist er doch nicht so übel, dachte sie. Auch wenn er jedes Mal, wenn sie hier arbeitete, versuchte, sie allein im Hinterzimmer zu erwischen.

Was konnte man auch erwarten? Schließlich war er ein Mann. Ihrer Erfahrung nach mussten sie es alle wenigstens einmal versuchen.

Meloney ging kopfschüttelnd zum Parkplatz, wo sie ihren Panzer abgestellt hatte, einen roten Ford Granada, Baujahr 1982. Sie hatte das Gefühl, der Wagen überstünde sogar den Angriff durch eine *Cruise Missile* unbeschadet.

Sie sollte das rettende Auto nie erreichen.

Als sie das Flattern hinter sich hörte, drehte sie sich um und sah in einigen Metern Entfernung einen Mann stehen. Seine Haut sah ungesund blass aus, und seine Augen waren blutunterlaufen wie Einschusslöcher. Das war insofern nichts Besonderes, als sie bei ihrer Arbeit im *Fish Tank* schon oft ähnlich ungesunde Anblicke hatte ertragen müssen.

Der Schmierlappen trug einen Umhang.

»Verzieh dich, Dreckskerl!«, sagte sie barsch. »Ich steh nicht auf Belästiger, okay?«

Der Schmierlappen öffnete den Mund und stieß ein unheimliches Lachen aus. Kleine blaue Flammen glommen zwischen seinen Zähnen auf.

Meloney rannte schreiend auf ihren Wagen zu.

Sie warf einen hastigen Blick über die Schulter, als sie erneut dieses Flattern hörte, aber der Widerling war verschwunden. Verunsichert blieb sie stehen, da ertönte das unheimliche Geräusch erneut. Ein dumpfes Klatschen erklang, als das Untier – das Monster, was auch immer es war! – plötzlich vor ihr landete und ihr den Weg versperrte.

Es bewegte sich mit unmenschlicher Schnelligkeit. Eine Hand packte sie am Hals, die andere zerfetzte mit nadelspitzen Krallen ihre Kleidung und riss ihr das Herz aus dem Leib.

»Nein!«, schrie Buffy, doch sie kam zu spät.

Springheel Jack fuhr herum und kam blitzschnell auf sie zu. Aber Angels starke Arme schlossen sich um den bleichgesichtigen Killer und die eingesunkenen schwarzen Augen weiteten sich vor Überraschung.

»Du brutale sadistische Missgeburt!«, brüllte Buffy und verpasste Springheel Jack mit aller Kraft einen Schlag ins Gesicht. Die merkwürdige ölig-weiße Haut platzte auf und ein schwarzer Wangenknochen trat hervor. Kleine blaue Flammen züngelten aus der Wunde.

»Wie wär's, wenn du mal deine vorhersehbare Taktik änderst«, erklärte Xander dem Untier und betätigte den Abzug von Buffys Armbrust.

Springheel Jack versuchte zwar, sich aus Angels Umklammerung zu befreien, aber der Bolzen schlug in seine Brust ... und wurde von dem merkwürdigen Panzer, den er trug, abgewehrt.

»Was zum ...«, begann Xander.

Aber das Monster grinste die Freunde nur höhnisch an, bleckte seine spitzen Zähne und riss das Maul auf, um sie zu verbrennen.

Da schlug Buffy erneut zu. Mit dem Erfolg, dass dem Untier mehrere Zähne herausbrachen. »Hör auf damit!«, rief sie und zog ihren Holzpflock hervor. »Ich muss mir das wohl mal aus der Nähe ansehen«.

»Beeil dich, Buffy!«, ächzte Angel. »Der Bastard ist viel stärker als er aussieht.«

Buffy packte Springheel Jack am Kinn und schob sein Maul von sich weg. In der Hoffnung, die Kraft einer Jägerin reiche aus, um die Panzerung des Untiers zu durchstoßen, hob sie den Pflock. Wenn alles andere fehlschlug, konnte sie ihm immer noch das Genick brechen ...

Plötzlich entriss das Monster sich Buffys Griff, duckte sich und zog Angel mit sich zu Boden. Buffy verlor einen Augenblick das Gleichgewicht.

»Buffy, pack ihn dir!«, rief Xander in ihrem Rücken.

Aber Springheel Jack schoss mit einer solchen Geschwindigkeit und Kraft in die Luft, dass Buffy ihm nur entgeistert hinterherstarren konnte. Angel hielt sich mit aller Macht fest und wurde mit dem Untier in die Höhe gezogen. Es flog im hohen Bogen auf das Dach des *Fish Tank*, landete scheppernd und verschwand mitsamt seiner Beute aus ihrem Blickfeld.

»Angel!«, schrie Buffy außer sich vor Schreck.

Auf dem Dach rührte sich nichts.

»O Mann«, stöhnte Xander.

»Angel!«, rief Buffy wieder.

Da tauchte Angel plötzlich an der Dachkante auf und sah zu ihnen hinunter. Er kratzte sich am Kopf und schlug sich den Schmutz von den Hosenbeinen.

»Er ist weg«, rief er grimmig. »Einfach so verschwunden.«

Oz hatte seinen Van einen halben Block entfernt geparkt und begleitete Willow die letzten Meter zu Fuß nach Hause, als plötzlich ein unglaubliches Donnern den wolkenlosen Himmel zerriss. Es war so laut, dass sie sich die Ohren zuhalten mussten. Über ihren Köpfen krachte es wie

Kanonenschläge. Oz spürte die Vibration sogar in der Brust. Es klang, als stürze der Himmel lawinengleich in sich zusammen.

»Boah! Total beängstigend«, meinte Oz, als sich das Echo des unglaublichen Donners in Wellen über die Stadt ausbreitete.

»Ja«, pflichtete Willow ihm bei. »Jetzt fällt uns wirklich der Himmel auf den Kopf.«

2.

Am Hof König Franz I. von Frankreich
Fontainebleau, im Jahre 1539

Sie war zwar die Ehefrau von Heinrich II., dem französischen Thronerben, doch für den Alchemisten Richard Regnier blieb Katharina von Medici einfach »die kleine Florentinerin«.

Ihr Hof in Fontainebleau war ganz im italienischen Stil ausgestattet, überwiegend mit den Arbeiten anderer Florentiner, die von Katharinas Verwandtem Cosimo aus der Heimat vertrieben worden waren. Als Höflinge fungierten ihre Medici-Cousins Lorenzo, Roberto, Leone und Piero. Und ihr Troubadour sang für sie auf Italienisch.

Katharina litt und hasste mit dem ihrem Volk eigenen heißblütigen Temperament. Nie zuvor war Regnier einem Menschen begegnet, der so leiden, so wütend sein konnte. Dieser grundlegende Wesenszug sorgte und faszinierte Regnier zugleich, als er sie wieder einmal in ihrer prunkvollen Privatkapelle beobachten durfte.

Katharina lag ausgestreckt vor einer Zedernholzstatue der Heiligen Jungfrau auf dem Boden und flehte sie schluchzend an. Die Prinzessin trug kostbare italienische Brokatgewänder und Juwelen, und einige Strähnen ihres dunklen Haares, das zu einer Krone geflochten war, hatten sich aus der Frisur gelöst. Unfreiwillig wurde Regnier Zeuge, wie das zersprang, was von dem Herz dieser verzweifelten Frau noch übrig war.

Und sie schien sehr verzweifelt. Astrologische Karten lagen in kleine Fetzen gerissen auf dem kalten Mosaikboden verstreut. Ein stinkender Klumpen Verbranntes schwelte auf einem kleinen Marmortischchen links von der Statue der Heiligen Mutter – ein Tieropfer, ein ketzerischer Brauch, der von der Kirche verboten und von Seiner Majestät dem König für ungesetzlich erklärt worden war. Der Geruch des Bösen lag in der Luft, es roch nach Verrat und Blasphemie. Die Sünde blies wie ein eisiger Wind durch die Kapelle. Doch Katharina von Medici spürte nichts von alledem. Sie war die Prinzessin, kein Alchemist, kein Hexer. Sie war unschuldig.

Ihr ganzes Leben lang war sie als Pfand missbraucht worden. Als Tochter des legendären Lorenzo von Medici hatte sie bereits in ihrem ersten Lebensmonat Vater und Mutter verloren. Und vor ihrem achten Geburtstag steckte man sie in ein Kloster; ohne Freundinnen, ohne Spielzeug, ohne Puppen.

Als Katharina elf war, brach in Florenz der Bürgerkrieg aus, und die Feinde ihrer Familie trachteten ihr nach dem Leben oder versuchten wenigstens, ihre Chancen auf eine fürstliche Hochzeit zunichte zu machen, indem sie ihren Ruf ruinierten. Mitten in der Nacht war sie sodann von Verwandten in ein anderes Kloster geschmuggelt und dann nach Rom gebracht worden.

Dort hatte sie in ihrem Herzen eine unschuldige junge Liebe für einen Galan namens Giuliano genährt. Sobald ihre Aufpasser davon Wind bekamen, verfrachtete man sie wieder zurück nach Florenz, bis sie im Alter von vierzehn nach Frankreich gebracht wurde, um den Sohn des Königs zu ehelichen.

Es hatte ein neuer Anfang sein sollen, fern von den politischen Schachzügen in Florenz. Das Leben einer wahren Prinzessin. Aber nach der Trauung verweigerte man ihrer neuen Familie Teile der ausgehandelten Mitgift. Da die Heirat nur von geringem politischen Nutzen war und nun auch der finanzielle Gewinn fehlte, sprach man unter den französischen Höflingen bereits davon, dass sie mit all der Verachtung, die einer mittellosen hässlichen kleinen Waisen gebührte, zurück nach Florenz geschickt werden sollte. Nur der Freundlichkeit ihres Schwiegervaters Franz I. war es zu verdanken, dass sie schließlich nicht verstoßen wurde und bleiben durfte. Der König sah in ihr ein liebreizendes, demütiges Mädchen, frei von Ambitionen und Stolz. Eine so angenehme junge Dame durfte in seinem Haushalt verweilen.

Doch nach sechs Ehejahren verliebte sich ihr Gatte Heinrich bis über beide Ohren in eine andere Frau. Zudem hatte ihm Katharina noch kein Kind geboren.

Nun konnte der Alchemist beobachten, wie der Schleier der Unterwerfung und Liebenswürdigkeit von ihrem Gesicht gerissen wurde. In der Tat hatte es sich dabei um eine Maskerade gehandelt; sie war nie wirklich so gewesen. Um zu überleben, hatte sie lediglich eine Rolle gespielt. Über Jahre hinweg. Regnier war erstaunt, dass sie in so jungen Jahren bereits über eine solche Selbstbeherrschung verfügte.

Als er nach dem Zauberstab tastete, der in seinem weiten Ärmel aus schwarzem Samt verborgen war, kehrte Regniers Blick wieder zu dem verbrannten Haufen zurück. Wütend pochte sein Herz unter dem samtenen Wams. Man hatte ein Kaninchen benutzt oder eine andere kleine, hilflose Kreatur. Es war ein abscheulicher Akt, der eine Nähe zur schwarzen Magie verriet. Mehr noch. Es schockierte ihn, dass die Prinzessin an so etwas teilnahm. Aber wer würde sich nicht von Gott abwenden, wenn er ein so schweres Los zu tragen hatte und Gott die innigsten Gebete nur mit Schweigen beantwortete?

Grimmig legte er die Hand an den Griff des Rapiers an seinem Gürtel. Er wusste, wer die Unglückselige zu derlei verbotenen Handlungen verführt hatte. Wer sie auf den verräterischen Pfad der dunklen Welt leitete, indem er ihr im Austausch dafür, dass sie ihn begünstigte und förderte, versprach, was sie sich am meisten auf der Welt wünschte. Er wusste, wer ihren Verstand und ihr Ermessen getrübt hatte und so weit gegangen war, sie dazu zu drängen, ihn, Regnier, in seinem Bett ermorden zu lassen.

Es war Fulcanelli, der Hexer. Ein niederträchtiger, habgieriger Mann, grausam und herzlos obendrein. Aber da er aus Florenz stammte und Berater von Katharinas verstorbenem Vater gewesen war, besaß Fulcanelli die Macht über ihr Herz. Er war in gewisser Weise alles, was ihr von ihrer einsamen, traumatischen Kindheit geblieben war. Ihre einzige Verbindung zu den Eltern, die sie nie gekannt hatte.

Arme, arme Katharina.

Das Schluchzen der Prinzessin schwoll zu qualvollen, fast wahnsinnigen Schreien an, und Regnier trat hastig aus seiner dunklen Nische und legte sachte seine Hände auf ihre Schultern. Eigentlich hatte er sich nicht zeigen wollen, denn gewiss verübelte sie ihm seine Anwesenheit. Er war in der unschuldigen Absicht in die Kapelle gekommen, sie vom Einfluss des Bösen zu reinigen, wie er es an jedem Abend tat, bevor Katharina zur Abendmesse kam. Sie wusste nicht davon, denn er hatte es ihr nie erzählt. Er war ihr ein echter Freund und hatte sich immer bemüht, die kleine Florentinerin zu beschützen, denn es war nur rechtschaffen, so zu handeln, zudem tat sie ihm unendlich Leid. Aber da er Franzose und zudem entfernt verwandt mit Heinrichs Mätresse war, hatte sie ihm nie vollends vertraut.

»Madame«, sagte er, »bitte, ich flehe Euch an, beruhigt Euch!«

»Regnier«, keuchte sie empört und peinlich berührt zugleich. »Was macht Ihr hier? Verschwindet! Verschwindet oder ich lasse Euch töten!«

»Euer Gnaden, ich bitte Euch«, flüsterte er sanft und drängte sie, sich aufzusetzen. »Die Palastmauern haben Ohren. Eure Feinde lauern überall.«

»Mein Feind ist dieser Körper«, wimmerte sie und schlug sich mit den Fäusten in den Leib. »Dieser unfruchtbare, verräterische Körper!« Sie entwand sich seinem Griff, fiel wieder auf den Marmorboden und ergab sich erneut ihrem Kummer.

Aber Regnier blieb beharrlich. »Lasst mich nach Euren Zofen rufen. Ihr braucht Ruhe. Ihr seid vollkommen überreizt.«

Einen Augenblick lang hielt sie inne. Dann bebten ihre Schultern und er wurde gewahr, dass sie still vor sich hin lachte.

»Vollkommen überreizt? Mein Ehemann will mich loswerden, weil ich ihm keine Kinder gebäre. Ich soll in ein Kloster gebracht werden oder – schlimmer noch – derjenigen wie eine Sklavin dienen, die meinen Platz einnehmen will. Und Ihr sagt, ich sei vollkommen überreizt.«

»Aber Ihr seid doch noch seine Frau«, bemerkte er.

»Und immer noch kinderlos.« In ihrer Stimme schwang Bitterkeit und Frustration. »Ohne Mutter, ohne Vater und schon bald auch ohne Ehemann.«

»Nein, dem kann man zuvorkommen«, sagte er. »Gewiss!«

»Wer denn? Ihr?« Sie lachte hohl. »Ihr seid doch nur der Schoßhund des Königs. Ein Alchemist, nichts weiter.« Sie brach erneut in Tränen aus. »Obwohl Ihr mir schon hundertmal versprochen habt, mir zu helfen, habt Ihr nichts unternommen.«

Er war beschämt. Er wusste nicht, warum seine Beschwörungsformeln in ihrer Sache bislang erfolglos geblieben waren. Er hatte gefastet, zu den alten Göttern gebetet, die Heiligen verehrt, mehr Rituale abgehalten als der Papst Messen gelesen hatte. Und immer noch war diese arme Dame kinderlos. Vermutlich hatte Fulcanelli seine Pläne vereitelt, aber die Beweise dafür fehlten ihm. Er nahm sogar an, dass Fulcanelli selbst für die unglückliche Lage der Prinzessin verantwortlich war. Dafür fehlten ihm ebenfalls die Beweise. Wenn Fulcanelli es wollte, hätte die Prinzessin bestimmt keine Schwierigkeiten, zu empfangen. Da war sich Regnier sicher.

»Ihr seht nicht einmal wie ein Alchemist aus«, meinte sie. »Ihr seid ein gewöhnlicher Galan, der nur Theater spielt.« Sie klang herausfordernd, als wolle sie ihn drängen, ihre Meinung über ihn anzufechten.

Wohl wahr, musste er zugeben. Für gewöhnlich trug er in Anwesenheit anderer Mitglieder des Königshofes die Kleidung eines französischen Edelmannes. Nur unter Ausschluss der Öffentlichkeit legte er die nachtblaue Robe und den spitzen, mit Sternen und Kometen verzierten Hut an, die ihm vermacht worden waren.

»Nein, Madame, ich bin ein einflussreicher Magier«, versicherte er ihr. »Und ich möchte Euch dienen. Aber nun«, sagte er laut, »müsst Ihr Mut fassen. Ihr müsst Euch vor der Gefahr schützen.«

Er griff in seinen Ärmel, zog eine wunderschöne goldene, mit Edelsteinen geschmückte Kugel hervor und klappte sie mit dem Daumennagel auf. Im ihrem Innern verbarg sich ein Stück Pergament, das zu einem Kreuz gefaltet war.

»Dies ist ein mächtiger Talisman«, erklärte Regnier und nahm das Papierkreuz heraus, »den ich speziell für Euch gefertigt habe. Ich habe ihn mit lateinischen, französischen und hebräischen Gebeten beschrieben. Ich bitte Euch, ihn allzeit zu tragen.«

»Wird er …?« Sie konnte es nicht aussprechen und senkte ihren Blick. Dann zwang sie sich, weiter zu reden. »Wird er mir zur Empfängnis verhelfen?«

Sie tat ihm schrecklich Leid. »Er wird Schaden von Euch abwenden und sonst nichts.«

»Aber um Schaden von mir abzuwenden, muss ich … muss ich meine Pflicht erfüllen«, stammelte sie. »Das wird Gott doch verstehen!« Sie sah ihn mit verweinten Augen an. »Wenn ich keine Kinder gebäre, gibt es für mich keine Hoffnung mehr.«

»Hat Gott Rachels Flehen denn nicht erhört?«, fragte er sanft. »Schenk mir Kinder, sonst sterbe ich!«

Die Tränen flossen erneut. »Habt Ihr eine Vorstellung, Monsieur, wieviele Male mein Priester mir diesen Vers schon zitiert hat?«

Er senkte den Kopf. »Ich bitte um Verzeihung. Ich wollte nicht herablassend wirken.«

Sie legte ihm die Hand auf den Kopf, als wolle sie ihn segnen. Es war eine erhabene Geste, die ihn noch mehr betrübte. Sie hatte das Zeug zu einer guten Königin, aber er war alles andere als überzeugt davon, dass sie jemals den Thron besteigen sollte.

»Es ist nett von Euch, an mich zu denken«, entgegnete sie mit zittriger Stimme. »Dennoch muss ich mich fragen, ob Ihr geschickt wurdet, um den Boden für meine Verstoßung zu bereiten. Um mich noch willfähriger und gehorsamer zu machen, damit ich mich von selbst zurückziehe, ohne meine Familie auf den Plan zu rufen. Wie Ihr wisst, verstehen wir Italiener etwas von Vergeltung.«

Bekümmert fragte er sich, ob er irgendwann einmal seine wenig positive Meinung über ihren ausschließlich italienischen Hofstaat hatte durchblicken lassen.

»Ganz und gar nicht, Teuerste.« Er zögerte. »Obwohl ich Euch dringend ans Herz legen möchte, Euch nicht gegen den König von Frankreich aufzulehnen. Ihr wisst, dass die Heirat keinen Gefallen vor dem Volk fand.«

»Was findet denn seinen Gefallen?«, fragte sie verächtlich. »Wenn Ihr mir das beantwortet, gehe ich zu meinem Schwiegervater und bitte ihn, Euch zum Herzog zu erheben.«

Fast hätte er geantwortet: »*Ich* finde seinen Gefallen«, aber das stimmte nicht. Er war ein erfahrener Höfling und als solchem kamen ihm derartige Äußerungen leicht über die Lippen. Aber Katharina war zu intelligent. Sie hatte in ihrem Leben schon zu viel gesehen, als dass er sie belügen konnte.

»Ich weiß es nicht«, antwortete er ehrlich.

»Und damit weiß ich, dass Sie vielleicht ein Freund sind«, entgegnete sie und musterte ihn erneut.

Er legte die Hand auf sein Herz. »Das möchte ich sein, Madame. Und es wäre ja auch das Leben meines Herrn, des Königs, leichter, wenn ich seiner Schwiegertochter auf irgendeine Weise behilflich sein könnte.«

»So sieht es aus.« Sie erhob sich mühsam und winkte ab, als er ihr helfen wollte. »Nein«, sagte sie. »Ich muss auf meinen eigenen Beinen stehen.«

»Mein Bewunderung für Euch wächst«, meinte er aufrichtig.

»Ihr seid vermutlich der einzige Mann in ganz Frankreich, der so empfindet.« Sie seufzte schwer.

In der Tat war sie nicht besonders schön. Hat denn dieses arme Mädchen nur Pech im Leben?, dachte Regnier. Dianne de Poitiers hingegen, die Mätresse ihres Mannes, war eine Göttin.

»Geht nun!«, befahl sie hoheitsvoll. »Ich muss mich fassen. Niemand soll von meinem persönlichen Leid erfahren.« Sie sah ihn bedeutungsvoll an. »Sechs Jahre lang war ich eine pflichtgetreue und ergebene Ehefrau, habe nie meine Stimme erhoben, habe nie meinen Ehemann gebeten, mich zu lieben. Ich habe keine Schwierigkeiten gemacht.«

»Und ich werde Euch keine Schwierigkeiten machen«, versicherte er ihr. »Ich werde in jeder Hinsicht bemüht sein, Euch zu helfen.«

Sie streckte ihm ihre Rechte entgegen. Er küsste die Luft über ihrem Handrücken, verbeugte sich und verließ die Kapelle.

Eine Weile stand Katharina reglos in der immer finsterer werdenden Kapelle und starrte in die Richtung, in der Regnier verschwunden war. Dann schauderte sie, und sie schlang die Arme um die Schultern. Der Raum verdunkelte sich, als schöbe sich ein großer Schatten vor die Sonne. Sie fühlte sich bedroht und sah sich um, als wolle sie die Ursache ergründen. Sie zitterte vor Kälte.

»Er ist ein machtloser Narr und wird Ihnen nicht helfen können«, sagte plötzlich eine Stimme hinter der Statue der Jungfrau Maria.

Gehüllt in einen schwarzen Umhang, der mit purpurroten Halbmonden verziert war und dessen rot besetzte Ärmel bis auf den Boden reichten, trat Giacomo Fulcanelli auf sie zu. Sein bartloses Gesicht war wettergegerbt und doch merkwürdig faltenlos, wirkte sogar eindrucksvoll mit seinen ausgeprägten, gut geschnittenen Zügen. Er hatte wulstige Lippen und dunkle Augenbrauen, die in starkem Kontrast zu dem weißen Haar standen, das ihm über die Schultern fiel. Seine Augen waren von einem verblüffenden Kristallblau. Die linke Hand allerdings, die er dicht am Körper hielt, war verkrüppelt. Wie er ihr einmal erklärt hatte, war es dazu gekommen, weil die magischen Fähigkeiten, die in der linken Herzkammer wohnten, bei ihm so stark waren, dass die Venen vor Kraft förmlich übergelaufen waren. Das glaubte sie ihm voll und ganz. Sie hatte sich von den Auswirkungen seiner Macht aus nächster Nähe überzeugen können.

In der rechten Hand trug er, unter einem Stück schwarzem Stoff verborgen, einen Behälter. Darin strampelte etwas wie wild.

»Maestro«, hauchte Katharina und machte einen Knicks. »Ich habe nicht bemerkt, dass Ihr hier seid.«

»Ich habe genug gehört.«

Mit raschen Schritten durchquerte er die Kapelle und setzte das verhüllte Gefäß auf einen Marmortisch, das Gegenstück zu dem mit den Ascheklumpen. Sie runzelte die Stirn, denn sie wollte das Opferritual, das sie vor einer Stunde abgehalten hatten, nicht noch einmal wiederholen. Es hatte sie am Ende völlig zermürbt und den Weinkrampf verursacht, dessen Zeuge Regnier geworden war.

»Also«, fuhr Fulcanelli fort und legte zärtlich die Hand auf den schwarzen Stoff, »wollt Ihr mich gegen ihn austauschen.«

»Nein, nein, keineswegs!« Sie blinzelte erschreckt ob dieser Anschuldigung. »Er … kam ungebeten.«

Er sah sie spöttisch an. »Und Ihr habt in seinen Armen geweint. Habt Ihr all Euer Vertrauen in mich verloren?«

Katharina nestelte nervös an den Ringen, die ihre Finger schmückten. »Natürlich nicht, Maestro. Signore Regnier hat lediglich seine Hilfe angeboten. Sollte ich nicht jede Hilfe annehmen, die sich mir bietet?« Sie zögerte. »Ein Verhungernder ist nicht wählerisch, nicht wahr? Er nimmt die Feige genauso gierig wie ein Stück Fleisch.«

Er schloss die Augen und seufzte schwer. »Wie wenig Ihr versteht, Katharina.« Nur er wagte es, sie so vertraulich anzureden. Selbst ihr Gatte sprach sie nur mit »Madame« an.

Während er redete, breitete er die Hände aus, um sie alsbald wieder vor der Brust zu verschränken. »Die Magie ist eine komplexe Angelegenheit, und nur ein meisterlicher Hexer weiß damit umzugehen. Wenn Ihr diesem ignoranten Höfling erlaubt einzugreifen, könnte er am Ende gar den Fortschritt meiner Bemühungen erschweren.« Fulcanelli sah sie durchdringend an. »In der Tat spüre ich, dass er dergleichen schon getan hat.«

»Was?«, fragte sie erschrocken. »Wie meint Ihr das?«

»Ich habe das Flüstern einer Seele vernommen.« Er legte den Kopf zur Seite und fasste sich ans Ohrläppchen. ›Ich möchte der Dame geboren werden‹, sagt sie. ›Aber der Weg wird mir versperrt.‹«

Seine Augen weiteten sich. »Und nun fliegt sie davon in den Himmel.«

»Nein!«, schrie Katharina und sah zur Decke. »Nein! Ruft sie zurück!«

»Sie ist fort.« Er kam mit offenen Armen auf sie zu. »Meine Ärmste! Es war ein Sohn.«

Sie schlug sich verzweifelt die Hände vors Gesicht.

Rasch nahm er sie in die Arme und drückte ihren Kopf gegen seine Brust. »Schafft diesen Mann aus dem Weg! Noch besser: Überzeugt Euren Schwiegervater, ihn vom Hof zu verbannen. Er ist eine Gefahr für Euch.«

Sie weinte leise an seiner Brust. Er strich ihr übers Haar. Es fühlte sich so gut an, von jemandem gehalten, getröstet zu werden.

»Und am allerbesten lasst Ihr ihn töten«, sagte Fulcanelli. »Wenn Ihr wirklich Kinder wollt. Und das wollt Ihr doch, kleine Prinzessin?«

Sie hob den Kopf und sah ihn an. Erneut strömten Tränen über ihr Gesicht. »Ihr wisst es nur zu gut.«

»Also dann.« Er lächelte sie an, schob sie ein Stück von sich weg und legte ihr den Arm um die Schulter. Gemeinsam schritten sie auf den verhüllten Behälter zu.

Mit einem eleganten Schwung zog er den Stoff weg. Darunter schlug ein kleines Kätzchen mit den Pfoten gegen die Gitterstäbe des runden Käfigs.

»Nein!«, protestierte sie. Das Blut gefror ihr in den Adern.

»Ich bitte Euch! Jetzt wollen wir doch nicht zögern, nicht wahr?« Fulcanelli lächelte. »In den Straßen der Stadt wimmelt es nur so vor Katzen. Aber im königlichen Kinderzimmer gibt es kein einziges königliches Kind.« Er öffnete den Käfig. »Spreche ich die Wahrheit?«

»Ja«, hauchte sie. »Das tut Ihr.«

Er packte das Kätzchen am Genick und zog es heraus. Es war grau und dürr. Ein Streuner, versuchte sie sich einzureden. Der auf der Straße verhungern würde.

Der ohnehin bald gestorben wäre.

Als am nächsten Tag der Unterricht beendet war, traf sich Buffy mit ihren Freunden in der Bibliothek.

Sie wollten über Springheel Jack reden.

Es war ein kleiner Streit darüber entbrannt, ob Jack ein richtiger Dämon war oder eher eine Art nichtdämonisches Monster oder gar eine Spezies aus grauer Vorzeit. Xander plädierte für eine außerirdische Herkunft, aber davon wollten die anderen nichts hören. Buffy fand, wenn jetzt auch noch die Aliens dazukamen, wurde die ganze Sache einfach zu verrückt. Als wäre ihre Welt nicht schon verrückt genug, so wie sie war.

Obwohl es ausreichend andere Dinge gab, über die Buffy sich hätte den Kopf zerbrechen sollen, machte sie sich in der Hauptsache Sorgen um Giles. Sie hatte versucht ihn anzurufen, später auch seinen Beeper angefunkt, aber ohne Erfolg. Bei den letzten beiden Versuchen hatte sie die Nummer der Schule eingegeben, um ihn wissen zu lassen, dass sie in der Bibliothek waren. Zumindest hätte er kurz zurückrufen können.

Als das Telefon dann um vier Uhr klingelte, sprang Buffy sofort auf und griff hoffnungsvoll zum Hörer. Wie viele Anrufe konnten nach Unterrichtsschluss schon in der Bibliothek eingehen!

»Hallo?«, sagte Buffy in den Hörer.

»Buffy?«

»Giles! Hören Sie, ich dachte, das mit dem Beeper hätten wir geklärt! Was meinen Sie wohl, wozu er da ist? Wo haben Sie bloß den ganzen Tag gesteckt? Ich hab versucht ...«

»Buffy ...« Giles Stimme klang sehr schwach.

»Wir haben eine sehr schlechte Verbindung«, sagte sie und drückte den Hörer fest ans Ohr. »Ich kann Sie kaum verstehen. Hören Sie, es tut mir Leid, Sie bei den abgefahrenen Vergnügungen zu stören, denen Sie bestimmt mit all den anderen … ähm abgefahrenen Bibliothekaren nachgehen, aber hier geschehen merkwürdige Dinge. Willow befürchtet, dass uns der Himmel auf den Kopf fällt und …«

»Buffy«, sagte Giles wieder.

Etwas in seiner Stimme ließ sie aufhorchen. Sie sah die anderen an, die sofort alarmiert aufschauten, und sagte: »Was ist los?«

»Ich bin im Krankenhaus«, sagte er nur. »Ich bin … ich bin eine Treppe hinunter geschubst worden.«

»O mein Gott!« Buffy ließ sich langsam auf einen Stuhl sinken. Sie hatte das Gefühl, ihr Körper würde ganz taub. »Giles, geht es Ihnen gut?«

Die anderen starrten sie angsterfüllt, fast panisch erschreckt an.

»Ich fürchte, ich habe es versäumt, korrekt abzurollen«, sagte er langsam. »Ich muss … ich muss noch hierbleiben.« Er seufzte. »Ich bin recht benebelt, muss ich zugeben. Ich hänge nämlich an einem Morphin-Tropf. Häßliches kleines Biest, aber in der Tat ziemlich effektiv.«

Buffy räusperte sich, um den dicken Frosch in ihrem Hals loszuwerden. »Morphin? Du liebe Güte, Giles!« Sie schloss die Augen. »Wie schlimm ist es?«

»Mir geht es gut. Ein bisschen schwarz und blau rundherum. Ein paar Rippen gebrochen. Und grässliche Kopfschmerzen.«

Ob sein Gehirn Schaden genommen hatte? Buffys Gedanken überschlugen sich. Eine Operation. Er konnte auf dem OP-Tisch sterben. O Gott …

»Doch genug davon. Ihr hattet einen Notfall?«, fragte er langsam.

»Was? Oh, das ist nicht so wichtig. Was haben die Ärzte gesagt …«

»Erzähl Giles von Springheel Jack!«, raunte Xander ihr mit besorgtem Gesicht zu.

»Auf keinen Fall«, widersprach Buffy, nachdem sie kurz den Hörer mit der Hand abgedeckt hatte. »Giles? Hier ist alles in Ordnung. Wir machen das schon. Werden Sie nur schnell wieder gesund!«

»Aber Buffy«, protestierte Giles. »Wenn du in Gefahr bist, muss ich dir helfen herauszufinden, was …«

»Wir kommen schon klar. Wenn es zu haarig wird, rufen wir nochmal an, okay?«

Sie befragte Giles noch eine Weile zu seinem Gesundheitszustand, bevor sie auflegte. Sie hatte Springheel Jack nicht erwähnt. Mit keinem Wort. Obwohl Giles ihnen natürlich eine große Hilfe sein konnte, hatte sie mit Rücksicht auf seine Verfassung geschwiegen. Sonst wäre er womöglich gleich aufgesprungen, um nach Hause zu kommen, und hätte sich so vermutlich mehr Schaden zugefügt als der Trottel, der ihn die Treppe hinunter gestoßen hatte. Das durfte sie nicht riskieren. Sie brauchte ihren Wächter unbeschädigt und in einem Stück.

»Wie lautet also die Diagnose?«, fragte Willow besorgt.

»Er ist ziemlich übel gestürzt, aber sonst weiß ich nicht viel«, meinte Buffy stirnrunzelnd. »Er ist eingeschlafen, während er sprach.« Sie biss sich auf die Unterlippe. »Allerdings hat er mir zuvor noch erzählt, dass jemand sein Hotelzimmer durchwühlt hat.«

Die Freunde sahen sich bestürzt an.

»Ich fahre nach New York«, verkündete Buffy.

Xander hob die Hand. »Moment mal, Buffy! Und was ist mit Springheel Jack und den anderen merkwürdigen Sachen hier? Dem einstürzenden Himmel?«

»Er ist doch im Krankenhaus sicher untergebracht. Okay, nicht so sicher wie im Gefängnis, aber 'ne Pforte und Wächter gibt's da auch.« Oz zuckte mit den Schultern.

»Irgendwas stimmt hier nicht«, meinte Xander. »Und wir müssen herausfinden was.«

»Ich dachte, du kommst mit so was allein klar!«, fuhr Buffy ihn an. »Wozu brauchst du mich also?«

Xander blinzelte und hob das Kinn. »Du willst gleich los?«

Sie nickte Willow zu. »Pass auf die anderen auf, ja?«

Willow antwortete mit einem Augenzwinkern und zeigte dabei auf sich selbst.

»Buffy ...«, setzte Xander an.

Aber sie war schon zur Tür hinaus.

Buffys Mutter war noch nicht von der Arbeit zurück. Diese Tatsache war eine Erleichterung, stellte Buffy aber auch vor ein Problem. Sie brauchte Geld für das Flugticket und musste schließlich irgendwie erklären, warum sie mitten in der Woche, wenn Schule war, in die große Stadt wollte. Joyce gewöhnte sich zwar allmählich an Buffys Aufgabe als Jägerin, aber in vielerlei Hinsicht war die Auserwählte für sie immer noch ihr einziges kleines Mädchen. Und die meisten Mütter freuten sich nicht besonders über Nachrichten wie: »Liebe Mama, ich bin nach New York gefahren, um nach Giles zu sehen. Er wurde verletzt. Alles Liebe, Buffy.«

Was hätte sie auch sonst tun sollen? Giles war nicht nur ihr Wächter. Er war ihr Freund.

Aber was genau wollte sie eigentlich in New York für ihn tun? Vermutlich aufpassen, dass ihn nicht noch einmal jemand die Treppe hinunterstieß. Den Einbrecher finden, der in sein Zimmer eingedrungen war. Herausbekommen, ob das etwas mit dem Höllenschlund zu tun hatte oder nur eine typische New Yorker Geschichte war. Immerhin bestand die Möglichkeit, dass Giles nur zufällig Opfer des Einbruchs geworden war.

Sie rief direkt bei der Fluggesellschaft an und hing endlos in der Warteschleife. Währenddessen durchwühlte sie die Küche in der Hoffnung, eine Kreditkarten-Quittung ihrer Mutter zu finden, von der sie die Nummer ablesen konnte – kein besonders anständiges Verhalten, aber sie hatte keine andere Wahl. Es würde ewig dauern, Joyce das Geld zurückzuzahlen, aber ihre Mutter würde schon Verständnis dafür aufbringen.

Sie wartete und wartete und wurde immer wütender. Gerade stand sie mit dem Telefon vor dem Kühlschrank, um nach einem Snack Ausschau zu halten, als das Haus plötzlich heftig zu beben anfing. Als erfahrene Südkalifornierin dachte Buffy natürlich sofort an ein Erdbeben, flitzte unter den Türsturz und hielt sich links und rechts an den Pfosten fest. Sie wurde hin und her geworfen.

Ein Donnerschlag fegte durch die Luft. Er war so laut, dass Buffy sich auf die Erde warf, sich die Ohren zuhielt und die Augen zukniff. Es war, als wäre eine Granate ins Haus eingeschlagen. Der Boden schlug Wellen. Ein dünner Riss zeigte sich an der Wand. Glas zerbrach. Buffys Körper vibrierte mit dem Lärm, und sie fühlte sich, als trommle ihr jemand auf Brust, Bauch und Rücken.

Dann war es vorbei.

Buffy hob den Kopf und öffnete die Augen.

Sie legte das Telefon beiseite, das sie immer noch umklammert hielt, und sah sich in der Küche um. Der Teekessel war vom Herd gefallen. Das Gewürzregal war umgekippt. Es roch nach Kümmel.

Sie fing an aufzuräumen. Dabei beschlich sie ein merkwürdiges Gefühl. Es war, als wäre sie Gast in ihrem eigenen Haus. Seit kurzem hatte sie öfter das Gefühl, nicht wirklich dazu zu gehören – zuerst im *Bronze*, jetzt hier –, und es gefiel ihr überhaupt nicht.

Dann hörte sie, wie dicke Regentropfen vom Himmel platschten. Das ist nur normal nach einem Gewitter, dachte Buffy, falls es sich diesmal um echten Donner gehandelt hat und nicht um Getöse aus dem Höllenschlund.

Wie gebannt sah sie aus dem Fenster.

Seltsame runde Objekte fielen von einem durch und durch wolkenlosen Himmel.

Kleine Gestalten, die wild mit den Beinen zuckten.

»Was zum Teufel ...«, flüsterte Buffy und öffnete die Küchentür nach draußen.

Es waren Kröten! Dutzende, nein hunderte dicke grüne Kröten stürzten auf die Wiese, klatschten auf den Gehsteig und den Asphalt.

Buffy verzog angewidert das Gesicht. »Igittigitt!«. Sie seufzte. Genau die Reaktion auf einen Krötenregen, die man von einer Jägerin erwartete ... Sie musste herausfinden, was ihn verursacht hatte, und sie war keineswegs überzeugt, es ohne Giles schaffen zu können.

Der arme Giles!

3.

Xander stand in der Tür zu Mister Frankels Büro und trat beklommen von einem Fuß auf den anderen. Der Mann war an dem Tisch am Fenster in ein paar Akten vertieft. Draußen warf die Sonne bereits lange Schatten, es war fast halb sechs, und bald wurde es dunkel.

Schließlich war Xander mit seiner Geduld am Ende und räusperte sich. Der Beratungslehrer fuhr erschreckt auf, als erwarte er Ärger in seinem Büro. Xander fragte sich, ob es daran lag, dass er der Beratungslehrer war oder daran, dass sie am Höllenschlund lebten. Wer konnte schon wissen, was in dieser Schule nach dem Unterricht vor sich ging! Die Erinnerung an Jenny Calendars Ermordung war noch frisch. Und es trug nicht gerade zur Entspannung der Lage bei, dass ein anderer Beratungslehrer, Mister Platt, zu Beginn des Schuljahres nur ein paar Büros den Korridor hinunter auf grausame Weise umgebracht worden war.

»Ach, Xander, komm doch herein!«, sagte Mister Frankel übertrieben freundlich, als er sah, dass keine Gefahr drohte. »Ich freue mich, dass du pünktlich gekommen bist. Dass du überhaupt gekommen bist, will ich sagen.«

Xander zuckte mit den Schultern, betrat das Büro und setzte sich auf den Stuhl vor Frankels Schreibtisch. Der unscheinbare kleine Mann trug einen buschigen Riesenschnurrbart, der wirkte, als wolle er mit ihm seinen stark zurückweichenden Haaransatz ausgleichen. Xander hatte Frankel nie besonders gemocht, aber das lag wohl eher an seiner Funktion als Beratungslehrer, denn an seiner erschreckenden Dämlichkeit. Damit kannte sich Xander schließlich aus, wenigstens war es in der Vergangenheit so gewesen. Als es ihm noch etwas ausgemacht hatte, was die Leute über ihn dachten. Aber mittlerweile hatte er gelernt, dass es Wichtigeres gab als die öffentliche Meinung.

»Ich, ähm, ich war ein paar Wochen wirklich krank, Mister Frankel«, sagte er lahm.

»Ja, aber zum Unterricht bist du immer erschienen, nicht wahr?«, entgegnete der Mann und sah Xander durchdringend an.

»Meine Eltern wollten nicht, dass ich die Schule verpasse, aber ich musste immer direkt nach Hause kommen. Außerdem verstehe ich nicht, um was es eigentlich geht, Mister Frankel. Bei mir ist doch alles in Ordnung. Ich habe keine Bank überfallen oder gefährliche Waffen besorgt, also ...« Xander erhob sich.

»Bitte, Xander, setz dich.« Frankel wies auf den Stuhl. »Außer dir gibt es nur zwei Schüler, die noch nicht mit mir über ihre Pläne nach der High School gesprochen haben, und eine davon ist deine Freundin Miss Summers.«

»Viel Glück dabei«, murmelte Xander.

»Ich muss mit allen Schülern und Schülerinnen sprechen, Xander. Das ist mein Job. Du hast es so lange wie möglich hinausgeschoben und mich dann um einen Termin gebeten, von dem du hofftest, dass er mir nicht passt. Tut er auch nicht, denn ich gehe um sechs immer zum Dinner. Aber nun bin ich hier und du auch, also reden wir. Wir wollen doch keine Zeit verschwenden.«

»Das meine ich auch«, entgegnete Xander.

Mister Frankel nahm eine Kladde von seinem Schreibtisch, auf der Xanders Name stand und der Vermerk »Kopie«. Bestimmt meine Schulakte, dachte Xander.

»Weißt du«, sagte der Beratungslehrer und zog die Augenbrauen hoch. »Deine Noten sind gar nicht so schlecht wie du zu befürchten scheinst. Und ich entnehme der Akte, dass dich sogar mehrere der Schulen, bei denen du dich beworben hast, annehmen würden. Hast du dir schon eine ausgesucht?«

»Ich habe schon einen Plan«, log Xander.

Der Mann sah ihn an. »Möchtest du ihn mir vielleicht mitteilen, Xander?«

»Nein, eigentlich nicht.«

Frankel zuckte mit den Schultern. »Ich kann dich nicht zwingen, aber ich hoffe, dir ist klar, wie sehr du deine Zukunftspläne beschränkst, wenn du nicht ...«

Xander stand auf, und Frankel blinzelte irritiert.

»Hören Sie, Mister Frankel, ich weiß Ihr Interesse zu schätzen. Sie haben Ihre Arbeit getan, okay? Ich war bei Ihnen, wir haben über meine Zukunft gesprochen, und alles ist in bester Ordnung. Sie haben nämlich gar keine Ahnung, wie mein Leben ist, wer ich bin und welche Pläne ich für die Zukunft habe. Deshalb können Sie sich auch gar keine Meinung darüber erlauben, was ich mit dieser Zukunft anstellen soll.«

Der Berater starrte ihn an. Seine Lippen waren zu einem komischen kleinen »o« geformt. Er erhob sich halb und stotterte noch irgendein Argument, doch Xander hatte sein Büro schon verlassen.

Die Abschlussprüfungen standen in wenigen Monaten an, und er würde sie schaffen, so viel war klar. Für den Augenblick genügte ihm das.

Das redete er sich jedenfalls ein.

Aber vor seinem geistigen Auge sah er Buffy und stellte sich die Frage, wie es wohl mit ihr weitergehen würde.

Und mit dem, was sie alle verband.

»Buffy, was ist los?«

Giles klang immer noch recht schwach, aber nicht mehr so desorientiert wie bei ihrem letzten Telefonat. Offensichtlich hatten die Ärzte die Dosis des Schmerzmittels verringert. Buffy machte sich zwar noch Sorgen, aber sie war froh, dass er nun wenigstens wieder soweit klar im Kopf war, um nach Hilfe rufen zu können, wenn es jemand erneut auf ihn abgesehen hatte.

»Nicht wichtig, Giles«, sagte sie und klemmte sich den Hörer unters Kinn, um die letzten Pommes zu verdrücken, aus denen ihr Abendessen bestand.

»Gestern war es noch ein Notfall«, entgegnete er steif. »Wenn du mir nicht sagst, was los ist, rege ich mich nur noch mehr auf.«

Buffy seufzte. »Ich mache mir im Moment mehr Gedanken um Sie als um Sunnydale«, sagte sie. »Wissen Sie immer noch nicht, wer Sie geschubst hat und warum?«

»Nicht die leiseste Ahnung«, gab er zu. »Aber was ist ...«

»Ich wünschte, ich könnte nach New York kommen, aber es geht gerade nicht. Tun Sie mir bitte den Gefallen und lassen Sie sich nicht umbringen. Es wäre ein Wahnsinnsaufwand, jetzt einen neuen Wächter einzuarbeiten. Es war schon schwer genug, *Sie* zu trainieren«, neckte ihn Buffy.

»Ja natürlich«, sagte Giles schroff. »Ich würde nur höchst ungern einem neuen Wächter zumuten, was ich schon mit dir durchgemacht habe.«

Buffy zuckte zusammen. Sie hatte mit der Neckerei angefangen, um ihn abzulenken, aber auch, um ihn vor einer möglichen Gefahr zu warnen. Und sie war froh, dass er seinen trockenen Sinn für Humor wiedererlangt hatte. Aber seine Bemerkung stimmte sie traurig. Es stimmte: Sie alle hatten schon einiges durchgemacht, Giles jedoch war am ärgsten vom Schicksal gebeutelt, angefangen bei dem Mord an Jenny Calendar bis hin zu der Folter in Angels Händen.

In ihrem tiefsten Innern fühlte sich Buffy verantwortlich für all das. Und aus derselben dunklen Ecke drang sich ihr die Frage auf, ob auch Giles ihr die Schuld dafür gab. Mit seiner Bemerkung hatte er genau an Buffys wunden Punkt gerührt. Der bloße Gedanke schmerzte sie, obwohl sie wusste, wie nutzlos solche Grübeleien waren.

Giles musste ihren Stimmungswechsel bemerkt haben. »Das war ein Witz, Buffy«, sagte er mit kraftloser Stimme. »Und nun sag mir bitte, was los ist!«

Buffy seufzte. »Es geschehen merkwürdige Dinge. Willow nannte es ›seltsame physikalische Phänomene‹. Scheinbar nichts Neues. Ist alles schon mal dagewesen, die Wissenschaftler haben nur keine Erklärung dafür und so weiter und so weiter.«

»Was für Dinge?«

»Es wurde von Feuerbällen berichtet, Krötenregen – das war lustig! –, und angeblich nennt man diesen Riesendonner Himmelsbeben, ein ziemliches Getöse, sage ich Ihnen.«

Buffy hatte noch kein Wort über Springheel Jack verloren. Und das wollte sie auch weiterhin nicht. Eine solche Kreatur stellte eine enorme Bedrohung und Gefahr dar, und Giles wäre sicherlich sehr beunruhigt. Sie brauchte ihren Wächter zwar dringend, aber er konnte ihr nur in funktionstüchtigem Zustand von Nutzen sein und nicht im Streckverband.

»Merkwürdig, dass diese Phänomene alle gleichzeitig auftreten«, grübelte Giles. »Einzeln wären es einfach nur seltsame Begebenheiten und nichts, was wir dem Höllenschlund mit seiner magnetischen Anziehungskraft auf alles Außergewöhnliche und Unnatürliche ankreiden könnten.«

»Aber Willow sagt, diese Phänomene *sind* natürliche Ereignisse – oder werden wenigstens von manchen Leuten dafür gehalten«, entgegnete Buffy.

»Nun, es ist wahr, niemand hat je bewiesen, dass sie übernatürlicher Herkunft sind, aber vielleicht hat die Wissenschaft einfach noch keine Gelegenheit gehabt, sie ausführlich genug zu analysieren. Bist du sicher, dass sonst nichts ist? Du scheinst so besorgt.«

»Sie liegen immerhin im Krankenhaus! Wann werden Sie entlassen?«, fragte Buffy. »Aber ich will nicht drängeln. Das Wichtigste ist jetzt, dass sie sich erholen und die Augen nach diesem Wahnsinnigen aufhalten, falls er sich nochmal blicken lässt.«

»Es wird wohl noch ein paar Tage dauern, Buffy«, meinte Giles. »Ich werde es dich wissen lassen, wenn ich erneut mit den Ärzten gesprochen habe.«

Sie verabschiedeten sich voneinander, und Buffy legte auf. In ihrem Kopf schwirrte das Chaos der vergangenen Tage, und sie wusste, dass es nur einen Weg gab, Klarheit zu schaffen. Das gefürchtete R-Wort: Recherche. Und eben dazu hatte sie sich nach Einbruch der Dunkelheit mit den anderen in der Bibliothek verabredet.

Buffy war in höchster Sorge um Giles, aber auch wegen der jüngsten merkwürdigen Ereignisse am Höllenschlund. Sie war hin und her gerissen. Schließlich griff sie nach ihrer schwarzen Tasche und öffnete die Schublade, in der sie ihre Utensilien aufbewahrte. So wie sich die Dinge entwickelt hatten, konnte man nicht wissen, was als nächstes kam. Abgesehen davon war eine clevere Jägerin immer auf alles vorbereitet. Sie packte ein Fläschchen Weihwasser, ein paar Holzpflöcke und dornenbewehrte Schlagringe in die Tasche sowie zwei Notizblöcke, ihr Geschichtsbuch und eine Handvoll Stifte, von denen die meisten bestimmt wieder nicht schrieben.

Dann band sie sich das Haar zu einem Pferdeschwanz zurück. Da sie nicht wusste, was auf sie zukam, hatte sie beschlossen, sicherheitshalber die Trainingskleidung überzuziehen, die sie immer trug, wenn sie mit Giles Sparring machte: Turnschuhe, blaue Schweißbänder und ein himmelblaues enges Top mit einem leichten Sweatshirt drüber.

Sie verließ das Zimmer, knipste das Licht aus und war schon halb die Treppe hinunter, als sie ihre Mutter in der Küche reden hörte. Sie lachte sogar.

»Oh, Merrilee, es ist so schön, deine Stimme zu hören!«, sagte Joyce Summers glücklich.

Buffy lächelte. Ihre Mutter sprach mit Merrilee Moody, einer alten Collegefreundin, die immer noch in L.A. lebte. Sie war froh, dass ihre Mutter diesen Kontakt hielt, denn sie hatte Merrilee immer gemocht.

»Ja, das erste Jahr war der Hammer«, sagte Buffys Mutter gerade. Sie klang sehr fröhlich. »Wie hieß noch der Typ, der immer nackt mit einem Hut auf dem Kopf rumgelaufen ist? Richtig, Moondog! Du hast ihn immer noch angestachelt! Lüg mich nicht an, Merri, ich war doch dabei!«

Buffy wollte gerade in die Küche gehen, aber was ihre Mutter als nächstes sagte – und wie sie es sagte –, ließ sie innehalten.

»Oh, das freut mich aber, dass Janets Tochter an die Universität von Südkalifornien geht. Wie kriegen sie das Geld dafür zusammen? Ein Stipendium? Wie schön! Ein ganz unglaubliches Mädchen!« Dann eine Pause. »Nein, ich weiß nicht, was Buffy vorhat.«

Die Stimme von Joyce Summers hatte sich merklich abgekühlt.

»Tja, weißt du, sie ist ja schon groß, ich vermute, sie muss diese Entscheidung selbst treffen.«

Das klang reserviert.

»Weißt du, es ist schließlich ihr eigenes Leben. Ich versuche, ihr ein Vorbild zu sein, ihr so gut wie möglich zu raten, aber am Ende ...«

Buffy betrat die Küche. Sofort sah ihre Mutter auf und lächelte sie an. »Hallo Süße, Merrilee ist dran. Willst du ihr Hallo sagen?«

»Keine Zeit«, entgegnete Buffy freundlich und versuchte so gut wie möglich die Traurigkeit zu überspielen, die sie beim unfreiwilligen Lauschen überfallen hatte. »Ich muss los! Treff' mich mit Willow in der Bibliothek.«

Mit hochgezogenen Augenbrauen musterte Joyce die Kleidung ihrer Tochter und legte dann die Hand auf die Sprechmuschel.

»Stimmt das wirklich?«, fragte sie. »Wir haben uns doch darauf geeinigt, dass du mir immer die Wahrheit sagst.«

»Bibliothek«, beteuerte Buffy, nickte bekräftigend und erhob die Hand wie zum Schwur. »Großes Pfadfinderehrenwort!«

Joyce lächelte. »Na dann, viel Spaß!«

Als Buffy zur Haustür ging, hörte sie noch, wie ihre Mutter sagte: »Sie geht in die Bibliothek.« Ihre Stimme klang schon wieder freundlicher. »Das ist hoffentlich ein gutes Zeichen!« Und dann lachte Joyce, aber es klang fast wie ein Schluchzen.

Buffy seufzte. Ihre Mutter wehrte sich mit Händen und Füßen gegen die Vorstellung, ihre Tochter sei zur Jägerin geboren. Sie konnte einfach nicht akzeptieren, dass es sich nicht um einen Spleen handelte und Buffy es tatsächlich nicht ändern konnte, wie groß die Belastung im alltäglichen Leben und in der Zukunft auch sein mochte. Sie war nun einmal, was sie war.

Das Schicksal, was für ein garstiges Element!

Die High School war nachts ein gespenstischer Ort. Wie jedes andere Gebäude, in dem tagsüber reger Betrieb herrschte, wirkte es zu den

Zeiten, da alles Leben daraus verschwunden war, unheimlich und bedrückend. In einigen Klassenzimmern und Büros brannte noch Licht, aber durch die Fenster konnte man im Innern nur dunkle Schatten erkennen und der Schein, der nach außen drang, wirkte so bedrohlich wie das flackernde Licht in einem ausgehöhlten, grinsenden Kürbis.

Xander war schon dutzende Male im Dunkeln in der Schule gewesen – aber nur selten ganz allein.

Er war froh, dass er keinen Schlüssel besaß. Es war zwar nicht besonders witzig – und wahrscheinlich obendrein gefährlich, im Dunkeln hinter der Schule zu stehen und auf Buffy zu warten, aber für Xander war die relative Sicherheit im Innern der Schule kein großer Trost. Das Gebäude hatte sich in der Vergangenheit nicht immer als wirklicher Schutz erwiesen.

»Sie kommt bestimmt gleich«, sagte Xander zu der Dunkelheit, die ihn umgab.

»Wirst wohl ein bisschen nervös?«, entgegnete die Dunkelheit.

»Aaaaaah!«, schrie Xander und stolperte ein paar Schritte rückwärts, als Angel mit einem schadenfrohen Grinsen im Gesicht auf ihn zukam.

»Hab ich dich etwa erschreckt?«, fragte er unschuldig.

Xander sah den Vampir wütend und verlegen zugleich an. »Lass diese Scherze in Zukunft, okay?«

»Wo ist Buffy denn?«

»Siehst du sie irgendwo?«, fragte Xander.

»Nein.«

»Dann ist sie wohl nicht hier, oder?«

Angel starrte Xander an, aber der ließ sich nicht einschüchtern. Er hatte seine Angst vor Angel überwunden, als er seinerzeit anerkennen musste, dass der tote Knabe sich wirklich auf ihre Seite gestellt hatte. Natürlich verhielt es sich mit Angel wie mit einem Pitbull: Er konnte jederzeit ausrasten. Aber im Augenblick gehörte dieser Kampfhund nun mal ihnen.

»Wir haben ein Problem«, bemerkte Angel schließlich.

»Öfter mal was Neues!«

»Kennst du die Stelle, wo die Dorado Road die Route 17 kreuzt?«, fragte Angel.

»Ja, ich hab schon mal gesehen, wie dort Obdachlose ihre Einkaufswagen unter die Brücke schieben«, entgegnete Xander.

»Jetzt nicht mehr«, sagte Angel düster. »Ich hab im Radio gehört, ein paar von ihnen hätten sich eine neue Bleibe gesucht, andere seien verschwunden. Die nicht schnell genug laufen konnten, wurden vermutlich gefressen, und die entkommen konnten, behaupten, dass es da unten ein Monster gibt. Und heute am frühen Abend wurde ein Typ, der mit seinem Fahrrad über die Brücke fuhr, einfach gepackt und vom Sattel gezerrt.«

Xander zog eine Grimasse. »Aufgefressen?«

Angel sah ihn nur gereizt an. »Wo bleibt Buffy eigentlich?«

»Was?« Xander warf die Hände in die Luft. »Darf man nicht mal ein bisschen Abscheu zeigen, wenn ein Mitmensch von einer Bestie verschlungen wird?«

»Es ist wahrscheinlich ein Troll«, erklärte Angel. »Sie leben unter Brücken.«

»Was auch immer!« Xander verdrehte die Augen. »Gehen wir«, sagte er und setzte sich in Bewegung.

»Und was ist mit Buffy?«, fragte Angel überrascht.

»Sie muss sich um die ganze Stadt kümmern.« Xander drehte sich um und sah Angel an. »Es gibt noch mehr zu erledigen als diesen einen miesen kleinen Troll. Schaffen wir das allein oder nicht?«

Angel dachte kurz nach. »Wenn du eine Waffe hättest, ja.«

Aber Xander war schon losgelaufen, und Angel beeilte sich, ihm zu folgen.

Sie brauchten über eine halbe Stunde zu Fuß zur Dorado Road; ein paar Minuten hatte sie der Stopp bei Xander zu Hause gekostet, der noch seinen Louisville-Baseballschläger holen wollte.

Als sie ankamen, fanden sie die Straße verlassen vor. Die Polizei hatte nach dem Vorfall eine Absperrung errichtet.

»Komisch, dass sie nicht bis an die Zähne bewaffnet hier auf Streife gehen«, bemerkte Xander.

Angel sah ihn fragend an. »Die Polizei von Sunnydale? Wir können uns glücklich schätzen, wenn sie morgen früh hier auftaucht, und dann kriegen die Jungs immer noch die Köpfe abgebissen.«

Xander blickte auf den Baseballschläger in seiner Hand und seufzte. »Dabei haben sie sogar Schusswaffen. Na denn, sollen wir?« Er trabte auf die Absperrung zu und wollte gerade ein Bein darüber schwingen, um unter die Brücke und an den Seitenstreifen der Route 17 zu gelangen. Autos und Trucks rumpelten unter ihnen vorbei und durchschnitten mit ihren Scheinwerfern die Dunkelheit.

Doch Angel packte ihn an der Schulter und hielt ihn zurück. »Du willst doch wohl nicht im Dunkeln in seinen Bau unter der Brücke? Du hast ja nicht mal 'ne Taschenlampe!«

Xander blinzelte. »Nicht?«

»Nein«, entgegnete Angel.

»Was dann?«

»Ihn provozieren. Herauslocken«, erklärte Angel.

»Du meinst, wir sollen ihn ärgern? Seine Mutter beleidigen oder so?«

Angel schüttelte genervt den Kopf. »So ähnlich«, meinte er. »Du bleibst hier und ich gehe auf die andere Seite.« Er überquerte die Dorado Road und ging bis an die Leitplanke. Dort legte er die Hände an den Mund und rief: »Ich bin auf deiner Brücke, du Bastard!«

Xander sah auf seiner Seite hinunter, wo der Hang zur Route 17 hin abfiel. Unter der Brücke war es stockdunkel. Er fragte sich, ob Angel überhaupt wusste, was er da eigentlich tat. Sie hatten ja noch nicht mal einen Troll gesehen. Nach Xanders Dafürhalten konnte es ebenso gut irgendein dahergelaufener Serienkiller sein. Oder einfach betrunkene Idioten, die den Hang hinunter und vor eines der zahlreichen Fahrzeuge gestürzt waren. Oder auch …

»Ach, was soll's«, sagte er zu sich selbst. Dann erhob er seine Stimme. »Hey, du mieser stinkender häßlicher kleiner … Troll! Tipp-tapp, tipp-papp, ich gehe jetzt über deine Brücke. Hier kommt der böse Ziegenbock, Kumpel!«

Er wartete ab und starrte in die Dunkelheit. Immer noch rührte sich nichts. Nach einer Weile drehte er sich zu Angel um, der weiterhin auf seiner Seite von der Brücke hinabsah.

»Hey, toter Knabe!«, rief Xander. »Bist du sicher, dass es so funktioniert? Ich meine, wenn du nur mal was Nettes mit mir unternehmen willst, können wir auch so einen Termin ausmachen, weißt du?«

Angels Augen verengten sich zu Schlitzen. »Ich hab dir doch schon tausendmal gesagt, dass du mich nicht so nennen sollst!«

In diesem Moment wurde Angel mit einem ohrenbetäubenden, wilden Gebrüll angesprungen. Der Vampir rollte sich zur Seite und entwand sich der Kreatur. Schließlich würgten sie sich gegenseitig und prügelten abwechselnd aufeinander ein.

Der Troll war tatsächlich ziemlich abstoßend. Häßlich. Ekelig. Stinkig. Dermaßen zerlumpte Klamotten hatte Xander noch nie gesehen. Überall schimmerte die Haut des Untiers hindurch. Sie wirkte wie Leder, war allerdings stellenweise mit ekelhaft verfilztem Fell besetzt, aus dem hier und da hornige Buckel wuchsen. Allerdings war er zu Xanders großer Bestürzung nicht klein. Ganz und gar nicht.

»Xander!«, schrie Angel und rammte dem Troll so energisch die Faust ins Gesicht, dass Xander den Eindruck hatte, etwas splittern zu hören. Der Troll heulte vor Schmerz und Wut laut auf und stemmte seine beiden Fäuste so fest gegen Angels Schultern, dass er auf den Gehsteig stürzte. Das Ungeheuer hob einen riesigen behaarten Fuß, um Angels Kopf zu zertreten. Aber wieder einmal war der Vampir schneller.

»Wie wär's mit einem kleinen Ablenkungsmanöver, Xander?«, zischte Angel, der nun sein Vampirgesicht zeigte, seinem Begleiter zu.

Xander antwortete nicht. Seine schweißnassen Hände klebten am Griff seines Schlägers, den er schon im Alter von neun mit Kreppband umwickelt hatte. Angel und der Troll waren in eine Prügelei verwickelt, die wirklich häßlich aussah. Der Freund hatte einen blutigen Riss an der Wange, aber der heilte ja bei ihm sofort wieder ab. Gerade verpasste der Vampir dem aus dem Mund blutenden Troll einen Tritt in den Leib, und dem Untier war für einen Augenblick der Wind aus den Segeln genommen. Angel versuchte, sich diesen Moment der Schwäche zunutze zu machen, doch schon setzte sich der Troll wieder mit kraftvollen Schlägen zur Wehr.

Der Kampf tobte über die ganze Dorado Road und immer weiter auf die Brücke hinaus. Xander folgte den beiden und wartete auf eine günstige Gelegenheit zum Eingreifen. Die Schläge wurden immer heftiger, bis Angel es für nötig hielt, sich für einen Moment dem Gefecht zu entziehen.

»Worauf zum Teufel wartest du?«, knurrte er Xander an. Seine gelben Augen leuchteten in der Dunkelheit.

Schon stürzte der Troll sich wieder auf ihn. Angel packte ihn bei dem verfilzten Fell am Kopf und rammte ihm mit aller Kraft das Knie unter den Kiefer. Der Körper des Trolls fuhr kerzengerade in die Höhe. Er heulte vor Schmerz und Frustration.

»Darauf!«, rief Xander.

Mit gespreizten Beinen und dem Schlagholz über der Schulter holte er, wie es ihm beigebracht worden war, so weit aus, als wolle er einen Ball zum Stadion hinaus schlagen. Der Baseballschläger sauste durch die Luft und traf den Schädel des Trolls mit einem hässlichen Krachen. Der kostbare Louisville-Schläger zerbarst in zwei Teile, aus der dicken, missgebildeten Nase ihres Angreifers aber spritzte das Blut.

Die Wucht des Aufpralls ließ den Troll zurücktaumeln, während er sich das Gesicht hielt. Er stieß gegen die Leitplanke und stolperte über die Kante.

»Den wären wir los«, murmelte Xander, als er mit Angel an den Brückenrand trat und beobachtete, wie der Troll in die Tiefe stürzte, bis er hart auf der Route 17 aufschlug. Dort blieb er mit verrenkten Gliedern liegen.

»Warum hast du dir so viel Zeit gelassen?«, fuhr Angel ihn verärgert an.

Aber der starrte immer noch auf den toten Troll in der Tiefe. »Hat doch gut geklappt, oder nicht?«, entgegnete er.

»Dann hast du's die ganze Zeit darauf angelegt«, fragte Angel ungläubig, »mich als Köder zu benutzen, bis du deinen Treffer landen kannst?«

»Aber sicher doch«, entgegnete Xander mit unbewegter Miene.

Angel funkelte ihn mit zusammengezogenen Augenbrauen an. Er war stinkwütend.

Doch Xander konnte nicht anders, er musste einfach lachen. Zunächst kicherte er nur, dann bog er sich unter ausgewachsenem Gegröle.

Angel hätte ihm fast geglaubt, aber dann wurde sein grimmiger Gesichtsausdruck von einem milden Lächeln vertrieben. Gleichzeitig verwandelte sich sein Vampirgesicht wieder in sein menschliches Antlitz. So menschlich jedenfalls, wie Angel eben sein konnte.

Xander hörte auf zu lachen. »Mann«, sagte er. »Hast du überhaupt eine Ahnung, wie unheimlich das ist?«

Doch Angel hörte ihm nicht mehr zu. Er hatte erneut einen Blick über das Brückengeländer geworfen und zog erstaunt die Augenbrauen hoch.

»Was?« fragte Xander alarmiert.

»Er steht wieder auf«, entgegnete Angel.

Und tatsächlich rappelte sich der Troll gerade auf, als Xander in die Tiefe blickte. Er wirkte zwar reichlich wacklig auf den Beinen, doch er starrte zu ihnen hinauf. Dann öffnete er seinen blutigen Mund und fing an zu brüllen. Doch das Gebrüll erstarb schlagartig, als er vom Scheinwerferlicht eines riesigen Sattelschleppers erfasst wurde.

Schaudernd wandten sich Xander und Angel ab. Die Hupe des Trucks dröhnte durch die Nacht, als er unter der Brücke hindurch raste. Der klatschende Aufprall, als das Monster auf dem Kühlergrill zerquetscht wurde, war bis oben auf die Brücke zu hören.

Xander musste sofort an Cordelias typisches »Igittigitt!« denken.

Als sie ein letztes Mal in die Tiefe blickten, war von dem Troll nur noch eine Blutlache übrig. Weiter oben auf der Route 17 fuhr der Truck auf den Seitenstreifen. Der Typ, der die Motorhaube reinigen musste, war wirklich nicht zu beneiden!

Xander hob die zerbrochenen Stücke dessen, was einmal sein Baseballschläger gewesen war, vom Boden auf und untersuchte sie aufmerksam. Nach einer Weile ließ er sie klappernd auf den Gehsteig fallen.

»Verdammt!«, stieß er leise hervor.

»Was ist los?«, fragte Angel.

»Ach, nur ein weiteres Stück Kindheit, das zum Teufel gegangen ist«, sagte Xander leichthin. »Vermutlich werde ich eines Tages voller Wehmut auf die Abschlachterei von Dämonen, Blutsaugern und stinkigen Trollen zurückblicken, obwohl es doch eigentlich Dinge wie Fahrradfahren, im Garten Zelten und mit Papa Fussball spielen sein sollten, an die man zurückdenkt.«

Als sie sich auf den Weg zurück zur Schule machten, sagte eine ganze Weile keiner von beiden etwas. Schließlich brach Angel das Schweigen.

»Ziemlich ordentlichen Schwung hast du drauf«, sagte er.

»Alles eine Frage der Taktik«, meinte Xander.

»Ist wohl kein günstiger Abend für deine Willow-Magie, hm?«, fragte Buffy.

Willow zuckte mit den Schultern und sah auf den Computermonitor. »Ich vermute, mein Zauberstab hat ausgezaubert.«

Oz zog mitfühlend die Augenbrauen hoch. »Nervig, was?«

»Okay«, schaltete sich Cordelia mit zitternder Stimme ein. »Ihr habt das Thema jetzt lange genug gemieden. Wie sieht meine Frisur aus? Mal ehrlich!«

Buffy sah ihr prüfend ins Gesicht und betrachtete Cordys neues Haarstyling, das wirklich nicht schlecht aussah. Das Haar war etliche Zentimeter kürzer als gewohnt, aber es würde schnell nachwachsen. Sie hatte nicht übel Lust, Cordelia deswegen ein wenig aufzuziehen, aber wenn es um ihre Frisur ging, verstand sie keinen Spaß.

»Es sieht gut aus, Cordy, wirklich«, sagte Buffy also aufrichtig. »Steht dir auch richtig gut. Du wirkst reifer.«

Cordelia blickte nur stumm drein. Sie war den Tränen nahe. Einmal mehr versuchte sie, ihr Aussehen in dem Glaseinsatz von Giles' Bürotür zu überprüfen. »Ach, das sagst du doch nur. Es sieht schrecklich aus, nicht war?«

»Meinst du, Buffy würde sowas nur aus Freundlichkeit sagen?«, schaltete sich Willow ein. »Zu dir?« Sie hielt einen Moment inne und dachte über ihre Worte nach. »Ähm, ich wollte sagen ...«

Aber Cordelia hörte gar nicht zu.

»Sollen wir weitermachen?«, fragte Buffy. »Für einen Großteil der merkwürdigen Dinge, die letzte Zeit passiert sind, haben wir zwar Belege in der Literatur gefunden, aber wir haben sie noch nicht miteinander in Verbindung bringen können.«

»Vielleicht hätten wir mehr Erfolg, wenn du Giles von Springheel Jack erzählst«, bemerkte Willow.

»Das tue ich erst, wenn es nicht mehr anders geht«, sagte Buffy.

»Ich weiß ja nicht, wie ihr das seht, Leute, aber meiner Meinung nach sind wir davon nicht mehr weit entfernt«, bemerkte Oz mit unbewegter Miene.

»Nun, heute Nacht können wir nichts mehr tun«, sagte Buffy. Sie klang ein wenig resigniert und knetete mit den Fingern ihren verspannten Nacken. »Wir kommen eh nicht weiter. Ich bin dafür, wir lassen es für heute und ich gehe ein bisschen patrouillieren.«

»Angesichts der Anhäufung von Merkwürdigkeiten solltest du aber nicht allein gehen«, meinte Willow. »Wir kommen mit, aber vielleicht sollten wir noch auf Angel und Xander warten.«

»Wartet nicht länger, holde Jungfrauen!«, rief Xander von der Galerie. Er war gerade mit Angel durch die Hintertür hereingekommen. »Oder sollte ich sagen: holde Jungfrauen und ein Wolfsjunge, der dringend eine Rasur benötigt?«

Oz fuhr sich mit der Hand über sein kratziges Kinn. »Hatte keine Klingen mehr«, murmelte er.

»Ja, ja, die Stoppeln! Die musst du wegputzen wie ein Schwein die Pfannkuchen«, entgegnete Xander fröhlich, als er mit Angel in den Leseraum kam.

Die anderen sahen ihn verwundert an.

»Er hat bei *Nick at Nite* diesen Holzfäller-Marathon gesehen«, erklärte Willow.

»Gott stehe uns bei!«, bemerkte Buffy.

Cordelia stürzte sich sofort in Xanders Arme und jammerte etwas über ihr Haar. Er nahm sie ein paar Minuten beiseite, um sie zu beruhigen. Allerdings konnte er es nicht lassen, sie ein wenig zu necken.

»Wie ein Troll siehst du jedenfalls nicht aus. Glaub mir«, sagte er. »Ich weiß, wovon ich rede.«

Buffy sah Angel an, der zur Bestätigung nickte. »Deshalb kommen wir so spät«, erklärte er. »Ein Troll hatte unter der Dorado-Road-Brücke Posten bezogen und Leute angefallen.«

»Aber ihr habt ihn getötet?«, fragte Buffy.

Angel schwieg einen Moment und senkte den Blick. »Eigentlich«, sagte er langsam, »hat Xander ihn getötet.«

»Mit Hilfe von Speer und Zauberkappe!«, rief Xander in bester Elmer-Fudd-Manier.

Buffy hob die Hand. »Okay, du Held, lass mal Dampf ab! Wir haben gerade überlegt, was wir jetzt tun können. Ich bin für Patrouille, denn mit der Recherche kommen wir heute nicht weiter. Die Sache mit dem Troll ist nur ein weiterer Beweis dafür, dass Willow Recht hat. Ich kann das nicht alles allein schaffen. Ich glaube, wir sollten uns aufteilen.«

»Ich bleibe hier bei Mister *Angel Eyes*«, sagte Xander und klopfte dem Vampir jovial auf die Schulter. »Wir sind ein gutes Team.«

Cordelia trat sogleich an Xanders Seite; das war nur verständlich. Aber Buffy konnte kaum glauben, dass Xander lieber mit Angel gehen wollte als mit ihr, denn er hatte ihn eigentlich nie ausstehen können. Damit stand eindeutig fest, dass noch immer nicht aus dem Weg geräumt war, was auch immer zwischen ihnen stehen mochte.

Sie schluckte und sah Oz und Willow an. »Okay«, sagte sie, »dann geht ihr beiden wohl mit mir.«

Nach dem Wahnsinn der letzten Tage verlief der Rest der Nacht überraschend ereignislos.

So kam Buffy für ihre Verhältnisse relativ früh nach Hause. Ihre Mutter hatte erfreut vorgeschlagen, Enchiladas zum Dinner zu machen, und Buffy hatte tatsächlich ein wenig ferngesehen.

Als sie später zu Bett ging, fühlte sie sich fast ein bisschen unbefriedigt, weil sie so wenig Action gehabt hatte. Sie konnte sich nicht recht freuen, denn es beschlich sie ein ziemlich ungutes Gefühl.

Noch beim Einschlafen fragte sie sich, was wohl als nächstes geschehen würde.

Zur gleichen Zeit wurden zehn Kilometer südlich von Sunnydale die Überreste von Mort Pingree und der *Lisa C.* an einen malerischen Strand gespült.

4.

Ein deprimierender Aspekt des Wächterlebens schien zu sein, dass man relativ viel Zeit in Krankenhäusern zubrachte, sei es als Besucher oder als Patient. Noch deprimierender war allerdings die Tatsache, dass ein Krankenhaus dem anderen bestechend ähnlich war. Es gab keinen Unterschied zwischen dem Londoner Hospital, wo die Knochen des Elefantenmenschen gelagert wurden, und dem St. Bartholomäus-Krankenhaus in Manhattan, wo Giles nun in Raum 327 lag. Vieles hatten sie gemein: die hellbeigen Böden, die matten Pastelltöne an den Wänden, die grauen Metallbetten und die Fernbedienung für zwei, drei grauenhafte Fernsehkanäle.

Der wichtigste Bestandteil der morgendlichen Dosis eines Fernsehabhängigen schienen jene Sendungen zu sein, in der Leute auftraten, die unwissentlich einen Verwandten geheiratet oder sich einer optischen Runderneuerung unterzogen hatte, nach der sie auch nicht besser aussahen. Xander konnte einem wirklich Leid tun, falls seine Mutter tatsächlich regelmäßig solche Sendungen verfolgte.

Ein Buch, ein Buch, ein Königreich für ein Buch!

Hinter dem Vorhang, der das Zimmer der Länge nach in zwei Hälften teilte, lag Giles Bettnachbar und erholte sich von irgend einem schweren chirurgischen Eingriff. Er schlief unruhig und stöhnte. Viel mehr hatte Giles noch nicht von ihm mitbekommen, seit sie ihn herein geschoben hatten.

Mit einem schweren Seufzer schaltete er einen Kanal weiter und blieb dort hängen. Eine Ankündigung von Sondernachrichten hatte sein Interesse geweckt. Diverse Brände, Autounfälle ... Zur Mittagszeit dann etwas, das er sich vielleicht ansehen sollte: ein Interview mit einem Mann, der behauptete, er sei mit der *Lusitania* abgesoffen und habe keine Ahnung, warum er sich nun in New York befand.

»Rupert?«, fragte sanft eine Stimme an der Tür.

Er wandte den Kopf.

Wie Micaela Tomasi da in ihrem wadenlangen Kleid in Tiefrot und

Schwarz im Türrahmen stand, das blonde Haar lose auf den zarten Schultern, wild und wunderschön, hatte sie große Ähnlichkeit mit einer Vision.

Sie verharrte auf der Schwelle. »Störe ich dich?«

»Nicht im Geringsten.« Giles fuhr sich automatisch mit den Fingern durchs Haar. Und natürlich folgte darauf das unvermeidliche Zurechtrücken der Brille. Bevor Buffy und ihre Freunde damit angefangen hatten, ihn ständig wegen dieser Angewohnheiten aufzuziehen, war ihm gar nicht bewusst gewesen, wie oft er diese Bewegungen machte. Mittlerweile fiel es ihm allerdings selbst auf, besonders jetzt, da Micaela strahlend mit einem Strauß roter Nelken auf ihn zu kam.

»Oh, wie schön!«, sagte er und lächelte sie an.

»Danke.« Obwohl sie beide so taten, als hätte er die Blumen gemeint, fühlte sie sich geschmeichelt. »Die Schwester bringt gleich eine Vase. Und hier ist noch etwas.« Sie öffnete ihre schwarze Tasche, die Buffys Jägerinnentasche verblüffend ähnelte, und holte ein Buch heraus.

»Nichts Weltbewegendes«, meinte sie.

Giles nahm die Lektüre neugierig zur Hand. Es war ein Sammelband mit Sherlock Holmes-Geschichten.

»Vielen Dank!« Er blätterte eifrig darin. »Ich habe schon ewig nichts mehr von Arthur Conan Doyle gelesen. Wie aufmerksam!«

Rasch stellte er den Fernseher ab, und Micaela zog sich einen Stuhl an sein Bett. Sie hatte ein köstliches Parfüm aufgelegt. »Und wie läuft die Konferenz?«, wollte er wissen. »Wenn ich den Zeitplan richtig im Kopf habe, verpasst du gerade die programmatische Rede eines Bibliothekars von der *Smithsonian*.«

»Wie geht es dir?«, fragte sie nur und ignorierte seine Frage. »Gibt es schon Hinweise?«

»Hinweise«, wiederholte Giles zögernd. Soweit er sich erinnerte, hatte er ihr doch gar nicht erzählt, dass ihn jemand gestoßen hatte. Lediglich, dass er gestürzt war. Aber er war sich seiner Sache nicht sicher. Als er noch nicht richtig bei Bewusstsein war, konnte er alles mögliche von sich gegeben haben. Zum Beispiel auch, wie unglaublich schön sie war …

»Nun, bislang noch nicht.«

Micaela seufzte. Sie spielte mit den Fingern, sah auf ihre Hände hinab und faltetet sie dann im Schoß. Dann beugte sie sich zu ihm vor. »Wir sind nicht allein«, sagte sie leise, als wolle sie damit seine Zurückhaltung erklären.

»Mein Zimmergenosse schläft«, versicherte ihr Giles. Er legte den Kopf schräg und lauschte auf das Stöhnen. Nickend sagte er: »Hörst du es? Ziemlich bewusstlos.«

Sie holte tief Luft. »Ich muss mit dir reden.«

Giles sah sie fragend an und zog die Augenbrauen hoch.

»Rupert, ich bin vom Rat«, flüsterte sie. Es klang wie ein Bekenntnis. »Ich wurde geschickt, um dich zu warnen.«

Einen Augenblick lang überwältigte ihn das Gefühl der Enttäuschung. Dann dachte er daran, wie sie ihn zum Flirten ermutigt hatte, ja, sogar damit angefangen hatte, und es überkam ihn eine leichte Verlegenheit – gefolgt von Wut. Jenny war ebenfalls nicht nur die Kollegin und wunderschöne Techno-Anhängerin gewesen, die sie vorgegeben hatte zu sein. In Wirklichkeit war sie eine Zigeunerin gewesen und hatte Angel observieren sollen, um zu kontrollieren, ob er auch für die Verbrechen bezahlte und litt, die er an ihrem Volk begangen hatte.

»Wovor willst du mich warnen?«, fragte er schroff.

»Bitte«, sagte sie und legte ihre Hand auf seine. »Sei nicht verärgert, dass ich es nicht gleich gesagt habe. Weißt du ...« Sie zuckte und versuchte ein Lächeln. »Die Ratsmitglieder sind alle so langweilig und verschroben, dass ich ... also, ich habe nicht damit gerechnet, dass du mich so schnell in deinen Bann ziehen würdest.«

Giles schnaubte verärgert und sah zur Seite. »Du hast offensichtlich eine rege Fantasie.«

»Nein. Das meine ich ehrlich. Denk doch mal nach, Rupert! Ich arbeite für den Rat der Wächter. Ich bin selbst Wächterin. In Ausbildung«, fügte sie mit einem Hauch Demut hinzu. »Ich habe nicht besonders oft Gelegenheit, mit ... mit interessanten Männern auf Balkonen von protzigen Hotels in einer Stadt wie dieser zu reden. Ich war ... ich wollte für einen kleinen Augenblick mal wieder Frau sein, bevor es ums Geschäft geht.«

»Und um was geht es genau in diesem ... Geschäft?«, fragte Giles scharf. Ihm war aller Wind aus den Segeln genommen. Aber er hätte ihr gern geglaubt. Ihr Lächeln war so ehrlich und anziehend. Auch er hatte es genossen, für einen Augenblick ... Mann zu sein.

»Es geht um Folgendes ...«, sagte sie und blickte traurig drein. Plötzlich war wieder eine Distanz zwischen ihnen, als wäre ihr gemeinsamer Augenblick vorbei, bevor er überhaupt angefangen hatte. »Einige Wächter wurden umgebracht. Gezielt aufgespürt und attackiert. Wir halten das nicht für Zufall.«

»Grundgütiger Gott! Wer ist umgekommen?«, fragte Giles rasch.

Micaela machte ein langes Gesicht. »Leute, die du kennst und magst. Marie LaMontagne. Julian Spring.«

»Um Himmels Willen!« Er schüttelte den Kopf und trauerte um seine Kollegen; gute, anständige Leute. In jungen Jahren war er mit Julian einige Male durch die Pubs gezogen. Marie hatte von allen Wächtern, die er kannte, das beste Gedächtnis besessen; es war ihr stets innerhalb kürzester Zeit gelungen, auch noch die unbekanntesten Tatsachen aus der langen Geschichte von Jägern und Wächtern auszugraben.

»... und dich, der Wächter der aktuellen Jägerin, hält der Rat für ein mögliches Hauptziel der Angriffe.«

Giles schluckte. »Ich wurde die Treppe hinuntergestoßen.«

Sie nickte. »Wer weiß, was noch geschehen wäre, wenn ich nicht die Geräusche auf dem Korridor gehört hätte.«

»Es war wirklich ein Glücksfall, dass dein Zimmer auf demselben Flur liegt wie meins«, sagte er, besann sich dann aber eines Besseren. Es war offensichtlich keine Frage von Glück gewesen. Micaelas Gesichtsausdruck bestätigte dies.

Als eine Frau mittleren Alters in Schwesterntracht hereinfegte, sprang Micaela sofort auf und drehte sich zu ihr um. Als Wächter der Jägerin erkannte Giles sofort ihre Kampfbereitschaft; der Krankenschwester jedoch fiel nichts auf.

»Ganz schöne Hetzerei heute«, sagte sie und lächelte freundlich. Ihr Brooklyn-Akzent war deutlich herauszuhören. »Wir haben einen Prominenten auf der Station. Kennen Sie T-Minus-Ice? Er wurde letzte Nacht mit Schussverletzungen eingeliefert und jetzt kommen Unmengen von Blumen für ihn an. Einen Großteil davon haben wir schon runter auf den vierten Stock gebracht. Da ist die Onkologie.« Sie nahm Micaelas Strauß und ließ ihn ohne viel Federlesen in die Vase plumpsen. »Die Sterbefälle.«

»Wie aufmerksam«, sagte Giles langsam und betrachtete das windschiefe Arrangement in der grünen Glasvase.

»Eigentlich darf ich Ihnen gar nicht von Mister Ice erzählen«, erklärte die Krankenschwester mit Verschwörermiene. »Aber Sie scheinen mir keine Autogrammjäger zu sein, Sie sind ja Engländer oder so, also denke ich, das geht schon in Ordnung.«

Giles lächelte höflich und spürte, wie er müde wurde. Er war erschöpft. Sein Brustkasten schmerzte, und er war mehr als besorgt über Buffys Verschlossenheit am Telefon. Die Ärzte wollten seine Entlassung nicht übereilen, und allmählich war Giles so weit, dass er einfach aufstehen und gehen wollte.

»Ganz bestimmt«, entgegnete er, und die Krankenschwester lächelte ihn an.

Sie rauschte an Micaela vorbei und prüfte Giles' Infusionsbeutel. »Wie ist es mit den Schmerzen? Brauchen Sie noch eine Spritze?«, fragte sie und wollte ihn schon auf die Seite drehen. Seit er nicht mehr am Morphin-Tropf hing, bekam er sein Schmerzmittel nämlich direkt in den unelegantesten aller Körperteile.

»Nein danke, Schwester«, sagte er hastig.

Aus dem anderen Bett drang ein Stöhnen zu ihnen herüber. Die Krankenschwester sah auf und ging auf den Vorhang zu. »Drücken Sie einfach den Knopf, wenn Sie etwas brauchen, mein Lieber«, sagte sie noch.

»Danke, das werde ich.«

Sie verschwand hinter dem Vorhang. »Nun, Mister Russo, wie geht es uns?«, fragte sie.

Keine Antwort.

»Er ist immer noch weggetreten«, kommentierte die Krankenschwester. »Gut für Sie, Mister Giles. Wenn er aufwacht, wird er Ihnen ziemlich auf den ... wird es sehr anstrengend für Sie.«

Sie kam wieder hinter dem Vorhang hervor, zog ihn ganz zu und sauste aus dem Zimmer.

Kaum war die Tür ins Schloss gefallen, sagte Micaela: »Ich werde deine Bewachung übernehmen. Hast du eine Vorstellung, was sie bei dir gesucht haben können? Irgend etwas Besonderes?«

Er dachte nach. »Ich habe zwei Bücher im Antiquariat gekauft. Alte Texte.«

»Wie heißen sie?«, fragte sie und klang dabei sehr offiziell, fast distanziert.

»*Verfluchte Objekte*. Die Covey-Ausgabe. Danach habe ich schon sehr lange gesucht«, antwortete er. »Und ein Buch über Orte in New York, an denen es spukt. Wahrscheinlich nicht besonders nützlich, ein bisschen populärwissenschaftlich, wenn du weißt, was ich meine.«

»Für Amateure«, bemerkte sie.

»Ja, aber oft ahnt man gar nicht, was für einen Schatz man in Händen hält.«

Sie lächelte ihn an. »Das hätte ich nicht besser sagen können.«

»Aber beide Bücher sind noch in meinem Zimmer«, fügte er hinzu und lächelte ebenfalls.

»Das ist gut! Es wäre eine Schande, wenn der Covey weg wäre.« Sie sah auf die Uhr. »Ich muss gehen. Ich erwarte ein Fax vom Rat und muss noch herausfinden, was im Polizeibericht steht.«

Sie ging rasch an das Tischchen mit der Vase, lockerte das Blumengebinde etwas auf und zupfte die Stengel zurecht. Dann trat sie zurück, um ihr Werk zu begutachten. »Ich werde in ein paar Stunden zurück sein.«

»Darauf freue ich mich schon«, sagte er aufrichtig und hielt das Holmes-Buch an seine Brust gedrückt.

»Ich auch.« Sie legte den Kopf zur Seite. »Weißt du, unter anderen Umständen wären wir beide uns nie begegnet«, meinte sie und sah ihn mit dieser spitzbübischen Verwegenheit an, die er so charmant fand. »Wie ungünstig der Augenblick auch scheinen mag, bin ich froh, dich kennengelernt zu haben. Du bist schließlich selbst so etwas wie ein Prominenter.« Sie ließ ihr fröhliches, sanftes Lachen erklingen. »Vielleicht sollte ich dich um ein Autogramm bitten.«

Er kicherte leise.

»Oder um ein Rendezvous, wenn diese Sache vorbei ist.« Sie beugte sich vor und ihre Lippen berührten sacht die seinen. »Schließlich haben wir unser gemeinsames Frühstück noch nicht gehabt.«

»Und die angenehmen Träume auch nicht«, entgegnete er kühn. Seine Mundwinkel zuckten.

»Du vielleicht nicht.« Sie grinste ihn an und richtete sich auf. »Ich bin bald wieder da. Gib auf dich Acht!«

»Mache ich, du aber auch auf dich! Schließlich bist du eine Wächterin.«

»Ja, das bin ich.«

Sie sah ihm tief in die Augen. Dann verließ sie das Zimmer und nur ein Hauch ihres Parfums blieb als Erinnerung bei ihm.

Giles lächelte noch eine Weile in sich hinein.

Dann legte er das Buch auf das Nachttischchen, nahm das Telefon und sagte in den Hörer: »Ich brauche eine Amtsleitung. Ein Ferngespräch.«

Dann rief Giles die Zentrale des Rats in London an und war leicht ungehalten, als keines der Ratsmitglieder zu sprechen war. Statt dessen musste er ein wenig erhellendes Gespräch mit einem Mann namens Ian Williams führen, offensichtlich eine Art Assistent, der erst kürzlich in die Hauptstelle versetzt worden war.

Giles wusste nicht, ob der Rat oder dieser Williams Micaela darüber informieren würden, dass er angerufen hatte, um ihre Geschichte zu überprüfen. Wenn ihr tatsächlich sein Wohl am Herzen lag, würde sie Verständnis dafür haben. Dennoch wünschte er, er hätte ihr unbesehen sein Vertrauen schenken können.

Williams informierte ihn jedenfalls, dass sie in der Tat zu seinem Schutz abgestellt worden war und dass Wächter, die er kannte und mochte, umgebracht worden waren.

Und ja, der Rat fürchtete in der Tat, dass Giles in großer Gefahr schwebe.

Nachdem er aufgelegt hatte, rief er sogleich Buffy an.

»Wie geht es Ihnen?«, fragte Buffy sofort und klemmte sich den Hörer unters Kinn.

»Sie doktern noch an mir herum. Kleinigkeiten wie innere Blutungen und dergleichen.«

»Kleinigkeiten?«

»Jetzt hör mir mal gut zu, Buffy«, fuhr er fort und ignorierte ihren Einwand. »Wenn ich in Gefahr bin, liegt der Verdacht nahe, dass du es auch bist.«

»Aber Giles«, sagte sie gedehnt. »Das bin ich doch immer.«

5.

Das Wochenende verlief sehr ruhig, und auch Samstag und Sonntag ereignete sich kein weiteres Himmelsbeben.

Es regnete zwar ein wenig in den frühen Morgenstunden des Sonntags, aber es gab keinen Donner, und vom Himmel fiel nichts außer Wasser. Buffy hätte erleichtert sein können. Entspannt.

Doch das war sie nicht. Ganz und gar nicht. Für sie war es nur die Ruhe vor dem Sturm.

Sie saß auf der Rückbank von Cordelias Auto und fühlte sich wie in der unheimlichen Stille im Auge eines Hurrikans. Auch Cordy und Xander auf den vorderen Plätzen schwiegen. Im Radio betrauerte eine der aktuellen Depri-Rockerinnen ihre persönlichen Tragödien. Wieder so ein Fall für *Lilith Fair*, das große Frauen-Musik-Festival. Xander summte träge mit. Die Feindseligkeit zwischen ihm und Buffy war zu einer dumpfen Unzufriedenheit mit dem Leben im Allgemeinen abgeflaut. Aber das Schweigen im Wagen hatte damit nichts zu tun. Es sprach eher für Angst als für Wut.

Die Nachricht über die jüngsten Ereignisse hatte sich rasend schnell in der Stadt verbreitet; der eine erzählte es dem anderen, im Radio und sogar im Fernsehen wurde darüber berichtet. Etwas Schreckliches war am Dock geschehen. Eine Katastrophe.

Die Scheinwerfer des Wagens durchschnitten die Finsternis. Hoch über ihnen hing die Mondsichel am Himmel. Erst in knapp zwei Wochen war wieder Vollmond, aber Buffy dachte trotzdem an Oz. Da erfasste das Scheinwerferlicht ein Polizeiauto, das die Straße blockierte. Ein uniformierter Beamter stand mitten auf der Straße und forderte sie auf, anzuhalten. Sofort kurbelte Cordelia die Scheibe herunter.

»Was ist los?«, fragte sie unbekümmert.

Buffy lächelte. Cordelia log zwar nicht gern, aber sie konnte, wenn nötig, wunderbar die Ahnungslose spielen. Aber Vorsicht! In diesem Mädchen steckte viel mehr, als es auf den ersten Blick den Anschein hatte. Sie war viel cleverer und mutiger als sie durchblicken ließ.

»Sorry, Miss«, sagte der Cop brummig. »Die Straße zum Dock ist gesperrt. Wahrscheinlich noch den ganzen Morgen. Da unten gab's 'ne große Schweinerei, und hier kommen jetzt nur die Rettungsfahrzeuge durch.«

Fast aufs Stichwort rasten ein Notarzt- und ein Feuerwehrwagen in schneller Folge an ihnen vorbei, gefolgt von einem rumpelnden Schlepper mit Lastkran, der es nicht ganz so eilig hatte.

»Wow, das muss ja wirklich schlimm sein«, sagte Cordelia und sah den Blaulichtern nach, die um die Ecke verschwanden.

»Ist 'ne Schweinerei«, wiederholte der Polizist.

Buffy tippte Cordelia auf die Schulter und sagte leise: »Wir fahren hintenrum.«

»Also dann, danke!«, sagte Cordelia zu dem Cop.

Sie wendete und fuhr wieder zurück Richtung Stadtzentrum. Nach ein paar hundert Metern bog sie in nördlicher Richtung auf die Shore Road ab und hielt auf dem Seitenstreifen an.

»Bist du sicher?«, fragte Cordelia und schaute ängstlich die Straße hinauf und hinunter. »Und wenn mein Auto geklaut wird ...«

»Nein, das wird bestimmt nicht passieren«, versicherte ihr Buffy. »Aber wenn du dir darum Sorgen machst, dann bleib doch im Wagen!«

Buffy und Xander stiegen aus, und Cordelia verharrte unschlüssig hinter dem Lenkrad. Der Motor tickte langsam, während er in der Dunkelheit abkühlte. Auf der Shore Road brannten keine Straßenlaternen. Und so nahe an den Docks gab es nur wenige Wohnhäuser. Hinter dem kleinen Damm waren die Lagerhäuser und das Meer, aber hier war ... nichts.

»Wartet!«, rief Cordelia und beeilte sich auszusteigen. Sie knallte die Tür zu und schaltete den Alarm ein. Es piepste kurz, dann war die Anlage in Bereitschaft. Sie lief hinter Buffy und Xander her, und sie überquerten gemeinsam den Damm. Nach kurzer Zeit kamen sie an einer langen Reihe Lagerhäusern und einer leerstehenden Konservenfabrik vorbei, die schon geschlossen worden war, bevor sie geboren wurde.

In der Ferne waren Sirenen und das Brummen von LKW-Motoren zu hören.

Der eine war groß und drahtig und hatte dunkles Haar und einen weißmelierten Bart.

Der andere war eher stämmig. Das Auffällige an seinem Gesicht war nicht der ordentlich geschnittene Bart: ein Auge war milchig weiß und verziert mit einer ringförmigen Narbe, das andere war dunkelbraun, fast schwarz.

Mit ihrer unscheinbaren Kleidung wirkten sie absolut unauffällig. Der Größere, Bruder Galen, trug einen dunkelblauen Seemannspullover und Jeans; der Stämmige mit der Narbe, Bruder Lupo, ein normales Oberhemd und graue Dockers.

Sie standen nebeneinander in der Dunkelheit auf dem kleinen Damm gleich an der Shore Road. Von ihrem Aussichtsposten konnten sie das Mädchen und seine Begleiter beobachten, wie sie auf den Ort zugingen, wo sich die abendliche Katastrophe ereignet hatte. Sie sahen, wie die Jägerin die beiden anderen zwischen zwei großen Gebäuden hindurch und hinaus aufs Kai führte, wo sie ein Stück am Meer entlang gingen. In der Ferne wurde der Himmel von lodernden Flammen und zuckendem Blaulicht erhellt.

»Jetzt?«, fragte Bruder Galen respektvoll.

»Wir gehen«, bestätigte Lupo. »Aber denk dran, der Maestro hat angeordnet, dass die Jägerin lebend gefangen wird. Wir brauchen ihr Wissen. Er braucht ihre Macht.« Er packte Galen am Kinn und sah ihn grimmig an. »Du findest zwar Gefallen an der Gewalt, Galen, aber dies ist weder Zeit noch Ort, dieser Lust zu frönen«, ermahnte er ihn.

»Ja, Bruder Lupo«, entgegnete Galen untertänig. »Ich gehorche den Worten des Maestros.«

Bruder Lupo hob ein Fernrohr an sein gesundes Auge und fahndete zwischen den Gebäuden nach der Jägerin. Dass er nur durch eine Linse sehen konnte, erschwerte die Suche. Er konnte nichts entdecken.

»Schnell«, sagte er. »Aber leise, Bruder.«

Sie bewegten sich rasch den Damm hinunter und gelangten an die Rückseite eines großen grün-grauen Lagerhauses. Von dort aus schlichen sie fast geräuschlos über einen Parkplatz mit rissigem Boden. Hinter dem nächsten Gebäude wandten sich die beiden Männer Richtung Wasser. Zu ihrer Rechten lag ein weiteres Lager und zur Linken die verlassene Konservenfabrik, deren Fensterscheiben schon vor langer Zeit zerbrochen waren. Von innen waren leise flatternde Flügelschläge zu hören. Mochten es Fledermäuse oder Möwen sein, darüber dachten die Männer nicht nach.

Die Wellen schlugen gegen das Kai. Als sie auf die Zulieferer-Straße stießen, die an den Lagerhäusern vorbei führte, hielten sie an. Langsam bogen sie um die Ecke und wandten ihren Blick in südliche Richtung, wo ein Lagerkomplex lichterloh brannte. Ein großer Fischkutter ragte mit zerbrochenem Mast und zerstörtem Schiffsrumpf aus dem brennenden Silo hervor.

»Im Namen des Chaos!«, hauchte Bruder Lupo und starrte ehrfürchtig auf das Szenario.

Da bemerkten sie, wie die Jägerin und ihre Begleiter auf das brennende Lager zurannten, und nahmen die Verfolgung auf. Dabei hielten sie sich dicht an der alten verlassenen Fabrik.

»Wunderschön, nicht wahr?«, flüsterte eine Stimme aus der Dunkelheit. Lupo fuhr herum, aber da schrie Galen schon schmerzerfüllt auf.

Das Untier war aus dem Nichts aufgetaucht und hatte mit seinen Krallen Galens Bauch aufgeschlitzt. Galen hielt sich verzweifelt den Unterleib und versuchte zu verhindern, dass seine Eingeweide hervorquollen. Ihm war nicht bewusst, dass er sterben würde.

»Du!«, rief Lupo atemlos und starrte die Kreatur an. Er kannte sie, hatte sie schon einmal gesehen. Der weißlich-ölige Körper, die schwarzen Augen wie Löcher … Das war Springheel Jack.

»Das war aber nicht vorgesehen«, meinte Lupo kopfschüttelnd und sein angsterfüllter Blick wanderte von dem Killer zu dem Körper von Bruder Galen, der mit einem Klatschen auf dem Gehsteig zusammenfiel.

»Das sagen sie alle«, entgegnete Springheel Jack freundlich.

Dann riss er das Maul auf, bleckte seine nadelspitzen Zähne und spie blau-weiße Flammen in Lupos Gesicht.

»Nein!«, schrie Lupo, riss die Hände hoch und fuchtelte mit ihnen herum, als webte er etwas. Und das tat er auch. Er webte einen Bann, einen Schutzschild, das die blauen Flammen abwehrte.

»Wie hast du das gemacht?«, fragte Springheel Jack wütend. »Wie hast du … ach, auch egal. Ich werde dir die Rippen aufschlitzen und dann gesellen sich deine Eingeweide zu denen von deinem Bruder.«

»Im Namen des Chaos, nein!«, rief Lupo. Entgeistert beobachtete er, wie das Mondlicht von den Krallen des Killers reflektiert wurde.

Dann ein Ruf: »Hey!«

Springheel Jack fuhr herum, und da stand die Jägerin und verpasste ihm einen brutalen Tritt ins Gesicht, der ihn ins Schwanken brachte. Ihr männlicher Begleiter, den sie Xander nannten, trat auf die mörderische Bestie zu und schwang ein Stück Planke über dem Kopf, das er irgendwo aufgelesen haben musste. Es krachte ordentlich, als es sein Ziel traf, und sogar Bruder Lupo fuhr zusammen.

Die Jägerin bewegte sich leichtfüßig, jeder Muskel bereit zum Kampf. Eine selbstsichere Kriegerin, siegesgewiss. Aber sie hätte sich nicht bemühen müssen; ihr Begleiter kümmerte sich bereits um Springheel Jack. Das Schlagholz fuhr erneut vor und zurück, hin und her. Mit jedem Treffer taumelte das Monster und stürzte weiter rückwärts. Mehrmals riss es sein Maul auf, versuchte Feuer zu speien, aber der Angreifer schlug ihm immer wieder die Planke vor den Kopf. Das Untier torkelte auf die Kante des Docks zu. Ihm war seine Kampfunfähigkeit bewusst geworden und es duckte sich, um davonzuspringen.

»Ah-ah«, machte der Begleiter der Jägerin und schleuderte das Holz mit aller Macht in die Beine der Bestie.

Springheel Jack ächzte. Als er stürzte, streckte er noch die Krallen nach dem Jungen aus, der ihn derart gedemütigt hatte, und schlitzte ihm das Hemd auf, bevor die Jägerin intervenierte. Sie wirbelte auf dem Absatz herum und trat ihm mit solch unglaublicher Wucht in die Brust, dass das Monster vom Kai stürzte und ins Meer fiel.

»Ich hab ihn erwischt!«, sagte Xander und drehte sich zu der Jägerin um.

»Das hast du«, pflichtete sie ihm bei. »Aber er hätte dich um ein Haar mit seinen Klauen aufgeschlitzt. Gut gemacht, Xander! Teamwork, wenn du dich erinnerst.«

»Wow! Glaubt ihr, er ist tot?«, fragte das Mädchen, das die beiden begleitet hatte. Cordelia?, überlegte Lupo. Der passende Name für eine klassische Schönheit wie sie.

»Nicht wirklich«, entgegnete die Jägerin und wandte sich Lupo zu. »Aber er wird wohl nicht so schnell wieder auftauchen. Was ist mit Ihnen, Mister? Sind Sie okay?«

Xander sagte: »Ich guck mir mal den anderen Typen an. Vielleicht ein Krankenwagen ... Cordy, hol mal dein Handy raus, für alle Fälle.«

»Ich glaube, Sie stehen unter Schock«, sagte die Jägerin zu Lupo.

Einen Augenblick lang konnte Lupo sie nur ehrfürchtig anstarren. Sie war ein außergewöhnliches Wesen, genau wie all die Legenden berichteten. Aber sie aus der Nähe betrachten zu können, raubte ihm fast den Atem. Die Jägerin! In einer Welt, in der viele Mythen bereits wieder im Nebel der Zeit abgetaucht waren, war es einer der erhabensten Momente seines Lebens, sie leibhaftig vor sich zu haben.

»Hallo?«, sagte die Jägerin, lauter diesmal. »Wollen Sie sich hinsetzen?« Immer noch antwortete er nicht. »Geht es Ihnen gut?«

»Sicher, Buffy, prächtig«, sagte die schöne Cordelia schelmisch und zog ihr Handy aus der Tasche. »Er hat ja auch nur miterlebt, wie ein Mons ... ein Typ mit Monstermaske seinen Freund attackiert hat.« Sie sah Xander an. »Also, neun-eins-eins?«

»Eher nicht«, entgegnete Xander und erhob sich. Er blieb zwischen der Leiche von Bruder Galen und dieser exquisiten jungen Frau stehen; vielleicht versuchte er, sie vor dem Blutbad abzuschirmen.

»Tut mir Leid, Mann«, sagte Xander zu Lupo. Er sah ihn traurig an, der Mund war grimmig zu einer schmalen Linie zusammengepresst. »Ich glaube, ähm ... also ich bin mir eigentlich sicher, dass Ihr Freund hier tot ist.«

»Oh, der Himmel sei uns gnädig«, stöhnte Lupo. Sein Akzent war schwer, was sogar ihm selbst auffiel. Ob sie wohl merkten, dass kein Kummer in seiner Stimme lag? »Geliebter Bruder... mein Bruder«, stammelte er gebrochen.

»Ihr Bruder? Oh, das tut mir wirklich Leid«, sagte die Jägerin bestürzt. »Ich ... wir sind so schnell gekommen, wie wir konnten.«

»Wirklich sehr schnell«, pflichtete ihr Lupo bei. »Sonst wäre gar mein Leben auch zu Ende gewesen.« Er senkte den Kopf. »Durch die Hände dieses ... Gangsters.«

»Ähm, hören Sie, wir gehen jetzt mal den Cops erzählen, was passiert ist. Bleiben Sie einfach hier, und wir schicken Ihnen die Beamten runter, okay?«, schlug Xander vor und klopfte ihm auf den Arm.

»Danke«, sagte Lupo nur.

Buffy starrte den Mann an, und einen verrückten Augenblick lang glaubte sie ihn irgendwie zu kennen.

Lupo hielt seinen Kopf gesenkt, hoffte, er vermittelte das richtige Maß an Trauer. In Wahrheit scherte er sich keinen Deut um Bruder Galen. Aber seine Frustration wich einer großen Wut. Er hatte gewusst, dass Springheel Jack sich in Sunnydale herumtrieb – der Höllenschlund hatte ihn angezogen – aber war es nur ein Zufall, dass er so weit außerhalb des Zentrums über sie hergefallen war? Das Monster hätte auf der Jagd sein sollen, und zwar dort, wo sich viele Menschen aufhielten.

Bruder Lupo blinzelte und schreckte aus seinen Gedanken auf. Die Jägerin und ihre Freunde hatten sich bereits entfernt. Sie tuschelten miteinander und drehten sich mit mitleidigen Gesichtern nach ihm um. Als sie in der Dunkelheit verschwunden waren, zählte Bruder Lupo bis hundert. Dann ging er zu dem leblosen Körper von Bruder Galen, packte ihn bei den Füßen und zerrte ihn an die Kante des Docks. Die ausgetretenen Eingeweide schleiften dabei über den Boden und hinterließen eine blutige Spur auf dem Gehsteig und später auf den Holzplanken des Kais. Das Platschen, mit dem der Körper ins Wasser rutschte, war inmitten der Geräusche des Chaos kaum zu hören, die vom Ufer herüberdrangen.

Ein wunderbares Chaos, dachte Lupo und nahm die Verfolgung der Jägerin wieder auf. Dass sie ihn gesehen hatte, erschwerte die Sache, aber er durfte ihre Spur nicht verlieren, denn sonst würde der Maestro dafür Sorge tragen, dass er für alle Ewigkeit in der Hölle schmorte.

Die Jägerin, dachte Lupo. Und dann flüsterte er: »*Bellissima.*«

»Und, Buffy«, sagte Cordelia beiläufig, als marschierten sie zu einem Picknick und nicht geradewegs auf die Katastrophe zu, »glaubst du wirklich, dass Springheel Jack noch lebt?«

»Ich glaube nicht, dass ihm ein so kleines Bad sonderlich schadet«, entgegnete Buffy grimmig.

»Was?«, protestierte Xander und machte eine Handbewegung wie ein Prediger. »Ich hab ihm ganz schön was verpasst. Er ist jetzt Geschichte, Ladys – von uns gegangen. Tatsache!«

Buffy zuckte mit den Schultern. »Wollen wir es hoffen!«

Mittlerweile waren sie dicht genug an das Hauptdock gekommen, um das ganze Ausmaß der Zerstörung überblicken zu können. Was sie sahen, war genug, um jedes weitere Gespräch zum Thema zu beenden. Von zwei Docks, die einmal weit ins Wasser hinaus geführt hatten, waren nur noch zersplitterte Holzkeile übrig. Wenigstens zwei Schiffe waren, soweit Buffy erkennen konnte, zerstört, eins ragte mit dem Bug in den Himmel, das andere ging soeben langsam, in zwei Teile zerschlagen, unter.

Dann war da natürlich noch das brennende Lager und das Schiff, das aus dem lodernden Gebäude aufragte wie ein zerbrochenes Schwert aus der Brust eines gefallenen Soldaten. Fünf Feuerwehrautos waren mittlerweile vor Ort, drei Krankenwagen und unzählige Polizeiautos. Wundersamerweise schienen die Feuerwehrleute die Brände schnell unter Kontrolle zu bekommen und dämmten sie zügig ein. Buffy sah ehrfürchtig zu. Für sie waren Feuerwehrleute die wahren modernen Helden. Männer und Frauen, die freiwillig jeden Tag dem Tod in die Augen sahen, um Leben und Besitz anderer zu retten.

Wahnsinn!

Sie marschierte mit ihren Freunden auf die dichte Kette der Polizeiwagen zu. Xander und Cordelia gingen immer langsamer, sie waren unsicher, wie sie vorgehen sollten. Aber Buffy trieb die beiden mit einer Kopfbewegung an, und so schlüpften sie schließlich durch die Absperrung.

Zu Buffys Linken befragte gerade ein älterer, weißhaariger Cop, der ihr irgendwie bekannt vorkam – so bekannt, dass sie ihm nicht näher kommen wollte, falls er sich auch an sie erinnerte – einen dunkelhäutigen Dockarbeiter um die dreißig mit dicken Muskelpaketen. Er machte einen gepflegten Eindruck und hatte eine gute Aussprache. Nichts war's mit dem Klischee vom alten Mann und dem Meer mit Pfeife und ein bisschen zu viel Alkohol im Blut.

»Reden wir mal darüber, was Sie wirklich gesehen haben, ohne das wilde Seemannsgarn«, sagte der weißhaarige Cop gerade energisch.

»Sehe ich aus, als wäre ich betrunken?«, fragte der Mann, und Buffy musste grinsen. In seinen Worten spiegelte sich genau das wider, was sie gerade gedacht hatte. »Im Ernst! Ich arbeite seit meinem vierzehnten Geburtstag auf diesem Dock. Ich hab jede Geschichte von jedem Fischer und Seemann gehört, der in den letzten zwanzig Jahren mal in diesen Hafen gekommen ist. Ich weiß durchaus zwischen Seemannsgarn und wahren Geschichten zu unterscheiden, aber ich kann es Ihnen nicht verdenken, Officer. Dieses Ding hier war real, verstehen Sie! Es ist wirklich passiert.«

»Nun, nun, Mister Curtis, beruhigen Sie sich«, sagte der Cop herablassend. »Ich bin sicher, das war ein traumatisches Erlebnis für Sie.«

»Verdammt traumatisch!«, entgegnete der Mann. »Aber das bedeutet nicht, dass es nicht geschehen ist. Sehen Sie sich um, Sie Idiot! Haben Sie so etwas schon einmal gesehen? Zum Teufel, ich weiß nicht, was es war, aber es war größer als alles, was ich je gesehen habe. Schließlich hat es das ganze Chaos hier mit seinen Tentakeln angerichtet!«

Mister Curtis zeigte auf das Schiff, das aus dem nun größtenteils schwelenden Gebäude ragte. Buffy bekam große Augen, als ihr die Bedeutung seiner Worte klar wurde. Tentakeln? Es klang verrückt, aber der Mann schien völlig bei Sinnen. Und in Sunnydale ...

»Passen Sie auf, wie Sie mit einem Gesetzeshüter sprechen!«, wies ihn der Cop zurecht. »Und was diese miese ...«

Sein Blick fiel auf Buffy, Xander und Cordelia.

»Gibt es einen Grund für eure Anwesenheit?«, fragte er. »Verschwindet, bevor ich einen Grund finde, euch Ärger zu machen.«

Er wollte sich schon wieder Curtis zuwenden, als er innehielt und Buffy ins Visier nahm. »Hey«, sagte er, »Bist du nicht ...«

»Wir sind schon weg!«, beeilte sich Xander zu sagen. »Total verschwunden. Gute Idee.«

Mit festem Griff packte er Buffy am Handgelenk, schlang den anderen Arm um Cordelias Taille und hauchte ihr einen Kuss auf die Wange, um die beiden dann energisch in die Richtung zu schieben, aus der sie gekommen waren. Zurück zu Cordelias Auto.

»Scheint sich um ein Meeresungeheuer zu handeln«, meinte Buffy, als sie außer Hörweite waren. Die Wellen schlugen sacht gegen die Holzpfosten, auf denen das Kai ruhte.

»Hört sich ganz so an, ja.«

»Wartet mal«, sagte Cordelia, und Buffy und Xander blieben stehen. Auf dem Boden war eine kleine Blutlache und ein dünne Spur führte bis an den Rand des Kais.

»Hat hier nicht gerade Springheel Jack diesen Typen umgebracht?«, fragte sie.

Xander und Buffy sahen sich um. Dann ging Buffy in die Hocke, um sich die Blutspur aus der Nähe anzusehen.

»Bitte sag, dass es das Blut von Springheel Jack ist«, bat Xander.

»Ich glaube nicht«, sagte Buffy. »Entweder ist jemand gekommen, um dem anderen Typen zu helfen, und hat sich als Bösewicht erwiesen, oder Springheel Jack ist nochmal zurückgekehrt.«

»Oder der Typ, den ihr gerettet habt, hat mal eben die Leiche seines Bruders versenkt«, überlegte Cordelia.

»Klar. Typisch für Touristen mit komischem Akzent. Der Bruder wird von einem Monster ausgenommen, also schmeißt ihn der andere ins Wasser!«, meinte Xander spöttisch.

»Er hielt Springheel Jack doch für ein Mitglied einer Gangsterbande.« Cordelia blieb beharrlich. »Und er hat nicht gerade hysterisch rumgeschrien.«

»Nein, das ist schließlich deine Spezialität«, gab Xander zurück. »Weißt du, nicht jeder fängt gleich an zu kreischen, sobald irgendwo ein kleines dämonisches Etwas auftaucht!«

»Ach, tatsächlich, blas dich bloß mal nicht so auf, du kleiner Macho!«, fuhr Cordelia auf.

Buffy hatte den Streit wortlos mitverfolgt und runzelte die Stirn. Aus diversen Gründen gab sie es nicht gern zu, aber es war möglich, dass Cordelia Recht hatte. Wenn es sich bei den beiden Typen zum Beispiel um illegale Einwanderer handelte, war es mehr als wahrscheinlich, dass der Überlebende nichts mit der Polizei zu tun haben und jeden Hinweis auf seine Existenz vor den Behörden verbergen wollte.

In diesem Moment öffnete sich der Himmel mit einem lauten Donnerschlag, der durch die Luft grollte wie eine Flutwelle, die über ihren Köpfen zusammenzubrechen drohte. Sie blieben wie angewurzelt stehen und hielten sich die Ohren zu.

Buffy ließ ihren Blick ziellos über den schwarzen Pazifik wandern; das Mondlicht spiegelte sich millionenfach auf den Wellenkämmen.

Dann brach etwas Ungeheuerliches durch die Wasseroberfläche. Etwas Großes mit riesigen Tentakeln oder Armen; für Buffys Geschmack viel zu viele. Es war das größte Lebewesen, das sie je gesehen hatte, und sie hatte nur einen kurzen Blick darauf erhascht. Auf *einen Teil* dieser Kreatur.

»Oh mein Gott«, sagte sie, als das Himmelsbeben noch dutzendfach widerhallte. Xander und Cordelia folgten Buffys Blick und da sahen sie, was sie sah. »Wie zum Teufel soll ich das denn erledigen?«, fragte Buffy ratlos.

Giles hatte einen unruhigen Schlaf und erwachte in der Nacht auf Sonntag kurz nach zwei Uhr morgens mit dem Gefühl großer Angst. Er versuchte, wieder einzuschlafen, wälzte sich aber nur noch hin und her, und als er seine Augen wieder aufschlug, stand die Uhr auf fast halb vier.

Unter großen Schmerzen setzte er sich auf. Er überschlug rasch den Zeitunterschied zwischen New York und London – in London war es nun halb neun –, griff zu dem beigen Krankenhaustelefon und bat um ein Amt. Er wählte die Nummer, die er schon einmal gewählt hatte, und lauschte auf das Freizeichen in der Leitung. Es läutete zweimal, viermal, achtmal. Natürlich war der Rat nicht so unkultiviert und besaß sicherlich einen Anrufbeantworter … Andererseits: Was für eine Ansage sollte man auf dem Band machen? Aber eine Sekretärin könnte doch wenigstens anwesend sein …

Nach dem elften Klingeln meldete sich eine tiefe männliche Stimme. Er erkannte Ian Williams wieder, den neuen Assistenten, mit dem er auch letztes Mal gesprochen hatte.

»Ja, hallo! Hier ist Rupert Giles«, sagte er rasch. »Entschuldigen Sie die Störung zu so früher Stunde …«

»Hier ist es zwar früh, Mister Giles, aber drüben bei Ihnen ja wohl eine ganz und gar unchristliche Uhrzeit«, entgegnete Williams. »Ist etwas passiert?«

»Genau das wollte ich Sie fragen«, sagte Giles. »Ihre Miss Tomasi war gestern Nachmittag bei mir. Sie verließ mich gegen viertel vor zwei und sollte abends gegen sieben wieder hier auftauchen. Aber sie ist weder gekommen, noch hat sie mich angerufen. Kein Lebenszeichen von ihr. Ich habe versucht, ihr in ihrem Hotel eine Nachricht zu hinterlassen, aber dort scheint sie nicht gewesen zu sein. Und nach dem, was sie mir erzählt hat, bin ich nun doch etwas beunruhigt. Ich würde ja selbst nach ihr schauen, aber ich habe morgen noch eine ganze Reihe Untersuchungen vor mir, bevor die Ärzte mich entlassen.«

Am anderen Ende herrschte Schweigen. Schließlich ein nachdenkliches »Hmmm«.

»Ian?«, fragte Giles.

»Beunruhigend, Mister Giles«, sagte der Mann. »In der Tat beunruhigend. Ich vermute, wir müssen das Schlimmste befürchten. Am besten verlassen Sie das Krankenhaus so schnell wie möglich, natürlich unter Berücksichtigung der ärztlichen Anweisungen. Vielleicht möchten Sie selbst Erkundigungen anstellen, was mit Micaela geschehen ist, aber wenn sie nicht schnell wieder auftaucht, müssen Sie auf dem schnellsten Wege nach Hause. Die Auserwählte hat für Sie oberste Priorität.«

»Ja«, sagte Giles und ging im Geiste bereits die abscheulichsten Möglichkeiten durch, sowohl für Micaela als auch für Buffy. »Wie immer.«

Als er den Hörer auf die Gabel gelegt hatte, fand er keinen Schlaf mehr. Die Worte des Mannes hallten in seinem Kopf.

Ich vermute, wir müssen das Schlimmste befürchten.

Giles dachte an das Funkeln in Micaelas Augen, an ihr Haar, das auch ohne Sonne glänzte. Ihr wissendes Lachen.

Ich vermute, wir müssen das Schlimmste befürchten.

Das Schreckliche war, dass Giles das Schlimmste bereits erlebt hatte. Er wusste, was es bedeutete. Seine Sorge um Micaela ging über pure Angst hinaus, Befürchtung reihte sich an Befürchtung, bis er sich in eine handfeste Panik hineingesteigert hatte. Und wenn er an Buffys merkwürdiges Verhalten dachte und daran, wie wenig sie ihm von den Vorkommnissen in Sunnydale erzählt hatte, hatte er allen Grund, sich große Sorgen um die Sicherheit der Jägerin und ihrer Freunde zu machen …

Giles richtete sich energisch auf. Er konnte nicht länger hier liegen bleiben. Vorsichtig zog er sich die Infusionsnadel aus dem Arm und schwang die Beine über die Bettkante. Er fühlte sich immer noch leicht benommen und blieb daher einen Augenblick sitzen, um seine Kräfte zu sammeln. Dann atmete er kräftig durch, ignorierte die Schmerzen in Kopf und Rücken und stand auf. In dem Baumwollpyjama des Krankenhauses fühlte er sich entschieden unwohl.

Er stand einen Augenblick auf wackeligen Beinen da und bewegte sich dann vorsichtig auf den Schrank zu, in dem seine Kleider hingen. Seine übrigen Sachen waren immer noch im Hotel, aber die Kleidung, die er in der Nacht seines Unfalls getragen hatte, hing gereinigt auf den Bügeln.

Er beugte sich vor, um seine Schuhe herauszunehmen. Ein stechender Schmerz schoss durch seinen Rücken über den Nacken bis in den Kopf. Giles stöhnte und hielt sich den Kopf, als seine Beine taub wurden und unter ihm einknickten. Er stürzte zu Boden und seine Brille schlidderte über die kalten Kacheln.

Als er wieder zu Bewusstsein kam, lag er wieder im Bett. Ein Arzt leuchtete ihm mit einer Taschenlampe in die Augen.

»Micaela«, krächzte Giles.

»Wer immer sie ist, sie kann warten«, sagte der Doktor barsch. »Auch wenn Sie das Gefühl haben, Sie werden hier verrückt – was ich Ihnen nicht verdenken kann –, gibt es gute Gründe, warum Sie immer noch stationär behandelt werden müssen. Vielleicht hören Sie nächstes Mal besser auf die Ärzte!«

Mit diesen Worten im Ohr tauchte Giles wieder ab und schlug die Augen erst spät am nächsten Morgen wieder auf.

In dem außergewöhnlichen Garten eines feudalen Anwesens in Kyoto, einer der großartigsten Städte der Welt, schrie Kobo Sensei laut auf.

Kobo Sensei lag im Dreck und nährte die Erde und die Pflanzen seines Gartens mit seinem Blut. Kobo Senseis Zeit als Wächter war schon vor Jahrzehnten zu Ende gegangen. Nun war er ein alter Mann und hatte bereits oft davon geträumt, in seinem Garten zu sterben, aber in diesen Träumen war er stets auf sanfte Weise der Welt entfleucht, der er lange und tapfer gedient hatte.

Nicht so wie jetzt.

Die Klinge schlitzte das Fleisch an seinem Handgelenk auf und glitt unter seine Haut und öffnete ihn auf eine Weise, wie er selbst es schon unzählige Male in seinem Leben bei Fischen getan hatte. Wieder schrie Kobo Sensei auf.

Aber er gab ihnen nicht, was sie wollten. Er beantwortete ihre Fragen nicht, von denen er sowieso nur auf einige die Antwort wusste.

Außer den Schreien kam nichts über Kobo Senseis Lippen.

Um ihn herum standen sieben Gestalten in dunklen Umhängen mit Kapuzen, die sie tief ins Gesicht gezogen hatten. Auch wenn die Sonne noch nicht ganz am Horizont verschwunden war, konnte er wenig von ihnen erkennen. Personen von unterschiedlicher Hautfarbe, Größe und Gestalt, jedoch ausnahmslos Männer. Abgesehen davon war offensichtlich, dass sie sich mit Magie auskannten.

Und mit Schmerzen.

Die Klinge kam wieder auf ihn zu, diesmal traf ihre Spitze auf eine Stelle ein paar Zentimeter unterhalb seines Nabels. Das scharfe Metall wurde in seinen Unterleib gedrückt, trennte die Haut auf und bewegte sich aufwärts.

Er spürte seine Körperkräfte schwinden, biss die Zähne zusammen und sah seine verhüllten Folterer unverwandt an. Er schwor sich, nicht noch einmal zu schreien.

Kobo Sensei brach seinen Schwur nicht und schwieg bis in den Tod.

6.

Leicht beklommen saß Willow in der Schulbibliothek.

Sie war allein. Allein mit den Büchern, die dort in den Regalen wohnten. Und allein mit dem getreuen Bibliothekscomputer. Ihre einzigen sonstigen Begleiter waren der Schein der grünen Schreibtischlampe und das tröstende Geklapper ihrer Finger auf der Tastatur.

Wenn sie sich doch nur an den Namen des Krankenhauses erinnern könnte, in dem Giles lag! Dann könnte sie sich in die Krankenhausdatenbank hacken und herausfinden, was genau ihm fehlte. Für jeden medizinischen Fachbegriff, den sie nicht kannte, fand sie bestimmt eine Erklärung im Internet.

Ihre Aufgabe hatte sich als schwieriger erwiesen als angenommen. Mit Hilfe der neuen Medien war es zwar relativ leicht, den Ursprung eines jeden Phänomens oder Monsters aufzuspüren, das ihnen in der letzten Woche begegnet war, aber Willow hatte eigentlich in Erfahrung bringen wollen, ob sie in der Vergangenheit bereits einmal alle gleichzeitig aufgetaucht waren.

Sie gab SPRINGHEEL JACK, HIMMELSBEBEN, MEERESUNGEHEUER ein und wies die Suchmaschine an, nur nach Sites zu suchen, die alle diese Begriffe enthielten.

Keine Dokumente gefunden.

»Mist«, sagte sie frustriert und löschte MEERESUNGEHEUER. Oder vielleicht war HIMMELSBEBEN das Problem? Vielleicht gab es noch eine andere Bezeichnung dafür, auf die sie bisher nicht gekommen war.

Sie verließ die Suchmaschine und ging auf das Register der Kongressbibliothek. HIMMELSBEBEN war dort gar nicht aufgelistet.

Gähnend runzelte sie die Stirn und blinzelte auf den Schirm. Es musste doch irgendwo etwas dazu stehen …

Sie lehnte sich zurück und dachte nach. Dann tippte sie HIMMEL und BEBEN in zwei Worten ein.

Wieder nichts.

Sie warf einen Blick auf die Uhr und stellte erstaunt fest, dass es schon viel später war als sie gedacht hatte. Wenn sie sich sofort auf den Weg machte, war sie noch rechtzeitig zu Hause. Sie konnte ja die Suche an ihrem eigenen Rechner fortsetzen, wenn ihre Eltern zu Bett gegangen waren. Mit Giles' Dateien konnte sie allerdings erst morgen wieder arbeiten, denn von zu Hause hatte sie keinen Zugriff auf den Schulcomputer.

Sie schob den Schreibtischstuhl zurück, schaltete den Rechner aus und schnappte sich ihre Büchertasche. Sie zögerte einen Moment, schaltete dann aber auch die Schreibtischlampe aus. Nun war die Bibliothek vollständig in Finsternis getaucht; lediglich ein fahler Schimmer des Flurlichts drang herein.

Willow wusste: Nach Einbruch der Dunkelheit konnte es in der Schule ziemlich ungemütlich werden. Einmal wäre sie dort sogar fast umgekommen. Zu der Zeit, da Angel noch auf der dunklen Seite war, hatte er sie hier eines Nachts überfallen und beinahe getötet, wenn Buffy ihn nicht im letzten Moment daran gehindert hätte.

Doch heute war Angel mit Buffy unterwegs und hielt mit ihr nach weiteren ungebetenen Besuchern Ausschau. Willow war zwar mittlerweile fest davon überzeugt, dass Angel einer von ihnen war, aber als sie nun an der Stelle vorbeiging, wo er sie kalt lächelnd gepackt und gewürgt hatte, lief es ihr kalt den Rücken hinunter.

Endlich war sie draußen, auf den ersten Stufen der Treppe. Sie atmete tief durch. In der Bibliothek roch es immer nach Staub und Schimmel. Und manchmal auch nach Tee. Sie musste lächeln, als sie an Giles dachte, wie er in seinem Büro saß und mit einer Hand die dampfende Tasse hielt, während er mit der anderen in einem Buch blätterte.

Sie vermisste ihn. Er wurde gebraucht.

Sie wollte, dass er sofort wieder nach Hause kam.

Und sie wollte nicht, dass ihnen allen je etwas Schlimmes geschah.

Cordelia löste sich von Xander, um Luft zu schnappen, und sagte: »Xander, ich meine es ernst.«

»Ich weiß«, versicherte er ihr. »Und ich nehme es auch sehr ernst.«

Sie standen mit dem Wagen auf einem Parkplatz, der gern von Pärchen aufgesucht wurde, allerdings in diskreter Entfernung von den anderen Autos. Cordelia war der Meinung, sie müsse sich ja nicht gleich ein Neon-Schild um den Hals hängen, nur weil sie mit Xander zusammen war.

Wie gewöhnlich hatte ihr Xander nicht zugehört. Atemlos boxte sie ihn auf die Brust. Ihr teurer Lippenstift war über sein ganzes Gesicht verschmiert.

»Was?«, fragte er keuchend.

»Das College«, entgegnete sie. »Wie oft haben wir schon darüber gesprochen? Xander, wenn du nicht aufs College gehst, wirst du später immer nur für einen Hungerlohn arbeiten.«

»Nein, nein, Cordy.« Er lächelte sie an. »Ich gehe sofort über Los und friste mein Dasein auf der Straße. Ich werde all meine Zähne verlieren und Liebesgedichte für dich an die Wände öffentlicher Toiletten schreiben. Du wirst schon sehen!«

»Hör mal zu, du Schwachkopf!« Sie funkelte ihn an. »Meine Eltern werden mich möglicherweise in die Schweiz schicken. Oder nach San Diego. Es wäre doch schön, wenn es dir gelänge, an denselben Ort wie ich zu kommen. Aber das wird nicht klappen, wenn du dich nicht bewirbst.«

»Hey, ich habe mich bei vielen Schulen beworben. Und wurde von einigen angenommen. Von vielen sogar.«

Sie zog ein Gesicht. »Die Colleges, für die du dich beworben hast, sind alle reichlich schwach. Meine Eltern würden mir keins davon erlauben.«

»In die Schweiz!« Er sah sie an, als wäre sie nicht ganz bei Sinnen.

Sie zuckte mit den Schultern. »Ja.«

»Meine Eltern können sich nicht mal 'ne Spritztour zum Matterhorn im Disneyland leisten. Wie soll ich um Himmels Willen in die Schweiz kommen? Abgesehen davon spreche ich doch gar kein ... Was sprechen die eigentlich da?«

»Und es ist eine Mädchenschule«, murmelte Cordelia. Dann hellte sich ihr Gesicht wieder auf. »Okay, dann eben San Diego. Oder vielleicht ein nettes privates College an der Ostküste.«

»Okay, wie wär's damit?« Er zwinkerte ihr zu. »Du bleibst einfach mit mir hier, und wir gehen zusammen aufs Gemeindecollege?«

»Ich verstehe nicht, warum du deine Ziele so tief steckst«, sagte sie. »Du kannst doch viel mehr!«

»Ja, und das würde ich dir gern auf der Stelle beweisen.« Er legte den Arm um sie und zog sie zu sich heran. Sie spürte seinen warmen Atem auf ihrer Wange, und ihr Herz schlug schneller. »Und was die niederen Ziele angeht ...«

»Xander!« Sie schüttelte den Kopf. »Warum versuche ich es überhaupt!«

Plötzlich verschwand sein Grinsen, und er sah sie ernst an. Eine Weile herrschte Schweigen. Dann sagte er: »Cordelia, ich bin wirklich froh, dass du es versuchst. Es zeigt mir, dass du … an mich glaubst.«

»Das hab ich nicht gesagt«, entgegnete sie kratzbürstig.

Er lächelte und küsste sie.

Und sie gab sich ihm hin. Schließlich waren die Abschlussprüfungen erst in ein paar Monaten.

Cordelia hatte die mühselige Aufgabe in Angriff genommen, im Schein der Wageninnenbeleuchtung ihr Make-up zu erneuern, während Xander ein Drum-Solo auf dem Armaturenbrett trommelte. Was sie sagte, während sie den Lippenstift auftrug, war kaum zu verstehen, aber Xander übersetzte es sich so: Sie wollte, dass er ihr versprach, noch einmal den Beratungslehrer aufzusuchen.

»Okay?«, fragte sie und ließ den Lippenstift in ihre Handtasche fallen.

»Er kann mich nicht ausstehen«, wandte Xander halb im Spaß ein.

»Das glaube ich nicht. Abgesehen davon ist es egal. Er ist dafür da, dir zu helfen. Er arbeitet schließlich im Dienste der Steuerzahler.«

»Stimmt. Eigentlich wollte er Astronaut werden, aber es war kein Platz mehr frei.«

Sie schüttelte ihre Frisur auf. »Wie sehe ich aus?«

»Unschuldig und verführerisch.«

»Gut.« Sie lächelte ihn an. »Fahren wir nach Hause!«

»Ihr Wunsch ist mir Befehl. Miss Chase, werfen Sie die Motoren an.«

Cordelia steckte den Schlüssel ins Zündschloss und ließ den Wagen an. Der Motor heulte auf.

»Ho ho, Tiger-Girl«, spottete Xander.

Sie sah ihn aus zusammengekniffenen Augen an. »Noch ein Pieps und du gehst zu Fuß.«

Xander hob beschwichtigend die Hände. »Ich sage doch gar nichts.«

»Siehst du?«, meinte Cordelia, als sie die kurvenreiche Straße den Berg hinunter schlingerten. »Du bist eindeutig clever genug fürs College!«

7.

Am Hof König Franz I. von Frankreich
Fontainebleau, im Jahre 1539

Die leichte Brise, die durch die Gärten von Fontainebleau wehte, brachte kühle Luft mit sich, und als Richard Regnier tiefer in die wuchernde Flora vordrang, verspürte er den fast überwältigenden Drang umzukehren. Er warf einen raschen Seitenblick auf die Spaliere und Bögen, aus denen der labyrinthähnliche Garten gestaltet war, schob das Kinn energisch vor und ging weiter.

Schon möglich, dass ihn ein grausiges Schicksal erwartete, aber ein Regnier ging schwierigen Situationen nicht aus dem Weg, auch wenn ihm der Wind einmal heftig ins Gesicht blies.

Er kannte seinen Weg sehr gut; auf diesen Pfaden war er schon sein ganzes Leben gewandelt. Die Nachricht mit dem Siegel der Gattin des Thronfolgers hatte ihn per Boten erreicht. Katharina von Medici wünschte seine Gesellschaft im Rosengarten kurz nach Sonnenuntergang.

Es gab auf dem Anwesen zwar zahlreiche Flächen für Rosenzucht, aber Regnier kannte die Gewohnheiten der Prinzessin. Der Ort, den sie meinte, war ein ganz besonderes Fleckchen, eine ovale Laube aus dichten Rosenbüschen mit einer kleinen Nische darin, die wie die Pupille eines roten Auges anmutete. Ja, Regnier kannte den Weg gut. Und so marschierte er rasch den Pfad entlang, Körper und Geist bereit, zu seiner Verteidigung aktiv zu werden, sollte die Nachricht trotz des Siegels eine Finte gewesen sein, um ihn in eine Falle zu locken.

Ein hohes, dicht mit Weinreben bewuchertes Spalier versperrte Regnier die Sicht, bis er unter den Bogengang aus Rosengittern kam, der in die merkwürdige Laube führte, das blutrote Auge des Sturms. Er ging unter dem Bogen hindurch und betrat das verdunkelte Oval, wo ihm nur der Mond den Weg leuchtete. Rosenranken breiteten sich zu beiden

Seiten aus, um sich auf der gegenüberliegenden Seite wie die Hände Liebender zu vereinen. In der Nische wartete jemand.

Regnier atmete erleichtert auf, als er entdeckte, dass die Prinzessin tatsächlich gekommen war, um ihn zu treffen. Katharina von Medici war nie eine Schönheit gewesen, aber aufgrund ihres gebrochenen Herzens und der bekümmerten Seele wirkte sie zerbrechlich und zart und erweckte so Mitleid. Nun war diese Illusion vergangen, und er musste feststellen, sie war nicht nur reizlos, sondern nachgerade hässlich. Ja, das Bild des schutzbedürftigen Mädchens war in der Tat verschwunden, aber was war an seine Stelle getreten?

Regnier suchte im Gesicht der Prinzessin nach einer Antwort, bis er ihr in die Augen sah. Die kleine Florentinerin öffnete ihren Mund, aber noch bevor sie das erste Wort verlauten ließ, konnte Regnier an ihren wütend funkelnden Augen ablesen, dass er ruiniert war.

»Danke, dass Ihr gekommen seid, Magier«, sagte sie in einwandfreiem Französisch. »Es war gewiss eine seltsame Einladung.«

Ihr scheinbares Wohlwollen trug nicht zu Regniers Beruhigung bei. »Ich bitte Euch, Madame«, sagte er. »Ich weiß zwar nicht, was der verrückte Fulcanelli in Euer zartes Ohr geflüstert hat, aber allein aus Eurer Haltung schließe ich, dass Ihr in großer Unruhe seid.«

Da lachte Katharina von Medici, und Regnier wusste, es gab keine Hoffnung mehr für ihn. Doch bevor er noch entschieden hatte, ob er weiter logisch argumentieren oder sich so schnell wie möglich zurückziehen sollte, spürte er, dass jemand hinter ihm stand. Er fuhr herum, und da trat Fulcanelli in die Laube. Die verkümmerte Hand des Zauberers ruhte an seiner Brust, aber durch die Zurschaustellung dieser Schwäche wirkte er nur noch bedrohlicher. Aus den Rosenbüschen, vor denen Katharina stand, traten zwei von Fulcanellis Gefolgsmännern.

»Ihr seid ein gemeiner Betrüger, ein Teufel übelster Sorte, Richard Regnier!«, fauchte Katharina von Medici ihn jetzt an. »Ihr habt meine geheimsten Gebete belauscht, meine Träume zerstört und mich mit jedem Atemzug hintergangen. Ich muss annehmen, dass Ihr mit dieser Kanaille, die meinen Ehemann derart verhext hat, unter einer Decke steckt.«

Regnier hob beschwichtigend seine Hände und wollte schon widersprechen. Aber dann besann er sich eines Besseren. Wütend ging er auf Fulcanelli los.

»Dämon!«, zischte er den verkrüppelten Mann an. »Ihr habt Euch an diese Frau gehängt und dem Hause Medici Lehnstreue versprochen, und unterdessen habt Ihr den übelsten aller Pläne ausgearbeitet, den sich Euer gottloses Hirn nur ausdenken konnte. Sie steht doch schon völlig unter Eurer Fuchtel! Habt Ihr nicht bereits alle Macht, die Ihr wünscht? Was gewinnt Ihr dadurch, ihr die einfache Freude der Mutterschaft zu verwehren?«

Fulcanelli schüttelte traurig den Kopf und glättete einige imaginäre Falten in seinem rot-schwarzen Umhang. »Lieber wahnsinniger Richard«, seufzte er. »Ihr versucht, Eure Schuld anderen aufzubürden, aber sie ist für uns alle offensichtlich. Madame hat Euer Schicksal bereits besiegelt, und glaubt mir, es ist weitaus freundlicher als es hätte sein können.«

Regnier starrte den Magier mit offenem Mund an. Dann wandte er sich langsam wieder Katharina zu. Doch im gleichen Moment stürzten sich Fulcanellis Gefolgsmänner auf ihn. Regniers rechte Hand fing an zu leuchten, aber es war zu spät. Ein schwerer Knüppel traf ihn an der Schläfe, und er stürzte leblos zu Boden.

»Ich habe doch befohlen, ihn nicht zu töten«, protestierte Katharina von Medici.

»Bitte, Madame«, sagte Fulcanelli sanft und kam auf sie zu. »Diese treuen Freunde haben in der Vergangenheit viel unglückliche Arbeit verrichten müssen, sie würden niemals aus Versehen ein Leben nehmen.«

Katharina kniete sich neben Regnier und legte die Hände auf seine Brust. Erleichtert registrierte sie ein Heben und Senken unter ihren Fingern. Fulcanelli runzelte ob ihrer Anteilnahme die Stirn.

»Ihr werdet dafür sorgen, dass er auf ein Handelsschiff gebracht wird. Händigt dem Kapitän den Goldbeutel aus, den ich Euch gab, damit er Regnier mit an Bord nimmt, egal wohin das Schiff als nächstes ausläuft!«, befahl die Prinzessin.

Fulcanelli verbeugte sich gehorsam. »Wie Ihr befohlen habt, so soll es geschehen, Eure Hoheit«, versprach er. »Obwohl ich nicht weiß, warum Ihr einen so bösartigen Falschspieler zu schonen wünscht.«

Die Prinzessin erhob sich, bedachte ihren Berater mit einem strengen Blick und verharrte dann reglos auf der Stelle, bis seine Gefolgsleute Regnier vom harten Boden aufgehoben hatten und mit ihrer Last in dem Bogengang verschwunden waren. Als sie endlich allein waren, verengten sich Katharinas Augen zu Schlitzen, und sie sah Fulcanelli mit einem Blick voller Misstrauen an, wie er ihn noch nicht erlebt hatte.

»Ich habe das Töten satt, Giacomo«, sagte sie gefasst. »Wenn Regnier fort ist, habt Ihr, was Ihr wollt. Wenn ich gut daran getan habe, Euch zu glauben, wird sich vielleicht auch mein Wunsch erfüllen. Aber ich werde mir meine Zukunft und mein Kind nicht mit noch mehr Blut erkaufen. Wenn Gott sich nicht in der Lage sieht, mir einen Stammhalter zu schenken, will ich auch nirgendwo anders Trost suchen. Was immer geschieht, mit Tod und Blutvergießen bin ich fertig!«

»Keiner von uns ist je mit diesen Dingen fertig, bis wir unseren letzten Atemzug getan haben, Katharina«, sagte Fulcanelli düster. »Aber ich respektiere Eure Wünsche und werde Euch nicht weiter mit solchen Vorschlägen behelligen. Ich bete nur darum, dass Ihr den Erben gebären möget, den Euer Gatte sich so sehnlichst wünscht.«

Angesichts der unverblümten Benennung ihrer Zwangslage errötete Katharina vor Wut und schwieg. Sie rauschte an Fulcanelli vorbei und enteilte auf dem geschwungenen Pfad, der aus dem Gartenlabyrinth führte. Der Magier sah ihr eine ganze Weile empört nach.

Dann jedoch huschte ein Lächeln über sein Gesicht. »Ihr werdet Eurem Prinzen einen Sohn gebären, meine Teure«, flüsterte er in die Nacht. »Doch erst, wenn es mir gefällt und es dem Chaos zuträglich ist.«

Nachdem er die Gärten verlassen hatte, schlenderte Fulcanelli über das mondbeschienene Anwesen auf einen alten Stall zu, in dem die Weidepferde des Thronerben gehalten wurden. Nachdem sie zu alt zum Präsentieren geworden waren, hätte Heinrich sie verkaufen oder an die Armee abtreten sollen, fand Fulcanelli. Dass er so viel Herz zeigte, den Pferden ihr Gnadenbrot zu geben, bestärkte den Magier nur in seinem Glauben, dass der Thronerbe eigentlich nicht zum Regieren taugte.

Doch bislang war ja Heinrichs Vater Franz noch an der Macht. So blieb Fulcanelli genügend Zeit, in die Geschicke der französischen Geschichte einzugreifen.

Der entlegene Stall stellte eine Art Austragungsort für Fulcanellis fragwürdige Praktiken dar. Oft war noch ein Stallbursche anwesend, auch spät in der Nacht. Doch eine Flasche Wein und ein Laib Brot genügten in der Regel als Bezahlung, damit der sich eine Weile davonmachte. Dies und die Bedrohung, die Fulcanelli darstellte. Er war immerhin ein Hexer, und der Junge hatte zu Recht Angst vor ihm.

Als Fulcanelli in dieser Nacht den Stall durch die große Seitentür betrat, war der Junge nirgends zu sehen. Der Hexenmeister schob den Riegel zurück und trat geräuschlos ein. Sofort stampften und wieherten die Pferde in ihren Boxen, aber Fulcanelli beachtetet sie nicht und ging zielstrebig auf den hinteren Teil des Stalles zu, wo der Raum groß genug war, um mehrere Pferde gleichzeitig zu waschen und zu striegeln.

Zwei seiner Gefolgsleute, Giovanni und Francesco, traten aus der Dunkelheit auf ihn zu und verneigten sich schweigend vor ihm.

»Regnier?«, fragte Fulcanelli nur.

»An Bord eines Schiffes. Euer Versprechen gegenüber der Gattin des Thronfolgers ist somit erfüllt«, sagte Francesco. »Der Kapitän war erfreut über den zusätzlichen Passagier und erklärte sich ebenso erfreut bereit, ihn umzubringen, sobald das Schiff die offene See erreicht hat.«

Fulcanelli legte die Hand ans Kinn und nickte. »Sehr gut.« Dann legte den Kopf zur Seite und spähte an ihnen vorbei in die Dunkelheit. »Und die andere Sache, die wir besprochen haben?«

Die beiden Männer wechselten einen kurzen Blick, und Giovanni ergriff das Wort. »Luciano ist tot«, sagte er ohne große Umschweife. »Sie nahm seinen Kopf, bevor ich die Asche, die Ihr mir gegeben habt, in die Luft werfen konnte.«

»Aber der Zauber hat funktioniert?«, hakte Fulcanelli nach. »Hat die Asche bewirkt, dass sie einschläft?«

»Sie schläft sogar noch immer«, sagte Francesco und trat beiseite, um Fulcanelli Platz zu machen. Der Hexer ging weiter in den Stall hinein. Als er an einer Laterne vorbei kam, strich er mit der Hand an ihr entlang. Die Kerze im Inneren entzündete sich, und ihr Schein leuchtete über die Boxen hinweg und schreckte die Pferde erneut auf. Weiter vorn, wo der Raum sich vergrößerte, lag ein Körper mit ausgestreckten Armen und Beinen auf dem Boden. Er sah aus wie ein Stern, ein Pentagramm.

Das Mädchen war wunderschön. Es hatte dunkelrotes Haar, was in Frankreich sehr ungewöhnlich und in Florenz, der Heimat des Hexers, noch seltener war. Das Opfer war perfekt in seiner Nacktheit, aber Fulcanelli hatte keine Augen für ihren köstlichen Körper. Es war nutzlos für ihn. Stattdessen blickte er in ihr Gesicht, studierte den aufgewühlten Ausdruck, der auf ihm lag, obwohl ihr Geist in die Tiefen der Bewusstlosigkeit abgetaucht war.

Seine verkrüppelte linke Hand brannte und juckte, und er drückte sie eng an seinen Körper. Mit der rechten zog er eine Klinge hervor. Ein Dolch, den er siebenundzwanzig Jahre lang Nacht für Nacht in Erwartung dieser Gelegenheit mit Zaubersprüchen belegt hatte. Er hatte kaum zu hoffen gewagt, dass sein Traum einmal wahr werden würde. Doch da lag sie nun endlich. Fulcanellis Herz raste.

»Ihr beide sollt reichlich entlohnt werden, meine Söhne«, sagte Fulcanelli zufrieden, ohne den Blick von dem nackten Mädchen auf dem kalten Boden abzuwenden. Verzückt schritt er die Stufen zu ihr hinunter und warf sich auf dem festgetretenen Boden auf die Knie. Behutsam, fast zärtlich setzte er die rasiermesserscharfe Klinge auf ihr Brustbein und fuhr mit ihr durch die Mulde zwischen zwei Rippen entlang. Dann hob er zu einem Sprechgesang an. Das Ritual dauerte einige Minuten, während derer das Mädchen bis auf das sanfte Heben und Senken des Brustkorbs bewegungslos verharrte. Als Fulcanelli geendet hatte, senkte er den Kopf wie zum Gebet.

»Im Namen des Chaos«, flüsterte er, und Tränen liefen ihm über die Wangen. »Im Namen der Entropie.«

Mit der ganzen Kraft seines gesunden Armes trieb der Hexenmeister und Alchemist Fulcanelli nun den Dolch durch Haut und Muskeln. Wie eine Fontäne schoss das Blut aus der Wunde und spritzte auf seinen Umhang und auf sein Hexergewand. In diesem Moment schlug das Opfer die Augen auf, doch es schrie nicht.

Dann traf es ihn wie ein Schlag, ihre Kraft strömte durch die Klinge in seinen Körper, der vibrierte und knisterte wie vom Blitz getroffen. Fulcanelli warf den Kopf in den Nacken und fing an zu schreien. Nicht vor Schmerz, sondern überwältigt vom Gefühl des Triumphs.

Er war diesem Ritual nur durch intensive Studien auf die Spur gekommen, und in der Tat verlieh ihm das Blut der Auserwählten, der Jägerin, eine Kraft, von der er nicht einmal zu träumen gewagt hatte. Eine Kraft, die es ihm erlaubte, mit der Durchführung seines Plans fortzufahren, mit Hilfe dessen eines Tages das Chaos auf die Erde zurückkehren würde. Das unendliche Chaos.

»Herrlich!«, flüsterte Fulcanelli und schob zärtlich eine rote Strähne aus dem bleichen Gesicht der toten Jägerin.

Müde strich Oz über sein stoppeliges Kinn.

Er saß im *Starbucks*. Eis-Cappuccino war zwar kein richtiges Frühstück, aber nach einer Nacht wie der vergangenen ein notwendiges Übel. Er rieb sich mit den Händen übers Gesicht, um sich ein wenig wacher zu machen, doch die Erschöpfung wollte nicht weichen. Drei Nächte im Monat als Werwolf unterwegs zu sein und in vielen weiteren seiner Freundin und den Kumpels bei der Monsterjagd zu helfen, konnte einem ganz schön an die Substanz gehen.

Als das Telefon heute Morgen kurz nach neun geklingelt hatte, hatte er angenommen, es sei Willow. Das wäre ja okay gewesen.

Aber die Stimme am anderen Ende der Leitung gehörte Devon. »Kumpel, schläfst du noch?«

»Meinst du, im Moment?«, hatte Oz entgegnet, aber Devon hatte den Witz nicht verstanden. Er entschuldigte sich auch nicht für seinen morgentlichen Überfall, sondern plapperte gleich drauf los: Er musste unbedingt etwas mit Oz besprechen.

Das *Starbucks* lag gleich um die Ecke, also schlug Oz es als Treffpunkt vor. Gleichzeitig verspürte er ein für ihn untypisches Verlangen nach Koffein. Devon ernährte sich quasi davon.

Nun saß er hier. Es war zwölf Minuten nach zehn, zwölf Minuten nach dem verabredeten Zeitpunkt – und weit und breit war vom Frontmann der *Dingoes* nichts zu sehen. Oz vermutete, er habe auf der Straße irgendein Mädchen getroffen und nicht widerstehen können, es anzubaggern. Er nahm es seinem Freund nicht übel, so war Devon nun mal.

Sechs Minuten später, als er gerade seinen zweiten Eis-Cappuccino leerte, kam Devon durch die Tür. Rasch sah er sich nach allen Seiten um. Als er Oz schließlich entdeckte, nickte er ihm zu und kam an den Tisch geschlendert. Er zog sich einen Barhocker heran und bestellte den größten und schwärzesten Kaffee, den das Haus im Angebot hatte. Keiner von beiden hielt es für nötig, Devons Verspätung zu erwähnen.

»Was ist los?«, fragte Oz.

»Oz, Mann, wir müssen über die Band reden«, sagte Devon ernst und nickte.

»Warum? Haben die Plattenfirmen endlich ihren Fehler eingesehen und uns einen fetten Vertrag angeboten?«

Devon runzelte die Stirn und sah Oz an, als hielte er die Idee für vollkommen absurd.

»Okay«, sagte Oz. »Dann sind Ruhm und Ehre heute Morgen nicht unser Thema. Spuck's aus, Dev! Aus welchem Grund hast du mich zu dieser unchristlichen Zeit in deinen Koffein-Tempel bestellt?«

Devon nickte immer noch, und dann hörte das Nicken abrupt auf. Er fuhr sich mit der Hand durchs Haar, um es sich hinter die Ohren zu klemmen.

»Letztes Wochenende war in Crestwood ein Musikwettbewerb, Mann«, begann er und schaute dabei überall hin, nur nicht in Oz' Gesicht. »Die Gewinner haben zwölfhundert Dollar eingesackt. Ich war da, Mann. Die Typen, die das Geld gewonnen haben, waren absolut Scheiße.«

Oz zog die Augenbrauen hoch. Er stand zwar noch reichlich im Dunkeln, aber er hatte bereits eine Befürchtung, worauf Devon hinaus wollte.

»Das hätte unsere Kohle sein sollen, Oz«, fuhr Devon fort. »Und warum sind wir heute nicht zwölfhundert Dollar reicher?«

»Man kann nicht gewinnen, wenn man nicht mitmacht«, stellte Oz lakonisch fest.

Devon zeigte mit dem Finger auf ihn; jawohl, das war die richtige Antwort. Oz fühlte sich durch diese Geste irgendwie angeklagt. Die Jungs von der Band waren seine Brüder. Von Willow einmal abgesehen, waren die *Dingoes* das Wichtigste in seinem Leben. Aber seit dieser Werwolf-Geschichte musste er allmonatlich drei Abende absagen, um zu verhindern, dass er jemanden in Stücke riss. Dazu noch die regelmäßige moralische Verpflichtung, die Stadt vor Dämonen und Vampiren zu schützen ... Oz hatte einfach nicht wegsehen können, als der Horror über den Höllenschlund gekommen war. Oder aus ihm heraus ... Doch dafür hatten die *Dingoes* kein Verständnis. Hauptsächlich, weil sie gar nichts davon wussten.

Allmählich war Unzufriedenheit unter den Bandmitgliedern aufgekommen. Er hatte es gespürt, war aber verrückt genug gewesen zu glauben, dass sie mit seiner regelmäßigen Abwesenheit irgendwie fertig wurden. Wann immer er konnte – was in Sachen Vollmond nicht schwer war –, gab Oz früh genug Bescheid, zumeist zwei bis drei Wochen im Voraus. Wenn sein Fehlen auf einen Montag oder Dienstag Abend fiel, gab es keine Probleme. Aber mit der Zeit waren immer mehr verpasste Gelegenheiten zusammengekommen, und er spürte, wie die Distanz zwischen ihm und den anderen wuchs. Und nun dies.

»Kumpel, wir fragen uns, wo die Band auf deiner Prioritätenliste eigentlich steht, weißt du?«, meinte Devon. »Ich finde, diese Frage ist nur fair.«

Nun war Oz an der Reihe mit Nicken. »Sehr fair«, pflichtete er seinem Freund bei. »Und die Antwort ist: ziemlich weit oben. Ich bin immer noch dabei, Devon. Aber es gibt da ein paar Dinge ...«

»... die jetzt schon fast ein Jahr dauern«, bemerkte Devon, und Oz spürte zum ersten Mal so etwas wie Feindseligkeit. »Seit du Yoko kennen gelernt hast.«

Oz sah ihn verständnislos an.

»Äh, sorry, ich meinte natürlich Willow«, spottete Devon.

Mit einem Grunzen schob Oz seine leere Tasse von sich weg und stand auf. »Das Gespräch ist beendet, Mann. Ihr wollt einen neuen Lead-Gitarristen? Ist okay für mich. Aber keine gegenseitigen Vorhaltungen, einverstanden? Und dass ich nicht immer Zeit hab, liegt ausschließlich an mir. Es jetzt Willow anzuhängen, ist ihr gegenüber eine Beleidigung und damit auch für mich. Und ehrlich gesagt, ist so was ziemlich unter deiner Würde.«

Er wandte sich zum Gehen, aber Devon hielt ihn am Arm fest.

»Hey, Oz, komm wieder runter, okay?«, sagte er. »Du bist doch sonst nicht so.«

Oz seufzte. »Tja, du bist auch sonst nicht so ein Schwachkopf.« Er sah zu Boden, dann zuckte er mit den Schultern und schwang sich wieder auf seinen Hocker. »Hör mal, Dev, es ist eine persönliche Sache, okay? Ein paar Abende im Monat bin ich ... bin ich in einem Programm. Eine Art Therapie, aber mit ziemlich strengen Regeln.«

Devon machte große Augen und starrte Oz mit offenem Mund an. Dann bekam sein Gesicht einen mitleidsvollen Ausdruck, und er blickte so verständnisvoll aus der Wäsche, wie Oz es niemals von ihm erwartet hätte. Devon war ja nicht blöd. Aber er verbrachte die meiste Zeit in seiner eigenen kleinen Welt und konnte nur selten eine Entscheidung oder Meinung akzeptieren, die er nicht teilte.

Schließlich und so allmählich, dass Oz es zunächst nicht bemerkte, begann Devon zu nicken. »Alles klar?«, fragte er.

»Klar.«

Devon kippte seinen Kaffe hinunter und sprang von seinem Hocker. »Dann sehen wir uns also später zur Probe?«, sagte er so unbekümmert, als wäre ihr Gespräch eine Art Sketch gewesen, den sie nur gespielt hatten.

»Yep«, antwortete Oz und sah auf die Uhr. Fast elf. »Ich muss jetzt auch los. Bin schon ein bisschen spät dran für die Schule.«

Devon lachte und verließ das Café. Draußen drehte er sich noch einmal um und winkte Oz lächelnd zu. Auch Oz musste grinsen und schüttelte verwundert den Kopf. Wie schnell die Krise sich doch verflüchtigt hatte! Devon und die anderen Jungs erwarteten gewisse Leistungen von ihm, und so lange er die brachte, war alles im Lot.

Er dachte an Willow und was sie alles mit ihren Eltern durchmachte und dann ans College. Er vermutete, bei Xander und Cordelia lag das Problem ähnlich. Die sogenannten Erwachsenen hatten schon alles für sie durchdacht. Der Plan für die lieben Kinder lag fertig in der Schublade, auch wenn die lieben Kinder selbst noch keine genaue Vorstellung von ihrer Zukunft hatten. Auf ihnen lastete ein großer Druck, die hohen Erwartungen der Eltern zu erfüllen.

Buffy erging es noch schlechter. Sie hatte mit ihrer Mutter und dazu noch mit Giles zu kämpfen. Beide setzten ganz entgegengesetzte Erwartungen in sie. Und Buffy saß in der Zwickmühle, denn sie wollte keinen von beiden enttäuschen.

Und er? Er hatte die *Dingoes.*

»Ich weiß nicht«, sagte Xander und zuckte mit den Schultern. »Ich meine, ich will nicht klingen wie jemand aus *Dawson's Creek*, aber vielleicht gehe ich ja auf *dich* los, obwohl mich eigentlich ganz woanders der Schuh drückt.«

Buffy lachte und schüttelte den Kopf. »Okay, Schluss mit der Selbstanalyse, wovon redest du?«

Sie saßen an einem kleinen Tisch im *Bronze*. Schon vor einer Stunde war es dunkel geworden, aber noch fehlte von den anderen jede Spur. Buffy war eigentlich froh, ein bisschen mit Xander allein sein zu können. Sie hatten beschlossen, sich wenigstens ein paar Stunden Pause zu gönnen vom Kampf gegen das Minenfeld von Seltsamkeiten, zu dem Sunnydale sich entwickelt hatte. Dennoch wollte Buffy etwas mit Xander besprechen, das sie beide schon zu lange verdrängt hatten.

»Vielleicht versuche ich ja nur, mich zu behaupten«, sagte Xander ernst.

Buffy gelang es, nicht wieder zu lachen, und warf ihm ein liebevolles Lächeln zu.

»Vergiss es!«, meinte Xander pampig.

Buffy setzte ein ernstes Gesicht auf. »Nein, wirklich! Es tut mir Leid. Aber du hast doch eigentlich gar kein Problem mit der Selbstbehauptung. Nicht mehr.«

»Also, ich glaube, das Problem ist dies: Es hat mit den Umständen zu tun, damit, dass wir uns für unseren zukünftigen Weg entscheiden müssen. Ich weiß einfach nicht, was ich vom Leben erwarte. Noch nicht. Nicht wirklich.«

Buffy betrachtete den Freund aufmerksam, und ihr wurde klar, wie sehr Xander dieses Problem zu schaffen machte. Er ließ es zwar nur selten durchblicken, aber er konnte viel mehr als schlagfertig sein und Unmengen von Snacks verputzen. Im großen und ganzen schien er sich in der Rolle des Klassenclowns recht wohl zu fühlen. Er war ohne Frage der geborene Komiker. Aber unter denen, die ihn mochten, herrschte stillschweigendes Einvernehmen darüber, dass seine große Klappe manchmal nur dazu diente, seine Unsicherheiten, Ängste und Unzufriedenheiten zu überspielen.

Eigentlich nichts Ungewöhnliches bei Jungs in seinem Alter.

Aber in diesem Augenblick war die Maske gefallen.

Buffy legte ihre Hand auf seine. »Keiner weiß es«, meinte sie und sah ihm in die Augen. »Wirklich, das ist so. Obwohl noch einiges an Horror vor mir liegt, habe ich vermutlich auf gewisse Weise Glück. Ich fühle mich nicht verloren. Ich habe eine Aufgabe. Wahrscheinlich eine ziemlich kurze Lebenserwartung, aber auf jeden Fall eine Aufgabe.«

»Aber jeder sollte doch eine Aufgabe finden«, protestierte Xander. »Na ja, außer Typen wie John Bogart und Dave Rheingold. Die Sache ist die: Meine Eltern wissen, dass ich es mir noch nicht überlegt habe und verhalten sich, als wäre ich immer noch ein Kind. Sie wollen alles für mich entscheiden. Aber ich werde selbst herausfinden, was ich will. Irgendwann. *Ich* muss die Antworten finden, nicht meine Eltern.«

Buffy schwieg und ließ Xander reden. Sie fragte sich, ob das letzte Jahr an der High School für alle so hart gewesen war. Willow zumindest sollte doch wissen, was sie mit ihrem Leben anfangen wollte. Aber dann fiel ihr Oz ein, und ihr wurde klar, dass Willow sich ihrer Sache vielleicht gar nicht so sicher war.

»Ich weiß ehrlich gesagt aber nicht, was das alles mit mir zu tun hat«, sagte Buffy schließlich.

Xander zuckte mit den Schultern und zeigte ein zurückhaltendes Grinsen. »Ich auch nicht. Ich glaube, du bist neulich einfach zu weit gegangen. Warst ein bisschen zu enthusiastisch. Mir ist klar, dass auch ich vermutlich etwas überreagiert habe, und mir ist auch klar, dass du viel um die Ohren hast.«

»Das haben wir ja alle, Xander, und es ist nicht so, als wäre ich ohne Schuld.«

»Bilde dir nichts ein, Darling«, entgegnete Xander in einer passablen Elvis-Imitation. »Hat ja keiner gesagt, dass dich keine Schuld trifft.«

»Stimmt. Wie dumm von mir, danke«, sagte Buffy.

Sie mussten beide lachen. Dann saßen sie einfach nur da und genossen das entspannte Schweigen. Auf der Bühne quälte eine Neogothic-Band namens *Black Rose* ihre Instrumente.

»Klingt doch ganz manierlich«, sagte Xander nach einer Weile.

»Die haben doch noch gar nicht angefangen zu spielen«, meinte Buffy. »Sie stimmen immer noch ihre Instrumente.«

»Bist du sicher?«

Wieder einvernehmliches Schweigen.

»Weißt du, ich wollte dich mal was fragen«, sagte Xander plötzlich. »Fühlst du dich bei all den irren neuen Partygästen, die wir in letzter Zeit so kennenlernen – mal abgesehen von den sonstigen Extras – nicht wie beim Countdown am Silvesterabend?«

Stirnrunzelnd sah Buffy ihn an. »Du willst wissen, ob die steigende Anzahl abgefahrener Ereignisse in unserer Höllenstadt bedeutet, dass etwas ... Großes ansteht?«

»So ungefähr.«

Buffy lächelte ihn so unschuldig an wie sie konnte. »Wie kommst du denn auf die Idee? Darüber habe ich mir noch gar keine Gedanken gemacht.«

»Danke«, meinte Xander. »Deine Ehrlichkeit tröstet mich. Du hast bestimmt schon überlegt, wie du dieses Meeresungeheuer erledigen kannst. Vielleicht bittest du es einfach ganz freundlich zu verschwinden ... erklärst ihm, dass es woanders glücklicher ist!«

Das Lächeln verschwand aus Buffys Gesicht. Über Xanders Schulter hinweg hatte sie im Eingangsbereich des *Bronze* einen Mann erblickt. Er starrte sie an, aber sie hätte ihn auch ohne sein auffälliges Verhalten wiedererkannt.

»Was ist los?«, fragte Xander, als der Glatzköpfige sich wieder umdrehte und am Türsteher des Clubs vorbei nach draußen ging.

»Komm mit, du Wunderjunge!« Sie nahm Xander bei der Hand und zog ihn hinter sich her. »Du willst ein bisschen Action? Dann hast du heute Abend Glück!«

»Und gegen was werden wir kämpfen?«, fragte Xander händereibend. »Gegen Gespenster, blutsaugende Bestien oder nur Geräusche in der Nacht?«

»Wie wäre es mit einem glatzköpfigen Narbengesicht, das nach dem Angriff von Springheel Jack mitsamt der Leiche seines Bruders verschwunden ist?«, fragte sie.

»Ist das hier ein Multiple-Choice-Test? Bei Aufsätzen bin ich besser, da ist mehr Raum für Improvisation.«

Aber Buffy hatte ihn schon aus dem *Bronze* herausgeschleppt. Auf der Straße sah sie nach links und rechts und erhaschte gerade noch einen Blick auf die fahle Glatze des geheimnisvollen Typen, als er um die nächste Ecke verschwand.

»Och nö, nicht schon wieder!«, beschwerte sich Xander. »Ist ja wohl klar, dass das eine Falle ist!«

Auf Buffys Gesicht zeigte sich wieder dieses unschuldige Lächeln. »Eine Falle? Du spinnst wohl!«

Xander zog einen Flunsch und rollte mit den Augen. »Okay, ich vermute, ich hab's nicht besser verdient.«

Gemeinsam bogen sie um die Ecke des Lagerhauses, welches das *Bronze* beherbergte. In der Gasse angekommen, blieben sie ratlos stehen und sahen sich um.

»Er ist weg«, stellte Xander fest.

»Ja«, sagte Buffy. »Leider.«

Seite an Seite gingen sie weiter. In etwa dreißig Meter Entfernung parkte hinter einem Stapel Holzpaletten und einem riesigen blauen Dumpster eine Limousine. Die Scheinwerfer waren ausgeschaltet.

Xander runzelte die Stirn. »Vielleicht sollten wir auf die anderen ...«

»Und sie auch in Gefahr bringen? Ich glaube, das hier erledigen wir allein.«

»Wie du willst«, sagte Xander.

Er riss eine lose Planke von einer der Paletten herunter, denn er hatte lieber ein ordentliches Stück Holz zur Hand – für den Fall, dass er jemandem den Schädel einschlagen musste. Abgesehen davon war es ein wirksames Mittel zur Selbstverteidigung.

Die Gefahr war spürbar. Sie hing in der Luft wie ein Gewitter, wie die schwüle Feuchtigkeit, die nicht nur Regen, sondern einen gewaltigen Wolkenbruch ankündigt. Aber Xander spürte das Holz in seinen Händen, spürte seine Muskelanspannung. Buffy war an seiner Seite, und er dachte: »So ist es richtig. Wie es sein sollte.«

Sie war die Jägerin. Und vielleicht würde er nicht für immer in Sunnydale bleiben. Aber solange er da war, waren sie ein Team. Alle zusammen.

Wie aufs Stichwort öffneten sich die Türen des Wagens. Die Scheiben waren dunkel getönt, und das Licht im Innern ging nicht an, aber im Schein des Vollmondes waren deutlich das blinde weiße Auge und der kahle Kopf des Mannes zu erkennen, den sie vor Springheel Jack gerettet hatten. Er stieg auf der Fahrerseite aus. An seinen drei Begleitern war nichts Ungewöhnliches – bis auf ihre langen, marineblauen Umhänge, die für die Jahreszeit zu warm erschienen.

Oh, und bis auf die Tatsache, dass der Typ auf der Beifahrerseite ein wenig aussah wie …

»Ein Vampir«, flüsterte Buffy.

Bevor Xander etwas sagen konnte, fuhr sie mit der Hand unter ihr jagdgrünes Seidenhemd und zog einen gefährlich spitzen Holzpflock aus dem Hosenbund.

»Hast du das etwa geahnt?«, fragte Xander erstaunt, als die vier Männer in *Reservoir Dogs*-Manier auf sie zu kamen.

»Eine gute Handwerkerin hat stets ihr Werkzeug dabei«, entgegnete Buffy.

»Danke, Giles«, sagte Xander und hielt die Planke in Kampfbereitschaft vor sich.

»Was für ein Wiedersehen, Auserwählte!«, sagte der Glatzköpfige, und seine Stimme klang viel bedrohlicher, als Xander sie in Erinnerung hatte.

»Letztes Mal habe ich dir das Leben gerettet«, erinnerte ihn Buffy, als änderte das irgendwie ihre Lage.

»In der Tat, und als Gegenleistung gebe ich dir deins«, sagte der Mann. »Vorausgesetzt, du kommst ohne Gegenwehr mit uns.«

»Und wenn nicht?«

Der Mann richtete seinen Blick auf Buffy. Das milchig-weiße Auge bewegte sich dabei synchron mit dem gesunden. Durchdringend starrte er sie an.

»Du wirst mit uns kommen, freiwillig oder nicht. Wenn du Widerstand leistest, wird dein Freund sterben.«

Buffy schien einen Augenblick zu zögern. Xander schnaubte verächtlich. Natürlich wollten sie Buffy mit dieser Drohung in die Enge treiben, aber er hatte nicht vor, ihr die Entscheidung zu überlassen.

Mit irrsinniger Schnelligkeit schoss er auf das Quartett zu. Bevor der Glatzköpfige, der Blutsauger und die anderen überhaupt begriffen, dass er sie – im Alleingang – attackierte, schmetterte Xander dem Vampir das Brett vor den Schädel. Das splittrige Holz riss die Haut auf, und Blut strömte aus zahlreichen Wunden. Der so Attackierte brüllte auf wie ein Vieh und stellte sich Xander mit vollem Vampirantlitz.

»Lupo?«, knurrte der Vampir und wartete offensichtlich auf seinen Befehl.

Der kahle Mann – Lupo – nickte. »Die Jägerin brauchen wir lebend. Dein Abendessen ist der Junge.«

Der Vampir lachte. Er war dünn und schlaksig, aber man durfte ihn nicht unterschätzen. Xander wusste sehr genau, was nun zu tun war.

»Vampir...«, setzte er herzlich an, und das Ding stürzte sich auf ihn.

»... trifft Jägerin«, ergänzte er und duckte sich seitlich weg. Buffy schnellte vor und trat den Vampir mit einem hohen schnellen Tritt direkt ins Gesicht. Man hörte das Knacken eines brechenden Kieferknochens, und der Vampir grunzte vor Schmerz. In irrer Wut wollte er sich auf sie stürzen, aber zu spät! Buffy hob den Holzpflock hoch über ihren Kopf aus und stieß ihn nieder.

Der Vampir explodierte zur Staubwolke, und Buffy und Xander gingen gegen die drei verbleibenden Angreifer in Kampfstellung. Bei ihnen schien es sich um Menschen zu handeln. Die beiden Männer kamen hinter Lupo hervor. Der eine marschierte auf Buffy zu, der andere auf Xander.

Xander wich zurück und rief: »Bitte, tötet mich nicht!« Sein Gegner grinste, als er Xanders vermeintliche Angst bemerkte, und bereitete seinen Angriff vor. Offensichtlich erwartete ihn eine leichte Aufgabe. In diesem Moment sprang Xander mit so viel Kraft, wie er aufbringen konnte, in die Luft und wirbelte herum.

Sein Fuß verfehlte jedoch das Ziel.

Eine Faust fuhr ihm in den Unterleib, und er brach zusammen. Der Schläger warf ihn hart gegen die Mauer, und Xander sah einen Dolch im Mondlicht aufblitzen. Mit der linken Hand packte er den Angreifer pfeilschnell beim Handgelenk, ballte die rechte zur Faust und schlug dem Mann so fest ins Gesicht, dass er glaubte, die eigenen Finger brechen zu hören.

Xander griff nach dem Dolch, der klappernd auf die Straße gefallen war. Sein Besitzer kam wieder auf die Beine und näherte sich ihm mit einem bösen Grinsen. Der Verlust der Waffe schien ihn nicht zu kümmern.

In diesem Augenblick tauchte zum Glück Buffy auf, die mit dem anderen Schläger kurzen Prozess gemacht hatte, packte den Typen und rammte ihn kurzerhand mit dem Kopf voran in den Kühlergrill des Wagens. Ein Scheinwerfer ging dabei zu Bruch, und wahrscheinlich auch der Schädel des Mannes.

Sogleich standen Buffy und Xander wieder Seite an Seite und nahmen nun den Mann ins Visier, den die anderen Lupo gerufen hatten. Xander hoffte, der Typ habe nun Angst vor Buffy, habe begriffen, dass er sich auf etwas eingelassen hatte, was er nicht länger kontrollieren konnte.

Aber wenn Lupo tatsächlich Angst hatte, verbarg er sie gekonnt. Er trug immer noch ein Lächeln auf dem Gesicht.

»Es war mir ein Vergnügen, dir zuzusehen, Jägerin«, sagte er. »Und eine Freude zu beobachten, wieviel Mut du deinen Gefährten schenkst.«

»Super!«, quengelte Xander. »Da mache ich mal einen platt, und du steckst du die Lorbeeren ein.«

Buffy antwortete nicht, sondern starrte Lupo an. Aus gutem Grund, denn das vernarbte weiße Auge hatte begonnen, geheimnisvoll blau zu leuchten.

»Herrgott«, stöhnte Xander. »Warum muss bloß ständig dieser Magie-Mist mit im Spiel sein? Ich hasse das!«

»Ich bin eigentlich kein Hexer«, sagte Lupo ruhig. »Aber dennoch rate ich dir aufzugeben ...«

Plötzlich ging Buffy auf ihn los. Eben noch hatte sie vollkommen reglos dagestanden, da flog sie schon drei Meter durch die Luft, packte mit der einen Hand Lupos Umhang und ballte die andere zur Faust, um ihm einen gnadenlosen Schlag zu verpassen.

In diesem Moment ertönte über ihr ein furchtbares Gebrüll, und sie verfehlte ihr Ziel.

Sie sah gerade noch rechtzeitig auf, um sich wegzuducken, als mit einem lauten Plumpsen eine riesige Bestie mit weißem Fell auf dem Gehsteig landete. Das Vieh wedelte mit seinem langen weißen Schwanz, und Xanders erster Eindruck war, dass es sich hier um eine missglückte Kreuzung zwischen einem Berggorilla und einem Eisbären handeln musste. Als das Wesen jedoch den Kopf zurücklegte und brüllend das Maul öffnete, wurde Xander übel, und Angst überkam ihn.

Wegen sowas mussten die Cromagnon-Menschen ihr Dasein in Höhlen fristen, dachte er und stolperte rückwärts. Dabei überlegte er fieberhaft, wie er Buffy helfen konnte.

»Jägerin«, sagte Lupo zufrieden, »dies ist ein Wendigo. Ich habe es zu deiner Abholung mitgebracht. Es verfügt ausschließlich über die grundlegendsten Instinkte. Es weiß nur, dass es dich nicht töten darf. Alles andere kann ich leider nicht kontrollieren.«

Dann zeigte Lupo auf Buffy. »Sie!«, rief er.

Der Wendigo bellte wieder, grüne Augen funkelten aus dem weißen Fell. Dann bleckte er seine gelblichen Reißzähne, und sein Schwanz zerschlug die Motorhaube eines Wagens.

»Xander, lauf!«, rief Buffy. »Hol Angel!«

Xander wollte schon widersprechen. Vielleicht wollte sie ihn nur vor diesem Ding beschützen? Doch dann siegte der gesunde Menschenverstand. Buffy brauchte dringend Hilfe, und die wollte er ihr nicht verwehren.

Xander Harris war noch nie in seinem Leben so schnell gerannt.

Sekunden später stürzte sich der Wendigo auf Buffy. Seine Arme waren unglaublich lang, die Krallen rasiermesserscharf, und der Schwanz peitschte bedrohlich hin und her.

Es gab nur eine Marschrichtung für sie: vorwärts. Sie machte einen Schritt auf den Wendigo zu. Sich in seinen Aktionsradius zu begeben, konnte tödlich sein, aber es war nur ein Tier, und Tiere konnte man überraschen.

Allerdings nur einmal.

Als sie dem Untier mit der geöffneten Handfläche gegen das hässliche Maul schlug, krachte es enorm. Der Kopf klappte nach hinten. Buffy nutzte die Gelegenheit und verpasste ihm gleich noch ein paar heftige Schläge gegen die Brust. Einmal, zweimal, dreimal. Das Ding stolpere rückwärts. Das war Buffys einzige Chance. Eine zweite würde sie nicht bekommen. Sie wirbelte zu einem Tritt herum, der dem Wendigo das Genick brechen sollte.

Aber das Untier war schneller als gedacht. Es fing ihren Fuß in der Luft ab und packte sie dabei so fest am Knöchel, dass sie spürte, wie die Knochen zusammengedrückt wurden. Der Wendigo brüllte vor Triumph und ließ sein Opfer an einem Bein in der Luft baumeln. Buffy bemerkte, wie er sie mit zusammengekniffenen Augen anvisierte, als überlegte er, was als nächstes zu tun sei. Sie fragte sich, wann es wohl zum letzten Mal gefressen hatte, und trat nach allen Seiten aus, um sich zu befreien.

Keine Chance. Sie musste sterben.

In diesem Moment schallte ein lautes Horn durch die Nacht. Der Wendigo sah erschreckt auf und ließ Buffy unvermittelt auf den Bürgersteig fallen. Sie konnte sich gerade noch rechtzeitig in der Luft drehen, um ein massives Schädeltrauma zu verhindern. Die Bestie machte auf dem Absatz kehrt und rannte die Straße hinunter.

Buffy erhob sich schmerzerfüllt, musste aber sofort wieder hinter dem Dumpster in Deckung gehen, als die Limousine die Straße hinunter brauste und in der Nacht verschwand. Sie überlegte, ob sie hinterherjagen sollte, aber das war angesichts der Lage eine lächerliche Idee. Sie stand auf, klopfte sich den Schmutz von den Kleidern und drehte sich zum Ausgang der Gasse um. Sie rechnete fest damit, Angel und Xander dort zu sehen.

Was sie jedoch am wenigsten erwartete, war ein riesiger, zotteliger Mann mit einem Geweih auf dem Kopf, der hoch auf einem schwarzen Ross thronte. Aus den Nüstern des Tieres schoss Feuer.

»Roland?«, rief Buffy erstaunt. Mit dem Herrn der Jagd hatte sie sich vor einer Weile schon verbündet.

Dann dachte sie an den Klang des Horns und die Panik in den Augen des Wendigos. Das Geräusch hatte ihn verängstigt, denn es war das Ankunftssignal für die Wilde Jagd, einem Clan unheimlicher Waidmänner, die zur Erde niederfahren und sich seinen Kopf als Beute holen konnten.

»Was ... was ist passiert?«, fragte Buffy ungläubig. »Bitte sag mir nicht, dass die Jagd ...«

Rolands Stimme klang tiefer als Buffy sie in Erinnerung hatte. Es waren eher Knurrlaute als richtige Worte, aber Buffy verstand ihn gut genug.

»Ich bin allein hier«, sagte er. »Da ich nun der Erlkönig bin, reitet die Wilde Jagd nicht mehr so oft aus. Und nach Sunnydale würden wir sowieso nicht zurückkommen.«

»Warum bist du dann hier?« Buffy starrte ihn an, beobachtete die kleinen Feuersalven, die in seinen Augen brannten und erschauderte, als sie an den Jungen dachte, der er einmal gewesen war.

»Ich bin hinter dem Wendigo her«, sagte der Herr der Jagd. »Und ich bin gekommen, um dich zu warnen. Man hat das Vieh zwar hierhergerufen, aber es konnte nur in diese Welt gelangen, weil das Weltengefüge auseinanderbricht, Buffy. Und es wird noch schlimmer. Das Chaos breitet sich allmählich aus. Die Barrieren zwischen den Welten zerfallen, obwohl es noch nicht an der Zeit ist. Du bekämpfst zwar die Kreaturen der Hölle, Buffy, aber du weißt, dass es auch noch andere Orte gibt. Orte aus der Vergangenheit, die immer noch existieren, für die Menschen aber nur noch Mythen und Legenden sind.«

»Wie die Loge der Wilden Jagd«, bemerkte Buffy.

»Ja, ganz genau«, bestätigte Roland. »Nur ein dünner Schleier trennt die Welt, die du kennst, von all den Dingen, an die diese Welt nicht mehr glaubt. Dinge, die nicht sein sollen, die nicht sein können oder die es nie gegeben haben darf.«

»Das verstehe ich nicht«, sagte Buffy. »Ist mir einfach zu hoch.«

»Dann merke dir nur dies«, sagte Roland, legte den Kopf zur Seite, als lauschte er in die Ferne, und fuhr fort: »Es gibt Löcher im Gewebe zwischen den Welten, Risse im Schleier, und es gibt Dinge, die durch den Vorhang schlüpfen, obwohl sie nicht in diese Welt gehören.«

»Wie der Wendigo.«

»Ja«, sagte Roland. »Und wie ich.«

Es gab ein kurzes beklommenes Schweigen, bevor er sagte: »Ich werde mich dem Wendigo widmen, wenn ich kann. Und ich werde die Wilde Jagd in Schach halten. Sie wird dir keine Probleme bereiten. Alles andere liegt bei dir.«

»Aber ich verstehe das nicht«, beschwerte sich Buffy. »Was verursacht denn das ganze Durcheinander? Ich meine, woher soll ich wissen, wie ich all diese verrückten Dinge wieder dorthin zurück bringe, wo sie hingehören? Ich kann nicht eine Kreatur nach der anderen umbringen, es sind zu viele! Ich muss irgendwie verhindern, dass sie weiter durch die Löcher in dem Vorhang schlüpfen.«

»Die Legenden, die mein Vater mir erzählt hat, als ich klein war, berichten davon, dass die Auserwählte mehr kann als nur töten«, sagte Roland. »Wir haben alle unsere Aufgabe zu erfüllen, Buffy. Du wurdest dazu geboren, deine Welt vor der Dunkelheit abzuschirmen, damit die Sonne jeden Morgen wieder aufgehen kann. Du bist die Auserwählte. Du wirst einen Weg finden.«

Ohne ein weiteres Wort trieb Roland seinem Ross die Sporen in die Seite. Der feuerspeiende schwarze Hengst galoppierte an Buffy vorbei in die Sackgasse und löste sich dann ganz einfach in Luft auf.

8.

Zwei Tage nach seinem »Unfall« lag Giles noch immer im Krankenhaus. Eine seltsame Trägheit hatte ihn befallen. Er döste unruhig in seinem Bett vor sich hin und schreckte oft mit dem Gefühl auf, dass sich Furchtbares ereignete.

Er träumte. In einigen dieser Träume erschienen ihm vergnügliche Bilder von sich in einem anderen Leben, befreit von der Last seiner Verantwortung als Wächter. Er sah sich in Begleitung einer wunderschönen Frau mit honigblondem Haar. Es sah sich mit Micaela und einem reizenden Zwillingspärchen im Kinderwagen auf einem Sonntagsspaziergang im Londoner Zoo. Er sah jünger aus, unbeschwerter, schleckte sein Eis und bewunderte mit seiner Familie die Tiere.

Aber er hatte auch wahre Albträume. Monster aller Arten entstiegen dem Höllenschlund und eroberten erst Sunnydale, dann den Rest der Welt. Zehntausende unschuldige Menschen wurden von einer grausamen Armee Untoter abgeschlachtet. Nicht wirklich eine Armee, eher Legionen und Aberlegionen des Bösen, Horden von hirnlosen Kreaturen, die alles töteten, was ihnen in die Finger kam.

Giles schwitzte und stöhnte, als er sah, wie Buffys Freunde einer nach dem anderen einen grausigen Tod starben. Er sah Xander gehängt und mit aufgeschlitztem Bauch; Willow verbrannt auf dem Scheiterhaufen; Cordelia in Streifen geschnitten, die Haut Zentimeter für Zentimeter abgezogen, und Oz an ein schweres Gewicht gefesselt in einem eisigen Fluss ertränkt.

Und schließlich Buffy, der schrecklichste Anblick von allen: Sie war an ein Pentagramm gefesselt, ein Messer steckte in ihrem Herzen, und eine Gestalt beugte sich lachend über sie.

»Nein!«, keuchte Giles und erwachte schweißgebadet. Er wollte sich aufsetzen, aber er war zu schwach. Ein enormes Gewicht schien auf seiner Brust zu lasten, und er sah in die Fratze einer grässlichen Kreatur, die auf ihm hockte und ihn ins Kissen drückte.

Sanftes Gelächter hallte durch den Raum. Giles lauschte mit klopfendem Herz. Er hatte den Eindruck, es käme aus dem Teil des Zimmers, der durch den Vorhang abgetrennt war.

Nach einem Augenblick erstarb das Gelächter. Giles tastete nach seiner Brille, dann nach dem Klingelknopf für die Schwester, aber er konnte sich nicht bewegen. Das Atmen fiel ihm immer schwerer.

Die Sekunden tickten, dann tauchte er wieder ab. Als er nach unbestimmter Zeit zu sich kam, hörte er erneut das Lachen. Etwas berührte seinen Fuß. Es fühlte sich an, als ginge jemand an seinem Bett vorbei.

Er versuchte, mit den Lippen das Wort »Schwester« zu formen, aber er brachte keinen Ton heraus.

Dann glaubte er, Kampfgeräusche hinter dem Vorhang zu hören.

Mit allergrößter Anstrengung gelang es ihm, den Kopf zu wenden. Wie von einem riesigen Mond von hinten beleuchtet, wurden zwei Silhouetten auf den Vorhang geworfen. Eine Gestalt beugte sich über Mister Russos Bett und schüttelte im wahrsten Sinne des Wortes das Leben aus dem mit dem Tode ringenden Mann. Giles blinzelte; die Figuren waren bald deutlich, bald verschwommen zu erkennen.

»Nein«, japste er.

Der Raum drehte sich wie verrückt, als er seine Hand in Richtung der gewalttätigen Szene ausstreckte. Außer seinem eigenen gequälten Flüstern war nur das Würgegeräusch hinter dem Vorhang zu hören.

Giles mobilisierte die letzten Kraftreserven, die tief in seinem Innern schlummerten, und katapultierte sich aus dem Bett. Dann griff er mit beiden Händen nach dem Vorhang. Doch schon brach er kraftlos zusammen und riss die Stoffbahnen mit sich zu Boden.

Dahinter war niemand.

Mister Russos Bett war leer.

Vom Korridor drangen eilige Schritte in sein Zimmer. Die große Deckenbeleuchtung flackerte auf.

Jemand legte einen Arm um ihn. Giles sah auf. Es war nicht, wie er erwartet hatte, die Nachtschwester, sondern ein junger Mann mit sandblondem Haar. »Mister Giles, Mister Giles, sind Sie in Ordnung?«

»Was … was ist mit Mister Russo geschehen? Wer sind Sie?«

Da kam eine weitere Person herein. Als der junge Mann Giles vom Boden aufhalf, schimpfte die Krankenschwester: »Mister Giles, Sie sollen doch nicht aufstehen!« Dann entdeckte sie den heruntergerissenen Vorhang und meinte: »Du liebe Güte! Wollten Sie zur Toilette? Sie hätten auf die Klingel drücken sollen.«

»Nein, wollte ich nicht«, protestierte Giles, als sie an seine Seite trat und ihn gemeinsam mit dem blonden Pfleger wieder ins Bett verfrachtete. »Da war ein Mann, der ... hat den anderen angegriffen ...« Er brach ab, dein sein Verstand hatte sich wieder zugeschaltet. »Ich hatte wohl ... einen Albtraum.«

»Das überrascht mich nicht, bei dem Fieber!«, sagte die Frau. Sie schnaufte. »Wo ist Lopez eigentlich? Wieder mal an den Cola-Automaten geschlichen ... Na ja, Ihr Neffe hier hilft ja ganz gut mit.«

Flink glättete sie die Laken und schüttelte Giles' Kopfkissen auf. Der junge Mann setzte sich zu ihm ans Bett. Mit stummen Blicken bedeutete er ihm, den Mund zu halten. Giles runzelte die Stirn.

»So, nun können Sie sich wieder zurücklehnen! Ich sage dem Arzt Bescheid, damit er Sie durchcheckt. Sie sind schlimm gestürzt«, sagte die Schwester.

»Mir tut gar nichts weh«, versicherte ihr Giles. »Mir geht es gut.« Und so war es auch. Er fühlte sich besser als seit Tagen. Die Trägheit war fort; auch das unwirkliche Gefühl, den schrecklichen Ereignissen beizuwohnen, statt nur schlecht zu träumen, war verschwunden.

»Nun, nun, das wird der Doktor selbst feststellen.« Sie ging an das elektronische Temperaturmessgerät, zog einen Plastikschutz über das Thermometer und steckte es ihm in den Mund. »Drinlassen, ja? Ich bin gleich wieder da.«

Sobald sie aus der Tür war, zog Giles das Thermometer aus dem Mund und fragte den jungen Mann: »Wer zum Teufel sind Sie?«

»Ich bin vom Rat der Wächter«, entgegnete der im Flüsterton. »Ich soll Micaela ersetzen. Ian Williams hat mir die ganze Sache erklärt.«

»Wird sie immer noch vermisst?«, fragte Giles unglücklich.

Der Mann nickte. Giles fiel auf, wie erschöpft er aussah. Sein Gesicht war teigig, und er hatte dunkle Ringe unter den Augen. »Wir vermuten, jemand versucht zu verhindern, dass Sie das Krankenhaus verlassen.«

»Versucht ...« Giles runzelte die Stirn. »Bitte geben Sie mir meine Brille.« Es fiel ihm schwer zu denken, wenn er nichts sehen konnte.

»Mit Hilfe von schwarzer Magie oder Gift«, fuhr der Mann fort und reichte Giles die Brille. »Vielleicht versucht man auch, Sie auf diese Weise langsam umzubringen, so dass Ihr Tod keinem äußeren Einfluss zugeschrieben werden kann. Mein Name ist Matt Pallamary«, sagte er in einem Atemzug und streckte seine Hand aus. »Es ist mir eine große Ehre, Sie kennenzulernen, Sir.«

Giles seufzte und schüttelte dem Mann die Hand. »Das Vergnügen ist ganz auf meiner Seite«, entgegnete er höflich. Er wies auf das leere Bett neben sich. »Ich war mir ganz sicher, dass ich gesehen habe, wie dieser Mann umgebracht wurde.«

»Er ist gestern gestorben«, informierte ihn Pallamary. »Seine Leiche wurde hinausgefahren, als Sie mitten im Fieberwahn waren.«

»Der Arme! Gibt es irgend einen Beweis für Fremdeinwirkung?«

»Nein. Ich hörte, wie der Arzt der Schwester ›Kerze aufstellen!‹ zuflüsterte.« Als Giles verständnislos mit den Schultern zuckte, erklärte ihm sein Gegenüber: »Exitus, mit anderen Worten. Meine Tante ist Ärztin. Sie erzählt mir solche Interna.«

»Wie makaber«, murmelte Giles.

Pallamary fuhr fort: »Ich habe Ihnen einen Rosenquarz mitgebracht. Es ist so …«, und nun stammelte er vor Verlegenheit, »ich bin gerade zurückgekommen, als Sie gestürzt sind. Ich glaube, es war meine Schuld, Sir. Wenn ich nicht gegangen wäre, um den Stein zu holen …«

»Blödsinn«, unterbrach ihn Giles, schärfer als er beabsichtigt hatte. Tatsächlich hatte ihn die Erwähnung von Rosenquarz ziemlich aus dem Konzept gebracht. Als Jenny gestorben war, hatte ihm Willow Jennys Rosenquarz gegeben und ihm erklärt, er habe eine heilende Wirkung. Vielleicht hätte er ihn mit nach New York nehmen sollen.

»Ich muss hier raus«, sagte Giles. »Ich muss sofort nach Sunnydale zurück. Wenn jemand versucht, mich hier festzuhalten, bedeutet das nichts Gutes für die Jägerin.«

»Natürlich, Sir.«

»Sagen Sie dieser Frau, dass ich sofort entlassen werden möchte.« Entschlossen schlug er die Decke zurück.

»Aber Mister Giles, es ist mitten in der Nacht!«

Doch Giles schwang bereits die Beine aus dem Bett. »Dann gehe ich eben ohne Entlassungspapiere.«

Pallamary runzelte die Stirn. »Bitte Sir, in ein paar Stunden ist es bereits Morgen. Dann ist das Personal bestimmt kooperativer. Abgesehen davon sind Sie gestürzt und haben sich vielleicht verletzt.«

»Das ist egal«, entgegnete Giles.

Pallamary hielt ihn sanft zurück. »Ich widerspreche Ihnen nur äußerst ungern, Sir, aber es ist nicht egal. Wie Sie selbst sagten, ist die Jägerin vielleicht in großer Gefahr. Sie müssen in guter Verfassung sein, wenn Sie ihr helfen wollen.«

Giles hielt inne. Das war richtig. Andererseits wusste er nicht, ob Pallamary sich überhaupt eine Vorstellung von den merkwürdigen Phänomenen in Sunnydale machte. Buffy hatte sich bei jedem Telefonat bedeckter gehalten, und er wusste einfach, dass alles noch viel schlimmer war als er bereits ahnte. Wenn Wächter ermordet wurden und am Höllenschlund seltsame Dinge geschahen, musste er an Buffys Seite sein. Etwas Furchtbares ging vor, und Giles war fest entschlossen, herauszufinden, was. Schließlich war er von Natur aus praktisch veranlagt.

»Also gut.« Giles seufzte ergeben. »Ich warte bis zum Morgen. Aber dann gehe ich. Und Sie fahren mich zum Flughafen, ja?«

Pallamary verneigte sich. »Es wird mir ein Vergnügen sein, Sir.«

Angel stand am *Dead Man's Walk*, sah aufs Meer hinaus und dachte an den bevorstehenden Sonnenaufgang. Er kämpfte gegen das Verlangen an, einfach dort oben zu bleiben und ihn sich anzusehen. Nein, er kämpfte nicht wirklich, schließlich war er nicht lebensmüde. Aber die Verlockung war groß, und der Draufgänger in ihm hätte gern einmal einen Blick auf die Sonne riskiert. Seine Gefühle glichen in diesem Augenblick denen eines Menschen, der sich an der Felskante des Aussichtspunkts ausmalte, einen Schritt nach vorn zu tun, nur um den Adrenalinstoß der Angst zu spüren, der mit diesem Schritt verbunden war.

Angel wusste, dass er nicht auf die Sonne warten durfte. Aber für derlei Einschränkungen gab es eine wahrhaft unersetzliche Entschädigung. Die Leuchtkraft eines blauen Sommerhimmels, das Schimmern eines Spinnennetzes im Morgentau, das Glitzern der Sonnenstrahlen auf den weißen Schaumkronen des Meeres – all das war für ihn nichts im Vergleich zu dem großartigen Gefühl, eine Seele zu haben. Und während der Großteil der Welt die Tatsache, dass es so etwas wie eine Seele wirklich gab, komplett ignorierte, hatte Angel erkennnen dürfen, was für ein Geschenk es war, eine besitzen zu dürfen. Insofern wusste er seinen Daseinszustand zwischen menschlicher Existenz und vampirischer Unsterblichkeit sehr zu schätzen, denn er war vielleicht für alle Zeiten der einzige, dem ein solches Leben vergönnt war.

Dieses Dasein hatte durchaus seinen Reiz, war Finsternis und Morgenröte zugleich, machte ihn aber auch grenzenlos einsam.

Er blickte noch einmal zum Horizont und wandte sich ab, um den Aussichtspunkt zu verlassen. Die Riesenkrake wollte ihr Gesicht oder ihre Tentakeln anscheinend nicht zeigen. Angel hätte sich das Vieh gern angesehen, um sich ein Bild davon zu machen, mit welcher Art von Feind sie es überhaupt zu tun hatten. Er war in der Hoffnung hierher gekommen, dass es aus dieser Höhe gut zu sehen sein würde, denn der blasse Mond warf ausreichend Licht auf das nächtliche Meer. Leider hatte er kein Glück gehabt.

Als er langsam den Pfad hinunterging, trat er dann und wann auf eine Distel im sandigen Boden, die unter seinen Stiefeln knackte. Die sanfte Nachtbrise trug den Geruch von Tang und Salz übers Land. Müde leckte er sich die Lippen und freute sich auf einen ruhigen Tag in den verdunkelten Räumen des Herrenhauses.

Da nahm er ein fast unhörbares Knurren wahr. Es klang, als käme es aus der Erde.

Angel blieb stehen und sah sich um. Das Knurren wurde immer lauter, und es schien sich tatsächlich dicht unter der Erdoberfläche zu bewegen. Es kam von weiter links, also hielt Angel darauf zu. Dann hatte er jedoch den Eindruck, es wechsle die Richtung und halle nun von den Trümmern wider, die einmal ein Leuchtturm gewesen waren. Die kümmerlichen Überreste konnte man nicht einmal mehr als Ruine bezeichnen.

Nach wenigen Minuten gab Angel auf. Er hatte keine Zeit für Nachforschungen. Da die anderen in den vergangenen Tagen bereits mehrmals angegriffen worden waren, setzte er seinen Weg sehr aufmerksam fort. Jeder Muskel seines Körpers befand sich im Alarmzustand, bereit zum Kampf.

Da entdeckte er etwas Merkwürdiges auf dem Boden und beugte sich vor. Was sich da durch den Sand schlängelte, glich den tiefen Reifenspuren eines Geländewagens, allerdings waren die Ränder weich, und auch das typische Kerbenmuster fehlte. Im Schein seiner Taschenlampe glitzerte etwas in der Spur, und er kniete sich hin, um eins der kleinen Teilchen aufzuheben. Es sah aus wie eine winzige Glasscherbe.

Er wünschte, der Sonnenaufgang stünde nicht unmittelbar bevor und er hätte Zeit, diese Spur zu verfolgen. Aber das war unmöglich, und so kehrte er widerstrebend dem geheimnisvollen Knurren und den seltsamen Spuren am *Dead Man's Walk* den Rücken.

Der für Giles zuständige Arzt war nicht sonderlich begeistert, als er erfuhr, dass sein Patient wild entschlossen war, das Krankenhaus zu verlassen.

»Sie sind verrückt, wenn Sie das Krankenhaus nach so hohem Fieber tatsächlich schon verlassen wollen! Aber wir sind hier ja nicht in einer geschlossenen Anstalt und können niemanden gegen seinen Willen hierbehalten, auch wenn er offensichtlich verrückt ist!«, hatte er zu Giles gesagt.

Giles war der humorige Unterton des Arztes entgangen, und er hatte ihm eher schroff für seine Dienste gedankt. Dann wandte er sich an Matt Pallamary, der für ihn lediglich ein eifriger junger Mann war, aus dem eines Tages vielleicht einmal ein guter Wächter wurde, und sagte: »Zuerst zum Hotel und dann zum Flughafen, ja?«

Pallamary fuhr den Wagen am Eingang vor – einen Camry, wie ihn hier jeder hatte –, kam zur Beifahrertür gelaufen und öffnete sie mit einer schwungvollen Bewegung. Inzwischen hatte man Giles im Rollstuhl in die Einfahrt geschoben, und ein Helfer klappte die Fußstützen hoch.

Nach so vielen Tagen im Krankenhaus sei die Luft von Manhattan eine angenehme Erfrischung, wollte Giles gerade seinem Begleiter erklären. Behutsam ließ er sich auf den Beifahrersitz gleiten und erlaubte dem Helfer, einem älteren Herrn, ihm den Sicherheitsgurt anzulegen.

Aber er kam nicht dazu, denn in dem Fach unter der Konsole für die Stereoanlage lag etwas, das seine Aufmerksamkeit weckte. Ein auffälliges Lesezeichen, wie es Giles in einem der Buchläden, die er besucht hatte, eingepackt worden war.

Als Pallamary wieder zur Fahrerseite ging, nahm Giles das Lesezeichen verstohlen an sich, um es sich genauer anzusehen.

Auf der Rückseite stand »Zimmer 1622«.

Seine Zimmernummer!

Bevor Pallamary die Tür öffnete, legte Giles das Lesezeichen wieder an seinen Platz.

Der junge Mann stieg ein, gurtete sich an und schloss die Tür. Freundlich sagte er: »So, das hätten wir.«

»Fürs erste«, meinte Giles. »Ich habe gerade nachgedacht. Ich würde es sehr zu schätzen wissen, wenn Sie mich direkt zum Flughafen fahren und dann zurückkehren, um meine Sachen abzuholen. Sie können mir dann alles nachschicken. Ich muss so schnell wie möglich bei der Jägerin sein, und ich glaube, ich kann mit ein bisschen Umsteigen schneller in Sunnydale sein als mit dem nächsten Direktflug.«

»Oh.« Pallamary wirkte nervös. »Aber, ähm, Sie haben doch noch

Ihre privaten Sachen im Hotel. Ist es Ihnen nicht unangenehm, wenn ein Fremder sie in die Hände nimmt?«

»Das ist bereits geschehen«, sagte Giles und gab sich überrascht. »Hat man es Ihnen nicht erzählt? Ein wertvolles Buch wurde aus meinem Zimmer gestohlen. Es hat den Titel ›Zur Konvergenz verbreiteter übernatürlicher Phänomene‹«.

Pallamary lenkte den Wagen vom Krankenhausgelände und fädelte sich dann in den dichten New Yorker Verkehr ein. Überall plärrten Autohupen, und Fahrradkuriere wichen mit erstaunlicher Anmut den Stoßstangen aus.

»Aber ich dachte, es wäre nichts gestohlen worden«, sagte Pallamary.

»Nun ja, ein paar Dinge sind schon verschwunden«, versicherte ihm Giles. »Hat Micaela nichts davon gesagt?«

»Doch, jetzt fällt's mir wieder ein«, meinte Pallamary, »das hat sie.«

Giles gefror das Blut in den Adern. Wer auch immer dieser Mann war, vom Rat der Wächter kam er jedenfalls nicht!

»Sehen Sie mal«, sagte er und zeigte auf einen Donuts-Laden. »Ich habe große Lust auf eine ordentliche Tasse Kaffee. Sie vielleicht auch? Sie müssen doch genau wie ich die Nase voll von der Krankenhausküche haben.«

»Oh ja«, sagte Pallamary unsicher. »Ja, das war eine schreckliche Brühe.«

»Dann halten Sie doch mal kurz, und ich hole uns schnell einen. Mit Milch und Zucker?«

»Ja.« Pallamary blickte besorgt drein. »Das wäre wunderbar.« Er runzelte die Stirn. »Wenn Sie sich in der Lage fühlen ...«

»Mir geht es gut, ehrlich«, meinte Giles. »Ich bin nur hungrig.«

Pallamary fuhr rechts ran und hielt in der zweiten Reihe, wie es in Manhattan üblich war.

Giles stieg aus dem Wagen und schlenderte auf den Donuts-Laden zu. Er winkte Pallamary lächelnd zu, der ihm mit so viel Argwohn nachsah, dass Giles stutzte. Wurden sie womöglich verfolgt?

Er betrat den Laden und fragte das Mädchen hinter der Theke: »Verzeihen Sie, gibt es hier vielleicht einen zweiten Ausgang?«

Sie sah ihn erstaunt an, als warte sie auf eine Erklärung für seine Frage. Als er nichts weiter sagte, antwortete sie: »Ja, also, hinten ist noch der Lieferanteneingang.«

»Ausgezeichnet. Ich würde ihn gern benutzen.« Giles lächelte sie dankbar an. Er hatte schon früher bemerkt, dass sein englischer Akzent ihm in den USA Türen öffnete – wie in diesem Fall –, die anderen verschlossen blieben. »Bitte!«

»Ähm, in Ordnung. Gehen Sie hier durch!« Sie zeigte auf den Gang zu ihrer Linken.

Giles drehte sich um, winkte Pallamary zu und deutete in den hinteren Teil des Ladens. Er hoffte, überzeugend den Eindruck erweckt zu haben, er wolle die Toilette aufsuchen. Leider war nicht zu erkennen, ob Pallamary die Handzeichen verstanden hatte, denn die Sonne spiegelte sich auf der Windschutzscheibe des Wagens.

Langsam schlenderte Giles auf den Hinterausgang zu.

Als Buffy und Xander am Flughafen eintrafen, wimmelte es in der Ankunftshalle nur so vor Reisenden. Glücklicherweise mussten sie nicht lange warten, bis Giles' Flugzeug landete.

»Hi«, rief Buffy und eilte ihm entgegen, als sein Kopf aus der Menschenmenge auftauchte, die alsbald in die Halle strömte. Sie hielt inne, als sie die Blutergüsse in seinem Gesicht und den Schnitt über dem rechten Auge entdeckte, aber dann schloss sie ihn doch in die Arme. Giles sah zwar reichlich ramponiert aus, aber in ihren Augen war er der schönste Anblick der Welt – er war wieder da, und sie benötigte dringend seine Hilfe.

Und sie hatte ihn vermisst und sich mehr Sorgen um ihn gemacht, als sie je für möglich gehalten hätte.

»Autsch«, stöhnte der Wächter und lächelte spröde, als sie ihn besorgt ansah. »Schön, wieder zu Hause zu sein.« Er sah zu Xander hinüber. »Wo ist Cordelia?«

»In Ihrer Wohnung. Wir haben eine Party organisiert – nur für Sie.« Buffy strahlte. »Die Unkosten müssen Sie natürlich selbst tragen, wir sind alle pleite.«

»Hey, G-Man!«, sagte Xander und kam mit ausgestreckter Hand auf ihn zu. »Willkommen zu Hause!«

»Ich habe doch gesagt, du sollst mich nicht so nennen!« Giles schüttelte den Kopf.

»Ja.« Xander grinste. »Das haben Sie bestimmt. Sorry!« Er schnappte sich Giles' Tasche und ging voran.

Buffy folgte ihm mit ihrem Wächter. »Haben Sie herausfinden können, für wen Pallamary arbeitet?«

Giles hatte sie vom Flughafen in New York aus angerufen, um ihr alles zu erzählen, was geschehen war – falls ihm auf dem Weg zurück nach Sunnydale etwas zustieß. Falls zum Beispiel sein Flugzeug in der Luft explodierte.

»Leider nein. Ich vermute, ihr wart genauso erfolglos bei euren Bemühungen, die Identität der Männer festzustellen, die euch vor dem *Bronze* angegriffen haben?«

»Null Erfolg«, bestätigte Buffy und sah ihn aufmerksam an. »Sind Sie wirklich in Ordnung? Oder haben Sie sich etwa heimlich verdrückt, weil hier so merkwürdige Sachen passieren?«

»Hey, er sieht doch in Ordnung aus, nicht wahr? Komm schon, Buffy, einem geschenkten Giles schaut man nicht ins Maul, oder wie war das noch?«

Sie traten ins Freie. Oz stand mit seinem Van in der Lieferzone, und als sie sich dem Wagen näherten, sprang Willow heraus und kam auf Giles zugerannt.

»Da sind Sie ja!«, rief sie. »Ich bin ja sooo froho!«

Buffy sagte rasch: »Drück ihn nicht zu fest!«

»Oh.« Willow blickte beschämt drein. »Ich hätte ihn gar nicht umarmt. Obwohl ich es gern getan hätte.« Sie sah Giles entschuldigend an. »Ich hielt es für zu respektlos.«

»Ich freue mich auch, dich zu sehen, Willow«, sagte er.

»Wo ist Ihr Gepäck?«, fragte Willow.

»In New York. Aber das ist eine lange Geschichte.«

Willow nickte, und Buffy dachte, dass Willow sich mittlerweile ganz gut an lange Geschichten gewöhnt haben musste. Hoffentlich war Giles nichts von großem Wert abhanden gekommen.

»Nun, Buffy, findest du nicht, es ist an der Zeit, dass du mir alles erzählst, was sich hier ereignet hat?«, fragte Giles. »Krötenregen, Himmelsbeben, mysteriöse Angreifer, der Wendigo ... und ich habe das sichere Gefühl, du hast noch etwas ausgelassen.«

»Also, da wäre noch Springheel Jack«, meldete sich Xander zu Wort.

»Großer Gott!«, sagte Giles. Seine Augen weiteten sich vor Entsetzen. »Was sonst noch?«

Buffy sah Xander empört an. »Petze!«, zischte sie. Dann zu Giles: »Nun, Angel glaubt, er ist einem Tatzelwurm begegnet, was immer das sein mag.«

Giles legte sich nachdenklich den Zeigefinger an den Mund. »Tatzelwurm, sagst du?«

Buffy sah Willow fragend an. Sie nickte. »Ja, wahrscheinlich. Er sprach von Donner, Knurren, weichen Spuren und Glassplittern im Sand?«

»Grundgütiger Gott!« Giles schlug sich vor die Stirn. Buffy fand, das sollte er lieber lassen, schließlich war er schon ramponiert genug. »Das Pförtnerhaus!«

Als Buffy und Willow ihn nur verständnislos anschauten, sagte er: »Der Tatzelwurm – es gibt nur einen einzigen – soll angeblich im Pförtnerhaus eingesperrt sein.«

»Ist er aber nicht«, meinte Buffy, und dann: »Das war ziemlich einfach! Dann setze ich mal zweihundert auf die Kategorie ›Weniger offensichtliche Beobachtungen‹. Womit ich sagen will: Wovon zum Teufel reden Sie überhaupt?«

»Natürlich!« Giles hatte gerötete Wangen. Seine Augen glänzten. Buffy fragte sich, ob er nicht vielleicht vergessen hatte, irgendwelche Medikamente zu nehmen.

Giles marschierte allen voran und winkte Oz zu. Als er die Beifahrertür aufmachte, um sich auf Willows Platz zu setzen, sagte er: »Hallo Oz! Bitte fahr mich direkt zur Bibliothek.«

»Giles!«, protestierte Buffy. »Party!«

»Nein, ich muss direkt in die Bibliothek. Ich glaube, ich habe die Antwort, Buffy.« Fast lächelte er. Vielleicht ist es doch keine Frage fehlender Medikamente, überlegte Buffy. Giles bekam immer diesen munteren, aufgekratzten Gesichtsausdruck, wenn er einer Sache auf der Spur war und noch nicht mit seinem Wissen rausrücken wollte.

Giles ließ die Freunde durch die Hintertür in die Bibliothek.

Xander machte sich gleich auf die Suche nach ein paar Schokoriegeln. Willow und Oz standen unschlüssig beieinander, und Buffy wartete an dem Bücheraufzug, in dem Giles seine Nachschlagewerke über geheime Dinge aufbewahrte. Und Waffen. Buffy beäugte interessiert eine neue, superstarke Armbrust, während Giles in den Fächern herumwühlte. Plötzlich sagte er: »Mein Gott, sie sind weg!«

Er trat aus dem Aufzug. »Ich besitze zwei Bücher über die Legende des Torwächters, und beide sind verschwunden.«

Buffy zuckte mit den Schultern. »Vielleicht haben Sie sie nur verlegt.«

»Vielleicht mit nach Hause genommen?«, schlug Willow vor.

Giles schüttelte den Kopf. »Nein, ich erinnere mich ganz genau, dass ich sie in dem Karton ganz rechts im obersten Regal verstaut habe. Den Titel des einen ziert sogar eine Zeichnung des Pförtnerhauses. Sehr hübsch. Das Pförtnerhaus selbst ist die Replik einer florentinischen Villa aus der Zeit der Medici. Sechzehntes Jahrhundert, wenn ich mich recht erinnere.«

»Ganz genau«, sagte Buffy schelmisch. »Sechzehntes, da bin ich ganz sicher.«

Er ignorierte ihre Bemerkung und ging in sein Büro. Neugierig schlich Buffy ihm hinterher und winkte Oz und Willow heran. Sie blieben im Türrahmen stehen. Giles saß an seinem Schreibtisch und blätterte in einem Stapel Visitenkarten. Schließlich zog er eine hervor und tippte die Nummer in sein Telefon.

»Jetzt ruft er im Wettbüro an«, sagte Buffy zu Willow und Oz, »und setzt auf das Pförtnerhaus im sechzehnten.«

Willow lächelte kurz, sah Giles aber wie gebannt an. »Ich habe doch alle möglichen Kombinationen von Schlüsselwörtern eingegeben«, murmelte sie. »Tatzelwurm auch. Aber ein Pförtnerhaus hat die Datenbank nicht ausgespuckt.«

»Dennoch gratuliere ich zu deinen Bemühungen, die mit Sicherheit beispielhaft waren«, sagte Giles, ließ sich in seinen Sessel fallen und räusperte sich.

»Ja, guten Morgen«, sagte er auf Deutsch. »Frau von Forsch? Hier spricht Rupert Giles.«

Margarethe von Forsch war eine Wächterin der zweiten Generation und bewunderte Giles zutiefst, der mindestens dritte Generation war. Sie war eine etwas zerzaust und matronenhaft wirkende deutsche Akademikerin, die sich – der Warterei überdrüssig, selbst eine Jägerin zugeteilt zu bekommen – an der Goethe-Universität in Frankfurt am Main ganz der Volkskunde hingegeben hatte. Einige ihrer Studien zierten sogar die Privatbücherei des Rates der Wächter, worauf sie besonders stolz war.

Nun, da Giles sie mitten aus dem tiefen Schlaf gerissen hatte, lauschte sie aufmerksam seinen Fragen zur Legende um das Pförtnerhaus.

»Wie die Quellen berichten, wurde der Tatzelwurm vom Torwächter eingefangen und ins Pförtnerhaus gesperrt«, sagte sie und nickte, obwohl der gutaussehende Engländer sie ja nicht sehen konnte. Gott sei Dank, denn sie hatte eine Feuchtigkeitsmaske auf dem Gesicht und altmodische Lockenwickler in den Haaren.

»Und das steht in Boston«, sagte Giles.

»Ja, so scheint es. Alles weist darauf hin.«

»Sehr gut. Vielen Dank!«

»Warten Sie! Sie müssen mich doch aufklären«, sagte sie unglücklich und versuchte sich sogar in amerikanischem Slang: »*I'm dying to know!* Ich sterbe vor Neugier!«

»Später, Frau von Forsch. Es tut mir Leid, aber ich habe viel zu tun.«

»Versprechen Sie, dass Sie mir davon berichten?«, drängte sie.

»Ich verspreche es.«

»Dann bis bald!«

»Bis bald«, entgegnete Giles und hängte als erster ein.

Langsam legte sie auf. »Was hat der liebe Giles nur wieder vor?«, brummelte sie vor sich hin.

»Das würden wir auch gerne wissen«, sagte eine Stimme.

Margarethe von Forsch schrie auf, als eine Gestalt aus dem Schatten hinter ihrer offenen Schlafzimmertür trat. Sie trug eine Mönchskutte, war sehr groß, und das Gesicht war unter der Kapuze verborgen. Die Erscheinung schwebte auf sie zu, als hätte sie keine Füße.

Um das Wesen herum knisterte die Luft und färbte sich tief blau. In der rechten Hand hielt es eine spitz zulaufende schartige Klinge.

»Sie werden es uns verraten«, sagte es.

Als Giles aufgelegt hatte, sah er die drei jungen Leute an, die im Türrahmen standen.

»Nun«, sagte er, »ein paar von uns müssen nach Boston. Buffy auf jeden Fall.«

Buffy sah ihn erstaunt an. »Boston?«

»Ja.« Er nickte.

»Mitten im Schuljahr?«

»Ich weiß, das wird nicht einfach«, räumte er ein.

»Und wir müssen dahin, weil ...?«

»Weil ich glaube, dass wir gebraucht werden.« Er sah die drei prüfend an. Was für ein Doppelleben sie bereits in jungen Jahren führten! Er musste sich in der Tat einen cleveren Trick ausdenken, um Buffy und möglichst die ganze Truppe aus Sunnydale heraus zu schmuggeln. Den Eltern und Lehrern die Wahrheit zu sagen – dass die Jägerin nämlich eine unheilvolle Bedrohung übernatürlicher Herkunft bekämpfen musste –, stand eindeutig außer Frage.

»Wer wird gebraucht?«, fragte Xander. »Wir alle? Denn wisst ihr, ich finde am besten als stumpfer Gegenstand Verwendung. Wenn das

Monster kommt, kann Buffy das Ding einfach mit meinem vor Angst erstarrten Körper erschlagen.«

Giles rollte mit den Augen. »Xander, bitte! Ich kann mich nicht um die Ereignisse am Pförtnerhaus kümmern und gleichzeitig auch noch dein zartes männliches Teeny-Ego hätscheln.«

»Angel muss natürlich hierbleiben. Mit dem Flugzeug ist es zu gefährlich für ihn. Mir scheint, während meiner Abwesenheit sollte auch Willow hier in Sunnydale bleiben. Ich kann ja meine Bibliothek nicht mitnehmen, und da wäre es sehr gut, dich hier an der Heimatstation zu haben«, erklärte Giles.

Willow strahlte. »Und wenn noch mehr böse Kreaturen auftauchen, kann ich vielleicht mit den Zaubersprüchen helfen, die ich recherchiert habe.«

Giles runzelte die Stirn. »Damit musst du sehr vorsichtig sein, Willow. Ich weiß, ich muss es dir nicht erklären. Du bist ein vernünftiges Mädchen. Aber mit der schwarzen Magie ist nicht zu spaßen. Pass gut auf und verwende nur solche Formeln, die du sicher im Griff hast.«

Willow nickte.

»Natürlich wird Oz bei dir bleiben wollen«, sagte Giles, und mehr zu sich selbst: »Ich vermute, Buffy und ich werden allein verreisen. Schade. Wenn das Pförtnerhaus in so großer Gefahr ist, wie ich vermute, können wir jede Hilfe brauchen.«

Xander räusperte sich. »Ähm, hallo? Wie war das mit meinem zarten männlichen Teeny-Ego?«

»O ja, Xander, entschuldige!«, sagte Giles. »Wir wissen deine Hilfe natürlich sehr zu schätzen.«

»Dann steht der Plan«, sagte Xander nickend. »Und wie ich unsere liebreizende Miss Chase kenne, ist sie zwar nicht scharf auf eine Rettungsaktion, aber ich habe das Gefühl, sie wird sich die Reise nicht entgehen lassen wollen. Sie kann die bösen Buben dann lässig in die Flucht schlagen, indem sie ihnen ihre Kreditkartenabrechnungen zeigt.«

Giles schwirrte der Kopf vor Verdächtigungen und Ängsten, Befürchtungen und Fragen, und so nahm er höchst erstaunt wahr, dass Buffy ihn durchdringend ansah, als er zufällig in ihre Richtung blickte.

»Buffy?«, meinte er. »Was ist?«

Sie zog die Augenbrauen hoch. Das tat sie immer, wenn sie sein Verhalten äußerst merkwürdig fand. »Bei all Ihren großen Reiseplänen haben Sie eines vergessen zu erklären: Warum ausgerechnet Boston?«

»Im Pförtnerhaus ist irgendetwas ziemlich schief gegangen«, sagte er nur.

»Ach, wenn das so ist, packe ich natürlich sofort«, entgegnete Buffy lahm.

»Dann fällt die Party wohl aus«, meinte Willow.

»Ich habe aber noch etwas zu erledigen.« Giles lächelte in die Runde. »Ich habe noch eine Frage an Frau von Forsch. Ich rufe schnell nochmal bei ihr an, und dann gehen wir. In Ordnung?«

»Sicher«, sagte Buffy und verließ mit ihren Freunden das Büro.

Giles hörte noch, wie Xander im Hinausgehen sagte: »Boston? Fällt euch da auch das Massaker von Boston ein? Aber eine echte Boston Tea Party wäre nicht schlecht. Vielleicht können wir sagen, wir fahren zusammen zu einer Revolutionsfeierlichkeit oder einem großen Buchstabierwettbewerb.«

Er verfiel ins Grübeln. Eine große Feier konnte nicht als Ausrede dienen, aber ein Geschichtswettbewerb zum Beispiel wäre gut. Vielleicht konnte er dem Schuldirektor weismachen, dass irgend eine Uni so etwas veranstaltete. Die Eltern wären bestimmt begeistert.

Giles wählte von Forschs Nummer in Deutschland. Er hoffte, dass sie noch nicht wieder eingeschlafen war, denn er wollte sie bitten, ihm alle wichtigen Informationen zum Pförtnerhaus zu faxen, über die sie verfügte. Seine beiden Bücher waren ja verschwunden. Ob sie jemand gestohlen hatte? Waren es vielleicht diese Bücher, nach denen man in seinem New Yorker Hotelzimmer gesucht hatte?

Das Telefon der Deutschen klingelte und klingelte, aber sie meldete sich nicht. Er wartete einige Minuten, dann wählte er erneut.

Wieder keine Antwort.

Er wartete zwei weitere Minuten und startete einen dritten Versuch.

Immer noch keine Antwort.

Schließlich rief er die internationale Vermittlung an, und nach einer schier unendlichen Wartezeit informierte man ihn, dass der gewünschte Anschluss gestört sei.

Giles schloss in böser Vorahnung die Augen.

Er wählte die Nummer des Rates der Wächter.

»Ja, Giles hier«, sagte er, als der Hörer abgenommen wurde. »Bitte kümmern Sie sich um Margarethe von Forsch. Sofort. Ich fürchte ...« Er brach ab.

Ihm gefror das Blut in den Adern, denn er wurde über den Tod von Kobo Sensei in Kenntnis gesetzt, einem japanischen Wächter, der gerade seine Jägerin verloren hatte. Der traurige alte Mann hatte Giles seinerzeit geholfen, Buffy zu retten, als ein chinesischer Vampir namens Chirayoju Willow in seiner Gewalt hatte. Und nun war Sensei tot.

Er war langsam und brutal zu Tode gefoltert worden.

Und Frau von Forsch ging nicht mehr ans Telefon.

»Giles? Es wird Zeit«, rief Xander. »Wir haben hier Mini-Pizzas direkt aus dem Kühlfach.«

»Ja, ich komme«, antwortete Giles mit zittriger Stimme.

Er stand auf und verließ sein Büro.

Cordelia war im Paradies – oder jedenfalls so nah dran wie möglich, wenn man keine Pariser Boutiquen zur Verfügung hatte. Im gesamten Einkaufszentrum von Sunnydale war Ausverkauf, und sie hatte ein fantastisches Paar Schuhe in einem Laden ergattert, den sie sonst nicht einmal gewagt hätte zu betreten. Aber heute, nachdem sie die Sachen für Giles' Willkommensparty besorgt hatte, war sie spontan hineingegangen, und da hatten sie gestanden: ihre Größe, ihre Farbe und weit unter ihrem finanziellen Limit.

»Es gibt den Nikolaus also doch«, hauchte sie und hüpfte fröhlich in den Fahrstuhl.

Cordelia schob die Brust vor. Sie wusste, mit ihrer schwarzen Jeans und dem roten Samt-Top sah sie einfach großartig aus. Xander sagte immer, rot stünde ihr am besten. Aber blau, grün und gelb auch.

Sie trug ihre Beute zum Wagen und schaltete die Alarmanlage aus. Schon hatte sie eine Hand an der Tür, als sie sich daran erinnerte, dass kürzlich einige merkwürdige Dinge passiert waren – genauer, merkwürdigere Dinge als sonst –, und Buffy sie alle gebeten hatte, auf der Hut zu sein. Cordelia lief ein Schauer über den Rücken. Schließlich konnte sich jederzeit der Boden unter ihren Füßen auftun und sie verschlingen. Oder sie wurde von einer Troll-Bande überfallen und zu einer gewissen Brücke verschleppt.

Oder ihr Auto flog in die Luft, sobald sie die Tür öffnete.

Was für verrückte Ideen!

Dennoch konnte sich Cordelia des Gefühls nicht erwehren, dass sie beobachtet wurde.

Sie schluckte und blickte ängstlich über die Schulter hinter sich. Ihr zog sich der Magen zusammen. Einen Augenblick lang stand sie wie angewurzelt da und konnte sich nicht zwischen Einsteigen und Weglaufen entscheiden. Sollte sie ins Einkaufszentrum zurückgehen? Der

Parkplatz an sich war nicht allzu unheimlich, obwohl an dessen Ausgang eine Gruppe Männer in dunklen Kleidern herumstand. Vielleicht starrten sie zu ihr herüber, aber das war ihr nicht neu. Vermutlich warteten sie auf den Bus.

Cordelia spähte in den Wagen, zuerst auf die Vordersitze, dann auf die Rückbank. Sieht alles ganz okay aus, dachte sie. Sie musste einsteigen und Xander abholen …

Abgesehen davon – ihr stellten sich die Nackenhaare auf – warteten die dunkel gekleideten Männer bestimmt nicht auf den Bus. Sie trugen feine Kleidung, und in Südkalifornien fuhr niemand mit dem Bus, der feine Kleidung trug. Busse waren für Leute, die sich kein Auto leisten konnten. Punkt.

Jetzt bekam es Cordelia wirklich mit der Angst zu tun. Mit fliegenden Händen öffnete sie die Wagentür, rutschte auf den Fahrersitz, knallte die Tür hinter sich zu und verriegelte das Fahrzeug so schnell sie konnte. Sie steckte den Schlüssel ins Zündschloss und fuhr mit quietschenden Reifen los. Nicht unbedingt ein unauffälliger Abgang, aber sie fürchtete sich zu sehr, als dass sie langsamer hätte fahren können. Der Wagen schlingerte, als sie auf der Straße nach links abbog.

»Bin ja völlig falsch!«, murmelte sie frustriert – zu Xander ging es genau in der Gegenrichtung.

Sie wendete in einem großen Bogen und raste die Straße wieder hinunter. Plötzlich ärgerte sie sich über Buffy. Wenn sie Miss Seltsam nie kennengelernt hätte, wäre sie vermutlich in diesem Moment auch nicht in Gefahr. Und da spielte es auch keine Rolle, dass Buffy ihr schon einige Male das Leben gerettet hatte und es eigentlich der Höllenschlund war, der all das Böse nach Sunnydale lockte, und nicht Buffy selbst. Sie war dazu da, die Kreaturen zu jagen.

Aber wenn sie nicht mit Buffy befreundet wäre …

Plötzlich schrie Cordelia zu Tode erschreckt auf.

… würde nun trotzdem ein teiggesichtiges Monster mit schwarzen Löchern als Augen kopfüber auf ihrer Windschutzscheibe kleben.

Ein Monster, das Feuer spie, unter dessen Einwirkung das Glas bereits zu schmelzen begann …

Die Männer auf dem Parkplatz hatten sich um Bruder Dando versammelt und beobachteten die Buchstaben auf dem Runenstein, während der schwarze Kiesel in Bruder Dandos Hand pulsierend aufleuchtete und sich drehte. Er strahlte violettes, silberfarbenes und blau-weißes

Licht aus, während er die Umgebung nach der Jägerin absuchte. Schließlich blieb er still liegen und pulsierte nur noch in violett; ein düsterer, tonloser Herzschlag.

»Nordost«, sagte Bruder Isimo und nickte den anderen zu. Er hatte dunkle Haut, langes graues Haar, das ihm bis auf die Schultern fiel, und eine auffällige Narbe am Kinn. »Die Jägerin wandelt durch die Nacht.«

Bruder Dando lächelte. Er war sehr klein, fast ein Zwerg, und doch war er der Mächtigste unter ihnen. Er vermochte einen Menschen allein durch Willenskraft zu töten. »Das ist gut. Dann können wir fortfahren.«

Bruder Isimo nickte. »Ihre Mutter ist keine Verbündete. Und ihr Wächter ist weiterhin im Krankenhaus in Gefangenschaft. Sie wird sich nicht vor uns verstecken können, und wir gönnen ihr keine Ruhe. Es wird keinen sicheren Ort für sie geben, kein Asyl.«

»Kein Asyl«, intonierten die anderen.

»Wir müssen uns beeilen«, meldete sich Bruder Kukoff zu Wort. Er war der jüngste von ihnen, was die magischen Fähigkeiten anging. In Wirklichkeit war er bereits fast achtundsechzig. »Der Maestro wartet auf seinen Sieg.«

»In der Tat, Bruder«, entgegnete Bruder Dando. »Wir haben seinen Wünschen in jeder Hinsicht zu entsprechen.«

»In jeder Hinsicht«, wiederholten die anderen.

»O mein Gott, o mein Gott«, schrie Cordelia, als sie die Kontrolle über den Wagen verlor, auf den Bürgersteig rumpelte und an einer Reihe Mülleimer entlang fegte.

Mit ausgestreckten Armen und Beinen drückte sich Springheel Jack auf das geschmolzene Glasnetz. Er wollte sie haben. Das war deutlich an seinem Grinsen abzulesen. Und an seinen schrecklichen schwarzen Augen.

»Du trägst mein Zeichen!«, zischte Springheel Jack und Flammen züngelten aus seinem Maul. »Wenn ich meine Beute einmal markiert habe, muss sie sterben!«

Cordelia krümmte sich vor Angst, und zum ersten Mal seit Tagen spürte sie wieder den nur langsam heilenden Kratzer auf ihrem Rücken, den ihr das Monster zugefügt hatte. Sie schrie erneut auf, als das Untier sich mit einer Klaue von der Metallleiste über der Windschutzscheibe löste und begann, das geschmolzene Glas herauszureißen.

Der Wagen brach nach links aus. Cordelia klammerte sich in Panik am Lenkrad fest. Ihr Fuß war fest mit dem Gaspedal verschweißt. Es war, als hätte sie mit einem Schlag all ihre Fahrkenntnisse verloren. Sie konnte nur noch schreien und sich festklammern.

Der Wagen raste weiter. Sie hatte keine Ahnung, wohin sie fuhr. Ihr Gehirn war in dieser Situation nicht in der Lage, sich mit so etwas wie Fahrtrichtung überhaupt auseinanderzusetzen.

Wieder spuckte Springheel Jack Feuer, aber Cordelia hatte das Steuer weit genug herumgerissen, um ihn aus dem Gleichgewicht zu bringen, und die Flammen schossen in den Beifahrersitz. Das Polster fing Feuer. Cordelia schrie wie am Spieß und stieg in blinder Panik mit beiden Füßen auf die Bremse.

Springheel Jack wurde vom Wagendach geschleudert. Cordelia sah nicht, wo er landete, sah ihn überhaupt nicht mehr, begriff aber, dass es nun Zeit war, der Sache ein Ende zu machen.

Sie legte den Rückwärtsgang ein und trat wieder aufs Gas. Der Geruch von verbranntem Gummi mischte sich mit dem Gestank von verschmorten chemisch behandelten Schonbezügen. Schluchzend und völlig erfolglos schlug sie mit der Hand auf den brennenden Beifahrersitz ein.

Dann stieg sie wieder auf die Bremse und legte den Vorwärtsgang ein. Sie trat das Gaspedal durch, und das Auto machte einen Satz vorwärts.

Wenn er irgendwo da draußen lauerte, würde sie ihn überfahren. Sie würde diesen grausigen Bastard erledigen, und wenn es das Letzte war, was sie im Leben tat.

Mit aufheulendem Motor brauste das Auto durch die Straße. Cordelia musste die Scheibe hinunter kurbeln, denn sie konnte vor lauter Rauch fast nichts mehr sehen. Plötzlich wurde sie von der Sorge erfasst, dass sie bei diesen Sichtverhältnissen auch einen Menschen anfahren konnte.

Aber nichts dergleichen geschah. Sie fuhr so schnell sie konnte. Das Monster sollte es nicht wagen, sich ihr in den Weg zu stellen.

Es zeigte sich nicht.

Aber Cordelia verspürte keine Erleichterung. Sie hatte immer noch den bohrenden Blick der Kreatur aus diesen bodenlosen schwarzen Löchern vor Augen.

Irgendwo da draußen lauerte Springheel Jack.

9.

Willow lackierte sich die Fußnägel und hörte die neue *Keb'Mo'*-CD. Sie versuchte, sich zu entspannen.

Aufgrund der ganzen Boston-Geschichte und des Drucks, den ihre Eltern wegen der College-Auswahl machten, war sie ein wenig nervös. Aber was konnte sie schon zu ihrer Entspannung tun, außer sich in ihrem Zimmer der Schönheitspflege zu widmen? Etwa mit den Mädels einen wilden Wochenendtrip nach Vegas à la Thelma und Louise machen? Da derartige Aktionen meistens mit kleinen Problemen an der Elternfront einhergingen, war sie lieber beim Nagellack geblieben.

Sie dachte ans College, daran, dass sie bald fortzog, und sah sich in ihrem Zimmer um. Sie war fast erwachsen. Kein kleines Mädchen mehr, aber das war ihrem Zimmer mit seinem verspielten Ambiente nicht anzusehen. Spitzengardinchen und Blumentapete. Wo auch immer sie aufs College gehen würde, eins war für Willow klar: keine Plüschtiere!

Na ja, eins vielleicht. Und ihre Hasen-Pantoffeln ...

Jawohl!, dachte sie. Ich bin ein echter Rebell!

Genau deshalb hatte sie sich auch nach einem kurzen und vorwurfsvollen Gespräch mit ihren Eltern in ihr Zimmer zurückgezogen. Xanders Mutter hatte Willows Mutter erzählt, dass Xander nach Boston zu einem landesweiten Geschichtswettbewerb fuhr. Giles war demnach eine wunderbare Ausrede für die Reise eingefallen. Willow hatte ihn sogar dazu inspiriert, aber nun wurde sie die Geister nicht mehr los, die sie selbst gerufen hatte: Ihre Eltern glaubten nun, dass ihre Tochter entweder nicht gut genug in der Schule war, um ebenfalls nach Boston fahren zu dürfen, oder dass sie wegen Oz zu Hause blieb.

Manchmal konnte man einfach nicht gewinnen.

Auch war ihr ein wenig unwohl dabei, in Sunnydale zu bleiben und die Stellung zu halten. Sie wollte diese Verantwortung nicht. Aber sie würde damit zurecht kommen, wie immer. Oz stand ihr schließlich zur Seite. Und Angel war ja auch noch da. Nicht ganz so beruhigend zwar – ein bisschen unheimlich blieb er für sie einfach –, aber wenigstens war er stark und zäh und sehr, sehr schwer zu töten. Natürlich war Oz als Werwolf auch keine leichte Beute.

Willow ließ den rosafarbenen Lack trocknen und sah auf die Uhr. Sie wollte die anderen am Flughafen verabschieden, und es war schon fast an der Zeit aufzubrechen. Buffy und ihre Mutter wollten sie abholen.

Sie ging im Flur an ihrer Mutter vorbei, sagte aber nichts. Sie würde sich doch nur wieder mit neuen Drängeleien in Sachen College auseinandersetzen müssen oder mit argwöhnischen Fragen, warum sie nicht mit nach Boston fuhr.

Seufzend ging sie die Treppe hinunter, gab ihrem Vater rasch einen Kuss auf die Stirn und war auch schon zur Tür hinaus, ehe er aus seinem Sessel auftauchen konnte.

Das Licht der Straßenlaternen glitt über das Armaturenbrett hinweg, und auf den Sitzen tanzten flackernde Schatten.

Buffy sah zum Fenster hinaus in die Nacht. Ein junger Typ in Sportklamotten joggte in Gegenrichtung. Er war ziemlich süß und hatte Kopfhörer auf den Ohren. Ein weißhaariges altes Ehepaar ging Händchen haltend die Straße entlang und führte zwei schwarze Pudel aus. Eine Frau in einem dunklen Geschäftskostüm ging lässig mit einen Lederkoffer vorbei.

Ganz normale Leute am Abend. In der Dunkelheit. Ohne jede Ahnung, was wirkliche Finsternis war und was für Gefahren auf sie lauerten.

Zermürbt blickte Buffy nach vorn und bemerkte, dass sie schon fast bei Willow angekommen waren. Ihre Mutter bog nach links auf eine Seitenstraße ab. Buffy sah sie verstohlen von der Seite an und bemerkte, wie grimmig sie das Kinn vorgeschoben hatte. Ob es der Weisheit letzter Schluss gewesen war, ihre Mutter zu bitten, sie zum Flughafen zu fahren? Den anderen fiel es schwer, ihre Eltern zu belügen. Aber für Buffy war es in vielerlei Hinsicht noch schwerer, ihrer Mutter die Wahrheit zu sagen.

Bis zum Flughafen brauchten sie noch zwanzig Minuten, und sie waren bereits spät dran. Zu ihrer Rettung trug allein bei, dass zwischen der Ankunft des Fliegers in L.A. und dem Anschlussflug vierzig Minuten lagen. So lange das Flugzeug nicht ohne sie losflog, war alles in bester Ordnung.

Joyce Summers verpasste die Abbiegung zu Willows Straße und fluchte leise, als sie es bemerkte. Sie wendete. Wieder beobachtete Buffy ihre Mutter dabei, wie sie einen schweren Seufzer ausstieß.

»Mom?«, fragte Buffy und stellte damit alle nur erdenklichen Fragen auf einmal.

Joyce hielt nach den Hausnummern Ausschau, holte tief Luft und sagte: »Ach, Buffy, das wird einfach alles zu gefährlich. Jetzt wurde schon Cordelia angegriffen!«

Aber Buffy konnte eine Frage heraushören, die Joyce nicht ausgesprochen hatte.

»Ich komme wieder, Mom, versprochen!«, versicherte sie ihr.

Joyce nickte. »Ich weiß, Liebling. Ich weiß. Aber es ist nur ... na ja, du fährst wieder weg. Ich kann nicht so tun, als wäre ich besonders glücklich darüber.«

»Mom, das ist doch jetzt eine ganz andere Geschichte. Du fährst mich zum Flughafen, und ich fliege auch nicht allein, sondern in Begleitung von Giles, Cordelia und Xander. Wir werden bestimmt viel Spaß haben. Du hast Cordelias Handy-Nummer, und das Ganze wird auch nur ein paar Tage dauern, maximal eine Woche. Länger kann Giles unsere Abwesenheit nicht vertreten, sonst schnüffelt uns doch noch jemand hinterher. Vertrau mir, wir werden zurückkommen. *Ich* werde zurückkommen, und zwar bald.«

Joyce versuchte ein Lächeln. Sie wollte noch etwas sagen, aber da rief Buffy schon: »Da ist Willow!«

»Wir sind doch noch einen halben Block von ihrem Haus entfernt«, meinte Joyce erstaunt. »Hoffentlich ist nichts passiert.«

»Willst du meine Vermutung hören? Nichts Außergewöhnliches jedenfalls für einen Teenager, der kurz vor der Abschlussprüfung steht«, entgegnete Buffy.

»Abschlussprüfung, was für ein schönes Wort«, sagte Joyce verträumt. »Du weißt ja gar nicht, wie oft ich Angst hatte, dass du sie nicht schaffst.«

Buffy grinste in sich hinein. Die Wünsche ihrer Mutter unterschieden sich eigentlich nicht von ihren eigenen: Sie wollte, dass Buffy ein ganz normales Mädchenleben führte. Die Wahrscheinlichkeit, dass es jemals so sein könnte, schätzte die Tochter allerdings viel realistischer ein: Es war ein Ding der Unmöglichkeit.

»Ich werde da sein, Mom«, sagte sie. »Vielleicht verspäte ich mich, vielleicht bin ich etwas ramponiert, aber ich werde da sein.«

»Das will ich auch hoffen«, sagte Joyce und sah betreten zur Seite.

Sie hielt den Wagen an, und Buffy öffnete Willow die hintere Tür. Als sie auf den Rücksitz geklettert war, fuhr Mrs. Summers los. Buffy bemerkte, wie erleichtert Willow war, von zu Hause wegzukommen.

»Danke fürs Abholen!«, sagte Willow zu Buffys Mutter.

»Jederzeit, Willow«, entgegnete Joyce.

»Cool«, sagte Buffy. »Jetzt kannst du dich jederzeit von meiner Mutter abholen lassen, wenn du dich mit Oz triffst!«

Joyce schüttelte amüsiert den Kopf. Willow hingegen förderte nur ein sprödes Lächeln zutage.

Am Ende der Straße, in der Willow wohnte, saß Angel am Steuer von Giles' verbeultem Citroën und trommelte mit den Fingern den Rhythmus eines Songs von *Pearl Jam* mit, der im Radio lief. Er hatte einen breit gefächerten Musikgeschmack, obwohl er eher klassisch orientiert war. Im Grunde gefiel ihm fast jede Art von Musik. Leise sang er mit.

Giles hatte ihn über seinen Verdacht hinsichtlich der Leute, die Wächter töteten und offensichtlich auch hinter Buffy her waren, in Kenntnis gesetzt. Er hatte Angel für die Dauer seiner Reise nach Boston den Wagen zur Verfügung gestellt. Während sie miteinander redeten, hatte Angel das Auto als erstes einmal dazu verwendet, Buffy zu verfolgen. Und wie erwartet war er nicht der Einzige gewesen, der ihr auf den Fersen war.

Nun musste er dafür sorgen, dass Buffy sicher zum Flughafen kam, ohne dass ihr jemand folgte, denn ihre Widersacher durften nicht erfahren, wohin sie unterwegs war. Wenn die Gegenseite nichts von der Reise nach Boston erfuhr, war alles viel einfacher, fand Giles. Dann hatten sie vielleicht genug Zeit herauszufinden, wer genau hinter diesen Übergriffen steckte.

Angel musste Giles leider darauf aufmerksam machen, dass die Sache schwieriger zu werden schien als geplant.

In diesem Augenblick wurde der Wagen in grelles Scheinwerferlicht getaucht. Angels Gesicht wirkte noch blasser als sonst, und er sah aus wie eine wandelnde Leiche. Streng genommen war er das ja auch.

»Achte darauf, dass uns niemand bemerkt, Bruder Taggart«, sagte Lupo.

Taggart war ein guter Fahrer und hatte bei der Verfolgung der Jägerin bewundernswerte Arbeit geleistet, aber in diesen engen Straßen war es fast unmöglich, nicht aufzufallen. Bislang schien Taggart das Unmögliche möglich zu machen, indem er weit hinter dem Wagen der Jägerin blieb und aufmerksam auf jede Bewegung des verfolgten Fahrzeugs reagierte.

Als der Wagen angehalten hatte, damit die Begleiterin der Jägerin zusteigen konnte, war Taggart rechts abgebogen, hatte eine kleine Runde gedreht und war zwei Blocks weiter unten wieder aufgetaucht, als das Auto mit der Jägerin wendete und die Straße wieder hinunter kam.

Taggart verrichtete wirklich erstklassige Arbeit. Er hatte einige Zeit beim MI5 gearbeitet, auf den Falklands gekämpft und dort nicht nur auf Befehl seiner Vorgesetzten gemordet. Lupo mochte ihn. Es war gern in Begleitung dieses Mannes, für den das Leben so klar war. So einfach. Taggart war ein Killer. Man gab ihm einen Befehl, und er führte ihn aus. Kein Theater. Kein Streit. Keine Schuldgefühle.

Bruder Lupo war der Ansicht, der Maestro hätte sich seine Pläne bereits vor Jahrzehnten erfüllen können, wenn er mehr Männer von seinem Schlage um sich gesammelt hätte.

Sie sahen, wie die Rücklichter des Wagens der Jägerin – von denen eines heller leuchtete, weil Taggart die Plastikabdeckung herausgebrochen hatte – nach links abbogen. Dann verschwanden sie aus dem Blickfeld.

»Verlier sie nicht, Taggart!«

»Türlich verlier ich die nicht«, entgegnete der mit deutlich englischem Akzent.

Am Ende der Straße stand ein Stoppschild. Da man Taggart befohlen hatte, keine Aufmerksamkeit zu erregen, brachte er den Wagen zum Stehen wie es sich gehörte.

Als plötzlich auf der Fahrerseite eine Faust durchs Fenster schlug, schrie Bruder Lupo vor Panik auf. Ihm wurde schlecht, denn normalerweise war er dafür zuständig, derlei Gefühle bei anderen auszulösen. Bevor Taggart reagieren konnte, wurde er von starken Händen hinter dem Steuer weggezogen, wobei er sich die Arme am zerbrochenen Glas aufschnitt. Lupo sah zu, wie die strampelnden Beine zum Fenster hinaus verschwanden.

Rasch kletterte er hinters Lenkrad.

»Für wen arbeitest du?«, knurrte Angel, und die gelben Augen leuchteten in seinem wilden Vampirgesicht.

»Wenn du was wissen willst, du Wichser, dann hast du den Falschen. Da können dir auch deine niedlichen Zähnchen nicht helfen«, stieß der Mann hervor.

Plötzlich schoss der Lexus, an dessen Steuer nun ein anderer saß, mit einem Quietschen vorwärts. Dem Vampir war es egal, denn sein Job war erledigt. Er hatte den Wagen lange genug aufgehalten, um zu verhindern, dass Buffy weiter verfolgt wurde. Vielleicht fanden sie noch heraus, dass die Jägerin zum Flughafen unterwegs war, aber für den Moment konnte er nicht mehr tun.

»Sag es mir!«, fuhr Angel den Mann an und schüttelte ihn. Er sah zwar für menschliche Verhältnisse ziemlich gefährlich aus, aber Angel hatte keine Angst.

»Los jetzt, oder ich reiß dir den Hals auf!«, befahl er.

Reifen quietschten, und Angel bemerkte gerade noch rechtzeitig, dass der Lexus, den er schon längst über alle Berge geglaubt hatte, auf ihn zugerast kam. Die Scheinwerfer blendeten ihn für einen Augenblick, und der rotgesichtige Schläger nutzte die Irritation, um sich mit aller Macht aus Angels Griff zu befreien.

Aber er vermochte nicht besonders viel auszurichten. Der Vampir schlug ihm mit dem Handrücken ins Gesicht, gleichzeitig hielt der Lexus auf die beiden zu. Angel packte den Typen im Genick und schleuderte ihn nach rechts. Er selbst tauchte nach links ab und hoffte, damit eine weitere kostbare Sekunde zu gewinnen und zugleich zu verhindern, dass weder er noch der andere von dem Wagen erfasst wurde.

Die quietschenden Reifen hinterließen schwarze Streifen auf dem Asphalt. Angel sprang auf die Beine, als sich ein dünner Mann mit olivfarbener Haut aus dem Beifahrerfenster des Lexus lehnte. Er hatte eine Pistole in der Hand. »Taggart!«, schrie er.

Auf der anderen Straßenseite rappelte sich der Schläger, den Angel aus dem Wagen gezerrt hatte, wieder auf und sprintete los. Angel knurrte und setzte ihm nach. An die Pistole und die Gefahr, eine Kugel abzubekommen, verschwendete er keinen Gedanken. Das war ihm früher schon einmal passiert. Jetzt kam es darauf an, Antworten zu bekommen, herauszufinden, wer diese Bastarde waren, die Buffy töten wollten.

Buffy töten.

Das würde Angel nicht zulassen.

Er schloss zu dem Mann auf, den der andere Taggart genannt hatte, packte ihn am Kragen, wirbelte ihn zu sich herum und griff mit der freien Hand nach seinem Hals, um erbarmungslos zuzudrücken.

»Rede mit mir, du …«

Da drückte der Mann mit der Pistole ab, und Taggarts Stirn explodierte. Blut und graue Hirnmasse spritzten Angel ins Gesicht.

Die Limousine fuhr mit qualmenden Reifen davon.

Angel stand einfach nur da, wütend und perplex. Er wusste, der Typ im Wagen hatte mit Absicht den eigenen Mann getötet, damit er nichts ausplaudern konnte. Manchmal fragte er sich, ob die Menschen nicht auf ihre Art schlimmer waren als Vampire. Letztere waren schließlich von Dämonen besessen, die dafür da waren, Böses zu tun.

Menschen hatten die Wahl.

Angel wollte Taggart gerade auf den Gehsteig fallen lassen, da erreichte ihn der Geruch von frischem Blut. Es war auf seinen Kleidern, auf seinem Gesicht, seinen Lippen. Es war überall, und Angel spürte eine Gier wie schon lange nicht mehr ...

Irgendwo fing eine Polizeisirene an zu heulen.

Angel knurrte vor Selbsthass und ließ Taggarts Leiche zu Boden fallen. Als er sich mit dem Ärmel das Blut aus dem Gesicht gewischt hatte, lief er zu Giles' Wagen.

»Buffy, wir müssen wirklich gehen«, drängte Giles. »Das war unser letzte Aufruf.«

Auf dem kleinen Flughafen war nicht viel los. Als die Flugbegleiterin ihre letzte Durchsage gemacht hatte, hatte sie böse zu ihnen herüber gesehen. Als könne jemand in dieser albernen blauen Uniform furchteinflößend aussehen! Buffy nickte Giles wortlos zu. Alle waren da, bis auf Angel. Oz und Willow und Buffys Mutter waren zu ihrer Verabschiedung erschienen, und Cordelia und Xander tauchten gerade hinter Giles auf.

»Ich steige nicht in so ein kleines Flugzeug«, sagte Buffy zu Willow, die lächelnd die Augenbrauen hochzog, als wolle sie sagen: Viel Glück!

»Wenn ihr den Anschlussflug in L.A. noch kriegen wollt, beeilt ihr euch besser«, sagte Joyce Summers.

Buffy sah ihre Mutter überrascht an. Sie hatte seit der Ankunft am Flughafen nicht viel gesagt und schien sich absichtlich ein bisschen fern der Gruppe zu halten. Nun blickten sich Mutter und Tochter an und, es fand eine Art telepathische Kommunikation zwischen ihnen statt. Buffy vermutete in diesem Moment, dass es genau dieselben wortlosen Botschaften waren, die schon seit Jahrtausenden von Vätern an ihre Söhnen weitergegeben wurden, die in den Krieg zogen. *Ich liebe dich! Pass auf dich auf! Komm zu mir zurück!*

Buffy trat vor und umarmte ihre Mutter ungewöhnlich stürmisch. Sie gab ihr einen Kuss auf die Wange und flüsterte ihr leise »ich liebe dich« ins Ohr.

»Willow, falls du Fragen hast …«, setzte Giles an.

»Sie weiß, wie sie uns erreichen kann, Giles. Sie haben es ihr doch erst siebenundzwanzigtausendmal erklärt«, stöhnte Cordelia. »Und nun wollen wir das bitte so schnell wie möglich hinter uns bringen. Gott, wer fliegt schon in Kisten, die so eng sind wie Busse!«

»Ähm, vielleicht jene neunundneunzig Prozent der Fluggäste, die sich die erste Klasse nicht leisten können?«, schlug Xander vor.

Cordelia sah ihn böse an. »Muss schön sein, auf alles eine Antwort zu haben«, meinte sie schnippisch.

»Ist es auch!«

Und weiter ging das Geplänkel. Giles seufzte, nahm seine Tasche und ging auf die offene Gangway-Tür zu. Cordelia und Xander schnappten sich ebenfalls ihr Gepäck.

»Xand?«, rief Willow.

Xander drehte sich um, und sie schloss ihn rasch in ihre Arme. Sie war sich bewusst, dass sowohl Cordelia als auch Oz zusahen.

»Gib auf dich Acht«, bat sie.

»Hey«, sagte Xander sanft, »Du auch. Wir gehen auf Forschungsreise, und du musst hier bei den Gespenstern bleiben.« Er sah Oz an. »Hey, Wolfsjunge, pass gut auf sie auf, ja!«

Oz lächelte nur, was Buffy nicht sonderlich überraschte. Er war nicht der Typ, der sich von Xanders Neckereien aus der Ruhe bringen ließ.

»Los komm!«, rief Cordelia und zog Xander hinter sich her.

»Viel Spaß!«, rief Oz.

Dann stand Willow vor Buffy, und die beiden sahen sich schweigend an. Schließlich umarmten sie sich. Als Buffy die Nähe der Freundin spürte, musste sie an all das denken, was in der vergangenen Woche geschehen war und auch davor. Unaufhaltsam rückte das Ende des Lebens in der Form, wie sie es bisher kannten, näher. Die Abschlussprüfung! Danach würde sich alles ändern, und der Gedanke daran machte ihnen arg zu schaffen.

Buffy war auch nicht entgangen, wie Willow Xander umarmt hatte. So als wolle sie Lebewohl sagen. Jetzt schon.

»Bye«, flüsterte Willow.

»Ja«, entgegnete Buffy und drückte Willow noch einmal fest an sich. »Bye.«

Im Flugzeug bemerkte Buffy, wie besorgt Giles dreinblickte. Obwohl Xander sein Bestes gab, um die Stimmung aufzuheitern, schien der

Wächter oft in Gedanken abzuschweifen; sein Blick war in die Ferne gerichtet, auf irgendeinen Punkt im Nichts.

Buffy saß neben ihm, und Cordelia hatte mit Xander in der Reihe dahinter Platz gefunden. Nach einer Weile begannen Xander und Cordy, leise miteinander zu reden.

Prüfend sah Buffy Giles wieder von der Seite an und ihre Besorgnis wuchs. »Houston Control an Giles«, sagte sie lahm. Als er nicht antwortete, stieß sie ihn an. »Giles!«

»Hm?« Stirnrunzelnd drehte er seinen Kopf zu ihr.

»Ich weiß ja, dass Sie an dem Tag krank waren, als in der Ausbildung Small-Talk dran war, aber allmählich mache ich mir wirklich Sorgen. Sind Sie sicher, dass es richtig war, das Krankenhaus zu verlassen?«, fragte Buffy.

»Das ist es nicht«, sagte Giles abweisend und sah durchs Fenster hinaus in die Dunkelheit.

»Was denn?«

Giles schwieg eine Weile. Starrte weiter aus dem Fenster. Schließlich atmete er tief durch und drehte sich wieder zu Buffy um.

»Es ist ein bisschen albern«, sagte er, aber sein Gesicht und seine Stimme wirkten eher traurig als amüsiert. »Weißt du, die Wächterin, die ich in New York kennengelernt habe, Miss Tomasi ...«

»Diese Micaela-Braut?«

Giles lächelte schief. »Ja, diese Micaela-Braut. Ich kannte sie noch gar nicht lange, aber ich hatte sie schon binnen kürzester Zeit ... gern. Und nun ist sie verschwunden ... und, na ja, es gibt mehrere Möglichkeiten dafür, und keine von ihnen ist besonders verlockend.«

Buffy lehnte ihren Kopf an das Nackenpolster und sah den Wächter verständnisvoll an. Sie versuchte, nicht zu zeigen, was sie wirklich fühlte. Nach der Ermordung Jenny Calendars, der Frau, die Giles geliebt hatte, hatte sich Buffy Sorgen gemacht, er könnte sich nie wieder einer anderen Frau zuwenden. Und nun war ihm eine begegnet, die ernsthaft sein Interesse hätte wecken können, wenn sie nur ein bisschen länger bei ihm gewesen wäre.

»Vielleicht ist sie einfach auf einen anderen Posten beordert worden. Wenn Pallamary nicht echt war, dann konnte er auch nicht wissen, wo sie abgeblieben ist«, meinte Buffy.

Giles zog die Augenbrauen hoch. »Schöne Idee. Aber ich befürchte, sie steckte entweder von Anfang an mit unseren Feinden unter einer Decke oder sie wurde umgebracht wie die anderen Wächter.«

Er drehte den Kopf wieder zum Fenster, und Buffy vermied es, sich das betrübte Spiegelbild seines Gesichts auf der Scheibe anzusehen.

»Ich weiß nicht, welche der beiden Möglichkeiten betrüblicher wäre«, sagte er.

10.

Boston, Oktober 1666

Konnte er nun, da er die Hölle hinter sich gelassen hatte, an diesen fernen Gestaden triumphieren?

Richard Regnier, mittlerweile ein alter Mann – nach Lebensjahren, denn von Gebrechen und Beschwerden war er verschont geblieben –, trug einen dunklen, aber eleganten schwarzen Mantel, die weiten Ärmel mit schwarzen Bändern zusammengehalten. Auch seine Beinkleider waren schwarz. Nur die Perücke war weiß.

Er trauerte um seine schöne junge Frau Giuliana, die vor sieben Monaten gestorben war. Zwischen den Reben diverser einheimischer Kürbisarten stand er auf dem Fundament dessen, was bald sein neues Zuhause sein würde und senkte den Kopf, um das neue Gefühl zu genießen, das ihn überkam. Zunächst konnte er es nicht benennen, aber langsam dämmerte ihm, dass es eine Art innerer Frieden war. Es war eine gute Idee gewesen, in die Neue Welt zu reisen, wenn sie ihm tatsächlich Gelassenheit bescherte.

Wenn er sich abends auf seinen Berg stellte und über den Hafen blickte, konnte er auf seine Magierart fast das Gespenst des blutroten Leuchtens über dem Atlantik sehen. Einige Wochen zuvor hatte das große Feuer die Stadt London bis auf die Grundfeste niedergebrannt. Vor dieser Katastrophe war die Pest über die Bevölkerung gekommen und hatte Abertausende getötet.

Europas einziger Trost war, dass Fulcanelli selbst in dem Chaos umgekommen war, das er angerichtet hatte, und dafür war Regnier von Herzen dankbar. Nun war die Schreckensherrschaft dieses Ungeheuers beendet.

Im Jahre 1559 war die kleine Florentinerin, mittlerweile Königin von Frankreich, Witwe geworden. Ihr fünfzehnjähriger Sohn, König Franz II., hatte großen Mut bewiesen und dem dekadenten Hexenmeister, der immer dreister seine Rituale praktiziert und die Hälfte aller Jungfrauen am Hof verführt hatte, den königlichen Schutz entzogen. Franz demütigte den Mann öffentlich und jagte ihn davon, genau wie Katharina von Medici Regnier einst in Ungnaden entlassen hatte. Nur zwei Jahre später war Franz gestorben. An einer Ohrenentzündung, so hieß es ...

Nach seinem erfolgreichen Rachefeldzug hatte Fulcanelli Frankreich verlassen und sein Netz des Chaos und der Zerstörung über den ganzen Kontinent ausgebreitet. Kriege brachen aus. Seuchen dezimierten die Bevölkerung. Viele glaubten, die immer schrecklicheren Greuel kündeten vom Ende der Welt und vom Triumph Satans über Gott.

Regnier fand, dass sie damit gar nicht so falsch lagen. Falls Fulcanelli über seine Machtgier und Zerstörungswut hinaus einen konkreten Plan hatte, war er Regnier nicht bekannt. Aber schon damals war ihm klar gewesen, dass dem Hexer Einhalt geboten werden musste, sollte die Welt nicht gänzlich aus den Fugen geraten.

Deshalb hatte der Franzose seinen Erzrivalen über Berge und Gletscher hinweg verfolgt, über Wüsten und Steppen und in Höhlen hinein, die so tief und gefährlich waren wie der Höllenschlund. Unzählige Male hatten sie gegeneinander gekämpft, ihre Körperkräfte wie auch ihre magischen Fähigkeiten gemessen.

Und nun, ein Jahrhundert nachdem Fulcanelli aus Frankreich verstoßen worden war, hatte ihn Regnier endlich besiegt.

Mit Fulcanellis Tod fühlte er sich allerdings in Europa fehl am Platz. Die Neue Welt lockte. Es wäre zu schmerzvoll gewesen, den Rest seiner Tage in Europa zu verbringen, und Magier wie er lebten ziemlich lang. Fulcanelli war fast zweihundert Jahre alt, als er umkam. Und selbst zu diesem Zeitpunkt hatte ihm nichts von seiner Dynamik gefehlt. Regnier war nicht einmal hundertdreißig. So stand es um die Lebenserwartung derer, die sich in anderen Dimensionen der Existenz bewegten.

»Die Neue Welt!«, dachte er nun, als er über den Hafen blickte und die salzige Brise im Gesicht spürte. »Ein neues Leben!«

Obwohl die Arbeiten zum Bau seines Hauses erst begonnen hatten, war er so aufgeregt, dass er die Nächte auf seinem Grundstück verbrachte. In einem kleinen Cottage, das ihm die Bauarbeiter errichtet hatten. Sein Diener hatte Feuer in dem einfachen Kamin gemacht und war dann von ihm nach Hause geschickt worden. Jetzt freute sich Regnier auf einen ruhigen Abend und seine Bücher.

Er hatte seine Wertsachen mitgebracht, die magischen Elixiere und Utensilien, sein Zauberbuch und seine kostbarsten privaten Besitztümer, auch das Medaillon, das er Giuliana geschenkt hatte, der schönen Venezianerin, die er geliebt und geheiratet hatte ... und deren Gebeine in italienscher Erde, so fern von ihm, begraben waren.

Er öffnete den großen Koffer. Gleich obenauf lag das Filigranmedaillon. Sein Herz machte einen Sprung, als er es öffnete. Zärtlich strich er über ihr Porträt, die Grübchen zu beiden Seiten ihres Lächelns. Eine berühmte Schönheit, besonders in diesen Tagen, da blaue Augen und blondes Haar zu den reizvollsten weiblichen Attributen zählten. In Italien waren Blondinen besonders begehrt.

Giuliana, seine Giuliana, abgeschlachtet, während er irgendeine nutzlose Besorgung erledigte! Dieser verflixte Bastard Fulcanelli, diese schändliche und gemeine Kreatur, wie konnte er seine Rache an so einem unschuldigen ...

Die Ruhe wich aus Regniers Herz, als wüsste sie, dass sie dort keinen Platz hatte. Er ballte die Hände zu Fäusten, und Tränen liefen ihm über die Wangen, als er an seine verlorene Liebe dachte. Er würde nie wieder so ganz und gar lieben, dessen war er gewiss.

Weinend entdeckte er sein Tagebuch, das er sorgsam in die Seitentasche seines Reisekoffers gesteckt hatte. Es standen Geschichten darin, welche die seriöse, gläubige Bevölkerung dieser jungen Stadt im höchsten Maße in Erstaunen versetzen würden.

Er beruhigte sich, nahm das Tagebuch zur Hand, um Trost auf den Seiten zu finden. Er wusste, er durfte eines nicht vergessen: Obwohl er alles verloren hatte, was ihm kostbar auf dieser Welt war, so hatte er doch gesiegt.

2. September 1666

In der ganzen Stadt brennt es lichterloh. Kirchen, öffentliche Gebäude, Hospitäler; selbst Troja kann nicht so viel erlitten haben. St. Paul's ist komplett zerstört. Das Schreien und Wehklagen der Menschen ist schrecklich anzuhören: Kinder kreischen voller Panik, Mütter weinen um ihre Säuglinge, Männer brüllen Befehle; die Häuser, die noch stehen, werden abgerissen, um, wie der Bürgermeister hofft, das Feuer einzudämmen.

Aber dieses Feuer nährt sich wie der Teufel von den Gottlosen. Denn der Gottloseste, der je auf Erden wandelte, füttert es wie einen Schoßhund mit kleinen Häppchen.

Ich habe gesehen, wie Fulcanelli in seinem schwarzen Zauberumhang oben auf dem Tower von London stand. Es war an seinem triumphierenden Blick abzulesen, dass er darauf gewartet hatte, von mir entdeckt zu werden, und ich schüttelte meine Faust gegen ihn und holte meinen Zauberstab hervor. An einem anderen Tage wäre ich vielleicht umsichtiger mit meiner Magie umgegangen, aber dies war das Ende der Welt. Also sandte ich einen Blitz auf ihn nieder, der unter denen, die um mich waren, einen Aufschrei verursachte, aber Fulcanelli lenkte meine Waffe mit einer Handbewegung ab. Einen Augenblick später war er im Rauch der brennenden Stadt verschwunden.

Ich verzweifelte. War es nicht immer schon so gewesen, dass er mich verhöhnte und meinem Zorn entkam? Fast ein Jahrhundert lang habe ich ihn nun schon gejagt, Fulcanelli, diesen niederträchtigen Diener des Gefallenen!

3. September

Ich war tage- und nächtelang wach und habe mein Handwerk praktiziert. Heute werde ich Fulcanelli finden, denn ich bin sicher, dass er in der Stadt ist. Ich werde ihn finden, und ich werde ihn töten.

4. September

Während der Verfolgung meines Widersachers ist mir viel Schreckliches widerfahren, aber nichts war so furchtbar wie der Feuersturm in London. Ich durchsuchte diese höllische Kulisse, entschlossener denn je, das Leben des Übeltäters zu beenden, der diese schreckliche Katastrophe ausgelöst hatte.

Ich sah ihn – doch nur einen flüchtigen Augenblick – dann verschwand er in einer Rauchwolke.

Aber mein Groll war so groß, dass ich mich in den Rauch stürzte. Ich sprach Beschwörungen, um mir den Weg zu leiten, als wäre ich in der Feuersbrunst erblindet. Mein Herz schlug voller Gewissheit, dass ich nur wenige Schritte hinter ihm war, und dann schoss um mich herum eine Wand aus Feuer aus dem Boden. Ich war stark verletzt, aber es kümmerte mich nicht, denn die Flammen waren blau. Ein sicheres Zeichen dafür, dass er es war, der mein Fortkommen behinderte. Ich schwor mir, Fulcanelli noch am selben Tag zu töten.

Er floh vor mir durch diese Stadt des Elends und der Verdammnis. Über die Tower Street, die Fen-Church Street und so viele andere Gassen und Straßen rannte ich mit einer Kraft, die sich von keiner magischen Macht der Welt brechen ließ, bis ich an die Themse gelangte, auf der überall Güter trieben und Männer in Booten. Verzweifelte Menschen sprangen wie brennende Fackeln ins Wasser.

Und dort, auf einer großen eleganten Ebenholzbarkasse mit ausgefahrenen Rudern, sah ich ihn. Vielleicht ein Dutzend Mönche waren um ihn versammelt. Sie trugen schwarze Kutten mit Kapuzen, und ich konnte ihre Gesichter nicht erkennen. Es mussten seine ergebenen Gefolgsleute sein, jene geheime Gesellschaft, die er unter seinen Einfluss gebracht hatte.

Er stand mit dem Rücken zu mir in ihrer Mitte. Aber ich erkannte ihn sofort an seinem verkrüppelten Arm und den grauen Locken und wusste, meine Stunde der Rache war gekommen.

Bevor er noch etwas tun konnte, rief ich die Flammen aus meinen Fäusten, und sie zischten übers Wasser hinaus auf ihn zu. Sein Haar fing Feuer wie auch sein Umhang, und im Nu stand er lichterloh in Flammen.

Sein Gefolge fing an zu schreien und rannte in alle Richtungen. Ich hörte, wie jemand auf Italienisch nach Wasser rief.

Fulcanellis Menschlichkeit war schon lange verkümmert, gerade so wie sein Arm, und so verbrannte dort auf dem Boot nur eine Hülle des Bösen. Wie eine Feuersäule loderte seine Gestalt auf und wirbelte um ihre eigene Achse.

Da drehte er sich um; vielleicht konnte er mich auf irgend eine Weise sehen. Und für den Fall, dass er mich hören konnte, rief ich: »Für Giuliana und all die anderen Unschuldigen, die Ihr abgeschlachtet habt!«

Eine einzelne blaue kraftlose Flamme schoss auf mich zu, und dann war er nicht mehr als nur noch Rauch und Asche.

Einige aus seiner verwünschten Bande warfen sich wimmernd und schreiend zu Boden. Die anderen drehten sich nach mir um, und ich konnte an ihren Gesten erkennen, dass sie versuchten, schwarze Magie gegen mich zu wenden.

Ich betete zu Gott und dem Wind und brachte die Barkasse zum Kentern. Zufrieden sah ich zu, wie die Männer ins Wasser stürzten. Mit ihren schweren schwarzen Umhänge wurden sie rasch in die Tiefe gezogen.

Ich wollte nachsehen, ob sie alle erledigt waren, aber in diesem Augenblick streckte mir ein hübsches kleines Mädchen seine Hände ent-

gegen. Sein Gesicht war rußverschmiert und das lange schwarze Haar wirr und verfilzt. Es trug ein versengtes Nachthemd.

Ich hob die Kleine auf und verließ mit einem letzten Blick auf die sinkende Barkasse die Szene. Fulcanelli war tot, so viel war sicher. Wenn ein oder zwei von seinen verkommenen Handlangern überlebt hatten, was kümmerte es mich? Sie waren keine Gefahr für mich.

21. September

Morgen verlasse ich England und kehre Europa den Rücken. Auf mich wartet die Neue Welt. Viele meiner Verwandten weilen in der Stadt Boston, und meine Runensteine weisen mir ebenfalls diese Richtung.

Ich reise mit Vorfreude und zugleich Wehmut ab. Gestern habe ich das verlorene Kind in einem Waisenhaus auf dem Lande abgegeben, und die Nonnen waren glücklich, eine so hübsche und liebreizende Seele zu bekommen. Die Mutter Oberin und ich unterhielten uns bei einem Glas Portwein. Wie ich staunend vernahm, enstammt ihr Orden einem Kloster in Venedig, und sie hatte durch ihre Schwestern vom Tod meines geliebten Weibes gehört (Giuliana wurde wegen ihrer Wohltätigkeit sehr verehrt).

Wir versprachen uns gegenseitig, einander zu schreiben. Sie versicherte mir, mich über die Fortschritte der kleinen Waise zu unterrichten, die sie zu Ehren meiner Frau Juliet taufte.

Von Fulcanellis Gefolgsleuten fehlt bisher jede Spur, und so schließe ich daraus, dass sie sich zerschlagen haben.

Giuliana, du bist gerächt!

Darüber freut sich mein Herz, obwohl es für immer gebrochen ist.

Richard M. Regnier, Chevalier und Magier

Dover, England

Regnier schloss das Tagebuch und steckte es in seine Manteltasche. Er fror ein wenig; in der Dämmerung war es kalt hier. Auch seine neuen Nachbarn hatten sich über die derzeitige Kühle beschwert, aber auch in Frankreich war es oft für die Jahreszeit zu kühl gewesen. Nicht so in Italien. Wo Guiliana gelächelt hatte, brachte die Sonne alle vereisten Felder und gefrorenen Herzen zum Schmelzen.

Er heizte noch einmal ein, trat ins Freie und schritt die Grundmauern ab. Es würde ein fantastisches Haus werden; die Leute von Boston, die dem unerschütterlichen Beispiel Colonel Winthrops folgend auf Pomp verzichteten und ein einfaches Leben führten, redeten schon von dem »Palast«, der bald den Berg zieren sollte. Er lächelte in sich hinein; nein, ein Palast würde es gewiss nicht. Er hatte schon in Palästen gelebt. In seinen Augen würde dies hier eher eine Villa werden, ein schönes italienisches Landhaus, wie Guiliana es geliebt hätte. In der Tat sollten Ausstattung und Gärten an die Toscana und an Venedig erinnern ... und damit für immer und ewig an Giuliana.

Doch bislang wohnte er nur in einem bescheidenen Cottage aus Stein und Holz. Aber er hatte ein warmes Feuer. Ihm kam die Idee, sich einen kleinen Hund als Begleiter für diesen neuen Lebensabschnitt zuzulegen.

Er lächelte angesichts dieser Vorstellung und ging zurück zum Cottage.

Zwei Stunden lang las er im Kerzenlicht einen wunderbaren Bericht über die Entdeckungen Marco Polos. Er fühlte sich wie in einem schönen Urlaub, brauchte nicht wachsam zu sein, trug keine Verantwortung. In dieser außergewöhnlichen Stadt konnte er tatsächlich das Leben eines normalen Bürgers führen.

Der zufällig auch ein Magier war.

Lächelnd bemerkte er, wie ihm der Kopf auf die Brust sank. Bald würde er einschlafen. Zum ersten Mal in Jahrzehnten hatte er keine Angst davor, im Schlaf wehrlos zu sein. Dennoch webte er zu seinem Schutz aus alter Gewohnheit ein Netz aus Bannsprüchen um sich, um mögliche Gefahren, die in der Nacht lauerten, abzuwenden.

Eigentlich sollte er aufstehen und das Nachthemd anziehen, um in seine einfache Bettstatt zu kriechen. »Gleich gehe ich«, murmelte er, und schon fiel er in einen friedlichen und sorglosen Schlaf.

»Total cool«, sagte Buffy laut und sah Cordelia eindringlich an, damit sie ihr moralische Unterstützung bot.

»O ja, total cool«, pflichtete die ihr sofort bei, beugte sich vor und nahm mit zweifelndem Gesichtsausdruck ein paar Schneekugeln unter die Lupe.

»Wir brauchen Postkarten«, fuhr Buffy fort. »Und den ganzen anderen Kram. Das wird wohl noch eine ganze Weile dauern.«

Sie sah sich an einem Postkartenständer die berühmten Sehenswürdigkeiten von Boston an – die Old North Church, das Bunker Hill Monument, die U.S.S. Constitution und andere –, von denen sie in den Stunden, seit sie auf dem Logan Airport gelandet waren, eigentlich noch nichts gesehen hatten. Das Fremdenverkehrsbüro, ein paar Geschichtsinstitute und viele Tankstellen, Parkplätze und Cafés waren bislang die Highlights ihres ersten Tages in dieser geschichtsträchtigen Stadt gewesen, dem Herzstück Amerikas zu Zeiten der Revolution.

Buffy hatte keine Lust mehr, im Auto zu sitzen, und noch viel weniger hatte sie Lust darauf, sich weiter wegen Giles' Fahrweise zu ängstigen. Sie hätte gern ein bisschen Spaß gehabt, bevor es Zeit fürs Geschäft wurde. Das Auto hatte sich als eher problematisch denn hilfreich erwiesen. Boston war ein Labyrinth aus Umleitungen und Einbahnstraßen, kurvenreichen Gassen und abgestellten Autos in der zweiten Reihe. Die Vorstellung, irgendwo einen freien und legalen Parkplatz zu ergattern, erwies sich nach kurzer Zeit als im höchsten Maße lächerlich, und Buffy fragte sich, ob sie nicht besser zu Fuß gegangen wären. Boston verfügte angeblich über ein ausgedehntes U-Bahn-System – die Einheimischen nannten es »das T« –, und man konnte hier anscheinend alles mit der Bahn erreichen.

Aber nein, stattdessen mussten sie irgendwo entlang der Grünflächen, vor roten Sandsteinhäusern, Restaurants oder Geschäften parken. Boston war der reinste Irrgarten, zugegebenermaßen ein ziemlich eindrucksvoller Irrgarten. Es war zwar noch recht kühl, aber Buffy gefiel die Idee, zu Fuß zu gehen, immer besser, je länger sie darüber nachdachte.

Aber nein!

Immerhin war Giles sich mittlerweile sicher, in welchem Stadtteil das Pförtnerhaus stand, denn aufgrund seines Alters und angesichts der Tatsache, dass es auf einem Berg war, gab es nicht viele Möglichkeiten. Weitere Hinweise hatten sie nicht. Aber Giles wollte nicht aufgeben. Das Auto stand wieder einmal im Halteverbot, und sie waren in einem schrulligen Lebensmittelladen gelandet, der offensichtlich auch Souvenirs verkaufte.

Giles fragte gerade die verschrobene Frau hinter der Theke darüber aus, ob es in der Nähe irgendwo ein außergewöhnliches Gebäude gebe; er beschrieb das Pförtnerhaus und ließ auch den Namen Regnier fallen, aber bislang ohne Erfolg.

Buffy und die anderen waren fast fünf Minuten in den kleinen Gängen auf und ab marschiert und hatten sich bald gelangweilt. Als Buffy sich die Postkarten ansah, entdeckte sie eine vom Bostoner Computer-Museum und musste an Willow denken. Eigentlich hatte sie, seit das Flugzeug gestartet war, kaum etwas anderes getan, als an sie zu denken. Und an ihre Mutter. Und an Angel ...

Xander zeigte den Mädchen stolz, was er aufgetrieben hatte: ein Salz-und-Pfeffer-Streuer-Set mit Paul-Revere-Kopf. »Das klingt gar nicht gut, Mädels«, sagte er traurig und benutzte den Pfefferstreuer als sprechende Puppe. »Giles ist ganz sicher, dass das Pförtnerhaus irgendwo hier im Umkreis sein muss. Er will sofort los.«

Buffy bewegte die Schultern vor und zurück, um ihren verspannten Nacken zu lockern. »Ich schwöre, wenn ich alt genug bin, ein Auto zu mieten, werde ich mich niemals für die kleinste Klasse entscheiden.«

»Niemals im Leben«, pflichtete ihr Cordelia bei. »Warum haben wir eigentlich keine Limousine?«

Xander bedachte sie mit einem strafenden Blick. »Cor, hast du eine ungefähre Vorstellung davon, wieviel ein Schulbibliothekar nach Abzug der Steuern nach Hause bringt?« Er bekam große Augen, als er auf dem Postkartenständer eine Karte vom Hafen sah. »Apropos Steuern! *Boston Tea Party!* Damit fing alles an.«

»Ja, ziemlich aufregend, nicht wahr?«, sagte Giles glücklich. Er hatte einen großen Stadtplan in den Händen und war heftig bemüht, ihn wieder zusammenzufalten. »Wir sind von Geschichte umgeben. Und weit und breit kein einziger Freizeitpark mit einem MacDonalds!«

»MacDonalds?«, wiederholte Buffy. »Das haben Sie jetzt gesagt.«

Er blinzelte sie verständnislos an, aber bevor er etwas sagen konnte, meinte Xander: »Die sind in einem anderen Stadtteil, die Fressbuden, meine ich.«

»Aber da wollen wir gar nicht hin«, fiel ihm Buffy schnell ins Wort und straffte energisch die Schultern. »Denn wir haben hier eine Mission zu erfüllen.«

»Hoffentlich nicht eine *Mission Impossible*«, sagte Xander, reckte sich und gähnte. »Ich hab im Flugzeug nicht viel geschlafen. Ist euch klar, dass es zu Hause immer noch Nacht ist. Eigentlich müssten wir jetzt im Bett liegen!«

»Wenn die Welt nicht in Gefahr wäre«, sagte Cordelia und zeigte auf Xanders Salz-und-Pfeffer-Set. »Willst du das für deine Mutter kaufen?«

Xander nickte. Mrs. Harris sammelte nämlich Salz- und Pfefferstreuer, obwohl sie mit Küchenarbeit ansonsten nicht viel am Hut hatte. Buffy verstand das nicht. Warum Dinge horten, die nur im Regal verstaubten? Mit Armbrüsten, Macheten und schönen, handgefertigten Holzpflöcken war das schon etwas anderes. Derlei Zubehör konnte man sich ruhig in mehrfacher Ausfertigung zulegen.

»Gut, Xander«, sagte Giles und klappte den Stadtplan endlich zusammen. »Aber beeil dich bitte und tätige dein Geschäft! Die Verkäuferin konnte mir schließlich doch bestätigen, dass es nicht weit von hier ein Haus gibt, wie ich es ihr beschrieben habe. Dort wohnt ein verrückter alter ... ähm, wie sagte sie noch? Ach ja, ein verrückter alter Kauz. Das ist unser Mann.«

»Unser Kauz.« Buffy grinste ihn an. »Hurra!«

Giles blickte ernst drein. »Buffy«, meinte er, »es ist gut möglich, dass mit diesem Pförtnerhaus etwas überhaupt nicht stimmt.«

Sie zuckte mit den Schultern. »Wir bringen das in Ordnung. Und dann ...«, sie rieb sich die Hände, »Stadtbesichtigung! Wir sind zweitausend Kilometer von zu Hause weg. Da sollten wir was Nettes unternehmen.«

»Tea Party zum Beispiel«, pflichtete ihr Xander bei.

»Einkaufen«, sagte Cordelia und klang ein wenig betrübt. »Wenn ich nichts nach Hause mitbringe, reißt mir meine Mutter den Kopf ab.«

Buffy schüttelte ungläubig den Kopf. »Sollen wir tauschen?«

»Du würdest meine nicht haben wollen«, entgegnete Cordelia. »Glaub mir!«

»Gute Idee, Buffy, deine Mutter mag mich nämlich«, sagte Xander.

Cordelia war entrüstet. »Meine Mutter mag dich auch!«

»O ja, so sehr wie Zellulitis.« Er sah sie von der Seite an. »Ich dachte, du lügst nie!«

»Na ja.« Sie zuckte mit den Schultern. »Vielleicht mag sie dich nicht als meinen Freund, aber sie hat nichts gegen dich als Mensch.«

»Wow, da gehe ich ja vor Freude unter die Decke.« Er wies mit dem Finger Richtung Schaufenster. Buffy drehte sich um und sah, dass Giles schon auf halbem Wege zum Auto war.

»Ich bezahle schnell mal diese Familienerbstücke. Und dann folgen wir wohl besser dem englischen Rotrock«, meinte Xander.

»Nächster Stopp: das seltsame Haus«, sagte Cordelia.

Buffy nickte. »Hoffentlich.«

Boston, Oktober 1666

Richard Regnier schreckte aus dem Schlaf auf.

Das Cottage war dunkel und sehr, sehr kalt. Die Kerze war ausgegangen und das Feuer erloschen. Kein Wunder, er musste sehr lange geschlafen haben. Aber es lag nicht an der Kälte oder der Dunkelheit, dass ihm ein eisiger Schauer über den Rücken lief.

Es lag an seinem sicheren, in einem langen, der Magie gewidmeten Leben entwickelten Gespür, dass hier etwas ganz und gar nicht stimmte.

Mit einer schnellen Drehung des Handgelenks zauberte er eine kleine leuchtende Kugel, die auf Armeslänge vor seinem Stuhl schwebte. Vorsichtig erhob er sich und sah sich im Raum nach einem Eindringling um. Da war niemand, wenigstens niemand, den er erkennen konnte.

Aber dennoch konnte er das Gefühl nicht abschütteln, in Gefahr zu sein. Er verfluchte sich selbst, weil er die Gewohnheit abgelegt hatte, seinen Zauberstab immer griffbereit zu haben – seit dem Tode Fulcanellis war er nachlässig geworden –, und trat rasch an seinen Reisekoffer. Er nahm den Zauberstab heraus. Auch ohne dieses Hilfsmittel war Regnier zu großer Magie fähig, aber mit ihm konnte er seiner Zauberkraft besser eine bestimmte Richtung geben.

Plötzlich war ein dumpfes Grollen zu vernehmen, das tief aus der Erde zu kommen schien. Regnier sah auf seine Füße hinab. Das Getöse wurde lauter. Die Wände begannen zu zittern, dann heftig zu wackeln. Risse öffneten sich im Gemäuer. Verkohlte Holzstücke hüpften aus dem Kamin.

Regnier wurde zu Boden geworfen, schlug mit dem Kopf gegen den Stuhl und war einen Augenblick lang bewusstlos.

Als er sich langsam auf dem bebenden Boden aufsetzte, formte sich etwas Undefinierbares im Schmutz. Es war dunkler als die Nacht, dunkler als jede Schwärze, die er bisher gesehen hatte. Es schluckte alles Licht in seinem Umkreis und doch konnte er es sehen. Er berührte es nicht, spürte aber, das es eine Gestalt hatte, eine Substanz.

Das Rumpeln wurde lauter. Regnier beugte sich über die Pfütze – wenn es denn eine war –, hielt seinen Zauberstab darüber und befahl dem Ding auf Latein, keinen Schaden anzurichten.

Plötzlich blies ein eisiger Wind durch die Hütte, so laut, dass ihm die Ohren dröhnten. Gegenstände wurden gegen die Wand geschleudert. Die Seiten seiner Bücher flatterten im Luftzug wie aufgeschreckte Vögel. Kälte durchdrang ihn, als durchbohrte ihn jemand mit einem Schwert aus Eis. Er stöhnte auf und wiederholte seine Beschwörung.

Unbeeindruckt von dem Sturm erhob sich die Pfütze vom Boden und schwebte kreisförmig unter seinem Zauberstab. Regnier wich zurück, behielt das Ding aber aus respektvollem Abstand im Auge, um seine Natur zu ergründen.

Es ertönte ein Donnerschlag, und der Raum wurde in gleißendes Licht getaucht, das so hell war wie die Sonne. Regnier wurde auf den Rücken geworfen. Instinktiv rollte er sich zusammen und bedeckte seine Augen.

Immer noch tobte der Sturm. Vorsichtig nahm er die Hände vom Gesicht und riskierte einen Blick auf das Licht.

Es war verschwunden.

Der schwarze Kreis indes hatte sich gedreht und schwebte nun senkrecht mitten im Raum. Um ihn herum waberte die Luft wie die Oberfläche eines Gewässers, wenn man einen Stein hineinwirft. Die Textur der Welt, der Stoff, aus dem die Wirklichkeit war, wirkte plötzlich unecht. Der Kreis war einfach ein flaches, bewegungsloses, öliges Schwarz mit einem Schimmer darum. Er wirkte wie ein Stück Schorf auf dem Fleisch dieser Welt.

Regnier rappelte sich auf, sein Haar flatterte im Wind, und er versuchte, einen Schritt auf das Ding zu zu machen, aber es gelang ihm nicht. Der Kreis wurde größer. Um ihn herum kräuselte sich die Luft und schwirrte vor Farben – ein regenbogenfarbener Rahmen um das Zentrum aus schwärzestem Schwarz. Alsbald ging von diesem neuen Riss im Herzen der Wirklichkeit ein blaues Strahlen aus, das zitterte und vibrierte. Erneut wurde das Cottage bis auf die Grundfeste erschüttert. Regniers Muskeln spannten sich, seine Knochen schmerzten, und er hatte das Gefühl, er breche langsam auseinander.

In der Kreismitte erschien plötzlich ein merkwürdiges Wesen, ölig schwarz überströmt, wie ein Fötus, der unfreiwillig dem Leib der Mutter entrissen wurde. Mit einem grässlichen Laut stürzte es zu Boden.

Plötzlich verschwand der Kreis und nahm alle Elemente des Chaos mit sich. Nur die Kreatur, die er ausgespuckt hatte, blieb. Das Getöse hörte auf. Der Wind verstummte.

Stille kehrte ein, allein das unmenschliche Gebrüll der Kreatur erfüllte den Raum. Regnier trat furchtvoll auf sie zu, wich aber erschrocken zurück, als sich ihm auf einmal drei Köpfe entgegenhoben. Die Kreatur stand auf, starrte ihn aus drei Paar rot leuchtender Augen an und knurrte bedrohlich.

Der Körper war ähnlich dem eines Hundes und schwärzer als alles, was Regnier je gesehen hatte, schwärzer noch als der Kreis, dem das Vieh entsprungen war. Violett-schwarze züngelnde Schlangen umwanden ihn und zischten Regnier an. Dann hob sich der Schwanz über den massigen Körper, und eine Kobra schoss Gift verspritzend auf ihn zu.

»Zerberus?«, flüsterte Regnier heiser. Kein Zweifel, er hatte den Hüter des Hades vor sich, der über das Reich der Toten wacht und den Lebenden den Eintritt verwehrt.

Der Hund wandte ihm seine drei Köpfe zu und fing an zu bellen. Dann sah er sich um – er schien erschreckt.

Regnier war verwirrt. Die merkwürdige Pfütze musste eine Art Pforte gewesen sein, durch die dieses Wesen an einen Ort gelangt war, an dem es nichts verloren hatte.

Ohne Vorwarnung sprang der Hund ihn an, die Zähne bösartig gefletscht. Regnier wich ihm aus und errichtete sofort eine magische Barriere, um sich vor der Bestie zu schützen. Zerberus kollidierte mit dem unsichtbaren Schutzschild und brach bewusstlos auf dem zerstörten Boden des Cottages zusammen.

Mit einem leisen Beben als einzigem Vorboten bildete sich nur wenige Zentimeter vor Regnier erneut die schwarze Lache. Er wich zurück und erwartete, dass sie sich wie zuvor verfestigen und in die Luft erheben würde.

Stattdessen teilte sie sich mit einem Donnerschlag in zwei Teile, und die beiden Hälften glitten in entgegengesetzter Richtung auseinander. Der Boden bewegte sich mit ihnen, und auch die Wände schienen zurückzuweichen, wie um Platz zu schaffen für dieses ungeheuerliche Phänomen. Überall riss und knisterte es, doch das Gebäude blieb stehen.

Mit einem weiteren Donnerschlag wurden die beiden Pforten noch größer.

Aus der einen kam sodann eine seltsame Kreatur in das Cottage geflogen, ein prachtvolles kleines Geschöpf mit hauchdünnen Flügeln, gefolgt von einem glitzernden Nebelschweif.

In der anderen Pforte erschien ein Riss. Der Magier trat langsam näher, um hindurchzublicken.

Kalter Schweiß strömte über sein entsetztes Gesicht, als er erkannte, dass er an der Schwelle der Hölle selbst stand.

1. Januar 1668

In meinen Händen halte ich einen Brief. Ich sollte heute glücklich sein, und doch bin ich von Verzweiflung erfüllt.

Ich erhielt Nachricht von Mutter Mary John, mit der ich aus Sorge um die Waise Juliet in Kontakt geblieben bin und der ich die nötigen Mittel zur Verfügung gestellt habe für die Erziehung des Mädchens und seine zukünftigen Bedürfnisse.

Der letzte Brief jedoch betrifft nicht Juliet, sondern ein anderes Kind. Einen Jungen. Meinen eigenen Sohn, mein eigen Fleisch und Blut!

Während ich im Land der Türken weilte, wohin Fulcanelli mich gelockt hatte, hatte Giuliana ihren glücklichen Umstand bemerkt. Doch als ich heimkehrte, verweste sie bereits in ihrem Grab.

Ich hatte angenommen, auch alle unsere Bediensteten seien umgebracht worden, als Fulcanellis Helfershelfer unser Anwesen überfielen. So wusste ich nicht, dass Giuliana die Signorina Alessandra in Dienst genommen hatte, sich um die Pflege des Neugeborenen zu kümmern.

Aber Signorina Alessandra überlebte den Überfall und trat kürzlich als Novizin in das Kloster von Mutter Mary John ein. Sie hofft, bald ihr Gelübde ablegen zu können. Zufällig wurde mein Name im Zusammenhang mit der kleinen Juliet erwähnt, und so erzählte die Signorina von ihrer Arbeit bei meiner Familie und davon, was nach Giulianas Tod geschah.

Mein Sohn ist noch am Leben! Als die im Dienste Fulcanellis stehenden Teufel in Menschengestalt meinen Besitz plünderten, brachte die Amme den Jungen auf Befehl meiner Frau fort. Ein katholisches Waisenhaus in Florenz ist somit das einzige Zuhause, das er je kennengelernt hat.

Ich werde noch in dieser Nacht an Signorina Alessandra schreiben und sie bitten, meinen Sohn von Florenz hierher zu bringen und als seine Gouvernante in meinen Dienst zu treten.

Dennoch bin ich verzweifelt. Der Knabe hat nie ein richtiges Zuhause kennengelernt, und dieses Heim hier ist nicht, wie ich es mir erträumt habe. Nun steht mein »Palast«, aber seine Räume beherbergen die grausamen Geschöpfe der Nacht. Wenn ich doch nur imstande wäre, sie dorthin zu schaffen, wo sie herkamen, ohne dabei die Barriere für immer einzureißen, die zwischen uns und der anderen Welt besteht.

Hätte ich doch nur die Möglichkeit gehabt, das Loch zu stopfen, als es sich zum ersten Mal öffnete, vor fünfzehn Monaten. Doch falls ich je eine Möglichkeit dazu hatte, so ging sie für alle Zeit verloren. Die Pforte erwies sich als zu groß für einen Magier meines mageren Talents. Ich konnte sie nicht schließen. Und vielleicht wird dies nie jemandem gelingen.

Ganz ungewöhnliche Zauberrituale waren nötig, um das Portal zumindest notdürftig unter Kontrolle zu bringen, aber ich muss allzeit wachsam bleiben. Ich wende dabei denselben Bann an, mit dem ich Zerberus in dieser ersten furchtbaren Nacht aufhielt. Die magischen Barrieren, die ich seitdem errichtete, haben in meinem Haus die Form von Zimmerwänden angenommen, damit die Pforte für Außenstehende ein Geheimnis bleibt. Jeder Stein, jeder Balken meines riesigen Besitzes ist getränkt mit meiner Zauberkraft, damit nichts Gottloses entweichen kann.

Doch ich muss dieses Haus für den Rest meines Lebens bewachen, denn die Barrieren bedürfen der ständigen Erneuerung. Mein Traum von einem friedvollen Leben als gewöhnlicher Mann ist somit ausgeträumt.

Inspiriert durch Zerberus' Anwesenheit nenne ich mich fortan selbst den Torwächter, der Hüter der Finsternis.

Und mein Sohn Heinrich, der nun so unschuldig und fröhlich zu mir kommt, wird diese schreckliche Bürde eines Tages von mir übernehmen müssen.

Und so weine ich für ihn, den Sohn Giulianas. Für meinen Sohn.

Wie schrecklich, mein Vermächtnis.

Und doch ist es seine Bestimmung. Das Schicksal hat die Regniers dazu auserkoren, die Welt vor dem Bösen zu bewahren.

Die Hölle hat mich wieder.

Die goldene Kuppel des Massachusetts State House auf dem Beacon Hill glänzte im hellen Licht des späten Vormittags.

Das kleinste Auto, das man im Diesseits für Geld mieten konnte, umkreiste die Grünanlagen nun bereits zum vierten Mal.

Buffy saß auf dem Beifahrersitz. Als sie zu Giles hinübersah, bemerkte sie die dunklen Ringe unter seinen Augen. Er war noch nicht lange aus dem Krankenhaus entlassen und hatte schon zwei Flüge quer durchs Land und die alles andere als entspannende Odyssee in einer irrsinnig komplexen Stadt hinter sich.

Zu ihrer Rechten erstreckten sich über mehrere Blocks die Commons, die grüne Lunge von Boston. Am anderen Ende fiel die Anlage sanft ab und gab den Blick auf ein sehr belebtes Geschäftsviertel frei. Doch zur Linken ...

»Hey, da war gerade das *Cheers!*«, rief Xander.

Niemand reagierte.

Xander seufzte. »Ich finde das cool. Besser als immer nur Geschäfte.«

Zur Linken führten die engsten Straßen, die Buffy je gesehen hatte – kaum breiter als Gassen –, den Beacon Hill hinauf. Sie waren gesäumt von hübschen roten Sandsteinhäusern und anderen noch älteren Gebäuden. Buffy fühlte sich an Fotos erinnert, die sie von Paris gesehen hatte.

»Es muss da oben sein«, sagte sie, als Giles langsamer fuhr, um einen prüfenden Blick auf die Straße zu werfen. »Alle anderen sind wir jetzt schon hochgefahren, und diese hier sieht so aus, als führte sie direkt auf den höchsten Punkt.«

Hinter ihnen begann es zu hupen.

»Giles, so biegen Sie doch endlich ab!«, drängte Cordelia.

Giles tat, wie ihm geheißen.

Bestimmt alles teure Eigentumswohnungen in diesen alten Häusern, dachte Buffy. Der Belag der Gehsteige war verwittert, die Straße teilweise mit Kopfsteinen gepflastert. Links und rechts parkten Autos, und in der Mitte war nur eine Fahrspur frei. Es sah ganz nach einer Einbahnstraße aus, aber nirgends war ein entsprechendes Schild zu sehen.

Die Bewohner der hübschen Sandsteinhäuser waren zweifelsohne sehr wohlhabend. Durch die großen Fenster konnte man teure Holzdecken und wertvolle Einrichtungsgegenstände erkennen. Aber da standen sie eines neben dem anderen, und es war unwahrscheinlich, dass es sich bei einem von ihnen um das gesuchte Pförtnerhaus handelte.

»Ein schönes Fleckchen«, sagte Cordelia halb zu sich selbst.

»Ein bisschen zu eng für meinen Geschmack«, meinte Giles. »Es gibt in London ähnliche Viertel, wo die Leute fast aufeinander kleben ...«

»Klingt doch gar nicht so schlecht«, murmelte Xander.

Die enge Gasse machte eine leichte Linkskurve, und Giles verlangsamte die Fahrt erneut. Sie waren fast auf der Kuppe des Beacon Hill. Es war das reinste Gassenlabyrinth, aber Buffy wusste, dass sie dicht dran waren.

»Ich kann es fühlen«, flüsterte Buffy.

»Hmmm?« Giles sah sie an.

Plötzlich deutete sie aufgeregt durch die Windschutzscheibe. »Da ist es!«

»O mein Gott, Xander!«, keuchte Cordelia.

»Grundgütiger Gott«, entfuhr es Giles.

Er hielt den Wagen an. Auf dem Gipfel des Beacon Hill löste ein schweres schmiedeeisernes Tor die endlose Reihe Sandsteinhäuser ab. Dahinter erhob sich, eingerahmt von dichten Ligusterhecken, ein monströses und auf seltsame Weise doch schönes Stück Architektur. Ein Haus, wie Giles es noch nie zuvor gesehen hatte.

Es war riesig und stilistisch die reinste Katastrophe, eine Mixtur der unterschiedlichsten Bauepochen – Queen Anne, viktorianisch, sogar ein paar mittelalterliche Verrücktheiten ähnlich dem englischen Strawberry Hill. Schornsteine erhoben sich von einem Dach, dann ein Giebel und schließlich ein Turm von absoluter Schönheit.

Die Fenster, die sich im oberen Stockwerk des Hauses aneinanderreihten, sahen aus wie Augen, die mit irrem Blick auf sie hinabstarrten.

Seine innere Stimme riet Giles, zu wenden und Buffy so schnell wie möglich von diesem Ort weg zu bringen. Hier wohnte das Böse, gewaltig und unbeherrscht. Was immer sich in diesem Haus verbarg, es war anders als alles, was der Jägerin je begegnet war.

Hier wohnte der Tod.

»Ich werde das Tor aufmachen.« Buffy löste ihren Sicherheitsgurt.

Giles rückte die Brille zurecht. »Nein! Es ist bestimmt verschlossen.«

»Und das soll unser Supergirl aufhalten?«, bemerkte Xander.

»Vielleicht sollte ich hupen«, meinte Giles.

»Ich werde das schon regeln«, erklärte Buffy amüsiert. Sie grinste Giles an und öffnete die Wagentür.

Da hörten sie die Schreie. Unmenschliche schrille Schreie drangen durch die Nacht, und Giles hatte das sichere Gefühl, dass dieses gequälte Klagen von dem Gebäude selbst herrührte.

Bruder Lupos milchiges Auge leuchtete blau, als er auf den Runenstein in Bruder Dandos zitternder ausgestreckter Hand starrte. Er schwieg in seinem Zorn, aber Bruder Kukoff spürte seine Enttäuschung, die ihn wie ein elektrisches Kraftfeld umgab.

Sie standen im Kreis auf dem Gehsteig nicht weit vom Heim der Jägerin. Der gelbe Mond war dreiviertel voll, und Bruder Kukoff hatte genug von Sunnydale, vom Umherlaufen und Suchen. Er wollte nach Hause. Aber ohne die Jägerin brauchten sie dort gar nicht erst aufzutauchen.

Bruder Dando stieß den Runenstein leicht an. Kein Pulsieren, keine Bewegung. »Die Jägerin ist noch nicht zurück«, diagnostizierte er widerstrebend.

Als Bruder Lupo nichts sagte, sah Dando ihn an. Lupos kahler Schädel wirkte im Mondlicht wie ein gebleichter Totenkopf. Sein gesundes Auge leuchtete unheimlich aus den düsteren Gesichtszügen.

Mit einem Grunzen schlug Lupo Dando unerwartet und so heftig ins

Gesicht, dass die Haut über dem Wangenknochen aufplatzte. Der Runenstein fiel klappernd auf den Gehsteig. Mit einem Schrei trat Bruder Dando zurück, bedeckte reflexartig sein Gesicht mit den Händen und befühlte die blutende Wange.

Die anderen schluckten. Das ein oder andere Mal hatte jeder von ihnen schon die schmerzhaften Seiten von Bruder Lupos Temperament zu spüren bekommen.

»Wir werden ihr keine Ruhe geben«, wiederholte Bruder Lupo mit gefährlich klingender Stimme das, was Bruder Dando kürzlich gesagt hatte. »Sie wird sich nicht vor uns verstecken können, und es wird keinen sicheren Ort für sie geben, kein Asyl. Deine Worte, Bruder Dando! Aber wir wissen nicht einmal, wo sie steckt, nicht wahr?«

Bruder Dando war kalkweiß. »Bruder Lupo, es ist wahr, meine Beschwörungen waren bislang vergeblich. Aber ...«

»Aber was?«, fuhr Bruder Lupo ihn an. »Willst du etwa sagen, es läge an mir?«

»Nein, nein, natürlich nicht«, entgegnete Bruder Dando rasch.

In diesem Augenblick ließ ein Donnerschlag sie zusammenfahren. Die Männer sahen sich verstohlen um. Was war es diesmal? Noch ein Troll?

Kukoff sagte leise: »Die Jägerin ist noch nicht wieder da, und aus diesem Grund spuckt der Höllenschlund alle möglichen Kreaturen aus.«

»Springheel Jack«, pflichtete ihm Bruder Isimo bei. »Wandelnde Leichen. Und viele andere mehr.«

»Sie kommen doch nicht, weil die Jägerin fort ist«, sagte Bruder Lupo ärgerlich und sah seine Brüder der Reihe nach an. Jeder von ihnen wich vor seinem Blick zurück wie vor einem Peitschenhieb, sogar Kukoff, den er als letzten ins Visier nahm. Er ging automatisch in Deckung.

Doch Bruder Lupo machte auf dem Absatz kehrt und marschierte die Straße hinunter.

Die anderen zögerten einen Augenblick, dann folgten sie ihm wie eine Schar Gänse.

»Warum denn sonst?«, flüsterte Bruder Kukoff Bruder Dando zu, als sie hinter Lupo her eilten. »Warum tauchen plötzlich so viele Kreaturen auf? Warum, wenn nicht, weil sie nicht da ist und den Ort nicht beschützen kann?«

Bruder Dando verstaute den Runenstein in einem kleinen roten Satinbeutelchen und schob es in die Manteltasche. »Der Maestro hat viele Pläne«, sagte er. »Und er teilt sie nicht alle mit uns. Unsere Aufgabe ist es, die Jägerin gefangen zu nehmen. Nichts weiter.«

Bruder Kukoff war mit dieser Antwort nicht zufrieden. »Aber wir können diese Geschöpfe nicht alle in Schach halten. Nicht einmal Bruder Lupo oder Bruder Isimo sind dazu in der Lage. Und wenn wir uns nicht einmal verteidigen können, fallen sie genau so über uns her wie über die Bürger dieser Stadt.«

Es schauderte ihn beim Gedanken an Springheel Jack. »Wir sind selbst in großer Gefahr.«

Bruder Dando machte ein entschlossenes Gesicht. »Lieber mit einer Horde Monster anlegen als dem Meister mit leeren Händen vor die Augen treten.«

»Schnell jetzt!«, rief Bruder Lupo und fuchtelte mit der Faust in der Luft herum. Kukoff fühlte einen Stoß gegen seinen Hinterkopf, als hätte Lupo direkt hinter ihm gestanden und ihn geschlagen. Er ging schneller.

»Die Jägerin muss wiederkommen«, sagte Bruder Kukoff zu Bruder Dando.

Bruder Dando blickte sehr, sehr besorgt drein. »Die Jägerin muss wiederkommen«, pflichtete er ihm bei.

»Auf der Liebe lichter Flügel überwand ich diese Mauern«, flüsterte Springheel Jack, als er über das Tor auf das Chase'sche Grundstück sprang. Dann flog er direkt aufs Dach, wo er mit einem dumpfen Aufschlag landete. Ihm war es egal, ob ihn jemand hörte oder sah. Er wollte das Mädchen.

»Cordelia«, flüsterte er und ließ sich ihren Namen genüsslich auf der Zunge zergehen. Sie war nicht zu Hause, aber es machte ihm nichts aus, auf sie zu warten.

Ganz und gar nicht.

Unten wurde ein Fenster geöffnet, und die Stimme eines Mannes drang durch die Nacht. »... wahrscheinlich nur ein Vogel. Oder ein Eichhörnchen ...«

»Nein, jemand hat was geworfen«, entgegnete eine Frau. »Etwas Schweres. Geh hinauf und sieh nach!«

»Aufs Dach? Jetzt?«, fragte der Mann.

»Ja! Jetzt!«

»Um Himmels Willen«, sagte der Mann verärgert und schloss das Fenster.

Jack lächelte. Er hatte Lust auf ein Spiel.

Kam der Mann nicht aufs Dach, würde er auch nicht sterben.

11.

Willow warf einen letzten Blick in ihren Rucksack. »Rosmarin, Thymian, mein getreuer handgefertigter Schulterharnisch und ein Spiegel.«

Oz hob eine Augenbraue. »Ist der Spiegel für ...?«

Willow zuckte mit den Schultern. »Man kann nie wissen.«

Angel geleitete die beiden aus seinem Haus. Giles' Citroën und der Van von Oz standen vor der Tür. Oz hatte ein Problem mit den Bremsen festgestellt, und so wollten sie mit Giles' Wagen fahren, obwohl der bockte wie ein Esel. Das war trotzdem besser, als sich die ganze Zeit fragen zu müssen, ob und wann wohl die Bremsen versagten.

»Alles in Ordnung?«, fragte Oz, als Willow sich ihre Jacke überzog.

Sie nickte. »Bin nur müde.« Dann zuckte sie mit den Schultern. »Ist echt schwer, ihnen nicht zu sagen, was wirklich los ist. Buffy kann froh sein, dass sie es ihrer Mutter erzählen konnte.«

»Ich weiß nicht, ob Buffy dir in diesem Punkt zustimmen würde«, entgegnete Angel sanft.

Die drei gingen die Einfahrt zum Gilesmobil hinunter.

»An wie vielen Orten sind bisher diese Monster aufgetaucht?«, fragte Angel.

Willow atmete tief ein. Es roch nach Geißblatt. Ein sehr süßer Duft, wie in den Tropen. Wie auf Hawaii. Wenn sie sich jetzt einen Ort wünschen könnte, an dem sie lieber wäre, würde sie sich Hawaii aussuchen. »Dreizehn«, antwortete sie.

»Unglückszahl«, meinte Oz und nahm sie bei der Hand.

Willow schüttelte den Kopf. »Nicht immer. Eher eine magische Zahl. Ich frage mich, ob das in diesem Zusammenhang etwas zu bedeuten hat.«

»Dreizehn Orte, an denen wir Monster und Dämonen festgesetzt haben«, sagte Oz. »Glaubst du, du kannst lernen, auch mich auf diese Art zu bannen? Die Nummer mit den Ketten wird allmählich langweilig.«

Willow errötete leicht. »Ich kann's ja mal versuchen.«

Oz lächelte. »Meine Sabrina!«

»Ich bin keine Hexe«, protestierte Willow. »Und Ms. Calendar war auch keine.« Sie dachte kurz nach. »Aber wir könnten gut eine gebrauchen. Um ehrlich zu sein, weiß ich nicht, wieviel ich in dieser Hinsicht noch zu bieten habe.«

Kurze Zeit später standen Willow und Oz auf der Brücke. Angel kam wieder die Böschung hoch und schüttelte den Kopf.

»Negativ!«, vermeldete er und wischte sich die Hände an der Jacke ab.

»Keine Trolle«, sagte Oz und setzte das dicke Ende des Baseball-Schlägers, den ihm sein Cousin überlassen hatte, auf dem Fuß ab.

»Keine Trolle«, wiederholte Angel.

Willow ließ die Schultern sinken und setzte ihren Schläger ebenfalls ab. »Das ist schlecht.«

»In der Tat.« Angel seufzte.

Irgendwo waren die Trolle unterwegs und terrorisierten die Stadt. Niemand in Sunnydale, wo solche Dinge üblicherweise verleugnet wurden, wollte wahrhaben, dass die ganze Familie Nieto – Mama, Papa, Oma und der kleine José – von einer Bande hässlicher haariger Kreaturen verschleppt worden war, die unter der Brücke über den Highway 17 hauste. Die Beschreibung der »Kidnapper« im Fernsehen lautete demnach auch: »nicht besonders groß und gefährlich.«

»Und herauslocken können wir sie nur mit Beschimpfungen?«, fragte Oz.

»Besser als sie in ihrem Lager zu überfallen«, meinte Angel. »Letzes Mal hat es ja auch funktioniert.« Er zeigte auf die Baseball-Schläger. »Da hat Xander diesem Kretin ganz schön das Fell über die Ohren gezogen.«

»Aber jetzt ist nichts zu holen?« Willow war enttäuscht.

»Sieht so aus«, murmelte Oz.

»Vielleicht können wir stattdessen Jagd auf den Tatzelwurm machen«, schlug Willow vor. »Oder auf Springheel Jack. Obwohl ich eigentlich auf die Begegnung mit ihm keinen sonderlichen Wert lege.« Sie verzog das Gesicht.

»Wie wäre es mit der Riesenkrake?«, meinte Oz. Angel und Willow schüttelten gleichzeitig den Kopf.

»Stimmt«, meinte Oz mit todernstem Gesicht. »Wir dürfen Buffy nicht alle Monster-Attraktionen wegschnappen. Ein paar sollten wir ihr schon übrig lassen.«

Als sie ihre Fahrt durch Sunnydale fortsetzten, ließ Angel sich nicht anmerken, wie sehr er Willows Sorge teilte. Immer mehr übernatürliche Wesen waren hier aufgetaucht, und er, Willow und Oz stießen rasch an ihre Grenzen. Sie konnten sie unmöglich alle gleichzeitig daran hindern, Probleme zu machen.

Probleme bedeutete in diesem Fall: Familie Nieto galt immer noch als vermisst, ebenso wie zwei Kleinkinder und mehrere Schüler der High School. Zahlreiche Haustiere waren abgeschlachtet worden. Dazu gab es sechs große Brände und die Zerstörung eines weiteren Gebäudes, die man seiner Baufälligkeit zuschrieb.

Ganz zu schweigen von der großen Giftspinnen-Plage, die sie nur in den Griff bekommen konnten, indem sie selbst an strategischen Stellen Feuer gelegt hatten.

Oder von dem Schatten einer riesigen Kröte – mindestens so groß wie das Haus, in dem Buffy wohnte –, der auf keinen von Willows Flüchen reagiert hatte und ihnen schließlich entkommen konnte.

Und dann waren da natürlich noch die Männer in den langen Mänteln, die immer wieder auftauchten. Allerdings bestand die Hoffnung, dass sie sich gegenseitig umbrachten, wenn man sie nur sich selbst überließ, was Angel eine lästige Arbeit ersparen würde. Es war ziemlich eindeutig, dass sie hinter diesem Zustrom von schlechtem Karma steckten.

Durch das Chaos in der Stadt und die Zerstörung fühlte sich Angel an sein früheres Leben erinnert, das er mit seiner Schöpferin Darla geführt hatte. Und an die Zeit danach, als er seine Seele zum zweiten Mal verlor und selbst drauf und dran war, die Welt zu zerstören.

Unliebsame Erinnerungen waren das.

Doch wo er damals den Kopf in den Nacken geworfen und laut gelacht hätte, war er nun tief besorgt. Willow hatte einen generellen Bann ausgesprochen, der vielleicht weitere dunkle Kräfte davon abhielt, in die Stadt einzufallen. Aber diejenigen, die schon ihren Weg nach Sunnydale gefunden hatten, wurden von diesem Zauberspruch nicht erfasst. Sie hatte denselben Bann immer wieder und wieder aktivieren müssen, um die Löcher in dem Übergang zu stopfen, die die beiden Welten voneinander trennte.

Sicherheitshalber hatten sie begonnen, regelmäßig die Orte zu kontrollieren, an denen bereits Kreaturen aus der anderen Welt zum Vorschein gekommen waren. So auch heute. Zu den Kontrollpunkten gehörte auch die Gegend um das *Bronze*, wo ihnen Springheel Jack zum ersten Mal begegnet war. Die drei verließen den Wagen und patroullierten ein paar Minuten auf und ab.

Als sie wieder beim Gilesmobil angekommen waren, wollte Angel Oz gerade vorschlagen, das Steuer zu übernehmen, als er aus den Augenwinkeln eine Bewegung auf der anderen Straßenseite registrierte. Unauffällig warf er einen Blick hinüber.

Im Schatten der Häuserfront stand ein Mann in einem langen Mantel und beobachtete sie. Einer von der Gegenseite. Im Scheinwerferlicht eines entgegenkommenden Fahrzeugs sah er aus, als hielte er sich ein Handy ans Ohr. Als er aus dem Lichtkegel trat, hob er die Hand, und Angel glaubte eine Sekunde lang überrascht, er habe ihm zugewunken.

Dann wurde ihm klar, dass die Geste ein Zeichen gewesen war. Für jemanden auf dieser Straßenseite. Ohne den Kopf zu wenden, sah Angel nach links.

Ein paar Meter hinter Giles' Citroën ging eine schmale Gasse von der Straße ab. Wie Angel aus Erfahrung wusste, versteckte sich niemand in einer solchen Gasse, wenn er nicht einen verdammt guten Grund dafür hatte.

»Willow«, sagte Angel leise und fragte sich, ob sie ihn überhaupt hören konnte.

Doch das tat sie. Ruhig trat sie neben ihn, was Angel sehr zu schätzen wusste. Sie war zwar keine Jägerin, aber sie hatte genug Zeit mit Buffy und Giles verbracht, um zu wissen, worauf es ankam. Sie hatte sich absolut im Griff.

»Da vorn sind ein paar Freunde von uns«, raunte er ihr zu. »Nimm die Schlüssel« – er ließ den Bund in ihre Tasche gleiten – »und steig in den Wagen. Oz, du auch!«

»Mann«, protestierte Oz leise. »Sollen wir nicht lieber mithelfen?«

»Lass den Motor an«, fuhr Angel fort, »und fahr bis an die Gasse ran. Ich gehe allein rein. Mit ein bisschen Glück komme ich ohne Begleitung wieder raus.«

»Schluck!«, machte Willow.

Oz sah zufrieden aus, froh, nicht von der Action ausgeschlossen zu sein. Das konnte Angel gut verstehen. Er selbst machte sich auch gern nützlich.

»Lasst die Hintertür auf der Beifahrerseite unverschlossen«, wies Angel sie an. »Und die andere Seite verriegelt ihr.«

»Verstanden«, entgegnete Willow leise.

»Und ihr müsst vielleicht ein bisschen Magie abwehren.« Er wies auf Oz' Gitarrenkoffer. »Legt besser beide den Schulterharnisch an!«

»Alles klar«, sagte Oz.

Willow schloss die Beifahrertür auf und setzte sich in den Wagen. Oz ging auf die andere Seite und nahm hinterm Steuer Platz.

Unterdessen lief Angel die Straße hinunter und verschwand in der Gasse.

In diesem Moment kam eine Gruppe Männer, vielleicht ein Dutzend, aus verschiedenen Verstecken über die Straße gerannt. Sie hielten direkt auf die Gasse zu, in die Angel eingebogen war.

Oz ließ den Motor an und sah Willow an. »Plan B?«

Angel war zwar ein Vampir und sehr stark, aber die anderen waren eindeutig in der Überzahl. Zumal hier auch noch schwarze Magie mit ins Spiel kam. Willow setzte eine entschlossenes Miene auf und sagte: »Wir fahren in die Gasse.«

»Genau meine Meinung.«

Oz trat das Gaspedal kräftig durch. Anders ließ sich Giles' Auto nicht in Bewegung setzen. Der Wagen ruckelte vorwärts, wie ein klappriger Greis auf Krücken, beschleunigte dann aber leidlich und holperte die Straße hinunter.

Willow schrie auf, als sich ein dürrer Kerl mit olivfarbener Haut an das Seitenfenster warf und gegen die Scheibe hämmerte. Sein Gesicht war wutverzerrt.

Ohne zu zögern riss Oz das Steuer nach rechts. Der Mann verlor den Halt, taumelte rückwärts und schlug auf dem Gehsteig auf.

Das Auto ruckelte vorwärts.

Bis der Motor ausging.

Der Angreifer war nach wenigen Sekunden wieder auf den Beinen, starrte den Wagen an und ballte die Hände zu Fäusten. Als er sie öffnete, tanzten grün leuchtende Energiefelder in seinen Handflächen. Schnell wie Kanonenkugeln kamen sie auf Giles' Wagen zugerast.

»Oz!«, rief Willow. »Wir verlassen das Schiff!«

»Was?« Er blickte hektisch über seine rechte Schulter. »Oh.« Rasch zog er den Schlüssel aus dem Zündschloss und sprang gleichzeitig mit Willow aus dem Wagen.

Die magischen Kugeln brachten das Auto ins Schaukeln und zerschlugen die Rückscheibe, aber das war auch schon alles. Was immer ihre Gegenspieler vorhatten, das Auto war ihnen nicht wichtig. Willow sah auf. Der Mann hatte zwei neue knisternde grüne Energiefelder produziert.

»Oz, sieh nur!« Sie blickte grimmig drein und begann sich zu konzentrieren.

Sie hatte Giles' Warnung, keine Zaubersprüche zu benutzen, deren Wirkung sie nicht übersehen konnte, noch gut in Erinnerung, aber in diesem Fall blieb ihr nichts anderes übrig, als dem Zauber mit einem Gegenzauber zu begegnen.

Da kam Oz um den Wagen herum und stürzte sich auf den mageren Typen. Entschlossen rammte er ihm sein Knie in den Unterleib und verpasste ihm gleichzeitig einen Aufwärtshaken ans Kinn. Der Hexer sackte mit einem Grunzen auf dem Boden zusammen.

Willow zog erstaunt die Augenbrauen hoch. »Cool«, sagte sie und klang dabei sehr nach Oz.

Angel war bereits auf dem Dach des Gebäudes, als die ersten Angreifer in die Gasse gerannt kamen. Er ging in die Hocke und zählte wenigstens zwanzig Schlägertypen in langen Mänteln – einige davon Hexer, wenn Buffy und Xander Recht hatten –, die fast übereinander stolperten, als sie in die Gasse vordrangen, um nach ihm zu suchen.

»Dando, den Runenstein!«, rief einer.

Ein anderer zog einen kleinen roten Beutel aus der Tasche.

»Sprich eine Formel, damit wir den Vampir finden«, befahl ein Mann, der sich mit dem Ellbogen seinen Weg durch die Menge bahnte. Er hatte einen kahlen Schädel und ein Auge war milchig weiß.

»Ja, Bruder Lupo«, entgegnete der, den sie Dando genannt hatten.

»Wenn wir ihn nicht finden«, fuhr Lupo fort, »stirbt einer von euch an seiner Stelle.«

Seine Gefolgsleute wechselten beklommene Blicke. Angel hätte sich gern den Luxus eines Grinsens gegönnt, doch er musste sich konzentrieren.

Plötzlich quietschten Reifen am Ende der Gasse. Eine Sekunde später schoss das Gilesmobil in die enge Durchfahrt und streifte dabei ein paar Männer, während einige andere das Weite suchten.

»Nein!«, rief Lupo. »Nicht weglaufen!«

Polizeisirenen schrillten durch die Nacht und kamen mit jedem Herzschlag näher. Die Männer rannten schneller.

»*Bastardi!*«, kreischte Lupo.

Angel nickte. Offensichtlich war Lupo Italiener. Auch das kleinste Fitzelchen Information konnte dienlich sein.

Oz und Willow sprangen aus dem Wagen. Willow bewegte die Hände und sprach eine Formel zu ihrem Schutz.

Angel kletterte an einem Regenrohr die Hauswand hinunter und ließ sich auf das Auto fallen. Die Sirenen kamen näher.

Hinter dem Wagen lagen zwei Männer, die Oz ausgeknockt hatte. Angel sah sie sich an: Der eine war bewusstlos, der andere versuchte gerade wegzukriechen.

»Hilf mir, die beiden ins Auto zu laden«, forderte Angel Oz auf.

Der packte den Mann, der noch bei Bewusstsein war, sogleich an den Handgelenken. Die Haut des Fremden war dunkel, er hatte langes graues Haar und eine seltsame Narbe am Kinn.

»Ich werde euch mit meinem Zauber töten«, sagte er drohend, und seine Augen leuchteten gelb auf.

»Oh, Will«, rief Oz flehend.

Nervös begann Willow etwas aufzusagen, von dem sie nicht sicher war, dass es funktionieren würde.

Angel trat neben Oz und verpasste dem Mann einen Schlag gegen die Schläfe. Er sackte zusammen, und sein Körper wurde schlaff.

»Ich gehe lieber auf Nummer sicher«, erklärte Angel. Dann zeigte er auf das andere Ende der Gasse. »Wie es sich anhört, wird die Polizei gleich hier sein. Schnell ins Auto mit den beiden! Einen zu mir auf den Rücksitz, den anderen in den Kofferrraum!«

Willow öffnete den Kofferraum und hielt ihren Freunden die Klappe auf, denn von allein blieb sie – natürlich – nicht oben. Oz und Angel verfrachteten einen der beiden Angreifer darin. Er sah älter aus als der, den Angel ausgeschaltet hatte.

Als Oz Angel half, den anderen einzuladen, meinte er: »Sieht fast so aus, als hätten wir die Herde vom Ausschuss befreit und die Ältesten und Langsamsten aussortiert.«

»Na super«, entgegnete Willow ängstlich. »Ich bin nicht besonders scharf darauf, zwei Magier im Auto zu haben – wie bewusstlos, alt oder langsam sie auch sein mögen.«

»Wir nehmen sie mit zu mir«, beschloss Angel.

»Das war also unser Kontrollgang für heute.« Willow seufzte. »So viele böse Ungeheuerlein, so wenig Zeit.«

Angel sah sie mitfühlend an. »Vielleicht finden wir nun heraus, warum sie alle hierher kommen. Dann werden wir sie nämlich vielleicht auch wieder los.«

Als Oz den Wagen zurück zu dem alten Herrenhaus steuerte, dachte er natürlich auch an die beiden Hexer, die sie gerade im Auto spazieren fuhren, aber am meisten Sorgen machte er sich um Willow. Er dachte an die Probleme, die sie mit ihren Eltern hatte, und daran, dass ein paar davon mit Sicherheit etwas mit ihm zu tun hatten. Und nicht zum ersten Mal stellte er sich vor, wie es wäre, wenn die *Dingoes* wirklich einmal auf Tour gingen. Den Sprung wirklich schafften. Was wäre dann in den Vollmondnächten mit dem netten Werwolf-Teeny von nebenan?

»Oz?«, fragte Willow in seine Gedanken hinein. »Alles in Ordnung?«

Er lächelte sie an. »Ich bin bei dir.«

Wenn Willow lächelte, bekam sie unheimlich süße Grübchen. »Das sagst du nur in der Hoffnung, dass ich nochmal mein Eskimo-Kostüm für dich anziehe.« Sie hatte es getragen, als sie Oz zum ersten Mal begegnet war.

»Stimmt, das macht mich ganz wild«, pflichtete er ihr bei.

Vom Rücksitz war zu hören, wie eine Faust auf Fleisch klatschte. Willow fuhr zusammen.

»Sorry!«, meldete sich Angel von hinten. »Wollte euch nicht stören!«

Oz tätschelte grinsend Willows Knie. »Okay, zuerst die Hexer und dann das Eskimo-Kostüm.«

Die Sonne musste mittlerweile schon aufgegangen sein, aber Angel hatte sein Haus derartig verriegelt und verrammelt, dass man es beim besten Willen nicht sagen konnte. Kein Fitzelchen Tageslicht drang herein, aus wohlbekannten Gründen!

Willow drückte sich in die Nische neben Angels seltsamem Kamin und schüttelte sich. Die beiden Männer waren auf Stühle gefesselt und sahen ziemlich ramponiert und verängstigt aus. Kein Wunder, denn Angel trug sein Vampirgesicht und prügelte schon eine ganze Weile auf sie ein.

Sie konnte es kaum noch länger aushalten. Die beiden Gefesselten bestimmt auch nicht.

Oz hielt Willow fest an der Hand. Keiner von beiden sagte ein Wort. Oz sah zwar ein bisschen grün im Gesicht aus, wirkte aber gefasster als Willow. Er hatte noch nicht zu Buffys Bande gehört, als Angel wieder zu Angelus geworden und auf die Seite des Bösen gewechselt war. Allerdings war Oz zugegen gewesen, als Angelus Giles auf grausamste Weise gefoltert hatte. Sie wussten im Grunde alle, wozu Angel in der Lage war.

Mit dem einzigen Unterschied, dass Willow die Grausamkeiten einmal am eigenen Leibe zu spüren bekommen hatte.

Plötzlich sah Angel Willow in die Augen. »Willow, ich verstehe dich ja. Aber ist es dir lieber, wenn die zwei hier dasselbe Buffy antun?«

Sie schluckte und senkte ihren Blick. Vielleicht hatte sie einfach nicht das Zeug zum Monsterjagen. Sie würde für Buffy töten, und das hatte sie schon getan. Aber dies hier war ... einfach nur noch ekelhaft.

Angel nahm die ramponierte Hand des älteren Mannes. Drei Finger waren bereits gebrochen. Sein Gesicht war aufgerissen und blutete stark, die Nase war eingeschlagen. Die Lippen waren aufgeplatzt, und er hatte mehrere Zähne verloren. Am schlimmsten aber waren die Wunden, die Angel mit seinen eigenen Händen in Rücken, Brust und Leib seiner Geisel gerissen hatte.

»Nicht mehr lange und ich hole die Kettensäge raus«, bemerkte er gerade.

Willow überlegte, ob seine Äußerung als Witz gemeint war. Sie wusste nicht, was schlimmer war: wenn er es wirklich tat, oder wenn er seine Drohung für lustig hielt ...

Plötzlich riss Angel den Arm des Mannes mit beiden Händen in die Höhe und knickte ihn rasch um. Man hörte einen Knochen brechen. Der Mann schrie auf.

»Bitte!«, winselte der ältere Mann. »Hör auf!«

Willow brannten bereits Tränen in den Augen.

»Sei kein Narr, Kukoff«, sagte der andere. »Der Maestro wird dich töten.«

Kukoff lachte grimmig. »Bruder Isimo, wir sind bereits tot. Auch wenn wir nichts sagen, bringt uns Bruder Lupo um. Wenn dieser Vampir ihm nicht zuvorkommt.« Er sah zu Angel auf und schob stolz sein Kinn vor.

»Wir sind die Söhne der Entropie«, sagte er. »Vorboten des Chaos. Vertreter der Apokalypse.«

Angel ging vor Kukoff in die Knie und sah ihm in sein aufgeschlagenes, blutendes Gesicht. Seine Nüstern bebten und er zog die Oberlippe hoch, als er sagte: »Das war doch eine schöne Zusammenfassung. Und was zum Teufel wollt ihr hier in Sunnydale?«

Bruder Kukoff ließ beschämt den Kopf sinken. »Der Maestro offenbart seinen Gefolgsleuten nicht alle seine Vorhaben. Wir sind nur ein kleiner Teil des großen Plans. Er ist von solcher Größe, dass man ihn sich nicht ausmalen kann. Das Chaos wird kommen, du Narr, und sogar die Vampire werden sich vor den Königen der Missordnung verneigen müssen, vor den Söhnen der Entropie.«

»Was für ein Plan ist das?«, knurrte Angel.

Willow wandte ihren Blick ab und verbarg ihr Gesicht in Oz' Armbeuge.

Bruder Isimo spuckte Kukoff ins Gesicht, der wiederum Angel auslachte.

»Ich ... ich habe keine Angst vor dem Tod«, sagte er.

Angel knurrte und seine gelben Augen blitzten auf. Rasch griff er nach dem gebrochenen Arm des Mannes ... und verdrehte ihn erneut. Kukoff schrie so laut auf, dass Willow die Ohren schmerzten. Leise weinte sie in Oz' Arm. Er zog sie dichter an sich heran, und sie wusste, dass er auch nicht länger hinsah.

»Wach auf!«, rief Angel, und ein Schlag war zu hören.

Willow schloss daraus, dass Kukoff vor Schmerz ohnmächtig geworden war. Als er kurz darauf wieder zu sich kam, spuckte er Blut.

»Ich habe nicht gesagt, dass ich euch umbringe«, flüsterte Angel, so leise, dass sie ihn gerade noch hören konnten. »So nett bin ich nämlich nicht.«

»Wir sind ...«, setzte Kukoff an.

»Verräter!«, schrie Isimo.

Angel verpasste ihm einen Schlag, der ihn für eine Weile mundtot machte.

»Wir sind ... nichts«, sagte Kukoff. »Eine Einheit von untergeordneter Bedeutung, ausgesandt, um für den Maestro einen kleinen Teil des großen Plans auszuführen. Den ganzen Plan kennt nur der Maestro, aber so viel ist sicher: Wenn er erfüllt ist, wird die Welt vom Chaos überflutet.«

»Ist das sowas wie ... die Hölle?«, fragte Oz heiser.

»Nein, du unwissender Narr«, sagte Kukoff. Seine Stimme klang matt. »Dämonen werden die Erde zerstören. Die Herrschaft des Chaos wird die irdische Evolution und ihre Kultur um tausend Jahre zurückwerfen. Zweitausend vielleicht. Die Abscheulichkeiten der Natur werden wieder über den Erdball kommen, die Kinder des Chaos. Und die Söhne der Entropie werden Könige sein.«

Willow starrte den mönchsgleichen Mann an. Und dann machte es Klick in ihrem Kopf. Sie erinnerte sich an Gespräche mit Giles und an Dinge, die sie bei ihrer Recherche gelesen hatte. Was der Mann da in groben Zügen schilderte, klang sehr nach den Phänomenen und Kreaturen, die im Pförtnerhaus eingesperrt waren ...

»O Gott«, flüsterte sie.

»Was ist?«, fragte Oz besorgt.

»Das Pförtnerhaus«, sagte sie mit angsterfüllter Stimme. »Sie wollen es übernehmen oder ... oder in die Luft jagen oder so etwas.«

Angel verpasste Kukoff einen Schlag ins Gesicht. Blut spritzte auf den Boden. »Was ist damit?«, fragte er sein Opfer. »Was habt ihr mit dem Pförtnerhaus vor?«

»Ich weiß es nicht«, entgegnete Kukoff. Seine Augenlider flatterten, er war drauf und dran, wieder in Ohnmacht zu fallen, wäre da nicht der Druck gewesen, den Angel auf seinen gebrochenen Arm ausübte.

»Es geht um den Schlüssel. Den will der Maestro haben. Wir sollen ihn holen. Denn es ist nun an der Zeit. Der Torwächter wird immer schwächer, und wir haben seinen Sohn Jacques, seinen einzigen Nachkommen ... entfernt.«

Willow trat empört zu Kukoff und Isimo. Nun war sie versucht, selbst auf die Männer einzuschlagen. Sie war so wütend, dass sie kaum sprechen konnte.

»Wo ist der Junge jetzt?«, fragte sie.

»Lebt er noch?«, fragte Oz, der hinter sie getreten war.

»Ich ... ich weiß es nicht«, gab Kukoff zu.

»Aber ihr könnt sicher sein, dass der Maestro ihn tötet, wenn die Zeit gekommen ist«, fügte Isimo stolz hinzu.

Willow hatte wieder das Bedürfnis, ihn zu schlagen, aber da sah sie das Blut in seinem rechten Auge und die Striemen auf seiner Stirn und ihr wurde schlecht. Sie wandte sich ab. Am liebsten wäre sie gegangen.

»Nein, nein«, sagte Kukoff und blickte irritiert auf. »Er wird versuchen, Jacques Regnier seinem Willen zu unterwerfen. Und unserem Glauben.«

Willow sah Angel an, der mit den Schultern zuckte und eine Grimasse zog. Sie wussten sich beide keinen Reim auf diese widersprüchlichen Aussagen zu machen. Wenn seine Gefolgsleute mit ihren Vermutungen so weit auseinanderlagen, machte der Mann, der die Söhne der Entropie anführte, tatsächlich ein großes Geheimnis um seine Pläne.

Isimos Augen leuchteten, als er sagte: »Ihr könnt uns nicht aufhalten. Auch wenn ihr uns tötet, lebt unsere Sache weiter.«

»Ihr habt uns noch nicht gesagt, warum ihr in Sunnydale seid«, sagte Angel drohend.

Kukoff zuckte mit den Schultern. »Wie ich bereits sagte, unsere Aufgabe ist nur eine sehr geringe, wenn auch nicht unwichtig für den Plan des Maestros.«

Angel starrte Kukoff an. Willow sah die Augen des Mannes, beobachtete, wie ein verschlagenes Grinsen über sein Gesicht zog. Schließlich öffnete er wieder den Mund. »Das ist doch wirklich einfach: Wir sollen dem Maestro die Jägerin bringen, denn er will ihr das Herz herausschneiden und es sich einverleiben. Das Mädchen hat Macht, und die will er haben. Er braucht sie.«

»Also!«, meinte Willow empört und entsetzt zugleich, »Buffy braucht ihr Herz noch, das könnt ihr vergessen!«

»Zeig's ihnen, Will!«, sagte Oz und nickte zustimmend.

»Du bist ein solcher Narr«, beschimpfte Isimo Kukoff. »Ein solcher Feigling! Ich würde lieber sterben als ihnen meinen Namen verraten.«

»Das können wir immer noch ausprobieren«, sagte Angel und trat dicht an ihn heran. Isimo zuckte zusammen, als Angel die Hand hob und sich durch sein dunkles Haar fuhr.

Plötzlich kam draußen ein kräftiger Wind auf und pfiff durch die Korridore des weitläufigen Herrenhauses. Äste schlugen gegen die geschlossenen Fensterläden, als wären sie lebendig und begehrten Einlass. Donner polterte über ihren Köpfen.

Dann flackerte das Licht und erlosch. Auf einmal war der Raum in absolute Finsternis getaucht.

»Willow?«, sagte Angel.

Willow nahm ihren Verstand zusammen und sagte laut: »Ehre und Achtung sei den Alten Göttern!«

Plötzlich war ein lauter Flügelschlag zu hören und ein schreckliches verzerrtes Vogelkrächzen.

»Nein!«, schrie Kukoff. »Zu Hilfe!«

Die Flügelschläge wurden lauter. Irgendetwas war über ihnen, etwas Böses, so kalt wie der Tod. Die Schwingungen in der Luft waren so stark, dass Willow ins Stolpern geriet. Oz fing sie im letzten Moment auf und zog sie an die Wand, wo er mit ihr auf den Teppich sank.

»Ich flehe euch an, beschützt alle in diesen Mauern!«, rief Willow.

»Nein! Er hat mich! Er nimmt mich mit!«, schrie Kukoff in heller Panik. »Loslassen!«

Die Kreatur krächzte erneut. Flügel schlugen.

Das Licht ging wieder an.

Kukoff war verschwunden.

Doch Bruder Isimo saß noch auf seinem Stuhl.

Mit herausgepickten Augäpfeln und herausgerissener Zunge.

Dass er tot war, war wahrlich ein Segen für ihn.

Willow würgte. Oz rappelte sich langsam auf und half ihr hoch. Er sah Angel an und sagte: »Die anderen brauchen diese Informationen dringend. Besonders diese Geschichte mit der Herrschaft des Chaos. Wär' echt Scheiße, wenn es dazu käme. Und dass der Typ Buffys Herz haben will ...«

Angel sah Willow ernst an. »Du rufst wohl besser Cordelia auf ihrem Handy an.«

Das Pförtnerhaus schrie.

Die Kakophonie des Grauens schwoll in einem wahnsinnigen, rasenden Kanon an und ebbte wieder ab. Das Splittern von Holz war zu hören, das Knirschen von Gestein, das Schreien von Nägeln, die aus jahrhundertealtem Holz gerissen wurden: Das Haus hatte Todesangst.

Mit weichen Knien stieg Xander aus dem Wagen und trat an Buffys Seite. Ihm war nicht bewusst, dass er leicht zitterte, als er sie schräg von der Seite ansah und sagte: »Wir hätten vorher anrufen sollen. Vielleicht passt ihnen unser Besuch ja gar nicht.«

»Scheint so«, pflichtete ihm Buffy bei.

»Man wünscht den Leuten ja nichts Schlechtes, aber vielleicht hätten sie vor dem Einzug erstmal eine Geisteraustreibung machen sollen oder so.« Xander sah Giles prüfend an, der nun ebenfalls ausgestiegen war. »Okay, Frage A: Wie kommt es, dass das Geschrei sonst niemandem auffällt? Und B: Wollen wir da wirklich reingehen?«

»Zu deiner ersten Frage: Ich würde meinen, mittels seiner magischen Fähigkeiten verbirgt sich das Pförtnerhaus vor den Blicken derer, die nicht von seiner Existenz wissen«, dozierte Giles und betrachtete das Gebäude mit großem Interesse.

»Na prima!« Buffy seufzte. »Wenn also jemand nicht weiß, dass es hier ist, latscht er einfach so daran vorbei und bemerkt es nicht mal?«

»Ich vermute, dies ist der Fall, ja«, pflichtete Giles ihr bei. »In der Tat ein mächtiger Zauber. Es muss Jahrzehnte gedauert haben, einen solchen Bann aufzubauen.«

»Und meine zweite Frage, Giles?«, hakte Xander nach. »Sollen wir Idioten wirklich riskieren, da reinzugehen und dabei einfach ignorieren, dass das Haus sich die Seele aus dem Leib brüllt, was es ja unzweifelhaft tut!«

Giles rückte seine Brille zurecht. »Ich fürchte, ja«, sagte er. »Mir scheint, wir haben keine andere Wahl. Wir müssen hinein.«

»Dann nichts wie los!«, sagte Buffy. Sie kletterte den Zaun hoch, sprang auf der anderen Seite wieder herunter und kam nach vorn, um den anderen das Tor zu öffnen.

Plötzlich ertönte ein schrilles Klingeln in all dem Getöse. Zunächst schenkte ihm keiner Beachtung, bis es ein zweites Mal klingelte. Xander und Buffy blieben stehen und sahen Cordelia an. Giles zog die Augenbrauen hoch.

»Was ist denn?«, fragte Cordelia. Das Haus raubte ihr den letzten Nerv.

»Willst du darauf wirklich eine Antwort?«, fragte Xander.

»O Gott«, sagte Cordelia und schien erleichtert, dass sie ihre Aufmerksamkeit etwas anderem zuwenden konnte. »Ich hab gar nicht gemerkt ... ach, egal.« Sie zog das kleine Handy aus der Tasche und nahm den Anruf entgegen.

»Hallo? Oh, hey, Willow! Mein Gott, du solltest dieses Haus hier sehen ...«

»Was ist los? Gibt es ein Problem?«, fragte Buffy rasch.

Giles marschierte auf Cordelia zu. Seine Körpersprache verriet eindeutig, dass er ihr das Telefon so schnell wie möglich aus der Hand reißen wollte. Doch während sie mit Willow redete, setzte Cordelia sich in Bewegung. Die anderen wechselten vielsagende Blicke und folgten ihr.

»Sieht echt aus wie ein Spukschloss«, plapperte sie. »Aber das Verrückte ist, es steht ganz oben auf dem Beacon Hill, mitten in der Stadt, und man sieht es gar nicht, wenn man nicht danach sucht. Hat mit irgend so einem Zaubertrick zu tun.«

Cordelia schwieg einen Augenblick in den Hörer. Buffy, Xander und Giles waren durch das Tor gegangen, hinein in das schimmernde magische Feld, das Haus und Anwesen unsichtbar für alle machte, die außerhalb standen. Außer für diejenigen, die wussten, wonach sie suchten.

Buffy starrte die Freundin ungehalten an. »Cor! Gib mir sofort das Telefon!«

Mit einem genervten Gesichtsausdruck sagte Cordelia beleidigt: »Willow, warte mal! Hier kriegt gerade jemand einen Koller, und ich glaube, wir wissen beide, wen ich meine.«

Sie rollte mit den Augen, marschierte durch das Tor und reichte Buffy das Handy, die es rasch ans Ohr drückte.

»Willow, was ist ...« Sie runzelte die Stirn und sah Cordelia an. »Sie ist weg. Ist ja komisch!«

»Vielleicht wollte sie ja gar nicht mit dir reden«, schnappte Cordelia.

»Oder vielleicht wurde sie gerade von einem großen bösen Monster aufgefressen«, fügte Xander hinzu. »War nur ein Witz!«

Hinter ihnen schrie das Haus.

»Hat sie gesagt, warum sie anruft?«, fragte Giles.

Cordelia sah verwirrt in die Runde. »Das hab ich überhaupt nicht gefragt. Ich glaube, sie wollte nur mal hören, was so los ist. Morgen geht's ja wieder nach Hause, nicht wahr?«

Frustriert drehten sich Buffy und Giles zum Haus um. Xander warf Cordelia einen strafenden Blick zu, den sie wiederum mit einem Augenrollen quittierte. Als Xander sich ebenfalls Richtung Haus aufmachte, wollte sie das Telefon noch einmal ausprobieren, bekam aber kein Netz. Schulterzuckend steckte sie es zurück in die Tasche.

Als die vier die Treppe zum Haus hinaufstiegen, sagte Xander: »Ähm, ich glaube, es ist nicht abgeschlossen.«

»Ein Problem weniger«, entgegnete Buffy und stieß die Tür auf.

Willow starrte verwundert auf ihr Telefon. »Wir wurden getrennt«, sagte sie zu Angel und Oz und wählte noch einmal.

Eine Stunde später war sie immer noch nicht durchgekommen. Das Gespräch hatte abrupt geendet, und nun konnte sie keine Verbindung mehr herstellen. Inzwischen waren sie alle drei höchst beunruhigt.

»Vielleicht sind sie in Gefahr«, sagte Willow wohl zum zwölften Mal.

»Aber wir müssen sie informieren. Und wenn es sich nur um ein Problem mit Cordys Telefon handelt«, fügte Angel hinzu, »hätten sie uns ja von einem anderen Apparat aus zurückrufen können.«

»Jemand muss sie warnen«, fuhr er nach einem Augenblick des Nachdenkens fort. »Und zwar so schnell wie möglich. Wenn wir sie telefonisch nicht erreichen können, muss eben einer von uns nach Boston.«

»Ich mach' das«, sagte Oz sofort.

Angel nickte. »Ich hab genug Geld hier. Davon kannst du dir ein Ticket kaufen. Lass deinen Van einfach am Flughafen stehen.«

»Warte! Nein!«, schaltete sich Willow aufgeregt ein. »*Ich* fliege!«

Angel schüttelte den Kopf. »Ich kann doch hier nicht alles allein managen! Und für dich ist es nicht so einfach, eine Ausrede zu finden wie für Oz.«

»Und ich gelte ja sowieso schon als Aussteiger«, sagte Oz.

»Aber ...« Willow sah Angel fragend an. »Warum fährst du eigentlich nicht?«

Er lächelte freundlich. »Will, wir wissen doch alle, dass es mit einem Flugzeug keine Möglichkeit gibt sicherzustellen, dass man nach Einbruch der Dunkelheit landet. Und mit dem Zug oder Bus dauert es viel zu lange. Davon mal abgesehen, musst du sowieso hierbleiben und deinen Zauber sprechen. Oz ist also der einzige, auf den wir hier verzichten können.«

»Hey, hey!«, protestierte Oz halbherzig.

Angel führte die beiden aus dem Raum.

»Und was ist mit ihm?«, sagte Willow und zeigte im Vorbeigehen auf den entstellten Toten in Angels Wohnzimmer.

»Um den kümmere ich mich später«, sagte Angel. »Der läuft ja nicht weg.«

»Falls nicht ... flatter, flatter!«, meinte Oz.

Willow nahm ihn wortlos bei der Hand.

Das Pfortnerhaus schien um sie herum zu wirbeln.

Nachdem Buffy die Tür aufgestoßen hatte, waren sie von dem Haus geradezu geschluckt worden, so als hätte sie seine Zauberkraft einfach aufgesaugt. Buffy hielt Xander fest an der Hand und betete, dass Cordelia und Giles ihnen auf dem Fuße folgten.

Das Innere des Hauses hatte keine Ähnlichkeit mit irgendetwas real Existierendem. Wände tauchten auf und verschwanden wieder. Ein riesiger Dämon mit Vampirzähnen stürzte grollend auf sie zu, um ebenso plötzlich wieder zu verschwinden. An unzähligen Stellen loderten Flammen auf, kristallisierten jedoch sogleich und zersplitterten auf dem Boden zu getrockneten Rosenblättern.

Über ihren Köpfen gab es keine Zimmerdecken, nur einen frei schwebenden Baldachin aus Sternen, Planeten und Kometen.

Eine Welle der Magie tobte durch den Raum, den sie gerade durchschritten. Er verzerrte sich. Er zog sich zusammen. Dann standen sie in einer verwinkelten Kammer mit Spiegeln an den Wänden, die explodierten und sie in ein kellerähnliches Gewölbe stürzen ließen, dessen Boden mit Stroh und Holzspänen bedeckt war. Eine schmutzige menschenähnliche Kreatur mit hüftlangem verfilztem Haar war dort an den Boden gekettet. Sie schnatterte und lachte.

Und während all dies geschah, hörte das Haus nicht auf zu schreien.

»Das ist kein Pförtnerhaus, sondern eine Klappsmühle«, schrie Cordelia über den Lärm hinweg und klammerte sich an Xander.

»Ein wahrhaftiges Tollhaus«, pflichtete ihr Giles bei.

Buffy griff nach seiner Hand, und die vier bildeten eine Art Kreis.

»Nicht der richtige Ort für den Abschlussball«, rief Buffy und zog Giles am Ärmel. »Vielleicht sollte ich das hier allein machen.«

»Was? Dann verpassen wir ja den ganzen Spaß!«, protestierte Xander.

»Ich hätte nichts dagegen«, jammerte Cordelia. Sie hatte versucht, locker zu bleiben, aber Buffy sah Angst in ihren Augen. Nein, nicht Angst. Es war die nackte Panik. Sie war den Tränen nahe.

Da ertönte ein donnergleiches Poltern. Der Boden erzitterte, bebte dann heftiger und explodierte schließlich förmlich, als etwas aus ihm herausgeschossen kam.

Cordelia schrie auf, und Buffy konnte sie gerade noch aus der Gefahrenzone reißen.

Ein schlangenähnliches Wesen auf vier kurzen Beinen kam langsam auf sie zu. Sein Körper war mindestens zwei Meter lang, und der Kopf, so schien es Buffy, bestand fast nur aus Zähnen.

»Wie erstaunlich. Ein zweiter Tatzelwurm«, sagte Giles. »Vorsicht! Er kann ...«

Das Vieh schwang sich mit einem merkwürdigen flüsternden Geräusch in die Luft.

»... springen«, vollendete Giles.

»Runter!«, rief Buffy, stürzte sich auf Giles und riss ihn zu Boden. Der Wurm segelte über sie hinweg und landete mit einem dumpfen Aufprall. Sofort änderte er die Richtung und kam erneut auf sie zu.

»Cor!«, rief Xander und drückte sie auf den Boden.

»Giles, wie können wir den erledigen?«, fragte Buffy und half ihm auf die Beine.

»Wir können versuchen, ihn mit dem Holzpflock zur Strecke zu bringen«, antwortete er. Plötzlich riss der Boden unter seinen Füßen auf. Wild mit den Armen rudernd versuchte Giles, das Gleichgewicht zu halten.

Buffy streckte ihre Hand aus, um nach ihm zu greifen. Doch zu spät! Direkt unter dem soeben entstandenen Abgrund erschien eine Wand. Giles stürzte durch sie hindurch und verschwand.

»Giles!«, rief Buffy. »Giles! Können Sie mich hören?«

»Hilfe!«, schrie Cordelia im gleichen Moment.

Buffy fuhr herum. Der Tatzelwurm hatte sich auf seine Hinterbeine gestellt und kam Cordelia bedrohlich nahe. An den Stellen, die das Untier berührt hatte, schmolz der Boden und verfestigte sich alsbald wieder zu neuer Form.

Der Tatzelwurm glitt zu dem Mann hinüber, der an den Boden gekettet war. Doch dort war keine menschliche Gestalt mehr zu erkennen. Was von dem Gefangenen übrig war, rauchte und brodelte.

Buffy schluckte und sah Xander an.

»Hol Giles!«, rief er mit unüberhörbarer Panik in der Stimme und weit aufgerissenen Augen.

Sie schüttelte nur kurz den Kopf.

Xander runzelte die Stirn, bückte sich und griff nach einem Stück Holz. Er hielt es wie einen Speer und schleuderte es dem Tatzelwurm entgegen. Wie als Reaktion auf diesen Angriff schien das Monster seinen Körper aufzuheizen, denn er begann knallrot zu leuchten.

»Buffy, er ist *dein* Wächter«, drängte Xander. In seinem Gesicht spiegelte sich nun eine seltsame Mischung aus Angst und Mut. »Ich komme hier schon klar.«

»Nein, kommst du nicht«, entgegnete sie und sah die Enttäuschung in seinen Augen. »Ich kann euch nicht allein lassen«, setzte sie erklärend hinzu.

Da meldete sich plötzlich Cordelia zu Wort. »Xander und ich, wir kriegen das schon hin, Buffy. Du musst Giles helfen!« Dabei liefen ihr Tränen übers Gesicht, aber sie hatte es tatsächlich gesagt.

Buffy wandte sich zum Gehen.

»Nein, warte«, rief Cordelia. »Ich nehme alles zurück! Geh nicht!«

»Mach schon, Buffy!«, schrie Xander.

Doch bevor sie antworten konnte, wurde ihr die Entscheidung abgenommen. Der Boden neigte sich erneut. Buffy verlor den Halt, rutschte von der Schräge in die Tiefe, bis sie, wie vor ihr Giles, durch eine Wand krachte.

Kurze Zeit später begann sich die aus den Fugen geratene Welt im Pförtnerhaus zu stabilisieren.

Der Keller, in dem Xander und Cordelia mit dem Tatzelwurm rangen, war einfach ein Keller. Oder ein Verließ oder was auch immer. Da allerdings der Boden mit trockenem Stroh ausgelegt war und sich an einer Wand Holzkisten stapelten, fand Xander, es wäre vielleicht doch besser bei dem guten alten Zauberhaus voller Überraschungen geblieben.

Denn wo der Tatzelwurm kroch, brannte es. Sein Unterleib glühte mittlerweile weiß, und Cordelia und Xander waren von den Flammen eingekreist.

»Jemand Lust auf Lagerfeuer und gegrillte Marshmallows?«, meinte Xander.

»Ach, halt doch den Mund!«, schrie Cordelia und schob mit den Füßen das Stroh ringsherum von sich, damit wenigstens ein kleiner Bereich vom Feuer verschont blieb.

Xander ging gegen den Tatzelwurm, der recht vorsichtig geworden war, in Kampfstellung. Er schien zu begreifen, dass der spitze Stock, den Xander in der Hand hielt, eine Gefahr für ihn darstellte.

»Warum springt er nicht wieder?«, fragte er.

»Vielleicht braucht er schon zuviel Energie dafür, sich aufzuheizen«, meinte Cordelia.

»Demnach ein männlicher Tatzelwurm ...«

Das Untier ging auf sie los, und Cordelia schrie erschrocken auf.

Xander hielt den Holzpflock drohend vor sich, woraufhin der Tatzelwurm zögernd zum Stehen kam. Rauch stieg um ihn herum auf, und der Boden unter seinen Füßen glühte vor Hitze.

»Würdest du dich bitte auf dieses Vieh konzentrieren, anstatt dumme Sprüchen zu klopfen?«, schimpfte Cordelia.

Xander nickte. »Yep!« Er rieb sich die Augen. »Mir macht der Rauch ziemlich zu schaffen.«

»Ja, mir auch.«

Sie hatte das Gefühl, ihr würde bald vor Hitze das Gesicht platzen. Der Rauch brannte in den Augen, und ihr liefen Tränen die Wangen hinunter. Sie wünschte, Buffy käme zurück. Wenn das Haus doch nur wieder mit seinen Teleport-Zauber loslegen und sie in einen anderen Raum befördern würde!

Der Wurm stellte sich auf die Hinterbeine und wand sich in luftiger Höhe wie eine Schlange.

»Er wird springen!«, schrie Cordelia.

»Zurück!«, brüllte Xander.

Da katapultierte sich das Untier auch schon in die Luft. Cordelia stolperte rückwärts, aber sie wusste, es war zu spät. Das Vieh drohte, genau auf ihr zu landen. Flammen züngelten zu beiden Seiten, und als der versengte Bauch des Tatzelwurms sich »ihrem Gesicht entgegen neigte, sah sie keinen Ausweg mehr.

»Cordy!« Da war Xander mit dem Pflock in der Hand. Schützend legte er einen Arm um sie und hielt den Pflock steil nach oben gerichtet. Cordelia musste mit Schrecken erkennen, dass Xander von der Hitze des Körpers versengt werden würde, auch wenn es ihm gelang, das Ding aufzuspießen.

Sie konnte bereits die ekelhaften Ausdünstungen des Monsters riechen, spürte die große Hitze, die von seinem ekelerregenden Leib ausging ... Das war das Ende!

In diesem Augenblick zerriss eine riesige Explosion die Luft um sie herum. Plötzlich standen Cordelia und Xander eng aneinander gedrückt in einem kleinen, stickigen Raum.

An den Wänden hingen vergilbte Tapeten mit altmodischem Blumenmuster, und in einer Ecke stand ein klappriger alter Rollstuhl aus Holz. Von Ferne waren Walzerklänge zu hören.

»Also, das wäre eine ziemlich ekelhafte Art zu sterben geworden«, sagte Cordelia und rümpfte voller Abscheu die Nase.

Xander sah sie an. »Ich bin sicher, ich habe dir noch weitaus Angenehmeres zu bieten, Cor.«

Cordelia zog wie üblich einen Flunsch.

Der Rollstuhl setzte sich in Bewegung.

Die Sonne schien matt durch die große Glasfront des Flughafengebäudes.

Oz sah Willow in die Augen. »Hey, ich bin doch bald wieder da!«

Den Tränen nahe versuchte Willow tapfer zu lächeln, aber sie brachte nur ein Schniefen zustande. Fast befürchtete sie, dass niemand, der nach Boston fuhr, je zurückkam.

»Pass auf dich auf«, flüsterte sie. »Und bitte ruf an!«

Er zog sie in seine Arme und küsste sie. Für einen Augenblick drückte er sie ganz fest an seine Brust. Willow hörte, wie sein Herz klopfte. Sie spürte den Pulsschlag an seinem Hals.

»Es tut mir leid«, meinte er und zuckte mit den Schultern. »Du weißt schon.«

»Du musst dich nicht dafür entschuldigen, was du bist, Oz.« Sie strich ihm übers Haar. Wieder liefen Tränen über ihre Wangen.

Dann war er auch schon verschwunden und eilte auf den Flugsteig zu, um den letzten Flieger nach Boston zu erreichen. Nachdem die Maschine gestartet war, ließ sich Willow auf einen der harten Plastikstühle sinken und wartete auf Buffys Mutter.

»Unglaublich, wie lange es dauert, bis man einen Parkplatz findet!«, rief Joyce atemlos. »Hat Oz es geschafft?«

Willow nickte. »Wir kamen gerade noch rechtzeitig. Vielen Dank, dass Sie uns gefahren haben. Oz wollte seinen Van bei Angel lassen, falls er ihn braucht.«

»Hab ich doch gern getan«, entgegnete Mrs. Summers.

»Das ist ...« Und da fiel Willow wieder ein, wie die Realität tatsächlich aussah. Sie war die ganze Nacht weggewesen, sie hatte die Zauberformeln nicht erneuert, und ihre Eltern hatten wahrscheinlich schon längst die Polizei alarmiert.

Wahrscheinlich war ihr die Bestürzung im Gesicht abzulesen, denn Mrs. Summers sagte: »O Willow« und nahm sie in ihre Arme. In diesem Moment brach Willow in Tränen aus und ließ sich von Joyce Summers trösten. Nach einer Weile meinte sie: »Und jetzt fahre ich dich nach Hause.«

Im Auto schlug Joyce ihr eine wunderbare, schreckliche Lüge vor, mit der Willow den Eltern ihre häufige Abwesenheit erklären konnte: Eine Freundin war weggelaufen und lebte seitdem auf der Straße. Und nun versuchte Willow sie dazu zu überreden, das Obdachlosenasyl von Connie DeMarco aufzusuchen.

»So etwas würdest du ja wirklich tun«, sagte Buffys Mutter und lächelte sie liebevoll an. »Es käme deinen Eltern bestimmt nicht abwegig vor.«

Willow rutschte beklommen auf ihrem Sitz hin und her. Als sie vor einer roten Ampel stehen blieben, hielt sie automatisch Ausschau nach Männern in langen Mänteln. Nun hatten sie wenigstens einen Namen: Söhne der Entropie. Allerdings waren sie dadurch nicht weniger furchterregend.

»Ja, aber es ist einfach nicht die Wahrheit«, wandte sie ein. »Ich kann ihnen das nicht erzählen. Genausowenig, dass Oz ...« Sie brach ab. Hatte Buffy ihrer Mutter von Oz erzählt? »Dass er ein richtig guter Gitarrist ist.«

Mrs. Summers schüttelte den Kopf. »Ihr Kids habt es heute wirklich schwerer als ich zu meiner Zeit.« Sie lachte kurz, spöttisch fast. »Aber ich wusste ja auch nicht, dass ich mal eine Vampirjägerin in die Welt setzen würde. Als kleines Mädchen möchte man doch eigentlich immer Ballerina oder Cheerleader werden, oder nicht?«

Sie sah Willow an. »Was wolltest du werden, als du klein warst?«

»Marie Curie, die Entdeckerin des Radiums«, sagte Willow verträumt.

Buffys Mutter kicherte und schüttelte den Kopf. »Also, das ist mal was Neues. Und Buffy ...« Sie seufzte. »Nun, wer weiß schon, was

Buffy gern werden wollte, als sie klein war.«

Die Ampel sprang auf grün um. »Sei nicht zu streng mit deinen Eltern, Willow. Sie sind auch nur Kids, die erwachsen geworden sind. Du bist Teil der Träume, die sie einmal hatten.«

Willow sah überrascht auf. »So hab ich das noch nie gesehen.«

»Du gibst ihnen die Chance, etwas richtig zu machen.« Joyce zog eine Grimasse. »Eine schwere Last, ich weiß. Und eine unfaire dazu.«

»Ich vermute, wir Kids verlangen von unseren Eltern auch 'ne ganze Menge.« Willow seufzte.

Joyce nickte. »Dass sie immer alles richtig machen und stark sein müssen und fair und einfach da. Ich fürchte, ich war nicht genug für Buffy da.« Sie senkte ihre Stimme. »Angel hat mir nahegelegt, Sunnydale zu verlassen. Er meinte, es könnte alles noch viel schlimmer werden, bevor endlich Besserung eintritt. Stimmst du dem zu?«

»Vielleicht«, meinte Willow. »Werden Sie ... werden Sie gehen?«

Buffys Mutter stöhnte gequält auf und fuhr sich mit den Fingern durchs Haar. »Wie kann ich? Ich muss da sein, wo Buffy ist. Oder wo sie mich finden kann, wenn sie zurückkommt.« Sie löste ihren Blick kurz von der Straße und sah Willow an. Eine einzelne Träne rann über ihre Wange. »Du glaubst doch, dass sie zurückkommt?«

»Oh, ganz bestimmt.«

Einen Moment lang herrschte Schweigen.

»Hey, vielleicht kann ich dir ein bisschen beim Recherchieren helfen. Ich hab ein paar Stunden Internet-Unterricht gehabt. Bestimmt kann ich etwas für euch tun.«

»Das ist sehr nett«, sagte Willow, als sie vor ihrem Haus anhielten. »Und diese Weglauf-Geschichte: Meinen Sie, meine Eltern werden mir glauben? Ich hasse es, sie anzulügen.«

Joyce strich Willow eine Strähne aus der Stirn. »Manchmal ist die Wahrheit schlimmer«, sagte sie sanft. »Wenn du glaubst, dass es etwas nützt, gehe ich mit hinein und rede mit deinen Eltern.«

»Mhm, ich ...« Willow nickte dankbar. »Ich glaube, es würde etwas nützen. Wenigstens ein bisschen.«

Und das Beste war: Es nützte richtig viel.

Joyce fühlte sich schlecht, als sie an diesem Abend nach Hause kam.

Die Dinge standen nicht gut in Sunnydale. Ihre Tochter war offensichtlich in großer Gefahr. Willow stand unter schrecklichem Druck. Sogar Angel zeigte erste Stressreaktionen.

Sie hasste diesen ganzen Jägerinnenkram. Wenn es doch nur einen Ausweg für ihr Mädchen gäbe!

Sie erinnerte sich an einen Abend, als Buffy noch ein kleines Baby gewesen war. Sie und Hank hatten einen fürchterlichen Streit gehabt, nichts Besonderes eigentlich in jenen Tagen. Sie war erschöpft und deprimiert gewesen und gerade eingeschlafen, als Klein-Buffy quakend erwachte und gefüttert werden wollte.

Seufzend war sie wieder aufgestanden und hatte sich den Korridor hinunter geschleppt. Beim Betreten des Kinderzimmers hatte sie gemurmelt: »Ich kündige!«

Und dann hatte sie ihr wunderschönes kleines Baby gesehen, ihre Tochter, und obwohl ihr Tränen der Erschöpfung über die Wangen liefen, hatte sie gelächelt. Ihr Herz war übergequollen vor Liebe für dieses kleine Wesen; ein unvorstellbares Gefühl. Sie wusste, sie würde alles für dieses Baby tun.

Sie würde sogar für dieses Baby töten.

12.

»Giles!«

Immer wieder hatte Buffy den Namen ihres Wächters gerufen, doch vergeblich. Sie war auf dem oberen Absatz einer langen Treppe aufgeschlagen, deren Stufen mit Teppich bedeckt waren. Als sie sich umsah, stellte sie fest, dass sie quasi aus dem Nichts hinabgestürzt war, aus irgend einem der zahllosen versteckten Winkel des Chaos.

Sie hatte versucht, Giles zu folgen, aber das sich unaufhörlich wandelnde Haus hatte ihre Pläne durchkreuzt.

Das Gebäude selbst schien sich inzwischen beruhigt zu haben. Schreie waren nicht mehr zu hören, aber Buffy vermutete, dass das Flüstern und Zischen, das sie vernahm, seine Atemgeräusche waren. Es war, als bräuchte das Pförtnerhaus Zeit, um sich zu erholen und seine Kräfte für einen neuen Angriff zu sammeln.

Im Moment jedoch wirkten Boden und Wände reichlich solide. Die Holzstreben unter der Decke waren einfach nur Holzstreben. Durch das Fenster am anderen Ende des Korridors erkannte Buffy, dass es draußen schon dunkel war. Sie hoffte, dass sich das Chaos, das im Innern des Hauses herrschte, nicht auf die Welt außerhalb dieser Mauern ausdehnte!

»Giles!«, rief sie wieder.

Sie konnte nicht ausmachen, in welchem Stockwerk sie sich befand. Wenn sie das Treppenhaus hinunter schaute, sah sie lediglich einen Absatz und Stufen, die um eine Ecke führten. Der Korridor, der von der Treppe abging, war überaus beeindruckend, wenn auch sehr alt. Eichentür reihte sich an Eichentür, und Buffy bewunderte das schöne Holz, als sie an ihnen entlangging.

Alle Türen waren verschlossen.

»Xander! Cordelia!«

»Xander … Cordelia …«, kam es als leises Echo zurück, aber es war nicht ihre Stimme. Es klang, als ob jemand sie nachmachte. Sie konnte jedoch nicht bestimmen, aus welcher Richtung der Singsang kam.

Sie fröstelte und setzte sich im Schneidersitz auf den Boden. Dann vergrub sie ihr Gesicht in den Händen. »Gott, ich will nach Hause«, flüsterte sie.

Eine ganze Weile saß sie einfach nur da und hoffte allen Umständen zum Trotz, dass irgendetwas passierte. Dass Giles oder Xander und Cordelia plötzlich auftauchten, vielleicht ebenfalls durch die Decke stürzten und direkt neben ihr auf dem Teppich landeten.

Leider geschah nichts dergleichen.

Seufzend stand sie schließlich auf und rieb sich die Schulter, die sie sich bei ihrem Sturz geprellt hatte.

Sie ging weiter den Korridor entlang, wobei sie unaufhörlich den Namen ihres Wächters rief. Die plötzliche Stille war ihr unheimlich. Sie konnte nicht glauben, dass sie immer noch in demselben Haus war, das sie eben erst in seinem Malstrom aus Chaos und Zerstörung mit sich gerissen hatte. Auf einmal wirkte alles so real ... zu real.

»Giles!«

Sie blieb stehen. Der Flur war länger als sie vermutet hatte. Vielleicht war ihre Tiefenwahrnehmung gestört; möglicherweise hatte sie sich bei dem Sturz eine Gehirnerschütterung zugezogen. Sie sah in die Richtung, aus der sie gekommen war, und ihre Verwunderung wuchs.

Zwar hatte das Haus von außen betrachtet recht geräumig gewirkt, aber es war schlicht unmöglich, dass es einen Flur von dieser Länge beherbergen oder dass sich auch nur annähernd so viele Zimmer darin befinden konnten. Aber eigentlich war alles, was mit diesem Haus zusammenhing, unmöglich. Insofern konnte es durchaus sein, dass es innen viel größer war, als es von außen den Anschein hatte.

Na super!, dachte Buffy. Dann war es wohl nicht besonders wahrscheinlich, dass sie auch nur einen ihrer Freunde irgendwo in diesem Tollhaus wiederfand.

»Zum Teufel!«, fluchte sie und hielt bei der nächstbesten Tür an. Eigentlich hatte sie angesichts des erst kürzlich Erlebten Angst davor, sie zu öffnen, aber was hatte sie zu diesem Zeitpunkt schon zu verlieren?

Sie drehte den Knauf und drückte die Tür auf.

Ein heißer Wind schlug ihr ins Gesicht. Ein kräftiger Stoß staubige beißende Luft, die sengende Hitze des Westens. Im Innern des Raumes brannte die Sonne auf die Erde hernieder ...

Genau genommen war es gar kein Raum.

Buffy spürte, wie ihr schlecht wurde. Sie schwankte und wäre fast vornüber gekippt auf den festgetretenen schmutzigen Boden. Vor ihr erstreckte sich eine schier unendliche Prärie. Buffy blinzelte in die Sonne, spürte, wie ihre Haut in der sengenden Hitze prickelte und schloss die Augen. Unter ihren Fingern spürte sie das feste Eichenholz des Türrahmens.

Ein weit entferntes Donnergrollen erklang; es schien näher zu kommen. Buffy biss sich auf die Lippen und zwang sich, die Augen wieder zu öffnen.

Die staubige Ebene war immer noch da. Buffy hielt sich am Türrahmen fest und zwang sich, den Kopf in diese andere Welt hineinzustecken. Sie sah nach links, nach rechts und erkannte, dass der Türrahmen, in dem sie stand, lediglich eine Art Riss im Gewebe der Realität darstellte.

Das Donnern wurde lauter, und Buffy blickte in die Ferne. Ein Sandsturm kam auf, der scheinbar von Tausenden Hufen getragen wurde. Der Boden bebte. Der Türrahmen zitterte unter Buffys Händen. Sie kniff die Augen zusammen und versuchte zu erkennen, was sich in dieser riesigen Staubwolke verbarg, als das Grollen sich akustisch aufspaltete. Jetzt war deutlich das Stampfen von Hufen zu hören. Von Tausenden von Hufen.

Buffy beobachtete fasziniert, wie die Herde näherkam. Dunkle, massige Gestalten walzten in einem für ihre Größe viel zu schnellen Tempo heran. Dann verformte sich die Staubwolke über ihnen. Sie sah fast aus wie eine Geistererscheinung, die über der Ebene schwebte. Der Staub über der heranstürmenden Herde war zu einer Einheit geworden und erhob sich wie ein riesiger schemenhafter Tierkopf über der Kulisse.

»Büffel!«, schoss es Buffy durch den Kopf. Aber die waren doch schon fast ausgestorben!

Die Herde rückte mit unglaublicher Geschwindigkeit näher. Nun konnte sie einzelne Tiere erkennen. Und da begriff sie: Blut und Verwesung!

Diese Büffel *waren* tot.

»O mein Gott ...«, stammelte Buffy atemlos, da wurde sie von einer starken Hand an der Schulter gepackt, ins Haus zurückgerissen und zu Boden geworfen. In Windeseile rappelte sich Buffy auf und wirbelte zu ihrem Angreifer herum, um ihm einen kräftigen Tritt vor den Kopf zu geben.

»Ich glaube, das war jetzt genug«, sagte Giles ruhig und griff in die andere Welt, um die Tür wieder ins Schloss zu ziehen. Das Stampfen der Hufe hallte noch ein paar Sekunden nach, bevor es völlig verschwand.

»Giles!«, rief Buffy erleichtert.

Dann fiel sie ihm stürmisch um den Hals. »Ich dachte, ich hätte Sie verloren«, sagte sie mit belegter Stimme.

»Ja, das dachte ich auch«, pflichtete ihr Giles bei. »Als ich dieses schreckliche Geräusch gehört habe, bin ich die Treppe hinaufgerannt, und da warst du! Wie dem auch sei, das Haus scheint sich wenigstens für den Moment ein bisschen beruhigt zu haben, hm?«

Buffy seufzte und sah ihn skeptisch an. »Prima. Und was jetzt? Und was ist das überhaupt für ein schreckliches Haus? Sie haben uns doch erzählt, der Torwächter wäre dafür verantwortlich, die undichten Stellen in der Barriere zu dieser Höllenwelt zu stopfen, damit uns die ganzen seltsamen Phänomene erspart bleiben.«

»Und wie es scheint, wurden all diese Phänomene hier eingesperrt«, sagte Giles und sah sich um. Dann nickte er in Richtung der Tür, die er gerade geschlossen hatte. »Diese Büffelherde zum Beispiel. In den unveröffentlichten Tagebüchern von Buffalo Bill sind Visionen beschrieben, die er als älterer Mann hatte. Er sprach von Herden toter Büffel, deren Seelen nicht ruhen können, bis die Ebenen wieder freie Prärie sind. Wie du weißt, wurden Ende des neunzehnten Jahrhunderts die Büffel fast gänzlich ausgerottet, dabei waren sie einst sehr weit verbreitet.«

»Dann war es also nicht nur eine Vision?«, fragte Buffy.

»Anscheinend nicht. Und anscheinend stopft der Torwächter nicht nur die Lücken, er sammelt sozusagen auch das, was austritt. Ich würde sagen, um weitere Türen zu öffnen, müssen wir besser vorbereitet sein.«

Buffy sah zur Tür, dann zu Giles. »Guter Vorschlag.«

Aus den Augenwinkeln nahm sie am Ende des Korridors etwas wahr: ein flackerndes Licht, das dort nicht hingehörte. Buffy erstarrte, und ihre Lippen formten ein erstauntes »oh«. Das Fenster war verschwunden. Statt des Nachthimmels war dort nun ein wirbelnder Malstrom von Grau und glitzerndem Silber, merkwürdigem Blau und violetten Schattierungen. Der Wirbel breitete sich rasch aus, vom Boden bis zur Decke und über den ganzen Korridor.

»Giles«, flüsterte Buffy.

Aber der Wächter hatte sich schon, alarmiert durch ihren Gesichtsausdruck, umgedreht. Ohne Vorwarnung kam eine dunkle Gestalt aus dem Wirbel, als träte sie durch einen Wasserfall.

Der Körper der Kreatur war weiß und ölig. Reißzähne glänzten im gedämpften Licht des Korridors. Die Augen waren dunkle Löcher, Einblicke in den Abgrund.

Das Monster sah sie an. »Großartig«, wisperte es, und als es lachte, stiegen blaue Flammen aus seinem Maul. Es wand sich nach links und verschwand in einer offenen Tür. Dann hörte Buffy Schritte auf Treppenstufen, aber das Geräusch erstarb abrupt. Irgendwo gab es einen lauten Knall.

»War das …?«, setzte Giles an.

»Springheel Jack«, bestätigte Buffy.

»Aber wie ist er so schnell hierher gekommen?«

Buffy sah ihn aufmerksam an und runzelte die Stirn. »Sie haben doch selbst gesagt, dass viele der Gestalten, die eigentlich in dieses Haus gehören, in Sunnydale auftauchen. Wie dieser komische Tatzelwurm, von dem es vielleicht auch nur einen gibt. Wie kommen diese Kreaturen alle nach Sunnydale? Okay, es liegt am Höllenschlund, aber da draußen beginnt ein großes Land, und Sunnydale ist zweitausend Kilometer von hier entfernt.«

Giles nickte mit großen Augen. »In der Tat. Eigentlich ein Ding der Unmöglichkeit, aber angesichts der außergewöhnlich starken magischen Energie dieses Hauses durchaus denkbar. Ich würde annehmen, dass es die einzige derart konzentrierte Quelle magischer Kraft der ganzen Welt ist, ein kompliziertes Netz aus Bannsprüchen, Beschwörungen und Blockaden, das ständigem Wandel unterworfen ist. Und alles stürzt ins absolute Chaos, wenn es nicht ständig bewacht wird.«

Er sah sie ernst an. »Wir müssen den Torwächter finden.«

Buffy blinzelte. »Giles, hallo? Ich verstehe nur Bahnhof. Mir ist schon klar, dass der Höllenschlund gruselige Dinge anzieht, aber worum geht es denn wirklich?«

»Nun«, sagte Giles nachdenklich, »ich baue mir gerade erst meine Theorie zusammen. Das ist alles ziemlich kompliziert. Wir wissen ja, dass das Reich der Dämonen tatsächlich existiert und der Höllenschlund die dünnste und verletzlichste Stelle der Barriere zwischen unserer und ihrer Welt ist.

Wie nun die Legende des Pförtnerhauses berichtet, gibt es mindestens noch eine weitere Welt, auch ›die andere Welt‹ genannt, in der alle mystischen und mythologischen Kreaturen, die je auf Erden vorkamen, existieren. Geschöpfe also, von denen Sagen und Überlieferungen künden, die aber im Laufe der Zeit ausgelöscht wurden. Sie wurden sozusagen von den Naturgesetzen unserer Welt beiseite geschafft. Und zwar in diese andere Welt. Wenn meine Recherchen zutreffen, hat der Torwächter zur Aufgabe, diese Phänomene zu sammeln und einzusperren, die der anderen Welt dadurch entkommen konnten, dass sie gewissermaßen die Naturgesetze umstürzten.«

Giles schien recht zufrieden mit sich zu sein. Buffy brummte zwar der Kopf, aber sie hatte den Eindruck, das Wesentliche seiner Ausführungen verstanden zu haben. Einiges begriff sie jedoch immer noch nicht.

»Okay.« Sie nickte. »Aber wie bewegen sich diese ... ähem ... entwichenen Gefangenen von der Klappsmühle nach Sunnydale und zurück? Und warum?«

Giles runzelte die Stirn. »Nun, das müssen wir noch herausfinden.«

»Oh, natürlich«, sagte Buffy. »Aber jetzt suchen wir erst mal nach Xander und Cordelia!«

»Dann los«, entgegnete er. »Wir müssen sie finden, bevor sie richtig in Schwierigkeiten kommen. Das Haus hat sich nun ziemlich beruhigt. Vielleicht zwingen wir allein durch unsere Anwesenheit dem magischen Feld ein bisschen Ordnung auf? Mit der Hartnäckigkeit unseres Verstandes, der sagt, dass dieses Chaos nicht sein darf. Hm, wir müssen diese Möglichkeit untersuchen.«

»*Sie* untersuchen«, entgegnete Buffy knapp. »Und ich schlachte alles ab, was Sie daran hindern will.«

Gemeinsam erreichten Buffy und Giles das Ende des Korridors. Das Fenster war nun wieder ein ganz normales Fenster. Kein magischer Wirbel, kein Durchgang. Buffy hatte nichts dagegen. Schwarze Magie war für sie viel bedrohlicher als jeder Vampir oder Dämon. Die waren wenigstens berechenbar in ihrem Verhalten. Die Magie hingegen konnte zum Guten oder Bösen verwendet werden, und es gab nicht viel, was ein guter Hexer mit ihren Mitteln nicht erreichen konnte.

Mit Hilfe von Zauberkraft konnte man sich seine größten Träume erfüllen. Aber man konnte auch die schrecklichsten und übelsten Albträume heraufbeschwören, wie Buffy sie gelegentlich hatte. Als sie und Giles den Spuren von Springheel folgten, betete sie, dass das Pförtnerhaus sie nicht mit größeren Schrecken konfrontieren möge als ihr eigenes Unterbewusstsein von Zeit zu Zeit für sie bereithielt.

Wahrscheinlich betete sie vergebens.

Irgendwo über ihnen schrie Cordelia.

Seite an Seite stiegen Buffy und Giles die Treppe hoch. Buffy war überrascht, dass er nicht ins Schnaufen geriet. Ihre Überraschung hielt zwei weitere Treppenabsätze lang an, bis sogar sie die Anstrengung spürte.

»Das ist doch unglaublich!«, sagte sie und sah zum nächsten Absatz auf. »Das Haus scheint ja zig Etagen zu haben.«

»Oder es scheint nur so«, sagte Giles. »Ich bezweifle, dass wir den Schrei gehört hätten, wenn er wirklich von so weit oben gekommen wäre. Ich finde, wir sollten einfach das nächste Stockwerk auskundschaften, wenn wir nichts mehr hören.«

Gesagt, getan. Am nächsten Treppenabsatz bogen sie in den Korridor ab. Hier war der Boden mit einem wunderschönen orientalischen Teppich ausgelegt. Buffy fragte sich, was es wohl zu sehen gab, wenn sie aus dem Fenster schaute. Was würde ihnen das Haus dann vorgaukeln?

»Buffy«, sagte Giles leise. Er zeigte nach vorn.

Ein paar Meter weiter stand eine der vielen Türen auf und ein schwaches lilafarbenes Licht fiel in den Korridor.

»Das müssen wir uns ansehen!«, meinte Buffy entschlossen. »Andererseits: Was sollen wir auch sonst tun?«

»Stimmt«, entgegnete er.

Da hörten sie Cordelia erneut über sich schreien.

»Verdammt, wir müssen noch weiter hoch!«, rief Giles.

Buffy machte auf dem Absatz kehrt, rannte ins Treppenhaus zurück und nahm die Stufen im Galopp. Giles warf einen letzten Blick über die Schulter zu der offenen Tür, bevor er sich ebenfalls dem Treppenhaus zuwandte, um Buffy zu folgen.

Doch das Treppenhaus war verschwunden. Dort, wo der Absatz begonnen hatte, war nun eine tapezierte Wand mit einem wunderschönen Gemälde: ein großen Schoner, der trotz Leuchtturm im Sturm auf ein paar Felsen gelaufen war.

Buffy war fort.

»Verdammt, nein!«, fluchte Giles. »Es muss doch einen Weg geben ...«

Er dachte erneut über die Theorie nach, die er gerade aufgestellt hatte. Ein bisschen Ordnung brachte ihre Anwesenheit wohl, aber sie waren wahrscheinlich nicht die einzigen, die hier am Werke waren. Es gab so viele verschiedene Kräfte im Pförtnerhaus, die eigentlich vom Willen des Torwächters gesteuert werden sollten. Wenn er Buffy wiederfinden wollte, musste er also zuerst den Hüter der Finsternis ausfindig machen.

Leise fluchend wandte er sich wieder um und ging den Korridor hinunter. Zögernd steckte er den Kopf durch die Tür, aus der das violette Licht drang, und der Anblick raubte ihm den Atem. Er blieb wie angewurzelt stehen.

Hinter der Tür herrschte eine angenehme Dämmerung, ein violetter Schein, der sich auf den zarten Flügeln der Wesen widerspiegelte, die vor seinen Augen von Blume zu Blume flatterten und vom Wasser hinauf in die Zweige der Bäume. Sie waren wunderschön und zahlreich. Anmutig tollten sie über große Steine und tanzten auf der glitzernden Oberfläche des Teiches.

Elfen, dachte er. Oder etwas Ähnliches. Kleine weibliche Wesen, nackt bis auf die schillernden Schmetterlingsflügel an ihrem Rücken. Giles stand wie gebannt da – als hätte er die Sirenen aus der griechischen Sagenwelt vor sich.

Es war ein malerischer Anblick, und er musste daran denken, wie er in New York mit Micaela auf dem Balkon gestanden hatte, daran, wie ihr das honigblonde Haar auf die Schultern fiel. Aber das war in der furchtbaren Stadt gewesen und dies hier ... war das Paradies! Er hätte so gern einen einzigen Augenblick wie diesen mit ihr gehabt, wäre gern den Pfad weitergegangen, für den ihr erstes Treffen den Boden bereitet hatte ... um herauszufinden, ob er je wieder lieben konnte.

Er spürte, wie die Verzweiflung nach ihm griff, als er an Micaela dachte, die aller Wahrscheinlichkeit nach längst tot war.

Als hätte sie den Umschwung seiner Gefühle bemerkt, sah eine der Elfen auf einmal zu ihm hinüber. Mit einem leisen glockenhellen Lachen flog sie auf ihn zu. Der Wächter lächelte, bis sie ihm plötzlich mit kleinen messerscharfen Krallen die Wange aufriss. Blut lief über sein Kinn, Giles stöhnte vor Schmerz auf und fuhr sich mit der Hand durchs Gesicht.

Der Zauber war fort. Nun sah Giles die Wesen als das, was sie waren. Und sie waren schrecklich.

Buffy konnte nicht mehr zurückkehren.

Der Korridor, in dem sie Giles zuletzt gesehen hatte, war verschwunden. Sie konnte nur noch auf Cordelias Schreie zulaufen und hoffen, dass sie irgendwann wieder auf die anderen stieß. Giles war der Wächter, er musste in der Lage sein, auf sich selbst achtzugeben. Ganz im Gegensatz zu Cordy. Was konnte sie schon groß ausrichten?

Abgesehen davon musste Giles den Torwächter finden. Wenn sie dieses Haus lebend verlassen wollten, mussten sie den Hüter der Finsternis ausfindig machen, der hier ja angeblich die Verantwortung trug.

»Auf zum großen Zauberer!«, murmelte sie.

Jetzt konnte sie sich vorstellen, wie sich Oz gefühlt haben musste, als der Hexer sie damals in alle Winde zerstreut hatte, um Dorothy zurück nach Kansas zu bringen.

Dieser Etagenabsatz unterschied sich von den beiden anderen, die sie schon gesehen hatte. Die anderen Gänge waren parallel zum Treppenhaus verlaufen, aber hier gab es nur eine Stufe, und dahinter verlief der Korridor weiter. Er war sehr breit und an den Wänden hingen Porträts. Wie in einem extravaganten Hotel, vielleicht zur Jahrhundertwende. Wunderschön. Am anderen Ende des Flures war wieder ein Fenster.

Draußen war es hell und sonnig, und der Himmel strahlte knallblau. Buffy wusste, dass es in der wirklichen Welt ungefähr neun oder zehn Uhr abends sein musste. Also beschloss sie, den Ausblick zu ignorieren. Nichts in diesem Haus war real, nicht nach ihrer Definition jedenfalls.

Was die Sache keineswegs ungefährlicher machte.

In diesem Korridor gab es noch eine Treppe. Eine unglaublich weit ausladende Wendeltreppe führte hinunter in ein Foyer von der Größe eines Ballsaales. Kronleuchter aus Kristallglas hingen von der Decke, und auf dem Boden glänzte polierter Marmor.

Eigentlich hätte dies das vierte oder fünfte Stockwerk sein müssen, aber so wie es aussah, lag die große Halle im Erdgeschoss. Die lange Front von Glastüren und Fenstern offenbarte einen erstaunlichen Ausblick: eine winterliche Traumlandschaft.

Im Pförtnerhaus war nichts unmöglich.

Hinter Buffy knarrte eine Tür in den Angeln. Sie wirbelte herum. Zwei Männer und eine Frau kamen auf sie zu, alle drei völlig nackt. Der eine Mann war groß und mager, der andere gedrungen und sehr, sehr muskulös. Kompakt, hätte Xander gesagt. Der Körper der Frau war üppig und sehr weiblich. Alle drei hatten dickes schwarzes Haar und Augen, die gleichzeitig dunkel waren und dennoch leuchteten; ein Effekt wie bei einer Sonnenfinsternis.

»Hallo, kleines Mädchen«, sagte die Frau. »Ich dachte, du hast Lust auf ein Spielchen.«

»Oder auch nicht«, entgegnete Buffy. »Warum verschwindet ihr drei nicht wieder im Garten Eden und holt euch ein paar Feigenblätter, hm?«

Der großgewachsene Mann knurrte und bleckte dabei beachtliche Reißzähne. Der kompakte kleinere Typ fauchte. Die Frau lachte nur.

Als die Verwandlung begann, zuckte Buffy mit keiner Wimper. Sie ging in Kampfstellung und wich nicht von der Stelle.

Es war in der Tat ein wunderschönes Haus.

Während seiner Gefangenschaft hatte er es nie richtig zu schätzen gewusst. Und wenn er erst einmal seinem Besitzer das Herz aus dem Leib gerissen hatte, würde es ihm gehören. Die zahlreichen Zimmer würden ihm über Jahrhunderte Zerstreuung bieten.

Aber was war ein solches Haus ohne eine Frau? Oder wenigstens eine Geliebte. Dieses Mädchen, Cordelia Chase, war das erste Opfer, das ihm je entkommen war. Doch wenn er erst einmal eines markiert hatte, gab es kein Entkommen mehr. Diese Hatz dauerte nun schon länger als alle anderen, aber am Ende würde er sie doch kriegen. Nichtsdestotrotz hatte sich etwas verändert. Ursprünglich hatte er sie einfach nur töten wollen. Und vielleicht tat er das am Ende auch. Aber sie hatte etwas ... Erregendes, diese Jagd.

Ein kleiner Rinnsal übelriechender Sabber tropfte von Springheel Jacks Kinn, und er grinste böse. Er hörte das Objekt seiner Begierde von oben schreien und nahm neun oder zehn Stufen auf einmal. Er ließ sich nicht davon entmutigen, dass das Haus gar nicht so viele Stockwerke haben konnte, wie er bereits erklommen hatte. Es spielte keine Rolle. Für ihn zählte nur der wunderbare Duft von Cordelia. Er hatte ihn sofort gewittert, als er ins Pförtnerhaus zurückgekehrt war, und nun kochte sein ganzer Körper vor Erregung, wie er es noch nie erlebt hatte. Es roch nach ihr, ja. Und es roch nach Angst.

Das gefiel ihm am besten.

»Xander!«, schrie Cordelia.

»Weg da!«, brüllte Xander und schob sie beiseite, als der Rollstuhl auf ihn zugewackelt kam. Er stolperte rückwärts und sah sich auf dem Speicher nach etwas um, mit dem er sich verteidigen konnte. Da waren schwere verstaubte Koffer und Metallstangen, an denen alte Kleider hingen, fast wie in einem Kostümverleih. Ein altes Spinnrad stand in der Ecke und daneben ein Spiegel in Körpergröße auf einem Holzständer.

Im Spiegel sah Xander eine alte Frau, die an dem Spinnrad saß. Sie schien sich ebenfalls zu fürchten und streckte eine Hand nach ihm aus, während sie mit der anderen das Rad antrieb. Xander hielt inne, denn irgendetwas war merkwürdig an dem Spiegelbild: Die alte Frau war offensichtlich tot. Er sah sie nicht besonders deutlich, denn er konnte durch sie hindurchsehen. Das Bild war transparent. Sie war ... ein Gespenst.

»Aaaaah!«, schrie Xander und tastete fieberhaft umher, suchte irgendetwas, mit dem er sich verteidigen konnte, und wich vor dem Rollstuhl zurück.

Er sah, wie sich Cordelia aufrappelte, und bekam etwas Dickes, Kaltes zu fassen, eine Metallstange. Mit aller Kraft zog er daran, und erst als ein Haufen alter Plunder auf den Boden krachte, bemerkte er, dass er den Ständer eines altmodischen Vogelkäfigs in den Händen hielt.

Der Rollstuhl kam weiter auf ihn zu und krachte gegen die Metallstange, die Xander vor sich hielt. Er selbst machte einen Satz rückwärts, sein rechter Fuß verfing sich irgendwo, und er stolperte mit den Armen rudernd rückwärts.

Cordelia schrie.

Xander spürte einen Widerstand, und da krachte er auch schon durch das Bleiglasfenster. Überall um ihn herum splitterndes Glas. Sein Gehirn arbeitete fieberhaft, er versuchte, irgendwo Halt zu finden, um sich festzuklammern und nicht drei, vier Stockwerke in die Tiefe zu stürzen.

Er prallte auf einem schrägen Dach auf und überschlug sich zweimal. Dann stürzte er ins Nichts und versuchte, die Dachkante zu greifen.

Er bekam sie zu fassen und klammerte sich fest.

Aber nur einen Herzschlag lang, dann stürzte er fünf Meter in die Tiefe und schlug erneut auf einem Dach auf, eine Art Veranda, die wohl erst später angebaut worden war. Seine Beine knickten unter ihm ein, und er überschlug sich wieder, vorwärts diesmal. Verzweifelt versuchte er, seinen Sturz abzubremsen.

Er raste auf einen gemauerten Kamin zu, und dann knallte er auch schon dagegen. Ein stechender Schmerz durchfuhr sein Knie, und er sah Sterne, als er mit der rechten Wange heftig gegen die Steine krachte.

Gleichzeitig war sein Sturz hiermit zuende.

»Verdammt«, flüsterte er.

Alle viere von sich gestreckt, klebte er förmlich an dem Kamin. Sein Knie war aufgeschlagen, und er hatte Kratzer im Gesicht, aber ansonsten ging es ihm gut. Mit der Zunge fuhr er über seine Zähne. Er schmeckte Blut, aber nichts schien zu wackeln.

»Super«, murmelte er. »Und wie komme ich jetzt wieder rein?« Er seufzte. »Nicht, dass ich besonders scharf drauf wäre.«

Ein Schrei zerriss die Luft, und Xanders Augen weiteten sich vor Schreck, als ihm einfiel, warum er überhaupt durch das Fenster gestürzt war.

»O Gott, Cordelia!«

Er drehte den Kopf in dem Versuch, nach oben zu schauen. Dabei verlor er das Gleichgewicht, rutschte am Kamin vorbei über die Dachkante und stürzte erneut ins Nichts. Dabei fluchte er derart hemmungslos, dass Angel glatt errötet wäre.

Schließlich krachte Xander in eine große Hecke, Zweige zerkratzten ihm durch sein T-Shirt hindurch die Haut. Die Arme waren mit Schrammen übersät, Knie und Gesicht schmerzten von der Kollision mit dem Kamin, aber als er sich aus dem Geäst befreit hatte, war er froh, noch am Leben zu sein.

Nun musste er sich vergewissern, dass seine Freundin es ebenfalls war. Er sah zu dem Dachfenster hinauf, durch das er gestürzt war. Von seinem Standort aus sah es unglaublich hoch aus. Dann bemerkte Xander, dass er gar nicht draußen vor dem Gebäude stand, sondern in einem Innenhof. Er war im Herzen des Hauses. Mauern erhoben sich zu allen vier Seiten, aber über sich sah er den Himmel.

Der ganze düstere Innenhof war stark verwildert. Irgendwo gluckerte Wasser, und Xander entdeckte einen umrankten Springbrunnen in der Mitte des Hofes. Vier Wege aus Steinplatten schlängelten sich durch den Garten, aber er bemerkte sie erst nach einer Weile, denn sie waren vollkommen mit Unkraut überwuchert.

Nun sah er auch, dass sie, obwohl reichlich verschlungen, jeweils zu einer Flügeltür führten. Es gab also vier verschiedene Hauseingänge, und einer von ihnen musste doch offen sein! Xander fragte sich, ob er tatsächlich wahnsinnig genug war, noch einmal in das Haus vordringen zu wollen.

Er streckte sein Bein, betastete das verletzte Knie und ging auf die Verandatür zu, die auf der Seite lag, an der er vom Haus gestürzt war.

»Als hätte ich eine Wahl«, murmelte er. »Ich setze einhundert auf die Kategorie ›Dusselige, selbstmörderische Liebhaber‹ ...«

Aus den Bäumen hinter ihm ertönte Geraschel. Da bewegte sich etwas durch das Unterholz. Es mussten mehrere sein, denn nun hörte er plötzlich von allen Seiten Geräusche. Er flüchtete sich über die Steinplatten bis in die Hofmitte, fort von der üppigen Vegetation. Der Mond beleuchtete die Kulisse wie ein Spot, als die Kreaturen aus der Dunkelheit des verwilderten Gartens kamen.

Sie sahen tot aus, aber vertrocknet waren sie keineswegs. Nur reichlich verfilzt, fast wie Höhlenmenschen. Sie gingen gebeugt und grinsten irr. Als sie näher kamen, bemerkte Xander ihre grünlich-braune Hautfarbe und erkannte, wie wenig menschlich sie waren. Ein alter Kerl mit blutgetränktem Bart hatte sich dicht an ihn herangepirscht.

»Ich will seine Augen«, sagte er gurgelnd. »Ich liebe es, wie sie zwischen den Zähnen zerplatzen.«

Xander seufzte. »Ghuls«, jammerte er. »Warum ausgerechnet Menschen fressende Ghuls?«

Der Rollstuhl hatte sich nicht mehr bewegt, seit Xander aus dem Fenster gestürzt war.

Eine Zeit lang war Cordelia wie gelähmt vor Angst. Als sie endlich den Mut aufbrachte, ans Fenster zu gehen, sah sie in der Tiefe nur ein Dach, auf dem Glassplitter lagen, und die Blätterkronen von Bäumen, die in einer Art Innenhof standen.

»Xander«, flüsterte sie, drehte sich um und wollte wieder zurück in das Treppenhaus. Aber die Tür ging nicht auf. Als sie dagegentrommelte, dagegentrat und wie verrückt an dem Türknauf rüttelte, schien die Verzweiflung sie fast zu überwältigen. Tränen liefen ihr über die Wangen, und sie schluchzte leise. Sie rechnete mit dem Schlimmsten – zum Beispiel, dass Xander blutend und mit gebrochenen Knochen auf dem Boden des Innenhofs lag, aufgespießt von langen Glassplittern.

»Hilfe!«, schrie sie. »Hört mich denn keiner?«

Sie trommelte wieder gegen die Tür, biss sich auf die Lippen und spürte die heißen Tränen auf ihren Wangen.

»... keiner?«, wimmerte sie.

Etwas schlug gegen die Tür.

Cordelia erstarrte einen Augenblick lang, bevor sie zögernd fragte: »Buffy?«

Holz splitterte, und die Tür flog aus den Angeln.

Cordelia wich zurück, dann kletterte sie wieder die Stufen zum Dachboden hoch. Als sie sich panisch umdrehte, sah sie, wie Springheel Jack hereinstürzte.

Er grinste und flüsterte nur ein einziges Wort: »Liebling!«

13.

Xander, auf der Flucht vor den Ghuls – es waren mindestens sechs an der Zahl –, sah sich unterdessen nach einer Waffe um, oder nach einem Ausweg oder wenigstens nach dem netten Torwächter von nebenan. Doch so viel Glück war ihm nicht beschieden.

»Seid ihr nicht zufällig auf irgend einer Spezialdiät oder so? Ich meine, um euch diese widerlichen kulinarischen Vorlieben abzutrainieren?«, witzelte er.

»Ich will seine Zunge«, sagte ein anderer alter Ghul, der hinter einem Baumstamm hervorkroch. Der lange Bart verfing sich in der Rinde, und als der Alte sich schüttelte, um sich zu befreien, rieselten tote Insekten aus dem verfilzten Haar.

»Okay, hier haben wir also den Sieger im Ekeligkeitswettbewerb!«, sagte Xander.

Er machte auf dem Absatz kehrt und rannte von der Mitte des Hofs auf die entgegengesetzte Tür zu.

Doch er kam nicht weit. Er stolperte über eine dicke Baumwurzel, segelte durch die Luft und landete auf einem Haufen vertrockneten Laub gemischt mit grauen, wässrigen Pilzen. »Ich bin heute eindeutig unfallgefährdet ...«

Hinter ihm dröhnten Schritte, die immer näher kamen. Laut rief er: »Hey Leute, kennt ihr schon den? Kommt ein Mann zum Arzt, und ...«

Als die erste Hand nach ihm griff, verstummte Xander. Er hatte nichts mehr zu sagen.

»O mein Gott«, keuchte Cordelia, als sie rückwärts die Stufen hinauffloh.

»Kein Gott, nur dein Geliebter«, sagte Springheel Jack und grinste sein irres Grinsen. »Nun komm her, mein Schatz! Ich will einen Kuss.« Er öffnete das Maul. Seine nadelspitzen Zähne glänzten, aber innerlich schien er zu verrotten. Cordelia konnte seinen stinkenden Atem riechen.

Sie kletterte weiter, bis sie gegen ein Hindernis stieß. Sie blickte über ihre Schulter; es war der Rollstuhl.

Der, auf dem ein Geist saß.

Springheel Jack kam nun durch die Tür am Fuß der Dachtreppe und mühte sich Stufe um Stufe hinauf.

Cordelia schluckte und wollte den Rollstuhl mit der Hüfte beiseite stoßen. Aber er bewegte sich nicht. Sie stieß ihn wieder an, und ihre Angst wuchs, denn Springheel Jack streckte bereits seine Krallen nach ihr aus.

»Bitte!«, rief Cordelia verzweifelt.

Mit einem plötzlichen Ruck bewegte sich der Rollstuhl rückwärts.

»Ich mag höfliche junge Damen«, flüsterte der Geist ihr unhörbar zu. *»Mein Name ist Antoinette, Mädchen. Und ich glaube, ich kann dir helfen.«*

Cordelia sah in den Spiegel. Da saß wieder die alte Frau, deren graues Haar zu einem Knoten aufgesteckt war.

»Springheel Jack ist zu oft aus diesem Haus ausgebrochen. Dieses war das letzte Mal. Du musst sein Feuer gegen ihn verwenden, Mädchen. Gebrauch deinen Verstand, um ihn zu umgarnen und zu fangen.«

»Ich? Wie?«, fragte Cordelia.

»Die Tür«, sagte der Geist nun mit schwächerer Stimme. *»Das Feuer.«*

Cordelia drehte sich zu der Dachtreppe um. Die Tür war zerstört. Aber dann sah sie, was die geisterhafte alte Frau gemeint hatte: über Springheel Jacks Kopf war eine Falltür, ähnlich einem Garagentor. Daran war ein Seil befestigt, das durch mehrere Ösen die Deckenbalken entlang lief und genau hinter dem Spiegel wieder herunter kam, wo es an einer alten Schneiderpuppe befestigt war.

»Meine Süße«, sagte Jack. Er schob auf Cordelia zu, die sich hinter dem Rollstuhl versteckte. Die alte Dame als Schutzschild zu gebrauchen, kam ihr furchtbar vor, aber schließlich war sie ein Geist, und Jack konnte ihr vermutlich nichts anhaben.

Sie wusste immer noch nicht, wie sie Jacks Feuer gegen ihn selbst verwenden sollte. Auf dem Dachboden war eine unglaubliche Menge alter Trödelkram verstreut, aber das konnte sie sich doch jetzt nicht alles ansehen! Alte Kleider waren ihr wohl keine große Hilfe. Viel zu alt, praktisch nur noch Lumpen, nichts als ein Haufen verblichener alter Stoff, den man genauso gut …

Verbrennen konnte!

Das musste die Lösung sein, aber sie wusste nicht, ob sie den Mut dazu aufbrachte.

»Cordelia, gib mir einen Kuss«, drängte Springheel Jack. Er atmete schwer und erneut breitete sich ein teuflisches Grinsen auf seinem hässlichen Gesicht aus.

Plötzlich wusste Cordy, was sie mit dem Feuer anstellen sollte. Sie stemmte die Hände in die Hüften und spottete: »Tickst du nicht ganz richtig? Hast du dich schon mal im Spiegel angeschaut? Du brauchst dringend mal 'ne Schönheitsoperation.«

»Was hast du gesagt?«, fragte er langsam. Ungläubig.

»Ich sagte, du ekelst mich an, Hackfresse«, entgegnete sie. Und dann tat sie etwas, was sie nie von sich erwartet hätte. Sie lachte ihn aus, lachte aus vollstem Herzen.

»Wie kannst du es wagen!«, brüllte Springheel Jack, und Feuersalven schossen aus seinem Mund.

Cordelia spürte die Hitze. Sie nahm all ihren Mut zusammen und sah ihm fest in die Augen. »Wie ich was wagen kann? Mich über einen Clown wie dich lustig zu machen?«

»Einen Clown?«, geiferte er. *»Einen Clown?«* Dann kniff er die dunklen Augen zusammen, und wieder schossen Flammen aus seinem Maul.

Neben Cordelia fing ein Ständer voller alter Fummel Feuer. Das Zeug brannte wie Zunder, und die Flammen griffen rasch auf andere Kleider über, auf eine Reihe Hüte und die alte Tapete selbst. Innerhalb von Sekunden stand der halbe Raum in Flammen. Der Holzboden loderte auf. Der Spiegel zerbarst.

Schon bald ergriffen die Flammen das Seil, das die Falltür hielt.

»Alles in Ordnung?«, rief sie dem Rollstuhl zu. Er bewegte sich ein paar Zentimeter vor, und dann begann der Boden unter ihm zu brennen, und er wurde von den Flammen verschlungen. Cordelia hielt die Luft an. Sie musste das als Zustimmung deuten.

Springheel Jack stand einfach nur da, von Feuer umgeben.

»Also dann! Vielleicht findest du ja ein Mädchen, das zu dir passt, wenn du in der Hölle schmorst!«, rief Cordelia ihm zu.

Sie rannte Richtung Treppe. Doch bevor sie an die Stufen gelangte, klappte krachend die Falltür herunter und versperrte ihr den Ausgang. Nun saß sie mit Springheel Jack gemeinsam in der Falle.

Cordelia schrie. Sie trat einen Schritt zurück und sah hinauf. Das Feuer hatte das Ende des Seils hinter dem Spiegel erfasst und es zu schnell verbrannt.

»Endlich allein, meine Liebe. Komm zu mir, kleine Prinzessin«, sagte Jack sanft.

Tränen liefen Cordelia über die Wangen. Nun musste sie tatsächlich sterben.

Über ihrem Kopf brannten die Dachsparren lichterloh. Eine lange Holzplanke löste sich und stürzte wie eine Bombe auf sie zu.

Sie schrie laut auf und sprang im letzten Moment aus dem Weg.

Nun war sie Springheel Jack noch näher. Er lächelte sie an und sagte: »Wir müssen uns beeilen, mein Liebling. Wir wollen doch nicht verbrennen, bevor wir uns nicht einen kurzen Augenblick lang umarmt haben.«

»Zum Teufel, nein!«, flüsterte sie. Der Rauch wurde dichter, sie konnte kaum noch etwas erkennen. Mit zusammengekniffenen Augen sah sie sich verzweifelt um. Der einzige Ausweg war das Fenster. Sie wusste nicht, ob Jack auch schon darauf gekommen war, aber das spielte eigentlich keine Rolle. Wenn sie es nicht erreichte, würde sie bei lebendigem Leibe gegrillt. Allerdings stand Jack zwischen ihr und dem einzig verbliebenen Fluchtweg.

Hustend machte sie noch einen Schritt auf ihn zu. Sie stieß mit dem Fuß gegen einen Gegenstand und sah zu Boden. Es war der Metallständer der verbrannten Schneiderpuppe. Ein wenig unhandlich, fand Cordelia, aber es musste eben gehen.

Sie hob ihn hoch und versuchte, dieselbe Kampfstellung einzunehmen, die sie bei Buffy schon tausendmal gesehen hatte. Nun war sie die Kämpferin und stand einem Monster gegenüber, das Buffy nicht hatte besiegen können.

Sie wollte nicht schreien.

Nicht schreien.

»Oh, meine mutige Schönheit«, sagte Springheel Jack bewundernd. »Was gäben wir beide für ein hübsches Paar ab.«

Dann raste er auf sie zu.

Cordelia schrie auf und erhob den Ständer. Doch das Monster war noch nicht nah genug gewesen, und sie verfehlte es. Erneut schwang sie das Eisen und stöhnte vor Anstrengung. Zack! Ihr fielen fast die Augen aus dem Kopf, als sie sah, dass sie Jack tatsächlich getroffen hatte, und zwar ziemlich kräftig an der Hüfte.

»Du ... Miststück«, brachte er überrascht hervor und öffnete sein Maul.

Wieder schwang sie den Ständer und schmetterte dem Monster die Schneiderpuppe, von der nur noch das Metallgerüst übrig war, ins

Gesicht. Jack geriet komplett aus dem Gleichgewicht, fuhr knurrend herum und spie Flammen in ihre Richtung.

In diesem Moment öffnete sich der Boden unter ihm.

Mit einem Schrei verschwand das Ungeheuer in der Tiefe, und Feuersäulen stiegen zur brennenden Decke auf wie Geysire.

Erleichtert schluchzte Cordelia auf und klammerte sich an ihre Waffe.

Dann bahnte sie sich einen Weg durch den brennenden Raum zum Fenster, kletterte ins Freie und versuchte, sich an der Dachkante festzuhalten. Aber sie war erschöpft, und es gab kaum etwas, woran sie sich hätte klammern können. Sie würde sich unmöglich lange dort halten können.

»Xander!«, schrie sie. »Xander, wo zum Teufel bist du? Du hast mich in diese Sache reingezogen, und du wirst mich auch wieder hier heraus holen, sonst bringe ich dich um!«

»Ihr macht ziemlich viel Aufhebens um die Sache, wenn ihr mich fragt«, murmelte Xander, kurz nachdem er das Bewusstsein wiedererlangt hatte.

Die Ghuls hatten ihn tief in den verwilderten Garten geschleppt. Er lag am Boden und unterdrückte einen Schrei, als er erkannte, dass der grinsende weiße Fleck, auf den er starrte, ein menschlicher Totenkopf war.

Mittlerweile waren noch mehr Ghuls aufgetaucht, vielleicht ein Dutzend an der Zahl, darunter auch zwei schrecklich aussehende kleinere Exemplare. Ghul-Kinder, dachte Xander. Eine ganze Familie!

»Wir haben seit Jahrhunderten kein Menschenfleisch mehr gegessen«, sagte der Alte mit dem blutverschmierten Bart. Er rieb sich die Hände.

»Ich werde euch enttäuschen«, meinte Xander. »Das kann ich nämlich besonders gut.«

Sie packten ihn an Armen und Beinen, und der älteste Ghul schickte sich an, den ersten Bissen nehmen. Xander wünschte sich, sie würden ihm zuerst den Schädel zertrümmern, aber danach sah es nicht aus. In diesem Moment sagte einer der Menschenfresser: »Ist das Rauch?«

Plötzlich regnete es Feuer. Dicke brennende Holzbalken schlugen um sie herum auf, dass die Funken flogen.

Die Ghuls, die Xander festgehalten hatten, liefen schreiend auseinander. Ausgepumpt und verletzt wie er war, sprang er auf und rannte um sein Leben. Er riskierte nur einen raschen Blick über die Schulter und sah dem Flammenregen nach, der sich über die fliehenden Ghuls ergoss. Ein überhängender Erker brannte lichterloh und krachte in den Innenhof.

Wenn er es richtig in Erinnerung hatte, war dies der Flügel des Hauses, wo er mit Cordelia den Geist getroffen hatte ... wo er aus dem Fenster gestürzt war.

»Cordy«, keuchte Xander. Dann rief er ihren Namen lauter und verfluchte sie innerlich. Schon oft hätte er sie am liebsten umgebracht und nun stand er da und musste wieder einmal überlegen, wie er sie retten konnte.

Stolpernd erreichte er eine der Flügeltüren und riss mit aller Macht an den Griffen.

Sie war verschlossen.

»Nein!« Er warf sich mit seinem ganzen Gewicht dagegen. »Cordelia!«

Erneut rammte er seine Schulter in die Tür, immer und immer wieder. Er wollte gerade aufgeben und zur nächsten rennen, als sie sich öffnete.

Ein sehr alter Mann in einem schwarzen Rollkragen-Pullover und olivfarbenen Hosen stand auf der Schwelle. Er sah verhärmt und teiggesichtig aus. Unter den dunkelbraunen Augen hatte er schwarze Ringe, dichte graue Stoppeln bedeckten sein Kinn. Er sah grauenhaft aus. Vielleicht sogar noch schlimmer als Xander.

»Dämon, bist du einer von den Söhnen?«, fragte er, dann wurde er von einem heftigen Hustenanfall geschüttelt. Seine Finger waren knochig, und auf den Handrücken trat das blau-lila Venengeflecht deutlich hervor.

»Ich, ein Dämon? Haben Sie in letzter Zeit mal einen Blick in den Garten geworfen?«, gab Xander unwirsch zurück und stieß die Tür auf.

Der Mann wischte sich den Mund ab. Ein wenig Blut blieb an seinen Fingern zurück, aber er beachtete es nicht. Dann straffte er die Schultern und sah Xander fest in die Augen. Plötzlich sah er jünger aus, aber immer noch so alt, dass ein paar Jahrzehnte mehr oder weniger kaum einen Unterschied machten.

»Sohn der Entropie, ich bin der, den ihr sucht. Mein Name ist Jean-Marc Regnier. Ich bin der Torwächter.«

Aug in Aug sah sich Buffy den drei großen Bestien gegenüber, die in der Tür hockten.

Die beiden Männer und die Frau hatten sich in schwarze Panther verwandelt, schnell, tödlich und elegant. Ihre muskulösen Körper waren von schwarzem samtenem Fell bedeckt. Aus dem großen Mann war ein riesiges Exemplar geworden, der kleinere, brutale hatte eine silberne Strähne auf dem Rücken. Die Frau war die kleinste, aber sie führte das Rudel an. Dicht an den Boden gedrückt, schlichen die drei Raubkatzen vorwärts, die gelben Augen unverwandt auf ihr Opfer gerichtet. Die drei Bestien bleckten ihre langen, gefährlichen Reißzähne und knurrten tief in der Brust.

Das weibliche Tier schlug mit der Pfote aus. Buffy wusste, Panther waren so stark, dass sie einem Menschen mit einem einzigen Prankenhieb den Arm abreißen konnten. Ihr Selbsterhaltungstrieb drängte sie, sich in drei Teufels Namen aus dem Staub zu machen, aber wo sollte sie in diesem Irrenhaus nur hin?

In diesem Moment sprang die Pantherin.

Ohne eine Sekunde zu zögern, verpasste Buffy ihr einen Tritt gegen die Schnauze. Das Tier wurde zurückgeschleudert und versperrte den anderen beiden in den Weg. Buffy machte einen Satz und landete mit ihrem ganzen Gewicht auf dem Hinterteil des größeren Männchens. Mit einem wütenden Fauchen duckte es sich zum Sprung.

Buffy ging in Kampfstellung und sah dem Panther direkt in die Augen. »Ich weiß nicht, ob ihr mich verstehen könnt. Aber ich will euch eines sagen: Wenn ihr mich nicht in Ruhe lasst, bringe ich euch alle um.«

Wie, wusste sie allerdings noch nicht. Sie hoffte einfach, sie würden ihr glauben.

Unglücklicherweise taten sie das nicht.

Das Tier, das sie angegriffen hatte, schien verletzt, aber schlimm konnte es nicht sein. Kalt sah es sie an und rappelte sich wieder auf. Die beiden anderen starrten sie nur an und knurrten.

»Hey, ich rede mit euch!«, rief Buffy. Schweißperlen traten ihr auf die Stirn, als sie den Holzpflock aus dem Gürtel zog. Die Jägerin durfte keine Angst zeigen, aber sie hatte keine anderen Waffen und obendrein noch nie gegen Panther gekämpft. Gegen Hyänenmenschen schon, aber nicht gegen richtige wilde Tiere.

Sie hielt den Pflock in Bereitschaft und machte einen vorsichtigen Schritt auf die Panther zu. Dann noch einen.

Das größere Männchen fauchte sie an. Sie tastete mit der Hand nach dem zweiten Pflock an ihrem Gürtel und zückte auch diesen. Sie überlegte fieberhaft, wie sie reagieren sollte, wenn sie von drei Seiten gleichzeitig angriffen wurde.

Aber zu einer Lösung sollte sie nicht gelangen, denn wie auf Kommando griffen die Tiere wild fauchend an. Buffy spürte einen stechenden Schmerz, vermochte aber nicht zu beurteilen, wo sie gebissen worden war. Dann verpasste ihr der Panther mit dem silberfarbenen Streifen einen Schlag mit der Vorderpfote ans Kinn. Wäre sie nicht die Jägerin, die Wucht des Hiebes hätte ihr mit Sicherheit das Genick gebrochen.

Wütend trieb Buffy den Pflock kurz in die Pfote des Tieres, bevor es sie zurückziehen konnte. Es brüllte auf, vor Schmerz und Zorn, und senkte den Kopf, um sie erneut anzugreifen.

Buffy täuschte nach links an, katapultierte sich dann aber über das Tier hinweg, wobei sie den Pflock vor sich hielt, um es am Kopf zu treffen. Das Timing stimmte, das spitze Ende ihrer Waffe traf die Kehle des Panthers und durchbohrte Zunge und Rachen zugleich.

Die Bestie schrie wie am Spieß. Als Buffy vor der gegenüberliegenden Wand aufkam, schüttelte das Tier seinen mächtigen Kopf vor Schmerz. Sein Gebrüll musste selbst die Wände erschüttern.

Buffy hätte sich gern den Luxus von Panik gestattet, aber sie durfte keine Sekunde verschenken. Sie stemmte sich mit dem Rücken gegen die Wand und rappelte sich wieder auf. Der verletzte Panther ließ sich auf den Boden fallen und fuhr sich wie wild mit der Pfote über das Maul. Buffy wusste, er würde sich binnen kürzester Zeit erholt haben und sie wieder angreifen.

Die Pantherin sprang auf sie zu und nahm direkten Kurs auf ihren Kopf. Buffy duckte sich blitzschnell. Das Tier schoss über sie hinweg und knallte mit dem Schädel voran gegen die Wand. Sofort wollte es sich wieder aufrappeln, aber Buffy trieb ihm den Pflock in den Leib. Blut strömte ihr über den Arm und spritzte ihr ins Gesicht.

Der Panther mit dem silbernen Streifen spannte die Muskeln und setzte sich in Bewegung.

Das verwundete Weibchen wollte sich erheben, brach aber wieder zusammen und blieb ausgestreckt auf dem Boden liegen. Aus der Wunde im Bauch rann Blut auf den Teppich. Aber nun war der Große wieder auf den Beinen, der, dessen Hinterlauf sie verletzt hatte, und kam mit dem anderen auf sie zu.

Buffy wich langsam zurück, ohne den Blick von den Tieren abzuwenden. Plötzlich stieß sie mit dem Rücken gegen eine Mauer. Sie griff nach hinten und tastete sie ab. Es musste sich um eine der Barrieren handeln, die an die falsche Stelle gelangt war, weil das Haus sich wieder einmal verändert hatte.

Fieberhaft fuhr sie mit den Händen auf und ab, suchte nach einem Riegel oder einer Klinke, nach irgend einem Ausweg. Aber wohin sollte der führen? Obwohl diese Frage sicherlich eine Überlegung wert war, fehlte Buffy in diesem Moment jegliche Zeit, sich darüber Gedanken zu machen.

Während die beiden Männchen näherkamen, rollte sich das Weibchen auf den Rücken und hob den Kopf. Langsam verschwand das schwarze Fell und die Schnauze wurde wieder zu dem Gesicht einer Frau. Sie keuchte und rang nach Atem und sah Buffy aus zusammengekniffenen Augen an. Blut lief aus ihrem Mund.

»Du brauchst gar nicht erst wegzulaufen«, sagte sie. Sie hustete, spuckte Blut, verdrehte die Augen und brach reglos auf dem Teppich zusammen. Innerhalb von Sekunden war sie wieder ganz Mensch.

Die beiden anderen Panther legten die Köpfe in den Nacken und fauchten.

Dann spannten sich ihre Muskeln zum Sprung.

Giles war so blutverschmiert, dass er kaum noch etwas sehen konnte.

Die kleinen Monster, die ihm überall die Haut aufgerissen hatten, waren überaus gefährlich. Mit nadelspitzen Fingern und Zähnen zupften sie an ihm herum und verschlangen die kleinen Hautstückchen, als hätten sie seit Jahrhunderten nichts Essbares mehr bekommen. Je mehr Hautfetzen sie in sich hineinstopften, desto dicker wurden ihre Bäuche, und das kleine Biest, das Giles am nächsten war, platzte schließlich tatsächlich. Verrottetes Fleisch kam zum Vorschein, das von früheren Opfern stammen musste.

Unaufhörlich schlug Giles nach ihnen, aber es waren einfach zu viele, und sie kamen von allen Seiten. Es wäre einfacher gewesen, einen Schwarm Wespen loszuwerden!

Instinktiv wollte er sich zusammenrollen, um sich zu schützen, aber er wusste, dann wäre er verloren. Es gelang ihm, eine Hand in die Tasche seiner Tweedjacke zu schieben und den Rosenquarz zu umfassen, den Pallamary ihm im Krankenhaus gegeben hatte.

Giles hatte den Stein ganz vergessen. Nun aber fiel ihm ein, dass der Quarz mit einem Fluch belegt sein musste. Bestimmt hatte er dazu beigetragen, das Chaos im Haus zu vergrößern, wenn er es nicht sogar ausgelöst hatte. Vielleicht verschwanden ja die Monster, wenn er sich des Steines entledigte.

Die Bewegungen bereiteten ihm große Schmerzen, aber er schaffte es schließlich doch, den Stein von sich zu schleudern.

Die Luft riss entzwei wie ein Vorhang. Ein Wirbel knisternder blauer Energie entstand in der Mitte des Raumes, wo sich eine Pforte öffnete, in der schwarzes und violettes Licht tanzte.

Sekunden später wurden die kleinen Monster in den Strudel gezogen. Dabei stießen sie schrille Schreie aus und flatterten hilflos mit ihren Flügeln. Einige hielten sich zwar verzweifelt an Giles' Kleidung, seinem Haar, den Ohren und Fingern fest, aber vergeblich: Einer nach dem anderen wurden sie schließlich von der Pforte verschluckt.

Nach wenigen Sekunden war der Spuk vorbei, und der Rosenquarz war verschwunden. Giles rang heftig nach Atem. Letztlich war ihm der Stein also doch hilfreich gewesen. Giles fragte sich, warum Pallamary ihm den Quarz überhaupt gegeben hatte.

Vielleicht wollte ihn die Gegenseite gar nicht töten, sondern nur gefangen nehmen, wie es früher schon einmal geschehen war. Aber warum wurden dann andere Wächter getötet?

Darauf wusste Giles keine Antwort. Mit schmerzverzerrtem Gesicht bewegte er sich zur Tür, trat über die Schwelle und knallte sie hinter sich zu. Was sich auch sonst noch an Irrsinn in diesem Zimmer verbarg, es würde hoffentlich bleiben, wo es hingehörte.

Nun schwebte er wenigstens nicht mehr in unmittelbarer Lebensgefahr. Und so galt – wie immer – sein nächster Gedanke Buffy.

»Ich habe eure Freundin umgebracht«, sagte Buffy zu den beiden Panthern, die ihr immer näher kamen. »Und ich bin als Jägerin für absolute Gleichberechtigung. Jungs kriegen keine Extrabehandlung!«

Der Silberrücken fauchte und sprang sie an. Buffy wirbelte in die Luft und trat zu. Sie erwischte den Panther am Kiefer. Er wurde fuchsteufelswild, und seine linke Pfote sauste durch die Luft, dann die rechte, aber Buffy ging jedesmal in Deckung wie ein Preisboxer.

Pfeilschnell schoss der Panther schließlich vorwärts und schnappte ins Leere, denn Buffy hatte sich zur Seite geworfen, überschlug sich auf dem Boden und sprang wieder auf die Füße.

Wo war der andere? Ihr Blick irrte durchs Zimmer. Vielleicht wollte Silberrücken sie nur ablenken und den Boden für seinen großen Bruder bereiten, der sie töten sollte.

»Buffy!«

Das war Giles.

Sie rief: »Im Korridor!«, aber sofort wurde ihr klar, wie dumm das war. Im Haus gab es vermutlich Trillionen von Korridoren. »Äh ... Treppenhaus!« Und mindestens ebenso viele Treppenhäuser. »Panther!«

Vielleicht hatte Giles ja schon eine Zeichnung mit allen Räumen und Monstern gefunden ...

Unschlüssig stand der Wächter vor der Tür.

Seine Hand ruhte auf der Klinke. So wie es sich anhörte, war Buffy auf der anderen Seite. Aber vielleicht war es auch nur eine Täuschung? Vielleicht würde er es unendlich bereuen, seinen Sinnesorganen vertraut zu haben.

Lauerte hinter dieser Tür womöglich wieder etwas, das ihn töten wollte und es diesmal vielleicht sogar schaffte?

Er rückte seine Brille zurecht und zuckte mit den Schultern. Eigentlich spielte das keine Rolle. Wenn nur die geringste Möglichkeit bestand, dass er mit seinem Tod die Jägerin rettete, dann würde er eben sterben. So einfach war das. Natürlich war Tollkühnheit nicht angesagt, aber angesichts der Wahrscheinlichkeit, zum Erfolg beitragen zu können, wenn er sich selbst opferte, musste er ...

»Giles!!«

Er öffnete die Tür.

Der große Panther beobachtete Buffy dabei, wie sie mit dem kleineren kämpfte. Natürlich wartete er nur darauf, dass sie müde wurde. War sie erst einmal erschöpft, griff er an. Oder vielleicht erhob er nur Anspruch auf die größte Portion der Beute, schließlich war er hier der King!

Buffy hatte keine Zeit, sich Blut und Schweiß aus dem Gesicht zu wischen oder die Tränen der Frustration. Wenn sie es nur mit einem Panther zu tun gehabt hätte, den hätte sie erledigen können. Aber hier waren gleich zwei. Und das bedeutete, dass sie früher oder später sterben musste.

Hinter der hübschen Kirschholz-Tür war eine weitere hübsche Kirschholz-Tür.

Giles fühlte sich an diese amerikanischen Spielshows erinnert, wo das Öffnen von Türen zu den Highlights des ganzen öden geschmacklosen Spektakels gehörte. Oder vielleicht, wenn man es prosaischer wollte, an Alice im Wunderland. Er öffnete Tür Nummer zwei.

Blutüberströmt kämpfte Buffy mit einem riesigen schwarzen Panther.

»Um Himmels Willen«, murmelte Giles, trat über die Schwelle und packte die Jägerin am T-Shirt. »Buffy, ich bin es«, schrie er sie an, denn sie wirbelte schon herum, um sich zu verteidigen.

Er riss sie mit sich über die Schwelle und schlug die Tür zu, als die riesige Katze auch schon von innen dagegen prallte. Die Tür vibrierte und bog sich in ihrem Rahmen. Dann war alles ruhig.

»Nett, dass Sie mal vorbeigeschaut haben«, sagte Buffy.

»Buffy, bist du … verletzt?«, fragte Giles entsetzt; sein Herz pochte heftig vor Sorge.

»Was? Oh!« Sie sah an sich hinunter. Sie war von oben bis unten blutverschmiert, und über ihrem Knie klaffte eine Wunde. Der Biss des Panthers. Glücklicherweise hatte er seine Zähne nicht allzu tief in ihr Fleisch schlagen können.

»Das heilt wieder.« In diesem Moment fing die Bisswunde an zu brennen. Während des Kampfes hatte sie keine Schmerzen gespürt. Nun meldeten sie sich um so heftiger.

Giles legte den Kopf zur Seite. »Es riecht nach Rauch, oder?«

»Stimmt. Irgendwas brennt«, sagte Buffy besorgt. »Wir müssen Xander und Cordelia finden.« Sie hastete los, hielt aber nach wenigen Schritten inne und sah Giles stirnrunzelnd an. »Wo sind wir denn eigentlich?«

Er schüttelte den Kopf. »Ich habe nicht die geringste Ahnung.«

»Und was sollen wir jetzt tun?«

»Es scheint so zu sein, dass unsere Anwesenheit ein Quentchen Ordnung in das Pförtnerhaus gebracht hat«, entgegnete Giles nachdenklich.

»Aber nur ein bisschen, hm?«, meinte Buffy.

»Ja, das bedeutet doch ein Quentchen.«

»Hm, hm.« Sie straffte ihre Schultern. »Weiß ich doch.«

»Es scheint auch so zu sein, dass das Haus versucht hat, sich mit neuem Chaos dagegen zu wehren.«

»So ein Ärger aber auch!«

»Buffy.« Er seufzte. »Ich weiß, du versuchst, dich von den Ereignissen nicht aus dem seelischen Gleichgewicht bringen zu lassen und ich …« Er hielt inne. »Vielleicht ist es das! Vielleicht müssen wir noch mehr Ordnung herstellen. Weißt du, damals, als ich nach London gegangen bin, um gegen mein Schicksal zu protestieren, haben wir ziemlich viel … Meditation und so gemacht. Hast du je von transzendentaler Meditation gehört?«

Buffy nickte. »Die haben mal im *Bronze* gespielt.«

»Ganz genau.« Er grinste sie kurz an. »Ich mag deinen Sinn für Humor wirklich, Buffy, nur gegen das Timing habe ich im Moment so meine Einwände.«

»Da fällt mir ja ein Stein vom Herzen. Okay, also: Trans und dental und Meditation – da kann ich nur sagen: Wie bitte?«

Er rückte seine Brille zurecht. »Was ich meine: Wir müssen in unserem Inneren Frieden und Ruhe einkehren lassen. Uns ins Zentrum von Ordnung und Harmonie stellen. Vielleicht werden diese Schwingungen das Haus lange genug beeinflussen, damit wir Xander und Cordelia finden können.«

»Und das Feuer löschen«, drängte Buffy.

»Und den Torwächter finden.«

»Der kann sich auf was gefasst machen!«

»Bist du bereit?«, fragte Giles und schloss die Augen. »Du musst die Augen zumachen und dich konzentrieren, auf deinen Atem hören.« Er runzelte die Stirn. »Du atmest ziemlich heftig, Buffy!«

Sie grinste ihn an. »Das ist das Haus, Giles.«

»Oh je!« Er blickte bestürzt drein.

Sie klopfte ihm mit der blutverkrusteten Hand auf die Schulter. »Aber lassen Sie sich davon nicht beirren. Wir beruhigen es einfach wieder, okay?«

»In Ordnung. Schließ jetzt die Augen!«

14.

Willow hatte sich nach der Schule nicht umgezogen und trug noch immer ihr gestreiftes Sweatshirt und den gelben Cordoverall, als sie sich nicht weit von ihrem Haus mit Angel traf. Er hatte für das Abendprogramm einen schwarzen Rollkragenpullover und seinen Mantel gewählt.

»Sorry, dass ich zu spät bin«, sagte Willow. »Mein Vater wollte wieder mal über meine Zukunft sprechen. Aber ich muss sagen, mir liegt im Moment mehr daran, dafür zu sorgen, dass es überhaupt eine Zukunft geben wird!«

»Mich haben die Predigten meines Vaters auch immer total genervt. Er mochte meine Freunde nicht«, versuchte Angel sie zu trösten. »Da sie in der Mehrzahl allerdings betrunkene Flegel waren, die ihr Erbe verprassten, hatte er wahrscheinlich gar nicht so unrecht.«

»Na ja, Oz hat als Erbschaft nur die drei Nächte monatlich vorzuweisen, in denen er als Werwolf rumläuft, und die hat er von seinem Cousin«, meinte Willow. »In den anderen siebenundzwanzig ist er Musiker; vielleicht ein Grund, ihn in den Flegelstand zu erheben. Wenigstens trinkt er nicht.«

Willow ließ ihre Taschenlampe zunächst ausgeschaltet, als sie im Schutz der Dunkelheit loszogen.

Ihr war nicht ganz wohl dabei, mit Angel durch die Nacht zu ziehen. Zum einen dachte sie an die Greuel, die er – oder das Ding in ihm – ihr und ihren Lieben angetan hatte, zum anderen beschlich sie das Gefühl, sie begleite ihn nur als Ersatz für Buffy.

Das passte Willow ganz und gar nicht. Aber die anderen waren nun einmal alle weg, und Sunnydale hatte nur noch sie und Angel. Sie würde alles tun, was in ihrer Macht stand.

Die beiden kauerten hinter einer hohen Hecke. Plötzlich bewegte sich Angel neben ihr. Er drehte sich halb um und lauschte in die Nacht. Im Schein des gelben Mondes wirkte sein Gesicht blass und die Augen sehr dunkel; harmlos im Vergleich zu den brutalen Zügen, die er bekam, wenn der Blutrausch ihn packte.

Er sah sie an und tippte ihr auf die Hand. Dann zeigte er auf das verlassene Gebäude, das sie seit einer Weile beobachteten. Sie befanden sich auf dem Gelände des verfallenen »Delta Zeta Kappa«-Bruderschaftshauses. Willow rief sich in Erinnerung, wie Buffy einmal mit Cordelia hier auf einer Party gewesen war – mit desaströsen Konsequenzen: Die beiden hatten beinahe als Opfergaben für den grausamen Reptiliengott geendet, der im Keller des Hauses lebte. Als Buffy ihn getötet hatte, zerschlug sich die Bruderschaft. Die meisten damaligen Mitglieder waren ins Gefängnis gewandert, und eine große Zahl Ehemaliger kam unter mysteriösen Umständen ums Leben oder brachte sich um.

Ganz alltägliche Vorkommnisse im Leben einer Jägerin, dachte Willow.

Niemand wollte das Haus haben. Die Collegeverwaltung hatte es – ungeachtet der Tatsache, dass sie verklagt werden konnte, wenn dort jemand durch den morschen Boden krachte – verfallen lassen, und schließlich hatte es jemand in Brand gesteckt. Nun war von dem Haus nur noch ein schwarzes Skelett übrig, eine Ruine im Mondschein, um die sich natürlich binnen kürzester Zeit viele Spukgeschichten gerankt hatten. Sehr viele.

Geschichten, die Giles sorgsam sammelte und mit seinem Wissensstand abglich.

»Ich könnte schwören, da ist was drin«, sagte Angel. »Da latscht doch jemand rum.«

»Vielleicht nur ein paar Kids oder Obdachlose oder ...« Willow brach ab, sah Angel fragend an und seufzte. »Schon gut, es ist eine riesige ausgehungerte Bestie. Man wird ja wohl noch optimistisch sein dürfen, oder?«

In den Ruinen des Bruderschaftshaus knackte es. Willow und Angel gingen in Alarmbereitschaft. Ein Zweig? Vielleicht ein Waschbär?

Angel spähte aufmerksam in die Dunkelheit. Willow erhob sich etwas aus der Hocke, um besser sehen zu können. In Gedanken ging sie den Zauberspruch noch einmal durch, den sie geübt hatte. Er war neu und sollte auch bei größeren Monstern schneller wirken. Sicherheitshalber zückte sie noch den Holzpflock, den sie am Gürtel trug. Angel nickte, lächelte grimmig und zog ebenfalls einen aus der Innentasche seines Mantels.

Dann ein plötzlicher Aufruhr; ein kurzer, schriller Schrei. Danach Stille.

»Gehen wir! Aber vorsichtig!«, sagte Angel.

Wie verabredet schlich sich Willow auf die linke Seite der Ruine und Angel auf die rechte, wobei sie sich dicht an der Hecke hielten. Immer weiter drangen sie in die Finsternis vor, bis Willow Angel nicht mehr sehen konnte. Hoffentlich waren sie auch für niemand anderen zu sehen!

Plötzlich richtete sich Angel im Schatten einiger Bäumen auf und flitzte zu der Ruine hinüber. Dann sprang er auf die verfallene Veranda, deren Boden einige Löcher aufwies. Was einmal die Vordertür gewesen war, war nun ein verkohlter klaffender Schlund, in den er geduckt vordrang und dabei immer wieder die Festigkeit des Bodens testete, bevor er den nächsten Schritt machte.

Willow tauchte hinter ihm auf. Er signalisierte ihr, ihm zu folgen, und gemeinsam eroberten sie das, was einmal der Aufenthaltsraum gewesen war. Die rückwärtige Mauer war komplett verfallen. Dick mit Ranken bewucherte Äste von Bäumen waren hereingewachsen. Sollte sich tatsächlich etwas vor ihnen verstecken, dann war dies der geeignete Ort dafür.

Rücken an Rücken erforschten sie den Raum. Ihre Schritte wirbelten Staub und Asche auf, und Willow musste sehr dagegen ankämpfen, nicht loszuhusten.

Als sie eine ganze Runde gedreht hatten, sagte Willow: »Und?«

»Nichts.«

Sie sahen sich an. Angel hatte komplett auf Vampirmodus umgeschaltet. Seine Augen leuchteten goldgelb und seine Mundpartie war grauenhaft verzogen.

»Irgendwas hat aber geschrien.«

Angel nickte und ging auf die nordwestliche Ecke zu. Mit den Stiefeln stieß er immer wieder Gerümpel beiseite und stieg über die Überreste eines alten Stuhls. Er bückte sich und sagte: »Es war ein Waschbär.«

»*War*?«

Er nickte. »Ja, der ist mausetot.«

»Muss ich mir das ansehen?«

»Nee. Aber ich werde ihn später zum Dinner zubereiten, wenn du möchtest.« Er erhob sich.

Willow knipste die Taschenlampe an. »Wer immer diesen Waschbär getötet hat, weiß, dass wir hier sind«, sagte sie. »Wir brauchen uns nicht länger zu verstecken.«

Sie ließ den Lichtstrahl über die Treppe wandern, die zu den Schlafzimmern auf der oberen Etage führte. Zum größten Teil war sie intakt, nur ein paar Stufen und das Geländer fehlten.

Ein lautes Krachen aus dem Keller ließ sie aufhorchen.

Willow wechselte einen raschen Blick mit Angel, dann schlichen sie auf die nächstliegende der beiden Türen zu, die in den Keller führten. Angel flog beinahe die Steintreppe hinunter, Willow folgte ihm. Das ganze gewölbeartige Geschoss war voller Schutt und Staub.

Und es roch sehr verrottet.

Angel knurrte, ging in Kampfbereitschaft und sagte: »Toter voraus!«

»Ich sehe es«, sagte Willow. Der Lichtstrahl ihrer Taschenlampe hatte das Monster bereits erfasst.

Es war ungefähr so groß wie ein Mensch und kauerte auf dem Boden. Aus der Position der Hände und Füße konnte man schließen, dass es zu ihnen herüber sah, aber der Kopf lag im Dunkeln. Willow ging sehr langsam darauf zu und hielt die Hand mit dem Pflock hoch erhoben – nur für den Fall. Angel wich nicht von ihrer Seite und beschattete jede ihrer Bewegungen.

Willow streckte beide Hände aus und begann zu deklamieren.

Als sie ganz dicht bei ihm waren, sprang das Monster in die Luft und flog direkt auf Angel zu. Sein Maul war voller gefährlicher Reißzähne, das Gesicht aufgequollen und rot und die Augen leuchteten in einem beängstigenden Grün. Irgendwie saß der Kopf nicht richtig auf dem Rumpf, es sah aus, als hätte das Ding ein gebrochenes Genick. Es stank nach Essig. Mit gebleckten Zähnen ging es auf Angel los.

Angel knurrte und griff an. Aber das Monster entwischte ihm und hüpfte auf die abgebröckelte Steinmauer des tiefen Brunnens, in dem der Reptiliengott gelebt hatte. Dann sprang es wieder in die Luft und schnappte nach Angel.

»Ist das ein Vampir?«, fragte Willow und starrte das Monster an.

»Das ist ein Pennanglan«, erklärte Angel. »So etwas Ähnliches wie ein Vampir. Ich wusste nicht, dass sie sich auch außerhalb von Malaysia ausgebreitet haben. Es saugt das Rückenmark ...«

Das Ding flog auf sie zu, und Angel und Willow liefen auseinander, um es zu verwirren.

»Danke, das reicht mir schon«, entgegnete Willow. »Aber was will das Vieh hier?«

»Sich noch einen Nachtisch besorgen?«

Willow intonierte ihren Sprechgesang lauter und hielt den Pflock auf das Untier gerichtet.

»Geht es überhaupt mit Pflöcken?«, fragte sie.

»Man muss den Kopf treffen«, entgegnete er.

»Ich würde ja lieber nicht so nah rangehen.« Noch einmal sagte Willow ihre Zauberformel auf, aber sie schien keine große Wirkung zu haben.

Das Monster attackierte Angel erneut. Er ließ sich auf den Boden fallen und das Pennanglan segelte über seinen Kopf hinweg und landete auf der gegenüberliegenden Mauer. Willows Blick irrte fieberhaft suchend durch den Raum, bis ihr auffiel, dass die Ketten, mit denen die Jungs von der Bruderschaft ihre Opfer gefesselt hatten, noch an den Steinwänden hingen. Sie bahnte sich ihren Weg durch das Geröll, schnappte sich das Ende einer Kette, stemmte den Fuß gegen die Wand und zog so fest sie konnte.

Zu ihrer Überraschung löste sich die Kette mühelos aus der Wand. Willow stolperte rückwärts, landete auf dem Hintern und schlug mit dem Rücken auf. Für einen kurzen Moment blieb ihr die Luft weg.

»Willow!«, rief Angel.

Das Pennanglan kam auf sie zu. Was für ein schreckliches Vieh! Willow sprang, immer noch nach Atem ringend, auf und hielt die Kette wie eine Peitsche an ihrer Seite. Als das Ungeheuer sich auf sie stürzen wollte, trat sie einen Schritt zurück, wirbelte die Kette durch die Luft und ließ sie wie ein Lasso kreisen. Zu ihrer größten Verwunderung wickelte sie sich um den Hals des Monsters.

Willow zog.

Der Kopf ging erstaunlich leicht ab. Es gab ein grauenhaftes schmatzendes Geräusch, als die Wirbelsäule gleich mit aus dem Körper gezogen wurde. Die Kette schloss sich fest um die Halswirbel des Untiers.

Der Körper fiel schlaff zu Boden, aber der knollige, sabbernde Kopf mit der Wirbelsäule daran schoss bereits wieder mit knirschenden Zähnen auf sie zu.

»Angel!«, schrie Willow. »Was zum Teufel ist das für ein Vieh?«

»Das versuchte ich dir ja zu erklären«, sagte Angel. »Es braucht seinen Körper nicht. Es kann ohne ihn jagen. Wir müssen den Kopf zerstören.«

Er stellte sich dem Monster in den Weg.

Das Pennanglan versuchte wie ein Hund, der seine Grenzen austestet, die Kette um seinem Hals zu weiten. Willow drehte sich der Magen um. Ihr war übel vom Anblick der Kreatur – eine der abstoßendsten, die sie je gesehen hatte.

Mit bösartig knirschenden Zähnen griff das Untier Angel an. Schneller als Willow gucken konnte, stieß der jedoch mit dem Pflock zu und traf es mitten in die Stirn.

Das Monster stürzte krachend zu Boden auf und blieb reglos liegen. Willow erschauderte vor Ekel und starrte das Pennanglan fassungslos an. Angel trat zu ihr und legte ihr einen Arm um die Schulter. Erst zuckte sie vor der Berührung zurück, aber dann gab sie sich seiner tröstenden Geste hin.

»Buffy wäre sehr stolz auf dich«, meinte er.

»Ist es tot?«, fragte Willow nur. Sie konnte ihren Blick nicht von dem Untier abwenden.

»Wir sollten es besser noch verbrennen«, entgegnete Angel. »Sicherheitshalber.«

Was sie auch taten. Der Gestank war abscheulich.

15.

Verzweifelt umklammerte Cordelia den Kamin. Tränen liefen ihr über das rußverschmierte Gesicht und hinterließen helle Streifen.

Über ihr stand das obere Stockwerk des Hauses lichterloh in Flammen. Sie loderten aus den zerstörten Fenstern und den Löchern, die sie bereits ins Dach gefressen hatten. Dicke schwarze Rauchschwaden hingen in der Luft.

Schon breitete sich das Feuer über die Außenwand auf das tieferliegende zweite Dach aus, auf dem Cordelia hockte, hilflos und verletzlich. Die Flammen kamen immer näher, fraßen sich durch Holz und Schindel, als machten sie Jagd auf sie – als hätten sie einen eigenen Willen.

Immer dichter kam das Feuer, und Cordelia versuchte zu schreien, aber der Rauch brachte sie zum Husten, und so wimmerte sie, der Kapitulation nahe, nur noch leise und verzweifelt vor sich hin.

Buffy und Giles saßen einander gegenüber und hielten sich an den ausgestreckten Händen.

Sie hatten sich innerlich von Angst und Wut und vom Chaos des Hauses befreit und konzentrierten sich stattdessen auf die ordentlichen Dinge in ihrer Welt.

Buffy nahm an, Giles ging im Geiste die Karteikarten in der Bibliothek durch oder so etwas. Sie selbst stellte sich etwas ganz Banales vor: In Gedanken räumte sie ihr Zimmer auf, genau so wie sie es schon seit Kindertagen tat.

»Ordnung ist das halbe Leben«, sagte ihre Mutter immer. Darauf konzentrierte sie sich. Darauf, wie sie im Kleiderschrank Ordnung schuf, ihre Wäsche faltete, das Bett machte.

»Buffy.« Giles' Stimme klang müde, als wäre er gerade aus einem tiefen Schlaf erwacht.

Als sie die Augen aufschlug, starrte er unter die Decke. Ungläubig sahen sie sich um. Etwas Merkwürdiges war geschehen.

Sie waren nicht mehr in dem Korridor.

»Was … Sind wir etwa schon wieder an einen anderen Ort versetzt worden?«, fuhr Buffy auf. »Ich dachte, jetzt sollte alles besser werden.«

»Das hast du missverstanden«, entgegnete Giles. »Wir sind nirgendwo hin versetzt worden. Es ist eher das Haus, das sich bewegt und verändert. Und ich bin ganz sicher, dass wir zur Verbesserung der Umstände beitragen. Spürst du es denn nicht, Buffy?«

Erstaunlicherweise spürte sie es tatsächlich. Als sie sich in dem Raum umsah – einem gemütlich eingerichteten Schlafzimmer mit Bruchsteinkamin, Stühlen mit hohen Rückenlehnen und einem Himmelbett –, drängte sich ihr das Gefühl auf, dass Giles Recht hatte.

Durch das Fenster neben dem Bett sah man einen riesigen Innenhof mit überwuchertem Garten. Der Springbrunnen in der Mitte gluckerte leise. Auch ohne magisches Zutun war das Haus größer als sie vermutet hatten. Von vorn hatte man nicht erkennen können, dass es eine quadratische Form hatte, in deren Zentrum der Hof verborgen war. Die oberen Stockwerke waren im Vergleich zu den unteren beiden zurückgesetzt und Buffy schaute auf das Dach des Vorbaus, der sich unterhalb des Fensters erstreckte.

Das war alles ganz real.

Von rechts sah Buffy das Feuer und die schwarzen Rauchschwaden kommen. Der gesamte Flügel des Hauses stand bereits in Flammen. Als sie den Rauch bemerkten, hatten sie nicht ahnen können, wie weit das Feuer bereits um sich gegriffen hatte. Es war höchste Zeit zu handeln; höchste Zeit, Xander und Cordelia zu finden.

Als Buffy gerade wieder den Kopf einziehen wollte, hörte sie einen Schrei. Sie spähte noch einmal hinaus auf die brennende Seite des Hofes, und da entdeckte sie Cordelia, die an dem Kamin auf dem tiefer liegenden Dach kauerte, auf dem sich das Feuer rasch ausbreitete.

»Man kann nicht sagen, wie lange die Ruhe anhält«, meinte Giles.

Aber Buffy war schon an ihm vorbei. Sie hetzte zur Tür, riss sie beherzt auf und stürzte in den Korridor. Der Gang wurde zu beiden Seiten von Lampen erhellt, deren Kerosindochte mittlerweile durch Edisons größte Erfindung ausgetauscht worden waren. Viele Gemälde hingen an den Wänden, größtenteils Porträts und Städtepanoramen. Der Holzboden war über die gesamte Länge des Korridors mit einem schmalen orientalischen Läufer ausgelegt.

In diesem Moment konnte sich Buffy zum ersten Mal vorstellen, dass tatsächlich jemand in diesem Haus lebte. Sie fragte sich, wieviel davon noch übrig sein mochte, wenn das Feuer erst mit ihm fertig war.

Mit Giles im Schlepptau bog sie nach links ab und rannte so schnell sie konnte auf das andere Ende des Korridors zu, wo das Treppenhaus sein musste, wie Buffy hoffte. Andersherum – einmal um den Innenhof herum – war der Weg zu weit, und Cordelia konnte bereits tot sein, bevor sie überhaupt bei ihr eintrafen.

Xander stand in einem altmodischen Salon.

Er war heilfroh, dass die Verandatüren hinter ihm verschlossen waren. Die Ghuls schienen ihn jedoch ohnehin nicht weiter verfolgen zu wollen. Sie waren verschwunden.

»Hören Sie«, sagte er zu dem merkwürdig gekleideten alten Mann vor ihm, »Sie haben offensichtlich jemanden erwartet, den Sie nicht besonders mögen. Aber ich bin nicht der, für den Sie mich halten. Wenn Sie der Torwächter sind, haben wir zwar nach Ihnen gesucht, aber nur, weil Giles – er ist der Wächter – denkt, dass Sie hier ein kleines Chaosproblem haben. Und ich habe mir Ihr Haus schon angesehen, mein Lieber. Er hat Recht. Ihre magische Konstruktion ist dringend reparaturbedürftig.«

Das faltige Gesicht des Torwächters veränderte sich. Misstrauen beschlich seine Züge. Er runzelte die Stirn und sah Xander mit zusammengekniffenen Augen an.

»Du bist kein Sohn der Entropie?«, fragte er mit rauher Stimme.

»So sehr es diese Bande auch bedauern mag, ich bin nur der Sohn von den Harris' in Sunnydale, Kalifornien«, entgegnete Xander. »Und falls Sie es noch nicht bemerkt haben: Ihr Haus brennt!«

Plötzlich fing Jean-Marc Regnier an zu zittern. Der Kopf kippte zur Seite, er rollte mit den Augen, die Lider flatterten, und er brach mit einem leisen Keuchen auf dem Boden zusammen.

»Du liebe Güte!«, schrie Xander und kniete sich neben den alten Mann. »Hab ich was Falsches gesagt?«

Regniers Lippen bewegten sich, und Xander beugte sich vor, um ihn verstehen zu können. Der Torwächter flüsterte nur ein Wort.

»Kessel ...«

Bevor Xander nachhaken konnte, durchbrach ein markerschütternder Schrei die Stille. Xander erkannte die Stimme selbst durch das Brüllen des Feuers und die geschlossenen Türen hindurch.

»Cordy!«, rief er und sprang auf die Füße. Durch den Glaseinsatz in der Verandatür sah er seine Freundin an der Kante des brennenden Daches über dem zweiten Stock stehen.

»Ach, du heilige Scheiße«, keuchte er und rannte auf den Türbogen zu, der von dem Salon in ein riesiges Foyer führte. Doch bevor er ihn erreichte, trat ihm jemand in dem Weg. Xander konnte nicht mehr bremsen und krachte direkt in die alte Frau hinein.

Schlidderte durch sie hindurch, um genau zu sein.

Die Kälte war überraschend. Es war so eisig, dass Xander einen Augenblick erstarrte und fast das Gleichgewicht verlor. Es gelang ihm mit Mühe, auf den Beinen zu bleiben, aber er musste ein paarmal tief durchatmen, bevor er sich von dem Schreck erholt hatte. Er wunderte sich, dass er die Alte nicht umgerannt hatte. Wie konnte es sein …

»*Hilf ihm!*«

»Aaaaaah«, machte Xander und stolperte rückwärts, als der Geist erneut vor ihm Gestalt annahm.

»Für solche Spielereien hab ich jetzt keine Zeit«, murmelte er und starrte sie erschreckt an. »Sie können mich später noch jagen, okay?«

Er wich zurück und vergewisserte sich mit einem Blick über die Schulter, dass hinter ihm auch wirklich das große Treppenhaus war, das in den ersten Stock führte.

»*Die anderen sind schon unterwegs, um Cordelia zu helfen*«, wisperte der Geist.

Xander hielt inne und sah sich die ätherische Gestalt genauer an. Hatte er sie nicht schon einmal auf einem Gemälde irgendwo in diesem Irrenhaus gesehen? Allerdings war sie dort nicht durchsichtig abgebildet gewesen und Beine hatte sie auch gehabt.

Unterhalb der Knie des Gespenstes befand sich jedoch nur ein merkwürdiger Nebel, eine Art Wolke. Die alte Dame schwebte mitten im Flur und sah Xander streng an.

»Waren Sie das in dem Rollstuhl?«, fragte er stirnrunzelnd. »Zwei von Ihrer Sorte, das würde mir nämlich gar nicht gefallen.«

»*Du kannst sie nicht rechtzeitig erreichen*«, flüsterte das Gespenst ihm zu. »*Auch deine Freunde werden nicht schnell genug sein. Du kannst sie nur retten, indem du ihn rettest.*«

»Ihn?«, fragte Xander. »Den alten Mann, meinen Sie?«

»*Er ist mein Sohn*«, hauchte sie. »*Nur er kann das Haus kontrollieren. Nur er kann deine Freunde retten. Aber du musst ihn zu dem Kessel bringen.*«

Xander biss sich auf die Unterlippe und sah das Gespenst an. Dann nickte er mit dem Kopf, als säße er im *Bronze* und hörte eine besonders überzeugende Band. Hektisch tippte er mit der Fußspitze auf den Boden, sein Adrenalinspiegel war ziemlich erhöht. Was sollte er tun? Wie sollte er sich entscheiden?

Die alte Frau war schließlich nur ein Geist. Warum sollte er ihr vertrauen?

In seinem tiefsten Innern wusste Xander jedoch, dass sie in Bezug auf Cordelia Recht hatte. Seine Chancen, rechtzeitig bei ihr zu sein, waren in diesem Labyrinth gleich Null. Er hatte keine andere Wahl.

Schnell rannte er wieder in den Salon zurück und kniete sich neben den Torwächter. Dann schob er seine Arme unter den schwachen Körper von Jean-Marc Regnier, der offenbar in der Zwischenzeit weiter dahingewelkt war, und hob ihn ohne große Anstrengung auf.

Er drehte sich zu dem Geist um, der nun seltsam schimmerte und vor seinen Augen immer wieder auftauchte und verschwand.

»Okay, wo ist dieser Kessel?«

Die alte Frau schien kurz zu lächeln, bevor ihr wieder die Sorge ins Gesicht geschrieben stand. Die Sorge um den Torwächter, ihren Sohn, wenn man ihr glauben konnte. Plötzlich schienen sich die Wände ringsherum zu verändern. Die Realität flackerte wie eine defekte Glühbirne. Der Torwächter stöhnte.

Xander war noch nie besonders gut in Mathe gewesen, aber er war durchaus in der Lage, zwei und zwei zusammenzuzählen. Der alte Mann sorgte für die Stabilität des ganzen Hauses. Als er zusammenbrach, hatte sich die Realität wieder in die Kaffeepause verabschiedet. Was nicht gut war. Denn wie sollte Xander Cordelia finden, wenn das Haus wieder anfing zu spinnen? Der merkwürdige Riesenkochtopf war ihm relativ egal.

Als hätte das Gespenst seine Gedanken gelesen, flüsterte es ihm zu: »*Schließ deine Augen, mein Junge, denn sie täuschen dich nur. Meine Worte und meine Stimme werden dich führen.*«

Der Raum begann sich zu drehen. Xander seufzte, warf einen Blick gen Himmel und schloss die Augen.

»Warum hab ich nur so ein Gefühl, dass mir das noch Leid tun wird?«, fragte er laut.

Der Geist ignorierte ihn. »*Schnell, schnell*«, wisperte er. »*Geh zwanzig Schritte vorwärts, dann nach links und die Treppe hinunter. Ich passe auf, dass du nicht stürzt.*«

»Ich glaube, ich will lieber meinen Joker setzen! Ich hab schon zu oft gesehen, wie Charlie Brown immer wieder auf Lucys Trick mit dem Fußball reinfällt, Lady.«

Aber der Geist antwortete nicht. Und dann bewegte sich Xander doch vorwärts und hielt dabei die Augen fest geschlossen. Er hatte den Eindruck, er könne Cordelia in der Ferne schreien hören.

Giles rannte so schnell er konnte die Treppe in den dritten Stock hinunter.

Er hielt nur losen Kontakt zum Geländer und übersprang wagemutig die letzten beiden Stufen. Buffy war das Ganze gleich etwas flotter angegangen: Mit einem Sprung war sie vom vierten Stock aus gleich auf dem Treppenabsatz gelandet und kam mit einem weiteren Satz bereits im dritten Stock an. Dabei hatte sie das Gleichgewicht verloren, nutzte den Schwung aber einfach zu einer Vorwärtsrolle und spurtete schon den Korridor hinunter, bevor Giles überhaupt den Absatz zwischen den Stockwerken erreicht hatte.

Nun hetzte er hinter ihr her durch den Flur, als die Lampen an den Wänden plötzlich zu flackern begannen. Alles wackelte ein wenig, als wäre sich die Realität ihrer Sache nicht so sicher, und stand dann wieder still. Wie lange es noch ruhig bleiben sollte, konnte man nicht absehen.

Es überraschte ihn, dass der Korridor noch nicht von dem Feuer erfasst worden war. Buffy hatte bereits die Hälfte der Strecke hinter sich und blieb kurz stehen, um aus dem Fenster zu schauen.

»Buffy!«, rief Giles.

»O Gott!«, sagte sie mit angsterfüllter Stimme.

»Das Feuer muss draußen schon auf dieser Höhe sein, vielleicht schon ein Stockwerk höher ...« Er brach ab, als er sah, wie der Rauch durch die Ritzen in der Holzbalkendecke quoll.

Buffy bemerkte es nicht; sie sah wie gebannt aus dem Fenster. Giles tat es ihr gleich.

Auf dem Dach des Vorsprungs, der hinaus in den Hof reichte, klammerte sich Cordelia an die bereits erhitzten Mauersteine eines Kamins, der sie offenbar vor dem Feuer bewahrte. Giles vermutete, dass es der pure Überlebenswille war, der das arme Mädchen daran hinderte, von dem Dach in den Hof zu stürzen. Erstaunlich, dass sie sich so lange halten konnte.

Denn das Feuer griff um sich. Vor dem Fenster stand bereits das ganze Dach in Flammen und die Außenmauern bestimmt auch.

Der Rauch im Korridor wurde dicker.

»Das ist unmöglich, Buffy«, sagte Giles alarmiert. »So brennt kein normales Feuer. Es ... wählt nicht selbst seine Richtung.«

»Ich schon«, entgegnete die Jägerin.

Sie wirbelte herum, riss ein großes Gemälde mitsamt dem schweren Holzrahmen von der Wand und schlug mit ihm das Fenster ein, aus dem sie geschaut hatte.

»Buffy, nein!«, schrie Giles aufgeregt.

Zu spät!

Das Fensterglas zersplitterte. Sauerstoff drang in den Flur und zog die Flammen hinter sich her in den Korridor. Buffy konnte gerade noch aus dem Weg springen. Giles hatte den Eindruck, das Feuer käme aus Nüstern, die fast zärtlich die Holzdecke des Korridors entlangstrichen. Das Holz knackte und dann stürzte die Decke ein und riss Boden und Möbel des darüberliegenden Stockwerks mit sich. Die Flammen von oben vereinten sich mit denen im Korridor wie Liebende nach einer langen Trennung.

Gemeinsam begannen sie den Korridor und alles, was sich in ihm befand, zu verschlingen.

Draußen war Cordelia zwischen lauten Schreien und leisen, entmutigten Schluchzern hin und her geworfen.

Giles zog sich sein Jackett aus. Er hoffte, ein zweiter Sauerstoffschub würde nicht dieselben Folgen haben wie der erste, denn das Feuer hatte bereits seinen Eingang gefunden. Vielleicht konnte er nun einen Ausgang schaffen. Er wickelte sich die Jacke um die Hand und schlug das Fensterglas ein. Buffy kam an seine Seite. Das Glas splitterte, und die Jägerin trat die restlichen Scherben aus dem Rahmen. Bis hierher war das Feuer auf dem darunterliegenden Dach noch nicht gedrungen, aber nichts da draußen war von langer Dauer. Es konnte jeden Moment in Flammen aufgehen, wenn das Feuer sich draußen genauso rasch ausbreitete wie drinnen.

»Du kannst da nicht raus«, sagte Giles und steckte den Kopf aus dem Fenster. »Cordelia! Wir sind hier! Du musst entweder hier ans Fenster kommen oder hinunterspringen!«

Cordelia heulte nur noch lauter, und Buffy war bereits mit einem Bein aus dem Fenster.

»Du kannst da nicht raus!«, wiederholte Giles, diesmal entschiedener und packte sie an der Schulter.

Buffy sah ihn an und schüttelte traurig den Kopf. »Dafür bin ich doch da, Giles! Das ist doch meine Aufgabe, oder? Als Jägerin, meine ich.

Meine Mutter will, dass ich erwachsen werde und etwas aus meinem Leben mache, und Sie wollen, dass ich mein Leben riskiere, um die Welt zu retten. Ich vermute, man kann es nicht allen Recht machen, oder?«

Giles wurde schlecht, und das lag nicht an der starken Rauchentwicklung.

»Buffy!«, keuchte er entgeistert. »Wie kannst du ... du weißt genau, es würde mich umbringen, wenn dir ...«

Sie hob beschwichtigend die Hand. »Das ist der Job, Giles. Ich weiß das. Eine stirbt, eine andere wird berufen. Es muss mir ja nicht gefallen, ich muss es einfach nur tun.«

Und damit schlüpfte sie durchs Fenster und tastete sich vorsichtig über das Dach auf Cordelia zu. Sie versuchte, einen großen Bogen um das Feuer zu machen, während sie im Krebsgang über die Schindeln krabbelte.

»Buffy! Gott sei Dank! Was sollen wir nur tun?«, schrie Cordelia.

Giles sah, wie Buffy den Mund öffnete, um zu antworten. Sie war nur noch knapp zehn Meter von Cordelia entfernt. Da knallte es laut wie ein Peitschenieb, dann noch einmal und noch ein drittes Mal. Das Dach brach an diversen Stellen ein, und der Kamin, an dem Cordelia klebte, krachte aufs Haus und brach auseinander.

Es war gar nicht so einfach, die Augen beim Gehen geschlossen zu halten, aber Xander überwand sich schließlich.

Er erinnerte sich daran, wie er als Kind mit Willow oft ein Spiel namens »Marco Polo« gespielt hatte, bei dem man mit geschlossenen Augen die Gegend erkunden musste. Daher stammte auch die kleine Narbe an Willows Kinn. Sie waren gerade in das Spiel vertieft gewesen, als Willow von ihrer Mutter gebeten wurde, die Post aus dem Briefkasten zu holen. Willow hatte es getan – mit geschlossenen Augen. Und sie war in der Garage über irgendetwas gestolpert und gestürzt. Es hatte heftig geblutet.

Xander war beim »Marco Polo«-Spielen immer besser gewesen als Willow.

Der Geist flüsterte ihm ins Ohr, wie er gehen musste. Die alte Frau war so nah bei ihm, dass er ihre Kälte spüren konnte. Xander hatte bereits mehrere Korridore und eine Treppe hinter sich gelassen, von der er annahm, dass sie in den Keller führte. Unterwegs hatte er sich einmal den Kopf an einem Türrahmen angeschlagen, war zweimal mit dem Fuß gegen etwas gestoßen, und einmal hätte er den Torwächter fast fallen gelassen, als er über etwas stolperte, das laut scheppernd über den Boden rollte.

Aber dann hatte er es geschafft.

»*Öffne die Augen*«, wisperte der Geist.

Xander tat, wie ihm geheißen. Er befand sich in einem außergewöhnlichen Raum, einem riesigen Schlafgemach mit einem Himmelbett und einem alten Schreibsekretär. In einer Ecke stand ein mannshoher antiker Spiegel mit silbernem Rahmen. Das Fenster lag zu dem Garten im Innenhof, und auf der gegenüberliegenden Seite konnte er den brennenden Flügel des Hauses sehen.

»Aber wir sind doch die Treppe hinuntergegangen ...«, meinte Xander.

»*Nichts in diesem Haus ist, wie es scheint*«, flüsterte der Geist. »*Nicht, wenn mein Jean-Marc es nicht will.*«

Xander nahm aus den Augenwinkeln eine Bewegung bei dem Kamin auf dem Dach wahr, aber er wandte seinen Blick ab. Er konnte nicht hinsehen. In diesem Augenblick lebte Cordelia, und das war alles, was zählte.

Er sah sich um. Zwischen ein paar Gemälden hing ein langer Speer an der Wand. Auf den Regalen waren merkwürdige Artefakte versammelt: mit komplizierten Schnitzereien verzierte Dosen, die, wenn sie überhaupt Ähnlichkeit mit irgendetwas hatten, eher wie Puzzles aussahen; Statuen und Kristalle und etwas, das ein Zepter oder ein Zauberstab sein konnte.

»Okay, und wo ist der ...«

Aber da hatte Xander den großen, schwarzen Eisentopf bereits in der dunkelsten Zimmerecke entdeckt, so weit entfernt von Tür und Fenstern wie möglich. Er schien mit Wasser gefüllt zu sein, das dampfte, obwohl keine Wärmequelle erkennbar war.

»*Setz ihn in den Kessel*«, verlangte der Geist. »*Sofort!*«

Das Flüstern klang plötzlich sehr laut.

Unter anderen Umständen hätte Xander mit Sicherheit eine alberne Bemerkung gemacht. Was ihm die Alte auftrug, kam ihm komisch vor. Aber einen Luxus wie Zweifel konnte er sich jetzt nicht leisten.

Er trat an den Kessel und setzte den Torwächter so sacht er konnte in das dampfende Wasser. Jean-Marc Regnier ließ sich vollständig in den Kessel gleiten, der Kopf sank unter die Oberfläche, und Luftblasen stiegen auf. Xander wollte den Mann gerade wieder herausziehen, da zischte der Geist: »*Halt!*«

»Aber er ertrinkt doch!«, entgegnete Xander. »Er wird sterben!«

»Nein, er wird leben!«

Cordelia hörte nicht einmal, wie Buffy ihren Namen rief, denn sie stieß einen markerschütternden Schrei aus.

Der Kamin brach zusammen, und sie hätte verzweifelt gern den Mut aufgebracht, hinunter in den Hof zu springen.

Als sie in rasender Geschwindigkeit auf Steine und Mauerreste, verkohlte Balken und Feuer hinabstürzte, durchfuhr sie ein merkwürdiger Gedanke: Es wäre gewiss eine große Enttäuschung für ihre Mutter, wenn sie im Feuer umkam. Schließlich gäbe es dann kein Defilee am offenen Sarg, bei dem man bewundern konnte, wie hübsch die Leiche zurechtgemacht war.

Noch im Fall wurde sie von den Flammen erfasst und schrie in Todesangst auf.

Dann war alles vorbei.

Cordelia landete mit einem schmerzhaften Aufprall auf einem Perserteppich vor einem knisternden Feuer in einem wunderschön ausgestatteten Raum – die Bibliothek, wie es schien. Obwohl ihr jeder Knochen wehtat, rappelte sie sich auf, um sich zu untersuchen.

»Ich ... ich verstehe nicht ... wie kann das ...« Sie brach in lautes Gelächter aus.

Und so fanden Giles und Buffy sie vor – sehr lebendig, nicht verkohlt, aber kurz vor dem Durchdrehen –, als sie die Treppe vor der Bibliothek heruntergepoltert kamen und hereinstürmten.

»Cordelia!«, rief Giles entsetzt und erfreut zugleich.

»Giles, wie ist das möglich?«, fragte Buffy. »Das Feuer. Wir haben es beide gespürt, es war völlig ...«

»Real, ja das war es«, pflichtete ihr Giles bei. »Ich verstehe es auch nicht.«

»Es ist ein Wunder«, sagte Cordelia. Ihr Blick war noch getrübt von Schock und Angst. »Oder einfach ... Zauberei.«

Da ertönte von der Tür her eine Stimme. »Da möchte ich widersprechen. Zauberei ist nie einfach.«

Die drei fuhren erschrocken herum. Der Mann im Türrahmen war gutaussehend, er hatte markante Gesichtszüge, und das graue Haar war der einzige Hinweis auf sein Alter. Buffy schätzte ihn auf Anfang fünfzig, aber er hatte etwas sehr Jugendliches an sich. Die olivfarbenen

Hosen und der schwarze Rollkragenpullover unterstrichen das flotte Erscheinungsbild.

»Sie sind zwar unerwartete Gäste«, sagte er, »aber dennoch sehr willkommen in meinem Haus. Um ehrlich zu sein: Wenn Sie nicht gewesen wären, herrschte im Pförtnerhaus immer noch das Chaos, und ich wäre vielleicht schon tot.«

Giles räusperte sich. »Tatsächlich? Ich will mich zumindest vorstellen«, sagte er. »Mein Name ist Rupert Giles.«

»Ja, der Wächter«, sagte der Mann, und sein Blick wanderte zu Buffy. Seine Augen leuchteten vor Energie und Zuversicht. »Dann sind Sie die Jägerin. Ihnen gebührt mein Dank und mein tiefster Respekt. Ich bin Jean-Marc Regnier, der derzeitige Torwächter.«

»Sie machen Ihren Job aber nicht besonders gut!«, schaltete sich Cordelia verärgert ein. »Unsere ganze Stadt ist voll von Widerwärtigkeiten, die Ihrem kleinen Zoo entkommen konnten, und wie es hier im Haus aussieht, hat die Magd heute bestimmt ihren freien Tag.«

Der Torwächter lächelte nur. »Ach ja, Sie müssen Cordelia sein. Meine Mutter und Ihr Freund Xander haben mir schon viel von Ihnen erzählt.

»Xander?«, fragte Cordelia und sah sich suchend um.

Buffy war nicht minder interessiert zu erfahren, wo Xander steckte, aber die Erwähnung der Mutter machte sie ebenso neugierig. Plötzlich nahm sie eine Bewegung im Flur wahr. Sie traute ihren Augen nicht. Hinter dem Mann war kurz eine schwebende geisterhafte Frau aufgetaucht. Dann verschwand sie, und Xander kam durch die Tür.

»Xander!«, keuchte Cordelia und rannte ihm entgegen. Er schloss sie in die Arme und küsste sie aufs Haar. Dann hielt ihn Cordelia auf Armeslänge von sich und boxte ihm fest gegen die Brust. Xander sah sie erstaunt an.

»Wie konntest du mich da oben auf dem Speicher alleinlassen!«, fuhr sie ihn an. »Gott, ich weiß nicht, warum ich mich mit dir überhaupt abgebe!«

»Cordelia, ich bin aus dem Fenster gestürzt«, entgegnete Xander beherrscht. »Ich wurde fast von Ghuls aufgefressen! Und wir wären alle tot, wenn ich diesem Typen nicht geholfen hätte, ein Bad zu nehmen!«

Die anderen starrten ihn verständnislos an.

Xander zuckte mit den Schultern. »Das ist eine lange Geschichte«, sagte er. »Fragt am besten die alte Gespensterdame.«

»Hm«, machte der Torwächter. »Wo wir von den Ghuls im Garten sprechen … Entschuldigen Sie mich bitte einen Augenblick, ich muss mich ein wenig um die Reinigungsarbeiten kümmern. Wie schon gesagt wurde, hat die Magd heute frei.« Er bedachte Cordelia mit einem verschmitzten Blick. Dann hob er seine Hand, die daraufhin grün zu leuchten begann.

Schnell ergriff das knisternde grüne Licht seinen ganzen Körper. Er hob den anderen Arm und streckte beide Hände beschwörend aus. Jetzt schien er etwas wegzuschieben, das für die anderen unsichtbar blieb. Von überall war sodann das Schlagen von Türen zu hören; im ganzen Pförtnerhaus rumpelte und lärmte es.

Plötzlich war alles still.

Buffy sah sich mit großen Augen um.

»Nun sind sie alle wieder in ihren Zimmern«, erklärte der Torwächter. »Ich weiß nur nicht, wie lange ich sie dort halten kann. Zur Zeit muss ich mich mindestens einmal am Tag in Brans Kessel setzen, nur um am Leben zu bleiben und dieses Haus in Ordnung zu halten.«

Giles sah Regnier erstaunt an. »Der Kessel des Heiligen Bran?«

»Genau der«, antwortete der Torwächter.

»Großartig!«, sagte Buffy zufrieden. »Dann ist Ihr Leben ja wieder im grünen Bereich. Vielleicht könnten Sie uns jetzt mit unserer Stadt helfen. Sunnydale wird zwar nie ein kleinbürgerliches Paradies werden, aber in letzter Zeit ist es dort ein bisschen ...«

Sie brach sie ab. Die Augen des Torwächters verloren ihr Leuchten. Auch der Glanz seiner Haare, das stolze Kinn, die Straffheit seiner Haut schienen zu vergehen. Der Mann alterte vor ihren Augen.

»Mister Regnier?«, fragte Giles, bevor Buffy etwas sagen konnte.

»Ich brauche eine kleine Pause«, sagte der Torwächter schnell. »Vielleicht können wir morgen weiter reden? Sie haben mich aufgesucht, um Antworten zu bekommen und Hilfe. Antworten kann ich Ihnen geben, aber um Hilfe muss ich Sie wahrscheinlich zuerst bitten. Nun, das muss warten. Meine Mutter wird dafür sorgen, dass Sie für heute Nacht Zimmer bekommen«, sagte Jean-Marc Regnier geschwächt.

Als er sich umdrehte und mit schleppenden Schritten den Raum verließ, schien der Torwächter um mehr als ein Jahrzehnt gealtert.

Aber das Haus blieb ruhig.

»Was hat das alles zu bedeuten?«, fragte Buffy.

»Vielleicht raubt ihm die Magie die Energie, die er braucht, um sein jugendliches Erscheinungsbild zu erhalten«, meinte Giles.

»Dieses Problem werde ich auch bald haben«, bemerkte Cordelia. »Alles nur eine Frage der Zeit.«

»Na prima«, sagte Buffy. »Aber was ist mit seiner Mutter? Hat sie vielleicht schon jemand gesehen?«

»Oh, ich habe die Torwächter-Mama schon kennengelernt«, sagte Xander und nickte seinen Freunden grinsend zu.

»Ihr werdet sie lieben!«

Es begann gerade zu dämmern, als Micaela Tomasi die Beine aus dem Bett schwang und sich aufsetzte.

Sie rieb sich die brennenden, verquollenen Augen. Der Schlaf war ihr in der vergangenen Nacht ein treuloser Gefährte gewesen, der sie mit seiner Nähe geneckt und sie nur kurz gestreift hatte, um sich alsbald wieder zurückzuziehen. Die Nacht war warm und feucht gewesen, und die leichte Brise, die durch das geöffnete Fenster ins Zimmer geweht war, hatte nicht zu ihrer Erleichterung beitragen können.

Aber nicht das Klima hatte ihr den Schlaf geraubt.

Es waren die Schreie gewesen.

Micaela nahm ihren Morgenmantel aus lavendelfarbener Seide vom Bettende und wunderte sich, dass sie ihn in der Nacht nicht mit dem Fuß runtergeschubst hatte. Als sie hineingeschlüpft war, schnürte sie den Gürtel fest zu. Sie trat ans Fenster und schaute in den Garten der Villa. Die ganze Anlage war verwittert und überwuchert, denn die Jahre der Vernachlässigung forderten ihren Tribut. In der Ferne konnte sie die Kuppeln und Türme von Florenz sehen, der Perle Italiens, und sie hatte große Sehnsucht danach, wieder einmal durch diese Straßen zu wandeln.

Doch die Söhne der Entropie ließen sie nicht allein aus dem Haus. Denn sie vertrauten ihr nicht mehr. Nicht nach dem Bericht, den Matthew Pallamary bei seiner Rückkehr aus New York vorgelegt hatte. Der kleine Bastard! Wäre es nach ihm gegangen, wäre sie bereits tot. Zu ihrer Rettung hatte einzig beigetragen, dass der Maestro ihr sehr zugetan war. Er hatte sich ihrer persönlich angenommen, als sie als Kind verwaiste, und dafür gesorgt, dass sie von einer Familie adoptiert wurde, die mit dem Rat der Wächter in Verbindung stand. All die Jahre hatte er das Ziel verfolgt, sie eines Tages zur Wächterin zu machen.

Nun war es endlich vorbei, und Micaela war wieder nach Hause beordert worden, nach Florenz, zu dem einzigen Mann, den sie je als ihren Vater betrachtet hatte. Er war es natürlich nicht, und angesichts seines Alters fragte sie sich, ob überhaupt noch eines seiner eigenen Kinder lebte. Er war für sie mehr als nur der Maestro. Für sie war er der Gottvater.

Aber in der Kindheit erscheint vieles anders als aus der Perspektive einer erwachsenen Frau. Seit sie wieder nach Hause gekommen war, zumal unter solch außergewöhnlichen Umständen, hatte sie begonnen, die Dinge mit anderen Augen zu sehen. Der Rat der Wächter hatte sie gut ausgebildet. Unter seinem Einfluss war sie vom Geist der Tradition und des Respekts erfüllt worden und von der Aufgabe, die ihnen allen so teuer war.

Diese Dinge bedeuteten ihr nun etwas.

Natürlich war die Verpflichtung, die sie gegenüber dem Maestro hatte, größer als ihre unwichtigen Gefühle. Wenigstens hatte sie das gedacht, bevor sie Rupert Giles kennenlernte.

Nein, sie liebte ihn nicht. Das nicht. Obwohl ein Teil von ihr ihn schon nach kurzer Zeit ins Herz geschlossen hatte und er zweifelsohne attraktiv war. Seine Augen hatten etwas Fesselndes, das stolze Kinn und die markanten Gesichtszüge zogen sie an, und sein Verstand ... Er war ein außergewöhnlich intelligenter und mutiger Mann.

Micaela liebte den Wächter nicht. Aber sie wollte auch nicht, das ihm etwas zustieß. Alles, was ihr Vater sie gelehrt hatte, die gesamte Existenz der Söhne der Entropie, stellte sie nun in Frage. Der Rat der Wächter existierte, um die Ordnung der Welt aufrecht zu erhalten, und die Söhne der Entropie kannten nur ein Ziel: diese Ordnung Stück für Stück zu demontieren.

Plötzlich begann Micaela haltlos zu weinen. Sie bedeckte den Mund mit den Händen, damit man ihr Schluchzen nicht hörte. Die Steinwände der alten Villa boten nur wenig Schutz vor denjenigen, die davon profitieren konnten, was sie im Vorbeigehen hörten.

Sie spürte die Kälte des Steinbodens an den Füßen, als sie in den schmalen Korridor trat. Er lag im Dunkeln, denn die gedämpften Strahlen der aufgehenden Sonne hatten ihn noch nicht erreicht. Ein paar verhüllte Gefolgsleute kamen ihr entgegen und verneigten sich in Achtung vor derjenigen, die so hoch in der Gunst des Maestros stand. Als sie an der langen Steintreppe angekommen war, die in den Keller führte, hob der Wachposten nicht einmal den Kopf, um sie anzusehen.

Aus der Tiefe des kalten Herzens der Villa zerriss ein Schrei die Unschuld dieses Morgens. Micaela stieg hinab, und mit jedem Schritt wurde es immer dunkler um sie herum.

Im Keller war ein Verließ. Sie hatte es geahnt, seit sie vor zwei Tagen angekommen war. Wozu er in ihrer Kindheit benutzt worden war, daran konnte sich Micaela nicht mehr erinnern. Aber nun war hier ein

Kerker aus dicken Steinmauern, in den nur diese eine Treppe hinabführte. Brennende Fackeln in Eisenhalterungen tauchten das Gewölbe in ein furchtbares, grelloranges Licht.

Micaela zitterte. Ihr war, als wäre die Zeit zurückgedreht worden. Sie fühlte sich an die Inquisition erinnert und schauderte bei dem Gedanken. Aber die Assoziation war nicht falsch. Das wusste sie.

Dieses Wissen machte sie krank.

Auf der gegenüberliegenden Seite war Frau von Forsch, eine resolute Deutsche um die fünfzig, an die Wand gekettet. Auch bei ihr hatte Micaela während der Ausbildung zur Wächterin Unterricht erhalten. Zwei kräftige Söhne in schwarzen Umhängen standen mit langen, spitz zulaufenden Dolchen vor ihr. Blut rann aus zahllosen Stichen, die der nackten Frau beigebracht worden waren. Andere Wunden waren bereits verkrustet.

Aber die Stiche und Schnitte waren nicht das Schlimmste. Die Folterer hatten die Messer auch als Brandeisen benutzt, sie über einer offenen Flamme erhitzt und dann auf den Leib ihres Opfers gedrückt. Der Körper der Frau war von schwarzen Brandwunden und dicken Blasen übersät.

Die Klinge fuhr erneut durch das Fleisch, und ein Hautlappen baumelte herunter.

Frau von Forsch schrie.

»Halt!«, sagte Micaela gefasst, aber ihre Stimme ging im Geschrei des Opfers unter.

Tränen liefen ihr übers Gesicht, als sie sich die Finger in die Ohren steckte, die Augen zukniff und schrie: »Aufhören! Aufhören! Aufhören!«

Nach einer Weile waren ihre Schreie zu einem Wimmern geworden, das fast gequälter klang als das der gefangenen Wächterin, wenn das überhaupt möglich war.

Die Folterknechte wandten sich um und sahen sie an. Dann zog sich einer von ihnen die Kapuze vom Kopf. Es war Matthew Pallamary.

»Hallo Micaela«, sagte er freundlich. »Haben wir dich geweckt?«

Mit flatternden Augenlidern tauchte Frau von Forsch aus dem Nebel der Fastbewusstlosigkeit auf.

»Mi ... Micaela?«, krächzte sie. Dann wollte sie noch etwas sagen, aber sie hatte keine Stimme mehr. Ihre ausgetrockneten Lippen bewegten sich, und Micaela erriet die Worte, die sie formten.

Lauf weg!

Micaela wandte ihren Blick ab. Schuldgefühle überkamen sie. »Lasst sie in Ruhe«, sagte sie nach einer Weile. »Lasst sie sofort in Ruhe! Sie hat keine Stimme mehr. Sie kann euch doch gar nichts mehr sagen.«

In der darauf folgenden Stille hörte Micaela irgendwo in der Nähe Wasser tropfen. Oder vielleicht war es auch Blut, das auf den Steinboden lief. Die Ketten der gefangenen Wächterin kratzten an der Wand. Die beiden Folterer sahen Micaela an, und Matthew grinste breit.

»Ach, Mädchen«, sagte er. »Die Antworten, die wir brauchen, haben wir schon vor einer Stunde bekommen. Jetzt amüsieren wir uns nur noch ein bisschen.«

Micaela las in seinen Augen, dass er es ernst meinte. Der Schrei, den sie ausstieß, war der Schrei ihrer Seele nach Erlösung, denn in diesem Moment begriff sie, dass sie wahrhaftig verdammt war. Außer sich ging sie auf Matthew los. Seine grinsende Fratze war zu viel für sie; sie musste sie ihm zerkratzen. Er wollte sie lässig mit einer Hand abwehren, unterschätzte aber ihre Kraft. Mühelos schlug sie seinen Arm beiseite und zog ihm mit den Fingernägeln dicke, blutige Kratzer über die Wange, an deren Ende dünne Hautstreifen herunterhingen.

»Miststück!«, schrie Matthew und schlug ihr so heftig mit dem Handrücken ins Gesicht, dass sie zu Boden stürzte. Blut strömte aus ihrer gebrochenen Nase. Im nächsten Moment stürzte er sich auf sie, und seine Finger schlossen sich um ihren Hals und schnitten ihr die Luft ab. Micaela schrie immer noch, aber es drang nur ein heiseres Krächzen aus ihrer Kehle. Sie wehrte sich nach Leibeskräften, als er seinen Dolch über ihrem Herz erhob.

»Du willensschwache Hure!«, flüsterte Matthew hasserfüllt. »Ich hätte dir das Herz herausschneiden sollen, als du zehn warst.«

Die Klinge fuhr hernieder, und Micaela schrie. Matthew lächelte in Vorfreude auf ihr Blut.

Doch plötzlich erstarrte seine Hand in einem dunklen, violettschwarzen Licht. Matthew blickte überrascht auf den Dolch in seinen Fingern. Dann gab es ein Geräusch, wie Micaela es noch nie gehört hatte, ein Knacken, als wäre etwas Zerbrechliches unter einem schrecklichen Gewicht zermalmt worden.

Matthew Pallamary stieß einen schrillen und verstörten Schrei aus, viel lauter als alles, was er Frau von Forsch in der ganzen Nacht hatte entlocken können. Der Dolch fiel klappernd auf den Steinboden, und Matthew kauerte sich neben ihm wie ein Fötus zusammen. Winselnd hielt er seine gebrochene Hand umklammert, die Augen geweitet vor Schreck. Er schien der Ohnmacht nahe.

»Guten Tag, Vater«, flüsterte Micaela in die Dunkelheit.

Eine tiefe, ihr wohlbekannte Stimme sagte: »Ich habe ihm jeden einzelnen Knochen in der Hand gebrochen, meine Teure. Er wird dich nicht noch einmal anrühren. Aber ich mache mir große Sorgen.«

Sie drehte sich zu ihm um, aber der Maestro blieb immer noch von der Dunkelheit im Verließ verhüllt. Es war, als benutze er sie als Deckmantel. Oder vielleicht als Leichentuch, denn sein Zustand kam dem einer wandelnden Leiche schon recht nahe. Sein Herz schlug noch, aber es war kalt wie Eis.

»Du weißt, dass ich dich liebe«, sagte Micaela. In diesem Moment begriff sie, dass es die furchtbare Wahrheit war.

»Das hindert dich aber nicht daran, mich zu hintergehen«, entgegnete der Maestro. »Ich habe große Pläne mit dir, Micaela. Bitte sorge dafür, dass ich dich nicht töten muss.«

Aus der Dunkelheit wandte sich der Maestro an den zweiten Folterer, der während der ganzen Szene schweigend dagestanden hatte. »Ihr habt erfahren, wo die Jägerin sich aufhält.« Das war keine Frage.

»Sie ist mit dem Wächter nach Boston gefahren, um den Torwächter zu suchen«, entgegnete der Folterknecht, ohne seine Kapuze zu lüften.

Ein Seufzen kam aus der dunkelsten Ecke des Verließes. »Wie ich befürchtet habe«, sagte der Maestro. »Nimm Kontakt mit meinen Gefolgsleuten in Boston auf. Sag ihnen, dass wir auf weitere Vorsichtsmaßnahmen verzichten und sofort handeln müssen. Sag ihnen auch, wenn sie die Jägerin töten, bevor ich sie in den Händen habe, werde ich mich ihrer Seelen persönlich annehmen.«

»Ja, Maestro.«

Micaela schlug das Herz bis zum Hals. Sie wusste, was jetzt kam.

»Hinauf mit dir, Tochter«, sagte der Maestro. Er klang immer noch misstrauisch. »Und verlass das Anwesen nicht, ohne vorher mit mir gesprochen zu haben. Vergiss zudem in den Momenten, in denen dir dein Herz den Verstand vernebelt, nicht, dass ich es war, der dich aus dem Nichts geholt hat, der dich zu dem gemacht hat, was du heute bist. Ich habe dir dein Leben gegeben, Mädchen. Und genauso leicht kann ich es dir auch wieder nehmen.«

Mit einem letzten Blick auf den geschundenen Körper von Frau von Forsch drehte sich Micaela um und rannte schluchzend die Kellertreppe hinauf. Noch bevor sie wieder in ihrem Zimmer war, begann die gefangene Wächterin wieder zu schreien. Doch diesmal verstummten ihre Schmerzenslaute nach erschreckend kurzer Zeit.

Später erlaubte ihr der Vater, die Überreste der alten Lehrerin zu begraben.

Zu beten gestattete er ihr jedoch nicht.

30. Oktober 1713

Ich sterbe. Schließlich und endlich streckt das Gespenst des Todes seine Hand nach mir aus, und ich ergreife bereitwillig seine knochigen Finger.

Nahezu fünfzig Jahre habe ich in diesem Haus gelebt, bin auf Geisterstraßen in weit entfernte Länder gereist und über das Kopfsteinpflaster von Boston gewandert. Während dieser langen Jahre habe ich eine große Vielzahl von Absonderlichkeiten gesammelt, die nun alle in diesem Haus eingesperrt sind. Untote Wesen und uralte Sagengestalten, die keinen Platz mehr haben in dieser Welt, der anderen Welt jedoch entkommen konnten.

Natürlich sind die Geisterstraßen eine außerordentliche Hilfe, aber mit den Toten zu reisen, ist ein Erlebnis tiefster Verzweiflung und eine sehr erschreckende Erfahrung. Ist eine Seele von ihrem fleischlichen Gefängnis befreit, reist sie auf jenen Straßen zu ihrem letzten Ziel, sei es das Haus der Engel oder das Haus der Dämonen. Himmel oder Hölle oder wie auch immer die Realität dieser anderen Welten aussehen mag. Diese Pfade verlaufen kreuz und quer über die gesamte Erde; ein kompliziertes Netz von Wegen für die Geister der Menschheit.

Doch auf ihnen reisen nicht nur Geister, denn sie verbinden nicht allein die Welten der Menschen, Teufel und Heiligen miteinander. Die Geisterstraßen führen auch in die Zwischenwelt, die ich große Mühe habe zu beschreiben, denn ich verfüge nur über wenige Erkenntnisse, mit denen ich ihre Darstellung untermauern könnte. Ich kann zwar auf den Geisterstraßen an jeden Ort auf dieser Erde gelangen, aber Himmel und Hölle sind mir, wie auch die Zwischenwelt, verschlossen.

Schon oft habe ich versucht zu erforschen, wie man dorthin gelangen kann, denn gern hätte ich die gefährlichen Kreaturen, die ins Diesseits gelangt sind, zurückgebracht. Aber selbst wenn es mir gelänge, für kurze Zeit eine Art Tür zu dieser Welt aufzustoßen, so könnte ich doch einen solchen Durchlass nicht ausreichend kontrollieren. Es träte das ein, was ich am wenigsten wünsche, und diese Welt würde vollkommen von der anderen geschluckt.

Das Chaos würde regieren.

Also muss ich die entwichenen Kreaturen an einem Ort gefangenhalten, an dem sie keinen Schaden anrichten oder die Strukturen des Diesseits untergraben können. Allerdings musste ich Zugeständnisse an ihre Anwesenheit in meinem Haus machen. Jeder neue Gefangene benötigte ein neues Zimmer, und so habe ich das Innere des Gebäudes vergrößert, ohne dass es von außen ersichtlich ist. Fünf Jahrzehnte habe ich Magie ersonnen, Beschwörungen und Bannsprüche erdacht, und dieses Haus zum wahrscheinlich kompliziertesten magischen Gebilde der Welt gemacht. Selbst die Magier des alten Ägypten wären in arge Bedrängnis geraten, hätte man ihnen zur Aufgabe gemacht, etwas von derartiger Komplexität zu schaffen.

Und so muss es auch sein. Denn die Welt muss für immer vor dieser höllischen Zwischenwelt geschützt bleiben, in der die schrecklichen Kreaturen zu Hause sind. So wie diese Loge in London, die sich »Wächter« nennt, dafür Sorge trägt, dass die Welt nicht von der Hölle verschlungen wird, so muss der Torwächter ewig darüber wachen, dass sie vom Chaos der Zwischenwelt verschont bleibt.

Aber der Torwächter stirbt.

Und mein armer Sohn Heinrich wird der nächste sein, der den Umhang des Torwächters trägt. Ich wünschte, ich könnte es ihm ersparen, aber die Verantwortung ist zu groß. Heinrich hat eine gute Ausbildung erhalten; ich habe ihn in England erziehen lassen, wo er eine neue Heimat gefunden hatte. Erst kürzlich kehrte er zu mir zurück. Ich habe begonnen, ihn auf seine Pflichten vorzubereiten. Wie zum Beispiel, dass er sich beizeiten eine Frau suchen muss.

Denn durch mich liegt auf meiner ganzen Familie ein Fluch, verflucht sind alle meine Nachkommen von nun an bis zum fernen Tag der Apokalypse.

Wenn ich sterbe, gehen mein Wissen und meine Macht auf Heinrich über, und nach seinem Tode auf sein Kind und auf jeden weiteren Erben mit dem Titel des Torwächters.

Nun, da ich bereit bin, dem Ruf des verlockenden Rücktritts zu folgen, den ich so lange ignoriert habe, bedaure ich einzig, dass das Böse, das Fulcanelli säte, nicht mit dem Hexer starb, als er sein Ende fand.

Aus Europa wird von Greueltaten berichtet, die in Fulcanellis Namen von einer Bande Magier und Mörder begangen werden, die sich die Söhne der Entropie nennen. Sie sind, wie die Leute sagen, die Nachkömmlinge von Fulcanellis Gefolgsleuten. Auf dem Fundament seiner grauenhaften Philosophie gründeten sie eine Sekte von Chaosbringern.

Auch dies habe ich Heinrich erklärt.

Ich lege nun endgültig nieder mein Schwert und meinen Schild. Nun muss die Schlacht von anderen weitergeführt werden.

Richard M. Regnier, Chevalier und Magier

Boston, Kolonie Massachusetts

Giles schloss gerade das Tagebuch, als er das Flüstern vernahm.

»Jean-Marc wird Sie nun empfangen.«

Überrascht fuhr er herum, und das Buch fiel ihm aus der Hand. Als es auf dem Boden aufschlug, riss der Buchrücken leicht ein, und Giles bekam riesige Schuldgefühle. Worin er gerade gelesen hatte, war nicht nur ein Familienerbstück oder eine Antiquität, sondern eine extrem wertvolle Informationsquelle für alle nachfolgenden Torwächter. Rasch bückte er sich und legte das Tagebuch behutsam auf einem Eichentisch ab.

Als er sich wieder der Geisterdame zuwandte, lächelte sie ihn an.

»Wir hatten schon sehr, sehr lange keine Gäste mehr. Und es ist sehr angenehm, Sie und Ihre jungen Freunde hier zu haben, Mister Giles«, sagte die Alte.

Giles hatte den Eindruck, sie wäre nun ein wenig besser zu erkennen. Ihre Beine waren bis zu den Knien sichtbar und verschwanden erst oberhalb der Fußknöchel in der schwebenden Wolke. Er fragte sich, ob es daran lag, dass die Macht des Torwächters wieder erstarkt war, oder an der Anwesenheit so vieler Menschen, die sie sehen konnten und sie damit in ihrem Glauben an die eigene Existenz bestärkten.

Vielleicht ein interessantes Diskussionsthema für ein andermal.

»Danke, Madame Regnier«, sagte er mit einem leicht verlegenen Lächeln.

Giles waren Komplimente zwar nicht ganz fremd, aber ein Experte war er auf diesem Gebiet nicht gerade. Und mit einer Geistererscheinung Förmlichkeiten auszutauschen, war noch einmal etwas ganz anderes. Nicht wirklich unangenehm, aber irgendwie … unterkühlt.

Der Geist von Antoinette Regnier schwebte durch die Bibliothekstür in den Korridor hinaus. Die anderen waren irgendwo im Haus unterwegs. Sie hatten ihre Zimmer beziehen sollen, da das Haus nun wieder stabil war, aber Giles hatte daran so seine Zweifel. Er vermutete, sie versuchten Willow oder Oz zu erreichen, um herauszufinden, was während ihrer Abwesenheit in Sunnydale los gewesen war. Cordelias Handy schien noch immer außer Betrieb zu sein, und Giles hatte ihnen vorgeschlagen, es einmal außerhalb des magischen Feldes zu probieren, welches das Haus vor der Außenwelt verbarg. Wenn sie das erledigt hatten, kundschafteten seine jungen Freunde bestimmt das ganze Haus aus. Er hoffte nur, sie waren vorsichtig beim Öffnen der Türen.

Die Geisterlady führte ihn mit einer für Menschen unerreichbaren Eleganz die große Haupttreppe hinauf. Giles folgte ihr und sah sich unterwegs das eine oder andere unglaubliche Einrichtungsdetail an – die Schnitzereien und Tapeten, die Gemälde und Fenster.

»*Ich denke, Sie werden sich hier alle sehr wohl fühlen*«, wisperte Antoinette. Ihre Stimme schwebte auf Giles zu, als spräche sie ganz leise direkt in sein Ohr. »*Wenn Sie irgendetwas brauchen, rufen Sie mich. Ich schlafe ja nicht.*«

Sie blieben vor der schweren Tür zum Schlafgemach des Torwächters stehen. Die Alte legte mahnend einen Finger an die Lippen. Als hätte man von einem Bibliothekar und einem Geist viel Lärm zu befürchten ... Dann schwebte sie einfach durch die Tür und ließ einen verdutzten Giles draußen zurück.

Sollte er klopfen oder einfach hineingehen? Beides vielleicht. Er klopfte zweimal sacht an die Tür und drehte dann den Knauf, um einzutreten. In diesem Raum waren die erstaunlichsten Artefakte versammelt, die er je gesehen hatte. Aber sein Blick wurde natürlich von dem Torwächter angezogen, der wie ein Sterbender auf dem Bett lag. So ausgelaugt und erschöpft und gebrechlich wie er aussah, konnte der Mann sich vermutlich kaum rühren.

»Danke, dass Sie gekommen sind, Mister Giles«, sagte der Torwächter hustend. »Wie Sie sehen, bin ich nicht in der Verfassung, mich zu Ihrer Begrüßung zu erheben. Ich habe mein Leben schon zu lange mit Hilfe der Magie verlängert. Bald ist es zu Ende.«

Giles sah zu dem großen schwarzen Kessel in der Ecke hinüber und betrachtete den langen Holzspeer, den der Torwächter mit seinen Greisenhänden umklammerte. Er sah wie eine altertümliche Lanze aus, und seine Spitze war arg ramponiert.

»Der Kessel?«, fragte Giles und wies mit dem Kinn auf den großen Eisentopf.

»Genau«, meinte Regnier. »Früher wurden mir zwanzig Jahre geschenkt, wenn ich darin badete. Und nun bekomme ich nicht einmal die Stunden, die ich brauche, um mit Ihnen zu reden. Die Kontrolle über die Zaubermatrix des Hauses kann ich nur mit Hilfe der Kraft aufrecht erhalten, die mir der Speer verleiht.«

Giles sah ihn überrascht an und betrachtete den Speer genauer. Dann dämmerte es ihm, und seine Augen weiteten sich. Ehrfürchtig trat er einen Schritt zurück.

»Das ist doch nicht …« Er schüttelte den Kopf, als könne er damit die Wahrheit vertreiben.

Der Torwächter lächelte müde. »Nun gut, sagen wir, er ist es nicht. Fühlen Sie sich jetzt wohler?«

Der Wächter schluckte, fuhr mit den Fingern unter die Brille, um sich die Augen zu reiben, und rückte sie dann wieder auf der Nase zurecht. Die beiden Artefakte übertrafen alles, was er bisher im Haus gesehen hatte und vielleicht noch sehen würde. Der Legende nach verlieh der Kessel des Heiligen Bran einem Sterbenden neue Kraft und erweckte sogar Tote wieder zum Leben. Giles war bisher nur eine Sage zugetragen worden, in der der Kessel Erwähnung fand, und zwar aus Gundestrup in Dänemark. Von dort musste ihn der Torwächter bekommen haben.

Der Speer indes hatte eine ganz andere Geschichte. Vor zweitausend Jahren sollte er einem römischen Soldaten namens Longinus gehört haben. Angeblich hatte dieser ihn dazu benutzt, dem am Kreuz hängenden Jesus einen Stich in den Leib zu versetzen.

Zwar war in den vergangenen Jahrtausenden viel über seine Macht diskutiert worden, gewisse Dinge galten jedoch als erwiesen. Wer den Speer in der Hand hielt, konnte nicht im Kampf besiegt oder vom Gegner getötet werden. Der legendäre Kaiser Constantin hatte der Überlieferung nach siebenunddreißig Feldzüge in Serie gewonnen, bevor er umkam, weil ihm der Speer versehentlich aus der Hand geglitten war.

Man konnte zwar mit dem Speer keinen Krieg gewinnen, aber er machte seinen Besitzer zum gefürchtetsten Krieger auf Erden. Und offensichtlich verlieh er auch den Kränkelnden neue Lebenskraft.

»Mister Giles?«, fragte der Torwächter.

»Hm? Oh, ja, entschuldigen Sie. Das ist alles ziemlich … überwältigend.«

»Ich verstehe. Aber wir haben keine Zeit.«

Giles nickte. »In der Tat. Aber Sie scheinen keine Familie zu haben, keinen Erben. Und – Sie wollen es mir bitte nachsehen – da verstehe ich nicht, was wir tun können, um zum Erhalt des Pförtnerhauses beizutragen?«

Der alte Mann auf dem Bett nickte kraftlos. »Also haben Sie im Tagebuch meines Großvaters gelesen.«

»In der Tat. Und angesichts der augenblicklichen Ereignisse in Sunnydale und Ihrer eigenen offensichtlichen Probleme kann ich nur annehmen, dass die Söhne der Entropie immer noch aktiv sind«, sagte Giles. Dann hielt er plötzlich irritiert inne, runzelte die Stirn und sah den Torwächter an.

»Haben Sie Großvater gesagt?«, fragte er.

»Ja, Sie haben richtig gehört. Die Regniers sind recht langlebig«, sagte der Torwächter.

»Außerordentlich«, pflichtete ihm Giles bei.

Der Torwächter stöhnte vor Schmerz, als er sich ein wenig aufsetzte, schloss die Augen und biss die Zähne zusammen. Als er Giles wieder ansah, schien er um weitere fünf Jahre gealtert, und die Verzweiflung stand ihm ins Gesicht geschrieben.

»Sie müssen mir helfen, Mister Giles«, sagte er. »Denn Sie liegen falsch. Ich habe einen Erben. Einen Jungen von elf Jahren. Ich habe ihn nach England auf die Schule geschickt, wie es mein Vater vor hundertfünfzig Jahren mit mir getan hat. Doch: Sie haben ihn! Mein Sohn Jacques ist in den Händen der Söhne der Entropie. Um ihn zurück zu bekommen, soll ich ihnen dieses Haus mit all seinen Geheimnissen überlassen. Das kann ich nicht tun!«

»Immer noch kein Anruf von Willow?«, fragte Buffy.

»Na, hör mal«, maulte Cordelia. »Ich stelle mich doch jetzt nicht die ganze Zeit draußen auf die Straße, nur weil die Anti-Handy-Magie dieses Hauses den Empfang stört.«

»Wir haben ihr doch gestern Abend eine Nachricht hinterlassen«, bemerkte Xander. »Sie weiß, dass wir leben und dass wir versuchen, sie zu erreichen. Jetzt ist es zu früh, um es nochmal zu probieren, Buffy. Willows Mutter wird misstrauisch, wenn wir um fünf Uhr morgens anrufen. Lass uns noch ein, zwei Stunden warten.«

Buffy runzelte die Stirn. »Ich mache mir nur große Sorgen. Ich habe Sunnydale höchst ungern verlassen, und wenn Willow etwas zustößt ...«

»Willow ist doch ein großes Mädchen«, sagte Cordelia wegwerfend. »Sie kommt schon klar. Hol mal Luft, Buffy! Wir gehen bald nach draußen, um anzurufen, oder ... vielleicht kannst du es ja auch allein machen.« Sie seufzte. Eigentlich rückte sie ihr Handy so gut wie nie heraus, um zu verhindern, dass jemand auf ihre Rechnung rund um die Welt telefonierte. Andererseits war das Risiko bei Buffy gering; sie kannte niemanden, der außerhalb von Südkalifornien lebte.

Cordelia nahm einen großen Schluck Kaffee und versuchte, die Erlebnisse der vergangenen Nacht zu vergessen. Sie war immer noch ziemlich verstört, aber Xander hatte sich selbst übertroffen und von draußen Frühstück für alle besorgt. Na ja, Bagels, Schmierkäse und Saft aus der Tüte waren nicht gerade eine Siegermahlzeit, aber in der Not fraß der Teufel ja bekanntlich Fliegen.

Xander war aufgeräumt wie immer, und Buffy erschien sehr gelassen an diesem Morgen, nicht so mürrisch wie sonst. Cordelia nahm es als gutes Zeichen und trank ihren Kaffee aus – Xander hatte seinen Skalp zu retten gewusst, indem er auch noch eine Kaffeebar aufgetrieben hatte. Dann nahm sie den dampfenden Becher, der für Giles bestimmt war, und ging hinaus auf den Flur. Schließlich brauchten sie das Gehirn des Wächters in absolut funktionstüchtigem Zustand – und was Cordelia anging, war es unmöglich, um acht Uhr morgens ohne Kaffee funktionstüchtig zu sein.

Als sie mit dem Kaffee die Treppe hinaufstieg, an deren Ende das Zimmer des Torwächters lag, überraschte sie Antoinette Regnier mit ihrem Erscheinen auf dem oberen Treppenabsatz. Der Geist der toten Frau schien sie eindringlich zu betrachten. Cordelia erschauderte, aber sie wich nicht zurück.

»Kann ich Ihnen helfen?«, fragte sie schnippisch.

»Auch im schlimmsten Fall muss das Pförtnerhaus nicht verloren gehen. Jean-Marc wird dann einen neuen Erben brauchen«, flüsterte Antoinette.

Cordelia zog verdutzt die Augenbrauen hoch. Langsam hob sie die Hand und betonte jedes Wort, als wäre es ein ganzer Satz. »Denken. Sie. Nicht. Einmal. Daran!«

Und schon war sie an dem Geist vorbeigehuscht. Als sie vor dem Zimmer des Torwächters ankam, konnte sie hören, wie der Alte mit Giles redete.

»Sie kommen«, rief Regnier verzweifelt mit schriller Stimme. »Es ist zu spät. Sie kommen! Die Söhne der Entropie ... sie sind schon sehr nah. Sie können jeden Moment ...«

Plötzlich schallte eine Türglocke durch das Pförtnerhaus.

»Nein!«, schrie der Torwächter. »Sie dürfen sie nicht hereinlassen!«

Cordelia lief einer kalter Schauer über den Rücken. Als sie gerade den

Raum betreten wollte, stürzte Giles an ihr vorbei. Sein Kaffeebecher flog ihr aus der Hand, und als er auf dem Boden aufschlug, löste sich der Deckel. Die braune Flüssigkeit ergoss sich über den Teppich.

Giles drosselte nicht einmal das Tempo, als er die Treppe hinunterrannte. Cordelia heftete sich an seine Fersen.

»Was ist denn los?«, schrie sie. »Giles, so reden Sie doch? Wer kommt? Sollten wir ...«

»Nein!«, brüllte Giles.

Xander trank in Ruhe seinen O-Saft, als Buffy den Riegel der großen Doppeltür zurückschob und die Klinke herunterdrückte.

»Buffy! Nein!«, rief Giles. »Lass sie nicht herein!«

Doch zu spät. Entsetzt sah Cordelia, wie die Jägerin die Tür weit aufstieß.

»Xander! Buffy! Zurück!«, schrie Giles.

Mit hochgezogenen Augenbrauen sah Oz seine Freunde an. »Hab ich was verpasst, Leute? Kann ich reinkommen?«

16.

»Der Torwächter liegt im Sterben«, sagte Giles zum wiederholten Male.

Sie alle hatten Schwierigkeiten, diese Wahrheit zu akzeptieren. Denn wenn dem tatsächlich so war, hatte das ungeahnte Konsequenzen zur Folge.

»Ungeachtet der Macht der Artefakte, die er hier versammelt hat, ist es nur eine Frage der Zeit, wann er von uns geht«, fuhr der Wächter fort. »Wenn dieser Moment gekommen ist – und er wird schnell kommen, so viel ist sicher –, muss es einen Erben hier im Haus geben.«

Buffy sah Cordelia an, die mit großen Augen die Hände hob. »Falls du jetzt was Bestimmtes denkst, dann vergiss es gleich wieder!«

»Mann«, sagte Oz unglücklich, »ich hab das Gefühl, ich hätte nicht herkommen sollen. Ich könnte Willow zu Hause eine viel größere Hilfe sein. Mir gefällt es nicht, dass sie allein ist.«

»Angel ist ja auch noch da«, tröstete ihn Buffy.

»Aber nur nachts«, entgegnete Oz. »Als Willows Telefonat mit Cordelia unterbrochen wurde, wussten wir ja nicht, dass ihr die Informationen auch aus anderer Quelle erhalten würdet.«

»Wie hast du das Haus überhaupt gefunden?«, fragte Xander. »Mit deiner Spürhundnase?«

Oz schüttelte lächelnd den Kopf. »Cordelia hat Willow erzählt, es sei auf dem Beacon Hill und man könne es nur sehen, wenn man davon weiß. Also bin ich eine Weile rumgelaufen, und als ich dieses Haus sah ... na ja, was sollte es sonst sein?«

Giles räusperte sich und lenkte die Aufmerksamkeit wieder auf sich. »Oz«, sagte er. »Wir sind sehr dankbar, dass du hier bist. Deine Information ist wertvoller als du denkst. Jetzt haben wir die Bestätigung. Dieser Fulcanelli hat, wie wir aus den Tagebüchern des ersten Torwächters wissen, vor Jahrhunderten die Loge der Söhne der Entropie ins Leben gerufen. Und nun scheint es so zu sein, dass dieser Maestro – wer auch immer das sein mag – Fulcanellis Fehde weiterführt.

Wenn es stimmt, was ihr in Erfahrung gebracht habt, werden die Söhne der Entropie das Haus dazu benutzen, die Barriere zwischen den Welten umzureißen. Und wenn das geschieht, werden alle Mythen, Monster und unnatürlichen Phänomene in unsere Welt eindringen und die Menschheit zurück in ein finsteres Zeitalter katapultieren, in dem das Chaos regiert. Ein ganzes Jahrtausend menschlichen Fortschritts wäre damit zunichte gemacht.«

»Okay. Moment mal, Giles«, sagte Xander stirnrunzelnd. »Warum würde jemand so etwas wollen? Ich meine, klar, es gäbe dann keine Warteschlangen am Burger King-Autoschalter, aber eben auch keine Drive-Ins mehr. Für so was hab ich nun wirklich kein Verständnis!«

»Weißt du, Xander, ich hab den Eindruck, diese Typen denken, wenn der ganze Mist runterkommt, werden sie so was wie Könige sein«, sagte Oz.

»Wie die Kriegsherren des Altertums oder die Feudalherren im alten Europa«, bestätigte Giles nickend. »Der Maestro hat ihnen in dieser Hinsicht offenbar einiges versprochen. Ich frage mich allerdings, in welchem Zusammenhang das mit ihren Versuchen steht, Buffy in ihre Hände zu bekommen und möglicherweise sogar mich selbst.«

»Vielleicht wollten sie Sie nur haben, um Buffy zwingen zu können, das zu tun, was sie wollen«, überlegte Cordelia. »Das hatten wir doch schon ein paarmal, oder?«

»Cordelia, die Meisterin unliebsamer Erinnerungen«, bemerkte Buffy. »Okay, nehmen wir also mal an, sie wollten Giles aus diesem Grund. Und sie haben die anderen Wächter umgebracht, um den Feind zahlenmäßig zu reduzieren, oder vielleicht, um den Rat beschäftigt zu halten, während sie hinter mir her sind und ihr Ding mit dem Pförtnerhaus durchziehen. Aber Giles hat Recht. Wenn sie nur den Erben vom Haus fernhalten müssen, um es übernehmen zu können, warum wollen sie dann mich?«

»Du meinst, abgesehen von dem, was einem sofort ins Auge springt?«, fragte Xander mit einem lasziven Grinsen im Gesicht.

Cordelia boxte ihn empört in die Seite.

»Ja, warum?«, wiederholte Giles.

»Wisst ihr«, schaltete sich Oz wieder ein, »als Angel diesen Typen ... ähem ... zum Reden brachte, sagte der, dass sein Boss durch Buffy viel Macht bekäme. Aber ich hatte definitiv den Eindruck, dahinter steckt noch mehr. Nicht, dass er noch etwas verschwiegen hat – in diesem Moment hätte er wohl alles gesagt.«

Alle sahen ihn mit großen Augen an, und er fuhr rasch fort. »Jedenfalls glaube ich, dass dieser Maestro einiges am Laufen hat, von dem sein Fußvolk nichts weiß.«

»Es ist gut möglich«, pflichtete ihm Giles bei, »dass die Söhne der Entropie auf unterschiedlichen Ebenen arbeiten und für verschiedene Teile eines Masterplans zuständig sind, über den wir noch mehr herausfinden müssen. Jean-Marc spürt, dass sie nicht mehr weit sind. Sie stehen vielleicht schon kurz vor diesen Mauern.«

Wie aufs Stichwort ließen Xander und Oz ihre Blicke durch den riesigen Speisesaal des Pförtnerhauses wandern. Sie saßen an einem Tisch, bei dessen Anblick König Artus vor Neid erblasst wäre, dabei waren sie nur fünf. Sechs, wenn man den Geist von Antoinette Regnier dazu zählte, der in unregelmäßigen Abständen erschien und wieder verschwand.

»Wie lange kann der Torwächter noch weiterleben?«, fragte Buffy und sah Giles prüfend an.

Giles massierte sich den Nasenrücken und schob die Brille nach oben. Ihnen allen fehlte eine tüchtige Portion Schlaf, und es sah nicht so aus, als sollten sie ihn nachholen können. Nicht so bald jedenfalls.

»Das kann man nicht sagen«, erwiderte der Wächter schließlich. »Ein paar Tage. Vielleicht einige Wochen, aber viel länger nicht. Man muss bedenken, dass allein die magische Kraft des Torwächters das komplexe mystische Netz dieses Hauses zusammenhält. Das verlangt ihm große Anstrengung ab. Wenn die Söhne der Entropie tatsächlich in der Nähe sind, mag man sich gar nicht ausmalen, wie anstrengend ihr ... Besuch für ihn sein wird.«

»Korrigieren Sie mich, wenn ich falsch liege«, meinte Xander. »Offenbar ist doch nur ein Nachfolger nötig, damit das Haus weiter bestehen kann. Warum wählen wir nicht einfach jemanden? Ich meine, so machen es die Wächter doch auch? Eine Jägerin stirbt, eine neue wird eingesetzt, oder?«

»*Im Fall des Torwächters muss der Nachfolger vom Blut der Regniers sein*«, flüsterte der Geist. »*Es gibt keine anderen Regniers mehr. Jean-Marcs Sohn Jacques ist der letzte in dieser Linie.*«

»Was, wenn der Junge schon tot ist?«, fragte Cordelia gerade heraus.

Giles bedeckte seine Augen mit der Hand, Xander runzelte die Stirn, und Buffy schüttelte den Kopf.

»Cordy, auf dein Einfühlungsvermögen kann man sich wirklich jederzeit verlassen«, bemerkte Xander. Sein Unbehagen war ihm deutlich anzumerken.

»*Wenn mein Enkel schon auf meiner Seite wäre, dann wüsste ich doch davon*«, flüsterte der Geist.

Oz rutschte unbehaglich auf seinem Stuhl herum und kratzte sich am Kinn. Er war nicht der gesprächigste Zeitgenosse und ergriff nur dann das Wort, wenn er etwas Wichtiges zu sagen hatte.

»Ist vielleicht 'ne blöde Idee, aber warum fahren wir nicht einfach nach Europa und holen ihn«, schlug er vor. »Ich meine, wir haben doch keine große Wahl, oder?«

»Warst du schon mal in Europa?«, fragte Xander ärgerlich. »Wie willst du denn einen Elfjährigen irgendwo auf diesem Kontinent finden?«

»Warst *du* denn schon mal in Europa?«, fragte Cordelia erstaunt.

»Wir reden jetzt nicht von mir«, gab Xander zurück.

Oz zuckte mit den Schultern. »Ich meine, wenn die Söhne der Entropie wirklich versuchen, Buffy zu töten, werden sie ihr weiter nachjagen. Wir machen sie ausfindig und holen uns die Informationen, die wir brauchen. Egal wie. Wir suchen einfach so lange, bis wir den Jungen haben oder das Ende der Welt kommt.«

Giles räusperte sich und sagte: »Mit seiner ungeschönten Darstellung unserer Zwangslage hat Oz wohl in der Tat die einzig mögliche Vorgehensweise beschrieben.«

Einen Augenblick lang herrschte Schweigen im Raum, und Buffy hatte das Gefühl, sie könne den Geist von Antoinette Regnier klagen hören. Es war, als hätte jemand eine Tür zu ihrer Seele aufgestoßen. Vielleicht stöhnte sie auch vor Gram und Angst, aber für Poesie war sie als Jägerin nicht zuständig. Und das war gut so.

»Ich werde gehen«, sagte sie. »Allein.«

Giles hob an, zu protestieren, und an Xanders Gesicht war bereits wieder die selbstgerechte Wut abzulesen, die in ihm aufstieg.

»Okay, jemand muss am Höllenschlund bleiben und das ist wohl Giles«, erklärte Buffy schnell und sah Xander ernst an. »Du und Cordelia und Willow, ihr werdet nicht einfach so nach Europa reisen können, ohne eine Unmenge von Fragen beantworten zu müssen, die ihr gar nicht beantworten könnt. Dieses Problem habe ich nicht.«

Dann sah sie Oz an. »Niemand von uns weiß, wie lange die Reise dauert, und du bist nun mal ein Werwolf. Es ist zwar noch genug Zeit bis zum nächsten Vollmond, aber wer kann schon sagen, wie lange die Suche dauert!«

»Und Angel ...«

Nickend unterbrach Giles. »Angel kann einfach nicht fliegen. Es ist zu schwierig für ihn, sich vor der Sonne zu verstecken.«

Xander meldete sich als Erster zu Wort. »Aber du kannst nicht allein fahren, Buffy.« Er schob seinen schweren Eichenstuhl zurück, stand auf und trat an eins der deckenhohen Fenster, vor denen lange Gardinen bis auf den Boden herabfielen. Er sah hinaus.

»Also, es sieht so aus ...« Er hielt inne und drehte sich zum Tisch um. Nicht zum ersten Mal sah Buffy in seinem entschlossenen Gesicht mit dem stolz vorgeschobenen Kinn den Mann, zu dem Xander heranreifen würde.

»... was meine Eltern denken, ist ziemlich egal. Wenn wir den Jungen nicht holen, steht sowieso die ganze Welt Kopf. Ja, sie leben zwar direkt am Höllenschlund, aber wie alle in Sunnydale schaffen sie es, nicht hinzusehen. Auf diese Weise müssen sie sich nicht eingestehen, wie verrückt das alles ist. Aber wenn die Erde von der Zwischenwelt geschluckt und von Monstern und Legenden und komischen Phänomenen überschüttet wird, ist das viel schlimmer, als wenn der junge Harris mal für ein paar Wochen nach Europa abhaut.«

»Xander, das könnte deine Abschlussprüfung gefährden«, warnte ihn Buffy.

Cordelia kicherte. »Abschlussprüfung! Ich bitte dich! Wenn wir den Bengel nicht schnellstens hierher holen, hat sich das Thema wohl erledigt!«

Buffy sah sie einmal mehr verblüfft an. Hinter Cordelias erstaunlichem Egoismus verbarg sich ein ebenso erstaunlicher Mut.

»Also zurück zum Flughafen?«, fragte Oz.

Der Geist von Antoinette Regnier gab die Antwort. Er schwebte in die Mitte des Raumes und sprach zum ersten Mal lauter als im Flüsterton.

»Es gibt einen schnelleren Weg. Eine Reisemöglichkeit, die nicht allen offensteht, der Jägerin indes schon.«

Dann sah sie Oz an. *»Und den Werwölfen. Nur Lebewesen, die in irgendeiner Weise vom Übernatürlichen berührt worden sind, können die Geisterstraßen benutzen.«*

»Geisterstraßen?«, fragte Buffy. Aber eigentlich wollte sie die Erklärung gar nicht hören.

Am Fenster räusperte sich Xander. Er schob den Vorhang zur Seite und sah hinaus zu dem riesigen Metallzaun um das Pförtnerhaus.

»Entschuldigen Sie, Gespensterlady«, sagte er. »Aber gibt es hier in der Gegend viele Zeugen Jehovas? Ich meine, sind Sie schon öfter bedrängt worden, endlich den ›Wachturm‹ zu lesen?«

Sofort war Buffy neben ihm und schaute aus dem Fenster. Dabei legte sie Xander eine Hand auf die Schulter, als wolle sie ihn beruhigen – vielleicht aber auch sich selbst.

»Ich glaube nicht, dass wir irgendwo hinfahren«, sagte sie.

Der extreme Wetterwechsel kam plötzlich.

Obwohl der Tag mit einem blauen Himmel und einer verführerischen warmen Vorfrühlingsbrise begonnen hatte – für Bostoner Verhältnisse jedenfalls –, formten sich nun aus dem Nichts dicke Wolken über dem Beacon Hill. Dunkle regenschwangere Wolken verdunkelten in Sekundenschnelle die Sonne, als Bruder Julian ein Dutzend weiterer Gefolgsleute auf das Anwesen führte.

»Es weiß, dass wir hier sind«, rief er.

»Was meinst du mit *es*?«, fragte Bruder Cardiff, der ein paar Meter hinter ihm war. »Du meinst er, der Torwächter.«

Bruder Julian ignorierte ihn. Der Engländer war ein Idiot. Der Torwächter und seine Vorgänger hatten zwar das magische Netz gewebt, aber die wirkliche Macht war das Haus selbst. Es hatte die Söhne der Entropie Jahrzehnte gekostet, das Wenige über das Haus in Erfahrung zu bringen, das sie nun wussten. Der Maestro hatte sich ebenso lang auf diesen Moment vorbereitet. Der Torwächter lag im Sterben, und seine Kräfte schwanden Stunde um Stunde.

War der Junge nicht in der Nähe, gehörte das Pförtnerhaus bald ihnen. Die magischen Kräfte seiner Vorfahren gingen zwar auf den Erben über – wovon der Maestro ausging –, aber das Haus selbst sollte unter dem Ansturm der Söhne fallen, damit das Chaos auf Erden Einzug halten konnte.

Das war der Plan gewesen.

Doch nun waren die Jägerin und ihr Wächter dem Hüter der Finsternis zur Hilfe gekommen. Eine Wendung, mit der niemand gerechnet hatte. So hatte man ihnen befohlen, sofort zu handeln und nicht erst anzugreifen, wenn der Torwächter seinen schwächsten Moment erlangt hatte und das Verteidigungssystem des Hauses fast nicht mehr vorhanden war.

Als der letzte von Bruder Julians Gefolgsmännern den Zaun überwunden hatte – das monströse Haus schaute mit seinen wilden Fensteraugen auf sie herunter –, zogen Wolken auf, und scharfkantige Hagelkörner von der Größe von Äpfeln fielen vom Himmel.

»Angriff!«, rief Bruder Julian.

Bruder Cardiff lief vorwärts. Plötzlich erbebte der Boden und riss an zahlreichen Stellen auf. Bruder Julian sprang im letzten Moment über die Kluft, die sich vor ihm auftat, und Bruder Cardiff half ihm wieder auf die Beine. Die anderen folgten ihnen zügig, außer Bruder Stefano, der in eine Spalte zu seinen Füßen stürzte. Die Schreie des Mannes erstarben, als sein Körper von einer dicken Erdschicht verschüttet wurde.

Ungestüm rannte Bruder Cardiff die Treppe zum Haus hoch, was in Julians Augen nur einmal mehr bewies, was für ein Idiot er war. Magisches Feuer knisterte, als Cardiff gegen eine unsichtbare Wand prallte, die Teil des Verteidigungssystems des Hauses war. Der Engländer schrie auf, schlug sich die Hände vors Gesicht, das starke Verbrennungen aufwies, bevor er im Schock auf die Knie sank.

Hagelkörner trafen Julian an Kopf und Schultern. Er ignorierte den Schmerz. Ein Blitz fuhr vom Himmel hernieder und traf Bruder Luciano. Lediglich Knochen und Asche blieben von ihm übrig, was kein natürlicher Blitz hätte bewirken können. Der Tod schien ihnen allen gewiss.

»Genug!«, schrie Julian.

Der Maestro hatte ihn mit gutem Grund für diese Aufgabe ausgewählt. Nun hatte er Gelegenheit, seine Fähigkeiten unter Beweis zu stellen; zu bestätigen, dass die Entscheidung des Maestros richtig gewesen war. Noch an diesem Tag sollte das Blut des Torwächters über seine Finger fließen, und er würde sich das Gesicht mit ihm bemalen.

Julian streckte die Hände aus und ließ eine dunkelviolette Flamme aufsteigen. Die Barriere, die Bruder Cardiffs Gesicht verbrannt hatte, wurde für einen Augenblick erleuchtet. Dann deklamierte er laut in lateinischer Sprache, und die violetten Flammen schienen sich zu verfestigen. Es sah aus, als hielte er eine Waffe in den Händen. Jetzt erhob Julian das Bündel knisternde Magie wie ein Schwert über seinen Kopf und stieß es hernieder, wobei er vor Wut schrie und vor Schmerz, den ihm eine solche Konzentration bereitete. Holz knirschte, Glas splitterte, und das Haus schrie vor Todesangst. Die Barriere explodierte, und es regnete magische Energie auf sie hernieder, die alles ringsumher verwandelte. Bruder François erstarrte zu Stein.

Eine große Palme voller Kokosnüsse wuchs innerhalb von Sekunden neben Julian aus dem Boden.

Er schützte seinen Körper vor den Strahlen und lenkte einen Großteil der Energie in den Boden. Die Erde bebte. Das magische Feld um das Anwesen, mit Hilfe dessen das Pförtnerhaus für die Welt außerhalb unsichtbar blieb, flackerte kurz, blieb aber intakt. Julian wusste, dies war keine einfache Barriere, sondern hohe Zauberei, die Krönung der Schöpfung.

Julian näherte sich dem Gebäude nicht, sondern wandte diesmal die Zauberkraft des Hauses gegen es selbst. Er ließ die knisternde Klinge aus magischer Energie tief in die Erde fahren, und sofort flogen Erdklumpen in gerader Linie auf die Eingangstür des Pförtnerhauses zu. Der Treppenaufgang wurde der Länge nach gespalten.

An der Tür des Hauses selbst gab es eine riesige Explosion. Das Holz splitterte.

Die Söhne der Entropie stießen ein lautes Triumphgeheul aus.

Bruder Malachy rannte zur Tür. Er hatte zuvor angekündigt, dass er den Kopf des Torwächters holen würde. In seiner Hand glitzerte ein Dolch, als er die zerstörte Treppe hinauflief. In seiner Arroganz wollte er die Jägerin, die ihm mit einem schweren Stück Holz bewaffnet entgegentrat, mit einer Hand aus dem Weg stoßen.

Doch mit nur einem Hieb brach die Jägerin Bruder Malachy den Arm. Mit einem weiteren zertrümmerte sie ihm den Schädel, und er brach auf dem Geländer der zerstörten Treppe zusammen. Hinter der Jägerin trat ein dunkelhaariger junger Mann aus dem Haus, den Bruder Julian von Observierungsfotos kannte. Er hielt ebenfalls ein Tischbein in den Händen.

»Eintritt verboten«, sagte die Jägerin und stellte sich mit gespreizten Beinen in den Türrahmen.

»Ja«, sagte der junge Mann. »Nehmt euch bloß vor Buffy in Acht!«

»Einige Söhne der Entropie verfügen über magische Fähigkeiten«, sagte Giles. »Der Torwächter kann sie nicht alle abwehren, nicht ohne Hilfe. Vielleicht reichen auch unsere Kräfte noch nicht aus. Buffy wird ihnen eine ganz schöne Schlacht liefern, aber sie braucht jemanden zur Verstärkung, der so schwer zu töten ist wie sie. Und wenn es dem Torwächter gelingt, sein Ritual der Kraftspende durchzuführen, von dem er sprach, wäre auch Angels Anwesenheit von unschätzbarem Wert. Auf seine Weise liebt er Buffy. Darin liegt magische Kraft.«

Oz nickte langsam. »Ich gehe schon«, sagte er. »Ich bin sowieso nicht gut in Zaubersprüchen und Beschwörungen. Aber wie finde ich meinen Weg?« Er sah Giles erwartungsvoll an.

Der Wächter konnte es ihm nicht verübeln, dass er Antworten von ihm erwartete. Er hatte schließlich immer Antworten parat oder konnte sie zumindest schnell recherchieren. Aber diesmal war er überfragt. Diesmal kam die einzige Antwort von einer toten Frau, und das war nicht gerade vertrauenerweckend.

»*Wie hat Springheel Jack wohl seinen Weg gefunden?*«, flüsterte der Geist von Antoinette Regnier. »*Du musst dich auf den Wunsch deines Herzens konzentrieren, auf das Ziel, das du erreichen willst, dann findest du den Weg.*«

»Okay«, entgegnete Oz. »Aber … wie?«

»*Die Toten werden dich leiten, wenn du dich verirrst.*«

Giles räusperte sich. »Nichts für ungut, Madam, aber nach allem, was ich gelesen habe, kann man den Toten nicht wirklich vertrauen.«

»*Als Mensch nicht*«, entgegnete der Geist. »*Aber der Junge ist kein Mensch, nicht wahr? Sie werden ihm nichts nachtragen, denn er ist verflucht. In vielerlei Hinsicht leidet er viel mehr als wir, die wir ruhen können. Für die, die das Wolfszeichen tragen, gibt es keine Ruhe.*«

»Keine Ruhe für die Gottlosen«, sagte Oz fast zu sich selbst. »Party bis in alle Ewigkeit!«

Dann klatschte er in die Hände, stand mit einem Grinsen auf, das Giles erstaunte – eigentlich erstaunte ihn Oz ständig – und rief: »Dann wollen wir das Ding mal schaukeln.«

»*Mein Sohn hat Schmerzen. Ich muss gehen*«, sagte der Geist und verschwand ganz einfach.

»Mann, wie würde euch das gefallen, so eine Mutter zu haben?«, meinte Oz. »Im Vergleich zu ihr ist Willows Mutter echt eine Erholung.«

»Ja, nun, Willows Mutter ist ein lebendiger Mensch und sich der Tragweite der Ereignisse nicht bewusst«, sagte Giles, obwohl ihm klar war, dass für eine solche Diskussion die Zeit fehlte.

»Oh, ich bin sicher, dass sich ihre Prioritäten nicht ändern würden, wenn sie von dem Höllenschlund wüsste«, sagte Oz und federte in den Knien. »Solange es sich nicht um eine Ergänzung des Stundenplans handelt, durch die Willow noch besser in der Schule wird.«

Giles rückte sich die Brille zurecht und blinzelte einige Male. Oz war nervös; er tat ihm leid. Aber sie hatten keine Zeit für Gefühlsduselei und Ermahnungen. Sie brauchten Verstärkung.

»Oz?«, fragte Giles.

Oz nickte. »Also gut, ich gehe und hole Angel, sage Willow, sie soll weiter die Stellung halten, und komme wie Speedy Gonzales wieder zurück.«

»Wie bitte?« Giles runzelte die Stirn.

»Ach, nur 'ne alte Comicfigur.« Oz bewegte sich auf die Tür zu, die Antoinettes Geist ihnen gezeigt hatte, und drehte sich zu Giles um. »Was ist mit Willow, Giles? Ich meine, wird sie wirklich allein in Sunnydale klarkommen?«

Giles überlegte, ob er lügen sollte. Nach einer Weile sagte er: »Ich weiß es nicht, Oz. Aber wenn wir das hier nicht schaffen, kommt niemand von uns mehr klar.«

Oz' Miene erstarrte. Alles Licht, aller Humor schwand aus seinem Blick, und Giles hatte kurz das Gefühl, er könne den Wolf in ihm sehen.

Mit einem kräftigen Ruck riss Oz die Tür auf und trat über die Schwelle. Als Giles einige Sekunden später um die Ecke schaute, war dort nur ein kleines Schlafzimmer zu sehen.

Oz war verschwunden.

Jetzt bin ich also völlig durchgeknallt.

Das war Oz' erster Gedanke.

Um ihn herum herrschte ein regelrechtes Vakuum, ein pures Nichts von solcher Intensität, dass es ihm die Tränen in die Augen trieb. Er weinte frei heraus, sein Gehirn raste vor Panik, und er wünschte sich etwas zum Festhalten, etwas, das ihm die Möglichkeit gab, sich zu orientieren.

Also, wenn das der Himmel ist ..., dachte er, beendete den Gedanken aber nicht. Man konnte schließlich nie wissen, wer einem zuhörte.

Keine Temperatur, weder heiß noch kalt. Kein Geräusch, nicht einmal die eigenen Atemzüge. Und als er schreien wollte, hörte er nichts. Er wusste nicht, ob er fiel, ob er sich bewegte oder Boden unter den Füßen hatte. Die Luft um ihn war weder hell noch dunkel, weder weiß noch schwarz, sondern nichts als grau, grau, grau. Es sah aus, als stünde Regen bevor.

Oz kniff die Augen zu und schrie laut auf. Tränen strömten ihm übers Gesicht.

Plötzlich wusste er, wo er war. Das war der Teil der Vorhölle, von dem Giles gesprochen hatte, die graue Welt, die die Erde mit dem Himmel, der Hölle und der Zwischenwelt verband. Das war die Geisterstraße.

Die Geisterstraße!

Und sobald er diesen Gedanken gedacht hatte, spürte er Boden unter seinen Füßen.

Er hörte seinen Atem und öffnete die Augen.

Vor ihm erstreckte sich die Geisterstraße ... ins Nichts. Woher sie kam, ließ sich nicht sagen. Vielleicht entstand sie direkt unter seinen Füßen. Aber sie war fest, und das war das Wichtigste. Die graue Luft war dick, und er konnte nicht sehr weit sehen, obwohl es nichts gab, das ihm den Blick versperrte. Die Straße unter seinen Füßen war hart wie ein ausgetretener Weg, sah aber eher nach Kalkstein oder porösem Beton aus.

Auf einmal hörte Oz von irgendwoher Musik. Sie klang wie aus weiter Ferne und knisterte, als käme sie aus einem schlecht eingestellten Radio.

Doch außer der Straße und dem Grau ringsumher war nichts zu sehen. Keine wandernden Seelen, keine verrottenden Leichen. Da Oz nicht gewusst hatte, was ihn auf diesen Geisterstraßen erwartete, hatte er sich innerlich auf das Schlimmste gefasst gemacht. Oder auf das, was er für das Schlimmste hielt. Aber in Wirklichkeit waren diese ersten Augenblicke im Nichts schrecklicher für ihn gewesen als alles, was ihm untergekommen war, seit er mit Willow – und damit auch mit Buffy – zu tun hatte.

Das war etwas, das die Jägerin nicht bekämpfen konnte. Das sie nicht zerstören konnte.

Oz glaubte, was er in diesen schwebenden Augenblicken gespürt hatte, musste der Tod selbst gewesen sein. Vielleicht hatte der ja eine Weile dafür gebraucht zu bemerken, dass er keine Macht über ihn hatte. Aber es war eigentlich auch egal. Was immer ihm in dieser kalten, gefährlichen Vorhölle widerfuhr, solange er wusste, dass er lebte, war alles in Ordnung.

Oz setzte sich in Bewegung.

In Giles' Apartment hockte Willow über Büchern, die sie in der Bibliothek nicht zu öffnen gewagt hatte.

Sie hoffte, stärkere Beschwörungsformeln zu finden, die sie über den Höllenschlund und ganz Sunnydale werfen konnte. Sie hatte verzweifelt versucht, mit Hilfe der Zauberei die derzeitigen Durchschlüpfe aufzuspüren, aber es war ihr nicht gelungen. Vielleicht brachte der Torwächter einfach mehr Talent mit, hatte eine Art sechsten Sinn. Dann muss es eben mit einer allgemeineren Schutzvorrichtung gehen, entschied Willow.

Und obwohl Angel die letzte Nacht kaum etwas anderes getan hatte als gegen Wesen zu kämpfen, die auf Erden nichts verloren hatten, schloss er sich Willows Einschätzung an, dass die gestopften Löcher dicht blieben. Nur wenige neue Kreaturen waren aufgetaucht.

Giles' altes Radio war auf einen Sender eingestellt, der altmodischen Jazz spielte, und Willow traute sich nicht, einen anderen zu suchen. Der Empfang war so schwach, dass sie Angst hatte, ihn nicht wiederzufinden, und dann wäre Giles am Boden zerstört. Aber nach einer Weile stellte sie fest, dass ihr diese Musik sogar gefiel. Sie lenkte sie nicht ab, sondern beruhigte sie vielmehr und erlaubte ihrem Geist, spontanen Eingebungen nachzugehen, denen sie andernfalls keine Beachtung geschenkt hätte.

Natürlich würde sie nicht gleich ihre aktuelle CD-Sammlung verschenken, aber dieser alte Jazz hatte durchaus seine Reize.

Oz hatte das Gefühl, er marschiere schon seit Ewigkeiten.

Er war zwar nicht schläfrig, und seine Beine waren auch nicht müde, aber sein Geist war erschöpft. Was für eine Versuchung! Er hatte das Bedürfnis, sich einfach hinzulegen und die Augen zu schließen.

Der Boden ist hart, dachte er, aber wenn ich die Straße verlasse, finde ich vielleicht in diesem grauen Nichts einen bequemen Ort zum Rasten …

Was? Er schüttelte den Kopf. Das war nicht die Stimme seines Herzens, seine innere Stimme gewesen. Diese Gedanken waren von anderswo gekommen. Von außerhalb seines Geistes. Von außerhalb seiner Person.

Lasst ihn gehen, den Verlorenen!

»Wer ist da?«, rief er und suchte in der Leere nach einem Lebenszeichen. Um ihn herum war nur das gefürchtete Nichts, das ihn zur Aufgabe verführen wollte. Grau und endlos.

Verloren. Die Stimme hatte gesagt, er sei verloren.

»Bitte!«, schrie er. »Ich darf nicht verlieren. Vielleicht ist es euch egal, was jetzt in der anderen Welt passiert. Vielleicht ist es euch gleich. Aber ich glaube, wenn meine Freunde versagen, wird auch eure Welt zerstört. Was immer hier ist, es hat eine Ordnung. Wenn ich es nicht schaffe, wird diese ganze Ordnung zerstört. Es wird nichts außer …«

Um ihn herum löste sich das Grau in ein helles, blendendes Licht auf. Die Straße unter seinen Füßen bebte wie auch der Sand daneben. Alles war weiß. Oz schirmte sich die Augen mit der Hand ab, blinzelte ein paarmal, aber schon wurde das Licht wieder blasser. Er blinzelte noch einmal. Da war ein Regenbogen, die erste wirkliche Farbe, die er entdeckte, seit er auf die Geisterstraße gekommen war. Wann eigentlich? Vor Stunden. Mindestens. Vielleicht vor Tagen.

Sag es nicht! Die Stimmen klangen wie eine einzige und wie millionen zugleich. Das Echo drang in seinen Kopf und wanderte in seinem Gehirn von Zelle zu Zelle. Informationsweitergabe auf einfachste Art.

Nun begann er allmählich, scharf zu sehen. Oz schaute sich um und entdeckte sie. Dort in dem Nachglühen, in dem verblassenden Lichtblitz. Gesichter und Körper, die flüsterten und sich bewegten. Einige starrten ihn an, andere verbargen ihre Augen. Einige weinten, andere lachten. Zuerst dachte er, es wären nur wenige, aber als die, die ihm näher waren, verblassten, sah er die dahinter. Und dann die dahinter. Und die dahinter ...

»Es wird das reine Chaos«, raunte er und steckte sich rasch die Finger in die Ohren, als die Geister ärgerlich zischten. Es dauerte nur Sekunden, schien aber wie eine Ewigkeit. Oz hatte das Gefühl, er zischte sogar selbst, obwohl er nicht einschätzen konnte, ob tatsächlich Luft aus seinen Lungen strömte oder das Geräusch irgendwie von ihm Besitz ergriffen hatte. Sicherer denn je wusste er aber, dass er den Weg nicht verlassen durfte.

Das Licht wurde immer blasser, und sein Blick war immer noch nicht hundertprozentig klar, als er wieder in die geisterhaften Gesichter der unzähligen toten Seelen blickte.

Nun hatte er ihre Aufmerksamkeit.

Aus weiter Ferne sah er eine für sich allein wandelnde Gestalt, die ihm bekannt vorkam. Sie sah ihn an. Trotz der großen Entfernung konnte er sie gut erkennen. Ihre Haut und ihr Haar, so dunkel im Leben, verblasste nun mit dem Rest der Welt um ihn. Verblasste zu einem Flüstern und Raunen und großen Augen, neugierig und traurig.

Eigentlich ein Ding der Unmöglichkeit, aber er sah deutlich, wie sie die Lippen bewegte und Worte formte. Sah das Lächeln, das über ihr Gesicht spielte, und das Leuchten ihrer Augen. Aber als ihn die Worte erreichten, hörte er nur das Flüstern der Menge. Es war wie eine Welle, die an den Strand gespült wird.

Ich bin von meinem Fluch befreit. Ihre Lippen bewegten sich, und die Menge verlieh ihr eine Stimme. *Aber sein Fluch gilt bis ans Ende aller Tage. Er hält das Chaos von uns fern, obwohl es für ihn eine Befreiung wäre. Weist ihm seinen Weg!*

Oz flüsterte ihren Namen, den Namen der Jägerin, die gelebt hatte, weil Buffy gestorben war, und die gestorben war, damit Buffy leben konnte. »Kendra.«

Die Toten waren verschwunden. Das Grau hatte alles Licht geschluckt, und die Straße unter seinen Füßen war wieder ganz fest.

In der Ferne erklang die Musik erneut. Oz fiel auf, dass er sie nicht hatte hören können, als das Licht erschienen war. Als er nach vorn sah, wurde es dunkel um den Pfad, und er hatte den Eindruck, er könne die Sonne sehen und ein kleines Fleckchen Grün.

Er fing an zu rennen.

Wenig später sah er vor sich das Loch. Auf der anderen Seite breitete sich dreidimensionales Leben aus. Durch den Riss konnte er den Himmel und die Sonne sehen, das Gras und die Bäume, und er glaubte ... nein, er wusste, er hatte es geschafft. Das war Sunnydale!

Oz verlangsamte sein Tempo und lächelte breit, als er auf den Riss zusteuerte. Geflüster folgte ihm, und er glaubte, das Wort Chaos herauszuhören, drehte sich aber nicht um. Die Toten würden ihm nun helfen, dessen war er gewiss. An der Öffnung, von der er auf den einige Meter darunterliegenden Erdboden springen konnte, blieb er stehen.

Irgend etwas stimmte nicht.

Oz sah nach links und entdeckte die High School, an der er nun sein fünftes Jahr verbrachte. Autos standen auf dem Parkplatz. Der Unterricht lief noch. Vielleicht war nicht einmal ein Tag vergangen, seit er Boston verlassen hatte, obwohl es ihm wie eine Ewigkeit vorkam.

Aber irgend etwas stimmte nicht.

Er trat vor und stieß heftig gegen eine unsichtbare Barriere. Blut schoss ihm aus der Nase, und er schrie auf.

Verblüfft legte er dann seine Hände an die Barriere und suchte nach Schwachstellen, aber sie war vollkommen undurchlässig. Er hatte sein Ziel so dicht vor Augen und konnte es doch nicht erreichen. Unglaublich.

Und dann dämmerte es ihm.

»Willow«, flüsterte er.

Giles hatte nach seiner Rückkehr von New York natürlich keine Zeit gehabt, die Küche neu zu bevorraten, aber Willow trieb schließlich doch noch einen Earl Grey-Teebeutel ganz hinten im Schrank auf. Tee war einfach: Heißes Wasser, etwas Milch, Teebeutel. Sie hatte festgestellt, dass auch die Zauberkunst nicht viel schwieriger war, wenn man sie einmal begriffen hatte.

Allerdings konnte die Zauberei auch ziemlich böse Folgen haben, die Willow nach Leibenskräften zu vermeiden versuchte.

»Alte Bannsprüche und Talismane« stand auf dem Buch, das aufgeschlagen auf dem kleinen Schreibtisch im Wohnzimmer gegenüber von Giles' Kochnische lag. Willow hatte sich nicht getraut, das Loft zu erkunden, wo Giles schlief. Denn da oben war nicht nur sein Schlafzimmer, es war auch der Ort, an dem Angel Jenny Calendars Leiche zurückgelassen hatte, nachdem er sie ... Willow schauderte.

Daran wollte sie jetzt lieber nicht denken.

Aber hier, in Giles' Apartment, war es sehr schwer, nicht daran zu denken. Auf dem Schreibtisch lag, nur ein paar Zentimeter von dem Buch entfernt, in dem sie las, eine Glaskugel, die »Thessulas Auge« genannt wurde. Mit Hilfe dieser Kugel war Jenny in der Lage gewesen, Angel seine Seele zurückzugeben. Um ihn erneut zu verfluchen.

Manchmal dachte Willow, alles wäre viel einfacher gewesen, wenn Buffy ihn getötet hätte. Aber sofort musste sie sich fragen, wie ihr selbst wohl zumute wäre, wenn Buffy dem Jägersmann Gib Cain erlaubt hätte, Oz zu töten, nur weil er ein Werwolf war. Wenn Oz zum Tier wurde, war er nicht weniger gefährlich als ein Vampir. Deshalb schloss er sich bei Vollmond auch immer ein.

Nein, dachte Willow, ich brauche Oz.

Und sie wusste, was auch immer die schrecklichen Ereignisse des vergangenen Jahres ihrer Beziehung angetan hatten, auch Buffy brauchte Angel. Er musste für sie da sein. Damit sie wusste, dass es auch in der größten Finsternis möglich war, ein Licht anzuzünden.

Willow atmete hörbar aus.

»Jetzt werden wir aber ein bisschen arg metaphysisch, nicht wahr, Rosenberg?«, murmelte sie.

Sie hörte nicht, wie jemand ihren Namen rief.

Die Jazzmusik dudelte aus dem knackenden Radio hinter ihr. Willow nahm einen Schluck heißen Tee, als sie sich wieder an den Schreibtisch setzte.

»Willow!«

»O Gott!«, entfuhr es ihr. Sie verschüttete den heißen Tee auf ihrem Schoß und quiekte in einer Mischung aus Schmerz und Angst. Mit großen Augen sah sie sich um.

Da war nichts. Jedenfalls nichts, was sie sehen konnte.

»Angel?«, fragte sie hoffnungsvoll, obwohl die Anwesenheit des Vampirs sie auch nur beschränkt zu beruhigen vermochte.

»Willow …«

Sie biss sich auf die Unterlippe und bekam feuchte Augen, als sie flüsterte: »Oz?«

»Was immer du da machst, es hindert mich daran, reinzukommen. Du musst die Schutzschilde kurz runterlassen. Nur für eine Sekunde. Sonst komme ich nicht durch.«

»O mein Gott«, sagte sie, und das Herz klopfte ihr bis zum Hals. »Bist du … tot?«

»Nicht toter als Springheel Jack. Ich reise auf dieselbe Weise wie er. Du musst mich reinlassen!«

In Windeseile griff Willow nach einem Stapel Fachliteratur, warf mehrere Bücher auf den Boden und zog das eine hervor, das sie benötigte. Die Uhr im Flur schlug, und zum ersten Mal bemerkte sie, wie warm es geworden war.

Frische Luft gab es in Giles' Apartment eher wenig, ebenso wenig wie Fenster, aber zuvor war ihr das gar nicht aufgefallen.

Willow hielt inne und legte den Finger auf die Seite, die sie brauchte, um die Barrieren sinken zu lassen.

»Was ist los? Du musst Angel holen. Wir brauchen ihn sofort. Er muss mit mir zurück. Willow, was ist los? Lass mich rein!«

Sie schluckte. Biss sich wieder auf die Lippe, dass es fast blutete.

»Woher weiß ich, dass du es bist«, fragte sie schließlich.

»Wir haben keine Zeit, Willow! Davon hängt jetzt alles ab. Sie brauchen mich wieder in Boston, aber noch viel mehr brauchen sie Angel. Nicht allein wegen seiner Stärke, sondern für irgend ein Ritual. Wir haben nur keine …«

»Oz, wenn du es bist, weißt du, dass das egal ist«, sagte Willow kurz. Es brach ihr das Herz. »Ich kann die Barrieren nicht einreißen, denn dann kommen mit dir auch die anderen Dinge herein. Ganz bestimmt. Aber wenn ich weiß, dass du es wirklich bist, tue ich es. Ich muss nur ganz sicher sein.«

Willow setzte sich und starrte das Radio an. Sie kam sich albern vor, als sie bemerkte, dass sie die ganze Zeit das alte Motorola mit der verbogenen Antenne angesprochen hatte. Es knackte wieder, der Empfang stabilisierte sich, und dann erklang die Stimme von Louis Armstrong.

Oz war fort.

Eine schreckliche Ewigkeit lang, die in Wirklichkeit nur Sekunden dauerte, fragte sich Willow, ob er es wirklich gewesen war und ob sie sofort hätte reagieren sollen. Ob sie schon verloren hatten und alles vergebens war. Ob das Chaos bereits regierte.

Sie fing an zu weinen.

Im Radio knackte es laut. Dann vier kleine Worte: »All monkeys are French.«

»Oz!«, schrie Willow. Ihr Gesicht strahlte vor Liebe und Erleichterung, auch wenn die Angst sie noch nicht ganz verlassen hatte. Er war immer noch da, und es war Oz, kein Zweifel.

Aber was nun?

Rasch begann sie den Zauberspruch aufzusagen. Die Barrieren würden nun für ein paar Sekunden fallen.

Aber niemand konnte wissen, was in dieser kurzen Zeit sonst noch durch den Riss schlüpfen würde.

Niemand.

Oz purzelte auf den Rasen vor der High School.

In Sekundenschnelle war er auf den Beinen. Er hatte es geschafft! Unglaublich, dass er zweitausend Meilen in einer Stunde hinter sich gebracht hatte. Vielleicht sogar in noch kürzerer Zeit. Dessen ungeachtet und der Erschöpfung zum Trotz, die er auf der Geisterstraße verspürt hatte, fing er an zu laufen.

Auf dem Weg zu Angel fragte er sich, wie er den Vampir ins Pförtnerhaus kriegen konnte, ohne dass er unterwegs verbrannte.

Da hatte er eine Idee. Sein Van stand doch noch vor Angels Haus.

Angel zog ein frisches schwarzes T-Shirt an. Dann nahm er einen langen Ledermantel, den Oz noch nie an ihm gesehen hatte, und hielt ihn sich über den Kopf, als wolle er sich vor heftigem Regen schützen.

»Gehen wir«, sagte der Vampir.

»Einfach so?«, fragte Oz ungläubig. »Ich meine, ist ja toll, aber ... draußen scheint ganz schön die Sonne.«

Angel hielt einen Moment inne und sah Oz an. »Du hast gesagt, Buffy braucht mich, oder?«

»Es ist ein wenig komplizierter als ...«

»Nicht unbedingt«, unterbrach ihn Angel.

Er machte die Tür weit auf und versteckte sein Gesicht unter dem Mantel. Auch seine Hände waren sorgsam unter dem Leder verborgen. Mit gebeugtem Kopf stolperte er auf die offene Hintertür von Oz' Van zu und ließ sich hineinfallen. Oz zog die Tür des Herrenhauses hinter sich ins Schloss und klappte die Autotür hinter Angel zu. Obwohl er die Fenster seines Vans so gut wie möglich zugeklebt hatte, hielt Angel sich sorgsam unter seinem Mantel versteckt.

Auf der Fahrt hörte Oz den Freund einige Male tief und gefährlich knurren. Bis sie am Ziel angekommen waren, wurde ihm klar, dass es kein Knurren war, sondern eher ein Stöhnen. Angel hatte Schmerzen.

Willow wartete bereits auf dem Parkplatz vor der Schule, denn Oz hatte sie von Angel aus in Giles' Wohnung angerufen. Wenn sie dort gesehen wurde, dachten ihre Eltern höchstens, dass sie die Schule schwänzte. Das war egal. Im Schatten des drohenden Chaos war alles egal.

»Geh zu Buffy nach Hause«, befahl ihr Oz nun. »Die anderen brauchen dich vielleicht, und Buffys Mutter kann deinen Eltern irgendwas erzählen. Es ist nur für ein paar Stunden. Wenn du bis dahin nichts von uns gehört hast ... ist es vorbei.«

Willow nickte grimmig und sagte leise den Zauberspruch. Plötzlich tat sich vor Oz die Lücke auf, die so lange sichtbar bleiben würde, bis er und Angel hindurch waren.

Angel schlüpfte schnell hinein. Was immer ihn auf der anderen Seite erwartete, er hatte schon Schlimmeres überlebt.

Oz trat zu Willow, nahm sie bei den Händen und küsste sie; zuerst auf den Mund, dann auf die Stirn. Sie sahen sich in die Augen.

»Komm wieder nach Hause!«, raunte ihm Willow zu.

»Wo immer du bist, ist mein Zuhause«, entgegnete Oz.

Dann war er verschwunden.

»Soll das heißen, du kannst sie nicht sehen?«, fragte Angel und sah sich hektisch um. Sein Blick wanderte von Gesicht zu Gesicht.

»Doch, ich sehe sie. Aber ich kann mich nicht auf einen einzelnen konzentrieren«, entgegnete Oz. »Solange sie nicht wollen, dass man sie sieht, vermute ich. Wenn sie näher kommen oder mit einem reden, dann sind sie viel deutlicher zu erkennen.«

Angel konnte die riesige Menge sehr gut sehen, die endlose Parade von Seelen, die durch die Zwischenwelt wanderte, entlang der Geisterstraßen auf das zu, was auch immer dann kam. Himmel. Hölle. Gar nichts vielleicht für einige von ihnen.

Er konnte sie alle sehen, all die Toten. Genau wie sie ihn sehen konnten, ganz deutlich. Auch für Oz waren sie erkennbar, aber nicht so klar. Sie bemerkten ihn, ließen ihn aber unbehelligt weiterziehen. Angel war natürlich etwas Neues für sie. Sie griffen nach ihm, ihre Finger glitten über sein Fleisch und ließen ihn vor Kälte erschaudern; eine Kälte, wie er sie noch nie gespürt hatte, da sein Blut noch warm war.

Natürlich hielten sie ihn für einen der ihren.

Schließlich war er tot.

»Fort mit euch!«, rief er wütend. »Fort!«

Der Geist, der ihn berührt hatte, zuckte zusammen, sah ihn erschreckt an und flüsterte den anderen etwas zu. Die Stimme erklang in Echos, als hätten sie alle gesprochen.

»Verflucht.«

Angel lächelte fast. Sie hatten ja keine Ahnung ...

Dann erstarb das Lächeln aus seinen Zügen, als ein Gesicht in sein Blickfeld kam. Der weiße Nebel war von der Oberfläche der Geisterstraße aufgestiegen und war nun überall.

»Angel.«

Die Toten riefen seinen Namen, aber nur die Lippen einer einzigen Gestalt bewegten sich. Ihr Name war Theresa Klusmeyer. Sie war unter seinen Händen gestorben, sein Biss in ihren Hals hatte sie zum Vampir gemacht. Es war seine Schuld, dass sie hier war und immer noch ihren Weg in den Himmel suchte, oder in die Hölle, falls das ihre Bestimmung war.

»Es ... es tut mir leid«, sagte Angel zögernd.

Oz blieb stehen und packte Angel bei der Schulter. »Einfach weitergehen, Mann«, sagte er. »Immer weitergehen.«

Angel tat, wie ihm geheißen und bemerkte, dass die Neuigkeit sich rasch entlang der Geisterstraßen verbreitet hatte. Andere, die er bei seinem letzten Ausflug in die seelenlose Brutalität getötet hatte, säumten den Weg. Er wusste bereits, was ihm bevorstand. Sie würde da sein. Selbstverständlich würde sie da sein.

Und sie war da.

Ihr dunkles Haar glänzte so sehr, dass die anderen neben ihr noch mehr verblassten. Ihre sanften großen Augen blickten ihn, ja, verständnisvoll an! Jenny sagte kein Wort, als die beiden an ihr vorbeikamen, und als Angel stehen bleiben wollte, trat Oz hinter ihn und schob ihn sanft weiter.

»Wir sind fast da!«, rief er. »Geh weiter, Angel, Buffy braucht dich!«

Angel warf Jenny einen letzten Blick zu und wandte den Kopf nach vorn. Es war Licht am Ende des Weges zu sehen, und er hielt darauf zu. Nach wenigen Schritten schloss er die Augen und ließ sich einfach von Oz führen.

Eiskalte Tränen aus Blut rannen ihm über die Wangen, aber Angel wischte sie nicht fort. Sie waren eine verdammt geringe Strafe für so viel Leid, das er mit eigenen Händen angerichtet hatte.

»Wir haben's fast geschafft«, tröstete ihn Oz.

»Sie sind drin!«, schrie Buffy. »Giles, kommen Sie her!«

Cordelia schrie auf, als die Söhne der Entropie durch die Fenster der Vorderseite krachten. Der Anführer, dessen weißes Haar und langer Bart ihm fast das Aussehen eines Heiligen gaben, auch wenn in seinen Händen violette Zauberkraft wirbelte, ging einfach durch die Haustür.

»Los, die Treppe hoch!«, rief Xander. »Zum Torwächter!«

Er stieß Cordelia an, und sie rannte jammernd in das große Treppenhaus und in den zweiten Stock. Von oben winkte sie der Geist von Antoinette Regnier heran.

Xander, Giles und Buffy stürmten dicht hinter ihr die Stufen hinauf. Sie mussten schnell in die Nähe des Torwächters kommen, damit er sie besser beschützen konnte. Giles fluchte vor sich hin, und Buffy verhöhnte die Angreifer mit Spötteleien.

»Giles!«, schrie sie plötzlich.

Cordelia drehte sich um.

Giles hing über dem Geländer am zweiten Treppenabsatz und hielt Buffys linke Hand. Die Jägerin baumelte zehn Meter über dem Marmorboden des Foyers im ersten Stock. Dort unten stand der weißhaarige Zauberer und hatte mit glühenden Händen die magische Waffe geformt, die er gerade benutzte. Die anderen johlten, und einer warf ein Stück Holz von der zersplitterten Tür nach Buffy.

Die Treppen waren verschwunden. Das Haus hatte sie einfach ausradiert. Oder der Torwächter.

»Xander!«, rief Giles. »Hilf mir! Ich kann sie nicht mehr halten!«

Fluchend rannte Xander auf ihn zu.

»Buffy, halt aus!«, schrie Giles, doch er war zu spät. Die Jägerin stürzte in die Tiefe, wo die Söhne der Entropie schon darauf warteten, sie zu vernichten.

17.

Das ist also meine Art zu sterben, dachte Buffy, als der harte Marmorboden immer schneller auf sie zuraste. Sie würde sich alle Knochen brechen.

Männer in Umhängen eilten auf die Stelle zu, an der ihr Aufschlag zu erwarten war, und streckten ihr die Arme entgegen, als wollten sie sie noch in der Luft in Stücke reißen.

Es wird wehtun …

Da tauchte verschwommen eine Gestalt ohne Umhang auf, die sich ihren Weg durch die Menge bahnte und sich genau unter ihren fallenden Körper stellte. Buffy erkannte Farbfetzen des Hemdes – dunkelbraun, grün, rot – und dann schlug sie auch schon mit einem Krachen, das ihr durch Mark und Bein ging, auf dem ihr dargebotenen Rücken auf. Die Gestalt ging zu Boden und Buffy rollte sich nach rechts ab. Benommen blieb sie liegen.

Schon kamen die Söhne der Entropie aus allen Richtungen auf sie zu und sie nahm ächzend alle Kraft zusammen und sprang auf die Beine. Der, der ihren Fall abgebremst hatte, lag bewegungslos am Boden. Sie warf einen schnellen Blick auf ihn.

»Oz«, rief sie entsetzt und packte ihn am Handgelenk, um ihn aus der Kampfzone zu ziehen.

Da rief jemand: »Buffy! Sie sind an dir dran!«

Sie sah auf, und da stand Angel und trat einen der Söhne der Entropie aus dem Weg. Sein Vampirgesicht war blutverschmiert.

Buffy war beunruhigt, aber sie hatte keine Zeit, sich um ihn Sorgen zu machen, denn von allen Seiten kamen Männer auf sie zu. Sie sprang in die Luft und landete einen Tritt in den Kiefer eines muskulösen Mannes. Er ging bewusstlos zu Boden. Dann wurde sie von hinten angegriffen. Sie riss die Faust hoch und fuhr herum, um dem Gegenüber die Nase zu brechen. Aber er war zu schnell. Er packte sie am Handgelenk und griff nach ihrem Haar.

Sie duckte sich, drehte sich unter dem eigenen Arm durch und erwischte seine andere Hand. Mit einem heftigen Ruck warf sie sich den

Angreifer über den Rücken. Er knallte mit dem Kopf gegen eine Marmorsäule und war somit ebenfalls ausgeschaltet.

Aber es waren einfach zu viele.

»Tötet sie nicht!«, rief ein weißhaariger Mann im Umhang. »Der Maestro will sie!«

»Das passt mir aber gar nicht«, beschwerte sich Buffy, als sie ihre Ferse in das Gesicht eines überraschend kleinwüchsigen Mannes rammte.

»Buffy, schnapp dir den Alten!«, rief Xander von oben. »Er ist der Anführer.«

Buffy parierte die Schläge eines weiteren Angreifers und schickte ihn bewusstlos zu Boden, bevor sie den weißhaarigen Mann taxierte. Er hatte seine Kapuze zurückgeworfen und lächelte sie kalt an, während er sich die Ärmel hochkrempelte.

»Ergib dich, Jägerin«, forderte er. »Dann lasse ich deine Freunde am Leben.«

»Immer diese faulen Versprechungen«, entgegnete sie und erledigte einen anderen Angreifer mit einem Handkantenschlag. »Aus irgend einem Grund mag ich dir nicht so recht vertrauen. Vielleicht weil niemand von eurem kleinen Verein bisher besonderes Interesse daran gezeigt hat, meine Freunde am Leben zu lassen?«

Er zuckte mit den Schultern. »Wie du willst«, sagte er, hob die Arme, und zwischen seinen Handflächen erschien eine magische blaue Kugel. Dann verfiel er in einen Sprechgesang.

Die leuchtende Kugel bewegte sich, und Buffy zuckte zurück.

Schon raste das magische Geschoss nach oben.

Cordelia entfuhr ein lauter Schrei.

Der weißhaarige Mann sah hinauf, und Buffy nutzte diesen kurzen Moment der Ablenkung, um ihn anzugreifen. Er sprang zurück und gestikulierte wild mit den Händen.

Als sie ihn gerade packen wollte, prallte sie gegen eine unsichtbare Barriere. Ein heftiger Schlag durchfuhr sie vom Kopf durch die Wirbelsäule bis in die Zehen. Es tat weh. Sehr weh.

Sie war wie gelähmt und wäre zusammengebrochen, hätte der Weißhaarige nicht so selbstgefällig gegrinst. Wut kochte in ihr auf, und sie nahm all ihre Kraft zusammen, um ihn erneut zu attackieren.

Über ihr gab es eine Explosion. Ihr Überlebensinstinkt riet ihr, sich nicht von dem weißhaarigen Zauberer abzuwenden, aber sie konnte nicht anders: Giles, Cordelia und Xander waren da oben.

Der Torwächter stand, gestützt von Giles, auf einem neu geschaffenen Treppenabsatz, der einfach in der Luft schwebte. Grüne Energie knisterte in seinen Händen, und die Überreste der blauen Feuerkugel zischten und sprühten Funken wie eine ausbrennende Wunderkerze. Dann wies er auf die unsichtbare Barriere und schloss die Augen.

»Versuch es jetzt, Jägerin«, sagte er mit zitternder Stimme.

Buffy rannte auf die Barriere zu, aber sie hielt immer noch stand, und die Jägerin wurde erneut von Energieschüben geschüttelt. Diesmal fiel sie auf die Knie und wurde von zwei Söhnen der Entropie an den Armen hochgerissen.

»Buffy!«, schrie Angel, als ihn auch schon ein Kapuzenmann an den Knien packte und ein zweiter mit einem langen scharfen Messer auf ihn zukam.

»Angel!«, schrie Buffy und versuchte, sich zu befreien.

Einer ihrer Peiniger schlug ihr die Faust ins Gesicht, und für einen Moment war alles schwarz.

Als sie die Augen wieder aufschlug, sah sie etwas, das eigentlich nicht möglich war: Angel flog.

»Was machen Sie da?«, fragte Xander den Torwächter, der Angel in die Luft gehoben hatte. »Wir haben den Teufelskerl doch deshalb hierher geholt, weil er so schwer umzubringen ist! Buffy kann das allein nicht schaffen. Und jetzt ist sie ohne jede Verteidigung da unten!«

»Das ist alles, was ich tun kann«, sagte der Torwächter mit großer Mühe. Xander konnte ihn inmitten all der Kampfgeräusche kaum verstehen. Der Mann sah schrecklich aus. Sein Gesicht war aschfahl, und er konnte sich kaum noch aufrecht halten. Giles hatte sich einen Arm des Torwächters über die Schulter gelegt und stützte ihn. »Wir müssen das Ritual der Kraftspende durchführen, wenn wir sie retten wollen.«

»Sie ist Ihnen doch ganz egal«, warf Cordelia ihm vor und zeigte auf Buffy, die sich gerade befreit hatte, um von drei weiteren Kapuzenmännern angegriffen zu werden. Sie wehrte sie ab und sah ängstlich zu dem Treppenabsatz hinauf. »Sonst würden Sie ihr jetzt helfen!«

Angel wurde von der magischen Kraft des Torwächters auf den Treppenabsatz befördert. Der alte Mann hustete und japste.

»Meine Kräfte schwinden«, sagte er. Schweiß stand ihm auf der Stirn. »Es sind zu viele. Sie ist die Jägerin, aber sie kennt sich nicht mit Magie aus. Sie werden sie besiegen.«

»Dann lassen Sie mich wieder runter, damit ich ihr zur Seite stehen kann!«, rief Angel, als er unfreiwillig neben dem Torwächter landete. Er hatte immer noch sein Vampirgesicht, packte den Mann an den Schultern und schüttelte ihn heftig. »Oder verlieren Sie mit Ihren Kräften auch den Verstand?«

»Angel«, protestierte Giles. »Der Torwächter hat Recht. Buffy wird besiegt, und das Pförtnerhaus verfällt dem Wahnsinn, wenn wir nicht so schnell wie möglich das Ritual vollziehen.«

Der Torwächter wurde erneut von einem Hustenanfall geschüttelt und als er sich wieder aufrichtete, sah Xander, dass er Blut an den Händen hatte. Er bekam Panik. Der Mann starb ihnen unter den Händen weg!

»Sie haben blutige Tränen geweint«, sagte Regnier zu Angel. »Das ist hervorragend.« Er sah Giles an. »Folgen Sie mir bitte alle. Wir müssen uns konzentrieren.«

»Ich lasse Buffy nicht allein«, sagte Angel.

»Ich auch nicht. Es ist ein großer Fehler.« Xander sah Angel fest in die Augen. »Wenn ich tatsächlich da runterkomme, ohne mir die Beine zu brechen, werde ich mein Bestes geben, um sie den anderen zu brechen.«

»Oz ist auch da unten«, bemerkte Angel und sah Xander bedeutungsvoll an.

Xander trat an das Geländer, bereit zum Sprung.

»Hervorragend, ganz hervorragend«, murmelte der Torwächter. »Das braucht sie. Das muss sie haben. Ihre Loyalität. Ihre Bereitschaft, für sie zu sterben.«

»Jetzt wollen wir mal nicht übertreiben«, sagte Cordelia beunruhigt. »Sterben steht eigentlich nicht auf meiner Erledigungsliste für heute.«

»Kommen Sie!«, drängte der Torwächter und winkte sie heran. »Sie können sie nur retten, wenn Sie das tun, was ich sage. Sonst stirbt sie. Wie wir alle.«

»Nein«, sagte Angel und nickte Xander zu. »Ich werde die beiden nicht da unten allein lassen. Ich lasse Buffy nicht im Stich.«

Giles packte Angel an den Schultern, und der Vampir drehte sich knurrend mit gelb blitzenden Augen um. Aber Giles hatte keine Angst. Fest sah er ihm in die Augen.

»Jetzt hör mir mal zu! Ich weiß, was dir dein Verstand sagt, aber glaube mir: Sie sind zu mächtig! Die Zauberei ist ihre Waffe, und wir können sie nur mit Magie bekämpfen! Der Torwächter wird bald sterben. Er muss das Ritual der Kraftspende sofort durchführen, sonst kann er es vielleicht nicht mehr. Du willst sie retten? Das will ich auch. Ich würde mein Leben geben, wenn Buffy dafür auch nur eine Minute weiterkämpfen kann. Aber es gibt einen anderen Weg. Und der ist unsere einzige Hoffnung, Angel!«

Der Wächter sah Xander an. »Es ist der einzige Weg.«

»Ja, ja«, sagte Xander verärgert und legte seine Hand ans Geländer. »Und wie geht's jetzt weiter, Obi-Wan Kenobi?«

»Oz sollte Angel unter anderem für den Fall holen, dass dieses Ritual nötig wird. Dazu werden alle gebraucht, die Buffy lieben. Wir müssen ihr Kraft spenden und einen Teil unserer selbst für sie aufgeben. Ich dachte, alle hätten verstanden, um was es geht.«

»Das war, bevor diese Horde von Wahnsinnigen hier die Party gesprengt hat«, sagte Xander. Er explodierte fast vor Wut. »Und ich werde nicht ...«

»Achtung!«, schrie Cordelia plötzlich.

Lange Ranken knisternder blauer Energie peitschten wie Tentakeln einer Riesenkrake durch die Luft, verharrten kurz auf der Stelle und schossen dann geradewegs auf sie zu. Der Torwächter erhob die Arme und bereitete einen Gegenangriff vor. In seinen Händen formten sich in elektrischem Grün ein Schwert und ein Schild. Blaue Energie kollidierte mit grüner und ein wahrer Energieregen rieselte von der Decke und den Wänden. Alle bis auf den Torwächter warfen sich zu Boden.

Der Geist von Antoinette Regnier erschien neben Xander und flüsterte dem Torwächter etwas zu. Merkwürdigerweise war ihre Geisterstimme über den Lärm hinweg zu verstehen. *»Das Haus fällt, Jean-Marc. Die Zeit wird knapp.«*

Mehrere Explosionen erschütterten die Luft. Putzbrocken regneten auf Xander hernieder, und er beugte sich schützend über Cordelia, als ein dicker Deckenbalken nur wenige Zentimeter neben ihnen auf den Boden krachte.

Hinter ihnen war ein tiefes Kurren zu hören, und eine merkwürdige, halb menschliche Stimme sagte: »Torwächter, ich habe Hunger.«

»Die gestopften Stellen werden wieder undicht«, ließ sich Antoinette Regnier vernehmen. *»Die Kreaturen und Dämonen kommen.«*

»Geh zurück«, befahl der Torwächter leise. Als Xander zu ihm aufsah, machte der sterbende Zauberer beschwörende Handbewegungen. »Ich befehle dir, geh zurück!«

Xander hob den Kopf. Ein riesiger schwarzer Panther schlich über den Korridor des Ostflügels heran und kam auf den Treppenabsatz zu, auf dem sie standen und von dem sie in den ersten Stock hinuntersehen konnten, weil die Treppe selbst verschwunden war. An dem Absatz liefen drei Flure zusammen, und dort, wo der vierte fehlte, gähnte nun ein tödlicher Abgrund.

Eine weitere Explosionsserie durchschüttelte das Haus. Glas zersplitterte. Der Panther kam näher.

Cordelia klammerte sich an Xander und barg ihr Gesicht an seinem Hals. »Was ist los? Was passiert da?«

»Alles!«, entgegnete Xander und drückte sie so fest an sich, wie er konnte. Er spürte, wie ihr Herz gegen seine Brust hämmerte.

Ein tiefes, wildes Knurren hallte in dem Korridor wider. Xander schluckte. »Cordy, ich möchte, dass du losläufst, wenn ich es sage, okay?«

»Was?«

In diesem Moment ertönte ein Krächzen, das von einem großen, schrecklichen Wesen stammen musste. Die Luft vibrierte unter lauten Flügelschlägen.

»Was ist das?«, schrie Xander. Zu seinem größten Erstaunen erbleichte der Torwächter und bedeckte seine Augen. »Hey, Super Mario! Nicht abmelden! Reden Sie mit mir!«

Jean-Marc Regnier kniete sich neben Xander und legte ihm eine Hand auf die Schulter. Er wirkte schockiert. »Das ist der Dämon, der die Jägerin holen soll«, sagte er. »Wir müssen sofort handeln.«

Buffy hörte das unheimliche Kreischen, während sie mit drei Männern gleichzeitig kämpfte. Es regnete Holzstücke und Putz.

Ein großer Schatten, fast ein Nebel, entfaltete sich über ihrem Kopf und breitete sich über den Raum aus. Was sollte sie nur tun?

»Mister Regnier!«, rief sie. »Was ist das?«

Als keine Antwort kam, sah sie hinauf.

Ihre Freunde waren weg. Sie war allein.

Augenblicklich wollte die Panik von ihr Besitz ergreifen. Dann schüttelte sie resolut den Kopf und schob das Kinn vor. Es spielte keine Rolle.

Sie war die Jägerin.

Da drang das flatternde Geräusch riesiger ledriger Flügel an ihr Ohr, und ihr Herz setzte einen Moment lang aus, als der Raum in Finsternis getaucht wurde.

Der Torwächter murmelte etwas und der Treppenabsatz und der Korridor wurden schwarz.

»Erheben Sie sich alle und gehen Sie«, sagte Jean-Marc. »Nehmen Sie den Hauptkorridor. Gehen Sie in Richtung Hinterhaus.«

»Torwächter, es macht nichts, dass ich die Menschen nicht sehen kann«, knurrte die unmenschliche Stimme, jetzt näher. »Ich kann sie riechen.«

Ein eiskalter Schauer lief Giles über den Rücken, als er sich langsam in der Schwärze aufsetzte und auf die Beine kam. »Sie müssen ihn verbannen«, sagte er. »Buffy ist diesen Bestien bereits zuvor begegnet. Sie hat das weibliche Tier getötet.«

»Was für ein weibliches Tier?«, rief Cordelia mit schriller Stimme. »Xander, was ist da?«

Xander antwortete nicht. Giles taten Buffys Freunde Leid. Er ging in die Hocke und sagte: »Ich möchte, dass ihr sehr langsam aufsteht. Keine schnellen Bewegungen.«

»Ich habe noch genug Energie für das Ritual, aber nicht für einen Bann«, klagte der Torwächter. »Wenn ich die Panther banne ...«

»Panther?«, kreischte Cordelia. »Da sind Panther?«

»... sterbe ich«, endete der Torwächter.

»Wir holen den Kessel, um dich zu stärken«, flüsterte Antoinette, und zu Angel: *»Sie müssen einen Bogen um den Panther machen. Er steht in einem Raum ...«*

»Nein, Mutter, es geht um das Ritual«, sagte Jean-Marc und brach in Giles' Armen zusammen.

»Nein, um dich! Du darfst nicht sterben, mein Sohn!«

Giles war mehr als beunruhigt. Er hatte keine Vorstellung, wie man das Ritual korrekt durchführte. Buffy kämpfte unterdessen um ihr Leben, und das Haus begann, sich aufzulösen.

»Nicht streiten, *chère maman*. Ich habe nicht genug Energie dafür«, flüsterte Jean-Marc heiser. Er hielt sich nur noch mit größter Mühe auf den Beinen. »Allein um diesen Treppenabsatz intakt zu halten, verausgabe ich mich mehr als gut ist.«

Giles schaute verdutzt drein. Er hatte völlig verdrängt, dass es sich bei dem Absatz um eine magische Neu-Erschaffung handelte. »Ich habe eine Idee«, sagte er so leise, wie es in dem Tumult eben möglich war.

Oz öffnete stöhnend die Augen.

Kurz dachte er, er wäre im Kino von Sunnydale und sähe sich einen Film an. Rings um ihn zuckten Gestalten in schummrigem blauem Licht.

Aber das war kein Hollywood-Spektakel. Langsam erhob er sich.

Da sah er den Greif, der sich gerade von der Decke stürzte. Er sah teils aus wie ein Adler, teils wie ein Löwe und teils wie etwas ganz Unbeschreibliches. Schon wurde er von den riesigen Krallen des Dämons gepackt. Der scharfe Schnabel kam auf sein Gesicht zu.

»Uuuaa!«, schrie Oz.

»Oz!«, rief Buffy.

Aber sie war von den Söhnen der Entropie umzingelt, ein paar von ihnen hielten sie fest. Buffy war im Moment keine große Hilfe. Es sah vielmehr so aus, als benötigte sie Oz' Beistand.

Also wehrte er sich so gut er konnte.

Cordelia und Xander schoben sich Zentimeter für Zentimeter mit dem Rücken an der Wand den Korridor hinunter. Xander hielt die Luft an. Cordelia schien völlig außer Atem.

In einem sanften blauen Schein standen Giles und der Torwächter auf dem Treppenabsatz und sahen zu dem Panther hinüber, der jetzt nur noch ein paar Meter vor Xander und Cordelia kauerte.

Sie waren im Hauptkorridor, der in Nord-Süd-Richtung verlief, und das Tier näherte sich ihnen vom Seitenkorridor aus. Angel stand auf der anderen Seite der Kreuzung in Kampfbereitschaft. Cordelia schluckte, und der Panther wandte ihr seinen mächtigen Kopf zu.

»Komm zu mir und lass die Jungen in Ruhe!«, lockte ihn der Torwächter von seinem Hochsitz auf dem magischen Treppenabsatz. »Nimm mich und diesen Mann hier. Er ist ein Wächter.«

Der Panther legte den Kopf in den Nacken und stieß ein lautes Fauches aus.

»Die Jägerin hat deine Gefährtin getötet, nicht wahr?«, sagte Giles. »Ich habe ihr alles beigebracht, was sie weiß. Wenn du Rache willst, komm zu uns!«

Der Panther schlich knurrend weiter auf Cordelia und Xander zu und schlug mit dem Schwanz. Cordelia schrie los, obwohl ihr Giles eindringlich ins Gewissen geredet hatte.

»Hör auf, mit uns zu spielen«, rief Giles. »Sobald der Torwächter tot ist, bist du frei. Nur er hält dich hier gefangen.« Er sah Jean-Marc an. »Vielleicht versteht er uns nicht.«

»Doch, doch, das tut er«, entgegnete der Zauberer. »Er zögert die Sache nur hinaus und kostet seinen Sieg aus.«

Der Panther fauchte erneut, diesmal in Angels Richtung. Dann schoss er wie ein schwarzer Blitz geradewegs auf Giles und den Torwächter zu. Cordelia schrie wieder.

Angel warf sich auf die Katze, um ihren Angriff zu bremsen. Der Panther wirbelte mit dem Kopf herum und verbiss sich in die Hand des Vampirs. Angel schrie vor Schmerz auf und wurde von dem Tier mitgeschleift, das nun auf den Torwächter losging, seinen Gefängniswärter.

Plötzlich rief der: »Jetzt!«

Dann hechteten Giles und er zu beiden Seiten an dem Panther vorbei, so dass die Bestie einen Moment lang unschlüssig war, wen sie zuerst attackieren sollte. Sie ließ Angel los. Mit einem Blitz verschwand der Treppenabsatz, und der Panther stürzte brüllend über die Kante.

»Los, komm!«, rief Xander und zog Cordelia mit sich.

Giles hing mit einer Hand an der Kante des teppichbedeckten Fußbodens, während er mit der anderen den Torwächter hielt. Angel packte ihn am Arm, und Xander ergriff die Hand des Torwächters. Cordy hielt Xander fest, um ihm Halt zu geben.

Sie sah, wie der Panther mit ausgefahrenen Krallen auf einem schrecklichen vogelähnlichen Ding landete, das gerade Oz attackierte.

»Nimm seine Füße!«, rief Giles.

Angel packte den Torwächter bei den Knöcheln, Giles nahm seine Arme. Antoinette Regnier führte sie durch den Flur und durch mehrere Gänge, bis sie einen runden Raum betraten.

Der Boden war aus Holz, und Dutzende Spiegel in Goldrahmen hingen an den Wänden. Schwerer weißer Stoff verhüllte andere Einrichtungsstücke.

Mitten im Raum standen diverse Utensilien, die die Geistermutter des Torwächters offenbar hier versammelt hatte, vielleicht mit Hilfe der magischen Kraft ihres Sohnes: der Kessel, der Speer, eine Schale Salz, eine Schüssel Wasser und ein paar weiße Schnüre. Der Torwächter war bereits ohne Bewusstsein. Es sah nicht gut für sie aus.

Von draußen war Lärm zu hören, dann ein Schrei. Angel hätte den Torwächter fast fallengelassen und wäre am liebsten sofort losgestürzt, um Buffy zu helfen.

»Leg ihn auf den Boden«, sagte Giles. »Xander, zieh einen heiligen Kreis um ihn.« Er zeigte auf die Schale. »Benutze das Salz dazu.«

»Alles klar.« Das verstand Angel. Sie hatten schon zuvor Salz für heilige Kreise benutzt.

Xander nahm die Schale auf.

»Nein.« Regniers Augenlider flatterten. »Man braucht Blut. Von jedem von Ihnen.«

»Wie bitte?«, meinte Cordelia schockiert.

»Wie sollen wir es sammeln?«, fragte Giles ruhig.

Cordelia sah Angel ängstlich an. »Sammeln?«

»Ich werde Anweisungen geben.« Regnier hob seine Hand und sah Cordelia an. »Junge Dame, holen Sie Brans Kessel.«

»Ja, Sir«, sagte sie und eilte zu dem großen schwarzen schmiedeeisernen Topf. Er stand auf drei Füßen in Form von Greifvogelkrallen, ansonsten war er schmucklos.

Der alte Mann drückte Giles' Hand. »Sie müssen es mit einer scharfen Klinge machen, mit der richtigen: dem Speer von Longinus.«

»Was?«, fuhr Cordelia auf und griff sich reflexartig mit der Hand an den Hals.

»In diesem Augenblick ist es nur das Leben der Jägerin, das die Welt davor bewahrt, ins Chaos zu stürzen. Sie hat keine Chance, allein zu gewinnen, aber keiner von Ihnen kann ihr körperlich helfen. Also müssen Sie Ihr Leben mit ihr teilen. Ja, Ihr Leben, und noch mehr. Jeder von Ihnen muss ihr sein Blut, seine Liebe, seine Treue und sein Vertrauen schenken, und das wird vielleicht nicht einmal ausreichen. Natürlich bedeutet die Jägerin Ihnen allen sehr viel, aber es kann sein, dass wir noch mehr Liebe brauchen und weitere Personen bemühen müssen.«

Der Torwächter hielt inne, zuckte zusammen und schloss kurz die Augen. Als er sie wieder öffnete, schien er sich etwas erholt zu haben.

»Nun das Blut«, sagte er. »Das Blut des Vampirs ist das reinste. Er hat rote Tränen geweint. Sehr kostbar.« Er sah Angel streng an. »Für wen hast du geweint, Kreatur der Nacht? Für dich oder deine Opfer?«

Angel schwieg betreten und sah Giles an. Er wusste nicht, was er sagen sollte. Er war nicht einmal sicher, ob es wirklich Jenny Calendar gewesen war, die er auf der Geisterstraße gesehen hatte. Aber jetzt war nicht der richtige Zeitpunkt, dies zu diskutieren.

»Das ist für Angel das Gleiche«, sagte Giles, und Angel sah ihn dankbar an. Er wusste, dass ihm Giles eigentlich nicht vergeben konnte, dass er seine große Liebe Jenny getötet hatte. Aber Angel wusste auch, dass er sich bemühte.

»Ich dachte, der Wächter stünde der Jägerin am nächsten«, sagte Regnier leise. »Aber jetzt kann ich ihr Gesicht in deinen goldenen Augen sehen. Ich höre ihren Herzschlag in deinen Adern. Du liebst sie. Alle hier lieben sie.« Er zeigte auf die Gegenstände. »Mach die Schnitte«, wies er Angel an.

»Nein«, protestierte Cordelia ängstlich.

»Ich werde es tun«, bot sich Xander an. »Wir ... ähem, wir haben da so ein kleines Problem mit Angel und Blut.«

Jean-Marc schüttelte den Kopf. »Das ist keine Aufgabe für Sie.«

Xander grunzte enttäuscht. »Ich werde später darüber nachdenken und vermutlich beleidigt sein.«

Der Torwächter sah Giles an. »Wenn ich sterbe, bevor diese Arbeit getan ist, können wir nur hoffen, dass der Wahnsinn des Hauses von den Söhnen der Entropie Besitz ergreift.«

»Wie es mit uns geschah?«, fragte Giles.

Regnier schüttelte langsam den Kopf. »Die Jägerin steht für Ordnung, und so brachten Sie Ordnung über das Haus. Diese da unten aber sind die Günstlinge des Chaos. Sie dienen dem Wahnsinn.«

»Also bringen sie Wahnsinn über das Haus, und der Monster-Zoo entflieht nach Sunnydale. Dann gibt es noch einen großen Knall und wir werden von der Zwischenwelt geschluckt, und vorbei ist's mit der Schule«, sagte Xander in einem Atemzug. »Keine gute Idee, lieber Zoowärter!«

»Wir tun, was wir können«, sagte der Torwächter und nickte Angel zu. »Schneide ihnen in die Handflächen und bete dabei zu deinen Göttern – wenn du welche hast.«

»Ich glaube nicht, dass er beten darf«, bemerkte Cordelia.

»Für Buffy tue ich alles«, sagte Angel mit grimmiger Miene.

Er nahm den Speer von Longinus. Seine Haut kribbelte, als er ihn zu den anderen trug.

Giles straffte sich und streckte seine Hand aus. Er sah Angel geradewegs in die Augen und fragte leise: »Auf der Straße der Toten, auf der Geisterstraße, um wen hast du da geweint?«

Angel senkte den Blick und murmelte: »Sie wissen, um wen.«

Giles schluckte und streckte seine Hand aus.

Niemand sagte etwas, als Angel die Klinge über Giles' Handfläche zog.

»Fangen Sie das Blut auf, schnell!«, befahl Jean-Marc Cordelia. Er hustete, und in seinem Hals war ein Rasseln zu hören. Der Tod stand an der Schwelle.

Angel ging zu Xander und nahm auch ihm Blut ab.

Panther und Greif kämpften mit ausgefahrenen Krallen gegeneinander. Beide heulten vor Wut und Schmerz.

Der Dämon blutete heftig, dem Panther erging es nicht viel besser. Der weißhaarige Zauberer hatte versucht zu intervenieren, aber aus irgend einem Grund wirkte seine Magie bei der Großkatze nicht.

Buffys Peiniger beobachteten fasziniert den Kampf der Kreaturen und lockerten dabei unbewusst ihren Griff. Oz, der neben ihr festgehalten wurde, sah die Jägerin durchdringend an und zog eine Augenbraue hoch.

Sie nickte ihm zu.

Das Haus bebte. Monster schlichen über die Flure. Der Torwächter war fast ohne Bewusstsein.

Xander hatte einen Kreis aus Blut gezogen. Der süßliche Geruch des Lebenssafts vermischte sich mit dem der Angst, die den Raum erfüllte.

Sie hatten sich die Hände gereicht. An den Handgelenken waren sie mit der weißen Schnur aneinandergebunden. So war der Kreis fest geschlossen und sie standen untereinander in Verbindung.

Und mit der Jägerin.

Die Geistermutter streichelte dem Torwächter über den Kopf, während er in lateinischer Sprache etwas deklamierte, das Angel verstand.

Hier sind die, die zu der Jägerin gehören.
Sie folgen ihr und lieben sie über alles.
Mögen sie auch tausende Wegstunden entfernt sein,
so sind sie im Geiste doch immer bei ihr.
Ihre Herzen sind bei ihr.
Ihre Seelen sind bei ihr …

Plötzlich zuckte der Torwächter zusammen und riss die Augen weit auf.

»Was?«, fragte Giles. »Was ist los?«

»Es ist nicht genug«, sagte der Torwächter matt.

Cordelia fing an zu wimmern. Xander fluchte.

»Was ist mit Oz?«, fragte Giles schnell.

»Das Ritual hat ihn bereits erreicht. Auch wenn es ihm nicht bewusst ist, trägt er dazu bei. Aber es ist nicht genug.«

Plötzlich leuchteten Xanders Augen. »Cordy!«, sagte er. »Gib mir dein Handy!«

Cordelia sah ihn an, als hätte er nicht mehr alle Tassen im Schrank, griff aber dennoch nach ihrer Tasche und holte ohne Widerspruch das Telefon heraus.

»Hören Sie, wir haben es schon von hier aus probiert, aber das Signal kommt nicht aus dem Haus heraus. Sie müssen es durchlassen«, erklärte Xander dem Torwächter.

»Ich werde es versuchen ...«, entgegnete er schwach.

»Xander«, schaltete sich Giles ein, »was willst du ...« Und dann verstand er. »Willow!«, rief er aufgeregt.

Xander wählte die Nummer.

»Sie ist nicht zu Hause!«, sagte Angel plötzlich. »Oz hat sie zu Buffys Mutter geschickt. Versuch es dort.«

Xander fluchte, brach die Verbindung ab und wählte erneut.

Willow starrte auf den Fernseher im Wohnzimmer der Summers, bekam aber nur am Rande mit, was auf dem Bildschirm geschah.

Sie war müde und bereits mehrmals weggenickt, bevor sie wieder über Dinge nachdachte, die sie besser noch eine Weile verdrängte. Joyce hatte Willows Mutter angerufen und ihr gesagt, Willow helfe in der Galerie aus, es gäbe Bilder für eine Ausstellung auszupacken. Die Ausrede hatte funktioniert, aber Willow wusste nicht, wie lange sie bleiben konnte, bevor auffiel, dass sie etwas ganz anderes tat.

Gemeinsam hatten sie sich irgend einen hirnlosen Quatsch im Fernsehen angesehen, bis Joyce eingeschlafen war. Von Zeit zu Zeit murmelte sie im Schlaf, und so wie sich ihr Gesicht bisweilen verzog, hatte sie vermutlich einen Albtraum.

Vielleicht mehr als einen.

Aber Willow wollte Mrs. Summers nicht wecken. Sie wünschte, sie könnte auch etwas ausruhen. Aber obwohl sie die Augen immer wieder schloss, wollte der Schlaf nicht kommen.

Aber dann war sie plötzlich eingenickt.

Als sie gerade ins Traumland hinübergleiten wollte, klingelte das Telefon. Erschrocken fuhr sie hoch. Beim zweiten Klingeln – Mrs. Summers rührte sich nicht – griff Willow nach dem Hörer. Sie sah auf die Uhr: Es war noch zu früh, als dass sich ihre Mutter schon nach ihrem Verbleiben erkundigt hätte.

»Hier bei Summers«, sagte sie benommen.

»Willow, Gott sei Dank!«, brüllte Xander ihr ins Ohr.

»Xander? Was ist los?«, schrie Willow, denn seine Tonlage hatte sie in mächtige Aufregung versetzt.

Nun war auch Mrs. Summers aufgewacht und kam auf Willow zu. Sie streckte die Hand nach dem Telefon aus.

»Ist das Xander?«, fragte sie. »Was ist los? Ist Buffy etwas zugestoßen?«

Willow schüttelte verärgert den Kopf und hob eine Hand, um weitere Unterbrechungen abzuwehren.

Während sie hörte, was Xander zu sagen hatte, wich alle Farbe aus ihrem Gesicht, und sie machte von Sekunde zu Sekunde größere Augen. Joyce sah sie verzweifelt an. Nach einer Weile hielt Willow die Hand auf das Mundstück und fragte sie: »Sie würden doch alles für Buffy tun, oder?«

»Ich bin ihre Mutter, Willow«, sagte Joyce verstört. »Ich würde für sie sterben.«

Willow nickte. »Dann suchen Sie ein scharfes Messer!«

Das Handy lag zu Xanders Füßen auf dem Boden, die Leitung nach Sunnydale stand noch. Sie hielten sich wieder an den Händen.

In zweitausend Kilometern Entfernung bluteten Joyce Summers und Willow Rosenberg für Buffy.

Irgendwo im unteren Stockwerk kämpfte Oz an ihrer Seite.

Der Torwächter setzte erneut an.

Hier sind die, die zu der Jägerin gehören.
Sie folgen ihr und lieben sie über alles.
Mögen sie auch tausende Wegstunden entfernt sein,
so sind sie im Geiste doch immer bei ihr.
Ihre Herzen sind bei ihr.
Ihre Seelen sind bei ihr.
Zu ihrem Wohle treten sie füreinander ein.
Ihre Loyalität ist lebendig, ungeachtet der Zukunft,
ungeachtet der Vergangenheit.
Dies ist ihr Bund, und dies ist die stärkste Waffe
der Jägerin.
Über alle Schlachten und Anstrengungen hinaus
ist dies ihr größtes Geschenk.«

»Dessen müssen Sie sich allzeit bewusst sein«, flüsterte der Torwächter den vieren zu. »Abgesehen von Ihrer Mithilfe im Kampf gegen die Dunkelheit müssen Sie ihr Licht sein. Sie haben Ihre Tapferkeit und Ihren Mut gegen Untiere und Dämonen bewiesen, aber nun müssen Sie sich ergeben. Sie gehören der Jägerin, und Sie werden ihr ewig gehören.«

Er schloss die Augen. »Auch wenn Sie sie niemals wiedersehen werden.«

Giles, Angel, Cordelia und Xander standen aufrecht und unerschütterlich da und hielten sich an den Händen.

Blaues Licht knisterte um das Handy und schien auf den Torwächter überzuspringen. Ein heftiger heißer Wind heulte durch den Raum.

Cordelia riss die Augen auf und ihr Arm zuckte. Angel drückte fest ihre Hand. Sie schloss die Augen wieder und murmelte: »Ich bewege mich nicht, ich bin tapfer, ich bewege mich nicht ...«

Als Angel den Wind in seinem Gesicht spürte, krachte die Zimmerdecke hernieder. Schlangen erhoben sich windend vom Boden.

Namenlose Geister erschienen in den Spiegeln, die aus ihren Rahmen splitterten, und ein Dutzend dunkler Kreaturen bevölkerte den Raum: Trolle, eine verrottete Leiche, eine kopflose Frau, aus deren Hals Blut spritzte, ein weiterer Panther.

Cordelia flüsterte nur: »Buffy, Buffy, Buffy, Buffy ...«

Die Kreaturen bewegten sich auf den Kreis zu.

»Stehenbleiben!«, befahl der Torwächter den Freunden. »Nicht nachgeben!«

Da ertönte ein Schrei.

Angel kannte die Stimme nur zu gut. Es war Buffy.

Er sah, wie Xander nach der Schnur griff, um sich loszubinden.

»Stehenbleiben!«, rief der Torwächter mit überraschend fester Stimme.

»Aber sie braucht uns doch!«, protestierte Xander.

»Das tut sie«, entgegnete Angel. »Und deshalb müssen wir hier bleiben, Xander. Dies hier ist unser Kampf. Der dort unten ist der ihre.«

»Er hat Recht, Xander.« Giles wirkte blass. »Wir müssen fest daran glauben. Wir müssen es verinnerlichen.«

Ein weiterer Schrei war zu hören, und Angel weinte blutige Tränen.

Der Panther lag tot zu Füßen des riesigen Greifs.

Der weißhaarige Zauberer stieß ein Triumphgeheul aus, zeigte auf Buffy und befahl dem geflügelten Dämon: »Bring sie zum Maestro!«

Die blutüberströmte Kreatur schlug mit den Flügeln und erhob sich gegen den heißen Wind, der von dem zerstörten Korridor hereinströmte, in die Luft.

Dann senkte sie sich auf Buffy nieder. Verängstigt ließen ihre Peiniger von ihr ab, und sie hob ihre Fäuste, als der Greif immer näher kam. Sie hörte Oz' Warnruf nur schwach, als das Vieh sie mit seinen Klauen ergriff. Wo sich seine Krallen in ihr Fleisch bohrten, blutete es.

Buffys Schrei hallte durch den Raum, und der Dämon packte sie noch fester. Dann erhob er sich mit seiner Beute in die Luft und durchbrach die Decke. Es war inzwischen Nacht geworden, und als Buffy den Kopf zurücklegte, konnte sie den Mond sehen.

»Flieg!«, rief der Zauberer.

Unten im Haus strömte eine wilde Parade böser Kreaturen in die Halle. Die Kapuzenmänner vernichteten eine nach der anderen mit ihrer magischen Energie. Innerhalb von Sekunden entbrannte eine riesige Schlägerei und Buffy suchte in all dem Chaos nach Oz.

Da sah sie ihn. Er kämpfte wie ein Löwe. Und er blutete. Plötzlich wandte er seinen Blick mit erhobener Faust gen Himmel und rief ihr zu: »Kämpfe dagegen, Buffy! Du kannst es schlagen!«

In Sunnydale schrien Willow und Joyce auf.

»Mein Gott«, flüsterte Joyce. »Was ist geschehen? Lieber Gott, bitte mach, dass mein kleines Mädchen wieder nach Hause kommt!«

Sie hielten sich an den Händen, und plötzlich spürte jede einen Ruck, als würde ihnen ein Teil ihrer selbst fortgerissen. Sie drängten sich noch enger aneinander.

»Sie wird gewinnen«, sagte Willow zu Buffys Mutter. »Sie wird zurückkommen.«

Die verrottete Leiche griff Cordelia um die Taille. Sie kreischte in höchster Not und rief: »Xander, hilf mir!«

»Nicht bewegen!«, befahl der Torwächter. »Nicht schwach werden!«

»Aber ...«, begann Xander und nestelte wieder an der Schnur.

»Wenn du das tust, ist Buffy tot«, sagte Giles. »Glaube an uns. Glaube an uns alle, Xander. Aber glaube vor allem an Buffy.«

Xander schloss die Augen. Er sah Buffy so deutlich vor sich, als wäre sie da. Sah ihre großen blauen Augen. Ihr Lächeln. Sah, wie sehr er sie liebte und immer lieben würde.

Cordelia kreischte immer noch.

Der Wind heulte.

Die Monster gingen um.

Xander hörte Buffy schreien.

Er sah, wie oft sie ihr Leben für ihn aufs Spiel gesetzt hatte. Wie oft sie schon alles hatte hinschmeißen wollen. Wie sehr sie zwischen Pflicht und Verlangen hin und her gerissen war. Zwischen ihrer Verantwortung für die Welt und für sich selbst.

Er sah, dass er Teil all dessen war.

Der Wind heulte. Die Kreaturen traten in den Kreis und griffen nach ihnen. Auch Giles stöhnte vor Angst.

»Ich glaube«, beschwor er sich selbst.

Und dann war es plötzlich still.

Gerade, als sich der Greif fast gänzlich durch das Loch im Dach geschwungen hatte, schloss sich der Riss, und dem Tier wurden Beine und Klauen abgerissen.

Als die toten Krallen Buffy losließen, lenkte die Jägerin ihren Fall auf das obere Stockwerk, wo vorher der Treppenabsatz gewesen war.

Sie schlug hart auf und wirbelte sofort herum.

Der weißhaarige Zauberer sah auf und rief »Nein!«. Die Feuersalven aus seinen Fingern schossen auf die blutigen Überreste des Dämons zu, die auf ihn zu stürzen drohten. Doch seine Magie konnte nichts mehr ausrichten; die schweren Beine mit den scharfen Krallen kamen ihm immer näher.

Buffy sah wie gebannt zu. Der Zauberer versuchte zu fliehen. Zu spät. Als er einen letzten Blick über seine Schulter warf, bohrten sich die scharfen, gebogenen Krallen in seinen Rücken und spießten ihn regelrecht auf.

Um den toten Magier herum knisterte blaue Energie. Sie formierte sich und blitzte und zischte wie ein lebendes Kabel.

Dann sprang sie den nächsten Kapuzenmann an und hüllte ihn ein. Der Mann schrie auf und brach tot zusammen. Dann folgte der nächste, und der nächste … Und da begriff Buffy, dass dies nicht die magische Kraft des Zauberers war, sondern die Macht des Pförtnerhauses.

Es schaffte Ordnung.

Als Buffys Freunde bei ihr eintrafen, lagen alle Söhne der Entropie tot am Boden.

Aus dem Schlachtfeld im Treppenhaus erhob sich Oz, sah sich stirnrunzelnd um und sagte: »Falls es nicht zu viel Mühe bereitet, könnte mich vielleicht jemand hier rausholen?«

Epilog

Sie standen im Foyer des Pförtnerhauses.

Der Marmorboden glänzte. Eine kühle Brise wehte durch die Fenster und durchströmte das ganze Haus. Der Kronleuchter hoch über ihnen warf einen unheimlichen Schein auf sie und auf die neu errichtete Treppe zum zweiten Stock.

Dies alles hatte der Torwächter vollbracht.

Nun ruhte er einmal mehr in dem kraftspendenden Kessel des Heiligen Bran.

Giles hatte gerade mit Antoinette Regnier gesprochen, und mit Geistertränen auf den Wangen hatte ihm die tote Frau erklärt, dass ihr Sohn wohl mehrere Tage in dem Kessel würde verbleiben müssen, bevor er stark genug war, um weitere Angriffe abzuwehren. Nach einer ordentlichen Pause und mit ein bis zwei Bädern pro Tag würde er weiterleben können, wenigstens für eine Weile. Aber der Kessel konnte ihn nicht ewig am Leben halten. Wenn der Erbe nicht gefunden wurde, drohte nach wie vor das Chaos.

Giles fand es merkwürdig, dass Antoinettes Geist sich nicht darauf freute, dass ihr Sohn endlich mit ihr im Leben nach dem Tode vereint war, und hatte dies geäußert. Der Geist hatte darüber gelächelt. »Es ist nicht der drohende Tod, der mich betrübt«, hatte Antoinette gesagt, »sondern die Schmerzen, die mein Sohn jeden Augenblick erleidet, solange er am Leben hängen muss.«

Giles hatte daraufhin geschwiegen.

Bis jetzt.

»Wir haben nur eine Möglichkeit«, verkündete der Wächter. »Wir müssen nach Europa, irgendwie den jungen Jacques Regnier auftreiben und ihn in dieses Haus bringen, bevor sein Vater stirbt.«

Die Freunde sahen ihn schweigend an.

»Nun, mir gefällt die Idee auch nicht besonders«, sagte er beleidigt.

Was nicht ganz stimmte. Denn Giles hatte Micaela Tomasi und ihr geheimnisvolles Verschwinden noch nicht vergessen. Er hoffte, auf dieser Reise das Geheimnis ein für alle mal lüften zu können.

»Also dann?« Er sah die Jägerin an.

Buffy schenkte Giles ein Lächeln und sah sich zu den anderen um. Sie wusste, was sie getan hatten und wie es funktioniert hatte. Wusste, dass sie alle für sie da waren.

Sogar Cordelia hatte für sie gekämpft und gelitten, was sie in ihrem tiefsten Innern noch gar nicht recht glauben konnte. Sie würden nie darüber reden, das wusste Buffy, aber trotz ihrer zickigen und hochnäsigen Art war ihr Cordelia eine mutige und loyale Freundin.

»Gut«, sagte Buffy nur und pflückte einen Fussel von ihrem Sweatshirt. Nachdem die Schlacht zu Ende war, hatten sie sich alle saubere und bequeme Kleidung angezogen. »Aber jemand muss hier bleiben, Giles. Und ich lasse Willow nicht allein in Sunnydale, also muss jemand nach Hause, um ihr unter die Arme zu greifen. Und der Rest von uns ... Ich weiß nicht, wie lange die Suche nach dem Erben dauern wird, aber es ist eigentlich auch egal. Entweder wir finden ihn rechtzeitig, oder alles ist egal.«

Die anderen starrten sie an. Buffy sah ihren Freunden einem nach dem anderen in die Augen. Giles. Cordelia. Oz. Xander. Und Angel. Lieber Angel! Selten waren sie sich so nahe gewesen wie jetzt und noch nie so weit voneinander entfernt, wie sie es bald sein würden.

»Zuerst ruhen wir uns einmal aus«, meinte Giles. »Niemand von uns wird irgendetwas machen, bevor wir nicht etwas Schlaf bekommen haben.«

Buffy nickte zustimmend.

Das war es also. Schlafen. Nur ein bisschen. Bevor der Wahnsinn wieder los ging ...

Vor langer, langer Zeit war der Weinberg einmal der Stolz des Anwesens gewesen.

Aber der Maestro hatte schon vor Jahren das Interesse daran verloren. Was bedeutete schon Wein. Macht war das Einzige, woran er sich berauschen konnte. Macht und Chaos.

»Maestro?«

Die Stimme zitterte vor Furcht. Der Maestro wandte seinen Blick von den Lichtern des fernen Florenz ab und kehrte den verwilderten Überresten seines Weinbergs den Rücken. Bruder Aldo stand in respektvollem Abstand vor ihm, den Blick zu Boden gerichtet.

Der Maestro lachte trocken, und schwarze Flammen zischelten aus seinen Fingerspitzen. Der Franzose, mit dessen Hilfe ihm der Zugang zur schwärzesten Magie gelungen war, hatte es *La Brûlure Noire* genannt, das Schwarze Feuer. Nun kroch es langsam seine Arme hinauf und umgab den Maestro mit einer schwarzen Hülle.

»Du bist gekommen, um mir zu sagen, dass das Pförtnerhaus immer noch steht.«

Bruder Aldo gab keine Antwort, sondern fing an zu weinen.

»Dass die Jägerin immer noch frei ist.«

Aldo schluchzte.

»Dass wir immer noch nicht den Erben haben.«

Der Vasall nickte unmerklich und biss sich auf die Lippe.

»Dass am Höllenschlund wieder … *Ordnung* herrscht.«

Mit einem Winseln wandte sich der junge Zauberer ab, um schreiend davonzulaufen.

Der Maestro kicherte. Er machte sich nicht die Mühe, den Arm zu heben. Für dramatischen Gestus hatte er nie viel übrig gehabt. Schwarze Blitze fuhren aus seinem Körper, die knisternd auf die dunklen Ranken im toten Weinberg trafen und Bruder Aldos Körper streiften. Der Mann blieb wie angewurzelt stehen und begann zu zittern. Schwarze Blitze tanzten über seine Haut und seine Kleider.

Und dann explodierte Aldo zu einem Haufen aus verkohltem Fleisch und blutverklebter Asche.

Der Maestro schüttelte den Kopf. »Was für eine Verschwendung.«

Plötzlich erhob sich hinter ihm eine Stimme, die er nie erwartet hätte zu hören. »Genau meine Meinung.«

Erschrocken fuhr der Maestro herum und spähte in die Nacht. Eine Gestalt mit schlohweißem Haar kam auf ihn zu. Der Mann war zwar von schmaler Statur, schritt aber mit solcher Erhabenheit und Arroganz einher, dass er sogar auf einen, der so mächtig war wie der Meister der Söhne der Entropie, bedrohlich wirkte.

»Ihr habt euren Teil des Handels noch nicht erfüllt«, sagte der Ankömmling mit gefährlich leiser Stimme.

»Ich will den Jungen«, entgegnete der Maestro, und sein Tonfall duldete keinen Widerspruch.

Der unheimliche Besucher lächelte nur. Und zeigte dabei seine Reißzähne. »Ihr habt uns den Speer von Longinus versprochen«, sagte er. »Ein Schmuckstück, habt ihr gesagt. Ein Spielzeug im großen Rahmen der Dinge. Meine Süße wird nicht gern enttäuscht. Wenn ihr Mann ihr etwas verspricht, bekommt sie es auch.«

Er war schnell wie der Wind und war plötzlich neben dem Maestro. Auch ignorierte er das schwarze Feuer, das den Magier umgab. »Und das bin ich«, flüsterte er.

Dann wich er wieder zurück und lachte. »Kinderhüten liegt mir nicht. Es wird nicht mehr lange dauern, und wir werden uns einen leckeren Eintopf à la Junior-Torwächter genehmigen. Besorg du uns nur den Speer von Longinus, dann bekommst du auch den Jungen.«

Der Maestro war wütend, aber seine Lage diktierte ihm zu schweigen. Er wollte diesen Jungen. Doch der Erbe des Hauses Regnier blieb seinen magischen Sinnen aufgrund der Kräfte, die ihm sein Erbe als Torwächter verlieh, verborgen. Einzig aus diesem Grund hatten die Vampire den Jungen überhaupt vor ihm verstecken können.

Wie schon so oft hatte er die Bluträuber der Nacht auch diesmal als Werkzeuge gebrauchen wollen, um den Jungen auf die dunkle Seite zu ziehen, im Austausch gegen dieses kleine Spielzeug. Allerdings hatte er gehofft, den Speer schon längst in seinen Händen zu halten.

»Wieviel Zeit haben wir?«, fragte der Maestro.

Der weißhaarige Vampir antwortete nicht sofort. Mit einem Metallfeuerzeug zündete er sich in aller Ruhe eine Zigarette an. Es gab eine lange Pause, als er den Rauch in seine toten Lungen saugte.

»Ich denke, so viel Zeit, bis ich mich langweile oder Drusilla Hunger verspürt«, sagte er schließlich.

Sekunden später war Spike auch schon verschwunden.

Die Autoren

Christopher Golden ist der Erfolgsautor der Fantasy-Reihe *The Shadow Saga* und der »*X-Men*«-Trilogie *Mutant Empire*. Sein aktuelles Hardcover trägt den Titel *Codename Wolverine*. Mit Nancy Holder schrieb er einige »Buffy«-Romane wie die *Torwächter-Trilogie* und *The Watcher's Guide*. Zur Zeit verfasst er eine Krimireihe für junge Erwachsene. Besuchen Sie den Autor im Internet unter www.christophergolden. com.

Die viermalige Gewinnerin des Bram-Stoker-Preises Nancy Holder hat bislang sechsunddreißig Romane und über zweihundert Kurzgeschichten, Artikel und Essays veröffentlicht. Sie verfasste auch Romane zu Computerspielen und Comics. Ihre Werke wurden in über zwei Dutzend Sprachen übersetzt.

In Kooperation mit Christopher Golden hat sie vier »Buffy«-Romane geschrieben, der letzte davon war *Blooded*. Sie ist auch die Autorin von *Gambler's Star: The Six Families*, dem ersten Band einer Science-Fiction-Trilogie, erschienen im Oktober 1998. Nancy Holder lebt mit Ehemann Wayne und Tochter Belle in San Diego.

Buffy – Im Bann der Dämonen

ISBN 3-8025-2721-6

ISBN 3-8025-2755-0

ISBN 3-8025-2753-4

ISBN 3-8025-2746-1

vgs verlagsgesellschaft, Köln